Happy (ohne) End

Maja von Vogel

HAPPY ohne End

Planet Girl

Teil I

Die Franzosen kommen!

Ein Franzose kommt selten allein

Ich kaue auf meinem Bleistift herum und lese die Aufgabe in meinem Mathebuch zum dritten Mal durch: $x2 + 2x - 24 = 0$. Normalerweise löse ich diese Popelgleichungen im Schlaf, aber heute kann ich mich einfach nicht konzentrieren. Keine Chance!

Ich knalle das Mathebuch zu und schaue auf die Uhr: kurz vor fünf. Noch eine Stunde. Mist, eigentlich wollte ich mit den blöden Hausaufgaben längst fertig sein. Aber wenn Mathe schon nicht klappt, brauche ich mit dem Französischaufsatz gar nicht erst anzufangen. Dabei wäre das die perfekte Einstimmung auf die nächsten zehn Tage: bonjour, bonsoir, bonne nuit – Französisch rund um die Uhr. Bei dem Gedanken daran wird mir ganz schlecht, und ich frage mich zum hundertsten Mal, warum ich mich überhaupt für diesen bescheuerten Frankreich-Austausch angemeldet habe. Ich hasse Französisch! Fremdsprachen sind eben nicht mein Ding. Mit Englisch komme ich noch einigermaßen klar, aber auf Französisch reagiere ich seit der Sache mit Mama total allergisch …

Das hat auch die Hinrich inzwischen gemerkt. Allerdings hat sie es etwas anders ausgedrückt, als sie mir die letzte

Französischarbeit zurückgegeben hat, die ich mal wieder total in den Sand gesetzt hatte: »Deine Stärken liegen wohl eher auf dem mathematischen und naturwissenschaftlichen Gebiet, meine liebe Julia.« Das kann sie laut sagen!

Und was nützt mir der Subjonctif bei meinen Untersuchungen zum Verhalten von Flüssigkeitstropfen? Genau: überhaupt nichts! Deshalb habe ich mich auch erst stur gestellt, als die Hinrich damit anfing, dass der Austausch »einfach optimal ist, um einen Zugang zur französischen Sprache und Kultur zu finden«. Ich und ein Zugang zur französischen Sprache und Kultur? Vergiss es!

Aber dann hat Karlchen, auch Herr Karlhorst genannt und mein Physiklehrer, mir eines Tages die Bewerbungsunterlagen für *Jugend forscht* in die Hand gedrückt: »Du solltest noch ein paar andere Einflussfaktoren für die Tropfenbildung untersuchen und auf jeden Fall die Chaostheorie berücksichtigen, dann könntest du durchaus Chancen haben. Allerdings müsstest du erst mal eine vernünftige Auswertung deiner bisherigen Untersuchungsergebnisse machen. Das bedeutet eine Menge zusätzlicher Arbeit für dich. Aber bei dir läuft ja in den anderen Fächern alles glatt, oder? Sonst könnte ich so ein zeitintensives Projekt nämlich nicht befürworten …«

Offensichtlich unterhalten sich Karlchen und die Hinrich nicht allzu oft. Tja, damit war mein Schicksal besiegelt, und das Hilfsprogramm »Wie rette ich meine Französischnote« trat mit sofortiger Wirkung in Kraft.

Punkt 1: Nachhilfe nehmen.

Punkt 2: Jeden Tag eine Stunde Grammatik büffeln.

Punkt 3: Für den Frankreich-Austausch anmelden.

Die Hinrich hat sich gar nicht mehr eingekriegt, als ich ihr mein Anmeldeformular in die Hand gedrückt habe. Wahrscheinlich dachte sie, ich hätte es mir dank ihrer tollen Überzeugungsarbeit anders überlegt: »Das wirst du bestimmt nicht bereuen, Julia!«

Na ja, da bin ich anderer Meinung …

Ich packe die Schulsachen weg und räume meinen Schreibtisch auf. Heute kriege ich sowieso nichts mehr auf die Reihe. Außerdem müssen wir bald los – der Zug mit den Franzosen soll um 18:05 Uhr am Bahnhof ankommen. Hoffentlich ist meine Französin nicht so eine hohlköpfige Tussi wie die Mädels aus meiner Klasse, die nichts als Klamotten, Lidschatten in Neonfarben und irgendwelche idiotischen Typen im Kopf haben. Zehn Tage mit einem französischen Möchtegern-Model – der absolute Albtraum! Vielleicht habe ich ja Glück, und sie hat es sich im letzten Moment anders überlegt. Das wär's doch! Riesiges Interesse schien sie zumindest nicht zu haben, da sie auf den Brief, den wir als besonders realitätsnahe Hausaufgabe an unsere Austauschpartner schreiben sollten, nicht geantwortet hat. Vielleicht hat sie das Foto von mir abgeschreckt, weil sie sofort erkannt hat, dass ich mit Schminken und trendy Klamotten nichts am Hut habe.

Bei dem Gedanken, dass die ominöse Renée Richard (der perfekte Name für ein Möchtegern-Model, würg!) vielleicht gar nicht im Zug sitzt, sondern zu Hause in Paris geblieben ist, hebt sich augenblicklich meine Laune.

Aber trotzdem müssen wir zum Bahnhof fahren, und ich

gehe ins Bad, um mich fertig zu machen. Das geht ziemlich schnell: Haare kämmen, Pferdeschwanz machen, Brille putzen (eine dumme Angewohnheit von mir, ich mach das mindestens hundertmal am Tag). Das ist mein ganzes Styling-Programm – schließlich kann ich mit meiner Zeit was Besseres anfangen, als stundenlang im Bad rumzuhängen.

Als ich in die Küche komme, sitzt meine Schwester Nina am Tisch und löffelt einen Joghurt.

»Willst du etwa *so* zum Bahnhof?«, fragt sie entgeistert und erstarrt mitten in der Bewegung.

Nina ist zwar erst elf, kennt sich aber mit den neuesten Schminktechniken und Klamottentrends besser aus als jede ausgebildete Stylistin.

»Na klar«, antworte ich und streiche zufrieden mein Lieblings-T-Shirt über der Jeans glatt. Zugegeben, die Sachen sind nicht mehr ganz neu, und die Jeans ist vom vielen Tragen auch schon ziemlich abgewetzt – aber ich sehe überhaupt nicht ein, warum ich für Renée Richard von meinen üblichen Kleidungsgewohnheiten abweichen sollte.

»Mann, die tragen in Paris bestimmt alle total coole Klamotten. Da fährt die doch gleich wieder nach Hause, wenn sie dich so sieht!«, sagt Nina. Kleine Schwestern sind manchmal eine echte Zumutung.

»Das wäre sowieso das Beste«, murmele ich.

»Wie sie wohl aussieht?«, plappert Nina weiter. »Ob sie mir was mitbringt? Du hast ihr doch geschrieben, dass du eine Schwester hast, oder? Wann müssen wir eigentlich los?«

Bei mir schrillen die Alarmglocken. »Wir? Wieso *wir?*

Glaub bloß nicht, dass du mitkommst!«, stelle ich sofort klar. Nina und ihr Geplapper sind so ziemlich das Letzte, was ich jetzt gebrauchen kann. Ich bin schließlich auch ohne sie schon genervt genug!

»Klar komme ich mit«, sagt Nina seelenruhig. »Papa hat's erlaubt.«

Na toll! Paps kann Nina einfach nichts abschlagen. Er lässt sich jedes Mal von ihrer »Ich bin so klein, mein Herz ist rein«-Nummer einwickeln. Apropos: Wo steckt er überhaupt? Langsam müssen wir wirklich los. Damit wir Renée (und die vielen Koffer, die sie vermutlich mitbringt) abholen können, wollte Paps extra den Laden früher dichtmachen. Was nicht weiter schlimm ist, weil manchmal sowieso tagelang kein Kunde in Paps' Antiquariat kommt. Alte Bücher sind eben nicht gerade der Verkaufsschlager.

Ich rufe im Laden an – wahrscheinlich sitzt Paps mal wieder über irgendeiner verstaubten Erstausgabe von 1865 und hat die Zeit vergessen.

»Was, schon so spät?«, fragt er, als ich ihn an unsere Verabredung erinnere. »Bin gleich da!«

Dann kann's ja losgehen!

Im Auto redet Nina ohne Pause davon, was sie Renée alles fragen und erzählen will. Wenigstens eine, die sich auf unseren Besuch aus Frankreich freut. Paps und ich kommen, wie gewöhnlich, überhaupt nicht zu Wort. Das lässt mich heute aber völlig kalt, denn so kann ich wenigstens noch das eine oder andere Stoßgebet losschicken, dass ich von der bevorstehenden Franzosen-Invasion vielleicht doch verschont bleibe.

Am Bahnhof drängelt sich schon die halbe Klasse. Frau Hinrich ist natürlich auch da, strahlt über das ganze Gesicht und geht von einem Elternpaar zum anderen. Ich ziehe Paps in die entgegengesetzte Richtung und stelle mich mit ihm und Nina möglichst unauffällig an den Rand des Bahnsteigs. Leider nicht unauffällig genug: Frau Hinrich hat uns entdeckt und stürmt auf Paps zu. Sie schenkt ihm ihr sonnigstes Lächeln und hört gar nicht mehr auf, seine Hand zu schütteln: »Herr Jacoby, ich kann Ihnen gar nicht sagen, wie sehr ich mich freue, dass Julia nun doch bei unserem Austauschprogramm mitmacht. Ich bin mir ganz sicher, dass sich das sehr positiv auf ihre Motivation und ihre Leistungen auswirken wird – zumal sie ja in allen anderen Fächern wun-der-bar zurechtkommt. Sie können wirklich stolz auf Julia sein …«

Blablabla – wenn Frau Hinrich einen ihrer Redeanfälle bekommt, kann man nur noch auf Durchzug schalten. Armer Paps, er zieht ein Gesicht wie beim Zahnarzt. Leute, die zu viel reden, können bei ihm richtige Panikattacken auslösen. Vielleicht sollte ich ihm helfen, aber Frau Hinrich scheint sowieso fast fertig zu sein: »… dürfte Julia eigentlich bald keine Probleme mehr haben. Zumal sie ja auch eine enge persönliche Beziehung zu Frankreich hat.«

Na super! Absolut perfekt! Volltreffer! Vielen Dank, Frau Hinrich, Sie sind wirklich der sensibelste Mensch, den ich kenne! Paps lächelt etwas verkrampft, nimmt seine Brille ab und putzt eifrig daran herum.

Und was heißt hier überhaupt enge persönliche Beziehung? Nur weil meine Mutter sich von diesem französischen Möchtegern-Herzensbrecher und seinem »Isch liebe disch«-Gequatsche hat einwickeln lassen und mit dem Typ nach Frankreich durchgebrannt ist, habe ich noch lange keine Beziehung dazu – im Gegenteil! Ich lass mich schließlich nicht mit teuren Luxusurlauben in Jacques' Villa an der Côte d'Azur kaufen wie mein Schwesterherz. Nicht mit mir, ma chère Maman! So einfach geht das nicht. Allerdings muss ich zugeben, dass Nina schon jetzt besser Französisch spricht als ich …

Zum Glück hat Frau Hinrich ein neues Opfer entdeckt und ist weitergezogen, bevor sie in noch mehr Fettnäpfchen treten kann. Paps sieht richtig geschafft aus, und mir steht auch schon der Schweiß auf der Stirn. Das fängt ja wirklich gut an!

Nur Nina summt fröhlich vor sich hin und starrt bewundernd ein paar Mädchen aus meiner Klasse an, die am anderen Ende des Bahnsteigs stehen. War ja klar, dass Nina die toll findet. Nadja, Tanja und Laura, die drei Grazien der 9a. Die Super-Girls, auf die sämtliche Jungs fliegen. Die erlauchten Mitglieder der Tussi-Bussi-Clique, die in unserer Klasse den Ton angeben und sich jeden Morgen mit Küsschen begrüßen. Und die leider total beschränkt sind.

Heute haben sich die drei besonders herausgeputzt – offensichtlich wollen sie den Franzosen gleich mal zeigen, wo's langgeht. Nadja sieht aus, als wäre sie in einen Schminktopf gefallen, Tanja muss die ganze Zeit die Luft anhalten, damit ihr hautenges Top nicht aus allen Nähten platzt, und Laura sieht mit ihren albernen hochhackigen Schuhen aus wie ein Storch auf Stelzen. Wie kann man sich nur so lächerlich machen? Den Jungs scheint's allerdings zu gefallen, denn die übliche Schar der Bewunderer, die um die drei Grazien herumscharwenzelt, ist heute noch größer als sonst. Ich schaue an mir herunter und verschränke die Arme vor der Brust. Vielleicht hätte ich doch ein anderes T-Shirt anziehen sollen … Dann schüttle ich den Kopf: So weit kommt's noch! Ich will schließlich nicht so werden wie Laura.

Nicht zu fassen, dass Laura bis vor einem halben Jahr meine beste Freundin war. Früher hat sie sich auch für andere Sachen als die neuesten Schminktipps aus der »Bravo Girl« interessiert, und man konnte ganz normal mit ihr reden. Zum Beispiel darüber, was wir später mal werden wollen. Im Kindergarten wollte ich Lokführerin werden, dann Astronautin und seit der sechsten Klasse Physikerin. Laura wollte schon immer Tierärztin werden. Sie hat regelmäßig nachmittags im Tierheim mitgearbeitet, und ich habe ihr oft dabei geholfen, die Hunde auszuführen. Außerdem hat sie ständig Bücher über Tiere und Tierkrankheiten gelesen und mir dann von den neuesten Methoden zur Bekämpfung der Maul- und Klauenseuche berichtet. Aber seit sie sich mit den beiden Super-Tussis abgibt, scheint ihr Gehirn auf die Größe eines Abschminkpads geschrumpft zu sein.

Jetzt schaut sie zu mir rüber. Als ihr Blick meinem begegnet, guckt sie schnell wieder weg. Plötzlich habe ich einen Kloß im Hals. Ich schlucke ihn ärgerlich hinunter. Warum verschwende ich überhaupt noch einen Gedanken an die dumme Kuh? Ihr ist es ja sogar zu peinlich, mich zu grüßen. Wahrscheinlich würde sie sogar abstreiten, dass wir mal befreundet waren. Bloß, damit sie nicht aus der tollen Tussi-Bussi-Clique rausfliegt. Auf so eine Freundin kann ich verzichten!

Endlich wird der Zug über die Lautsprecher angekündigt, und allgemeine Hektik bricht aus. Ich frage mich ernsthaft, warum alle so ein Theater wegen der blöden Franzosen machen!

Als der Zug in den Bahnhof einfährt, wird mir allerdings auch etwas flau im Magen. Gleich werde ich sehen, mit wem ich mich die nächsten zehn Tage herumschlagen muss. Zeig dich, Renée Richard!

Doch zunächst einmal zeigt sich nur eine kleine, rundliche Frau mit schwarzen, kinnlangen Haaren, die aus dem Zug springt und Frau Hinrich um den Hals fällt. Aha, das ist bestimmt Mme. Dupont, die Lehrerin der Franzosen, mit der die Hinrich seit Urzeiten zusammen den Frankreich-Austausch organisiert. Die beiden tauschen unzählige Küsschen aus und kriegen sich vor lauter Wiedersehensfreude gar nicht mehr ein.

Inzwischen klettern die Franzosen nach und nach aus dem Zug. Die Mädchen schnattern aufgeregt durcheinander und sind offensichtlich genauso aufgeregt wie wir, während die Jungs versuchen, möglichst cool auszusehen.

Nachdem Mme. Dupont und Frau Hinrich lange genug Wiedersehen gefeiert haben, besinnen sie sich endlich auf ihre Lehrerinnenpflichten und sorgen dafür, dass jeder seinen Austauschpartner findet.

Ich schaue mir die französischen Mädchen an, die eng beieinanderstehen, nervös tuscheln und uns genauso fixieren wie wir sie. Das scheinen ganz schöne Gänse zu sein. Welche von ihnen wohl Renée ist? Etwa die kleine Blonde mit dem albernen Hut auf der Dauerwelle? Nein, die führt Mme. Dupont gerade zu Nadja. Na, das passt ja! Die beiden werden bestimmt viel Spaß miteinander haben.

Ob die dunkelhaarige Schönheit dahinten Renée ist? Auch nicht, sie gehört zu Laura.

»Welche ist denn nun unsere?«, fragt Nina und hüpft von einem Bein aufs andere. »Gleich sind ja schon alle weg!«

Tatsächlich haben die meisten inzwischen ihre Austauschpartner gefunden. Frau Hinrich schaut zu mir herüber, geht ihre Liste durch und fragt Mme. Dupont etwas, das ich nicht verstehen kann. Halleluja – meine Gebete wurden erhört! Renée ist nicht dabei!

Gerade, als sich ein riesengroßes Grinsen auf meinem Gesicht breitmacht, erscheint noch jemand in der Zugtür. Ein Typ mit dunklen Haaren, die unordentlich in alle Richtungen abstehen. Lederjacke, Jeans und als Gepäck ein kleiner Rucksack und ein großer Gitarrenkoffer. Er bleibt einen Moment oben in der Zugtür stehen und schaut sich um. Oh, là, là! – ich kann fast hören, wie die Herzen sämtlicher Mädchen in seinem Blickfeld höher schlagen. Die drei Grazien kriegen den Mund nicht mehr zu, fehlt nur noch, dass sie anfangen zu sabbern. Tja, hier haben wir offensichtlich ein waschechtes Exemplar des wohl bekannten französischen Herzensbrechers – und zwar von der übelsten Sorte. Das ist bestimmt so ein Typ, der an jedem Finger zehn Mädchen hat und sich deswegen supertoll vorkommt. Wie der schon guckt – so was von selbstgefällig und arrogant! Einfach widerlich! Zu welchem unserer Milchbubis Monsieur Schlafzimmerblick wohl gehört?

Plötzlich bleibt sein Blick an mir hängen. Er lächelt, steigt aus dem Zug und kommt direkt auf mich zu. Was soll das denn jetzt? Ich bin offensichtlich nicht die Einzige, die sich das fragt, denn die ganze Klasse verfolgt ungläubig die Szene.

Bevor ich auch nur die geringste Chance habe, darüber nachzudenken, was der Typ von mir will, steht er auch schon vor mir, stellt seine Gitarre auf den Boden, fasst mich an den Schultern und drückt mir vier Küsse auf die Wangen.

Spinnt der???

Ich werde knallrot und kriege kein Wort heraus. Der Typ grinst mich an, fährt sich mit der Hand durch die Strubbelhaare und sagt: »Salut, Julie! Je suis René Richard.«

Kleiner Tippfehler – große Katastrophe

Erst als wir im Auto sitzen und nach Hause fahren, kann ich allmählich wieder einen halbwegs klaren Gedanken fassen. Ich stehe noch immer unter Schock. Ist ja auch kein Wunder, wenn sich direkt vor meinen Augen das Supermodel Renée Richard in einen René mit Dreitagebart und Lederjacke verwandelt. Habe ich vorhin gesagt, zehn Tage mit einem französischen Möchtegern-Model wären der absolute Albtraum? Falsch! Zehn Tage mit einem *männlichen* französischen Möchtegern-Model sind der absolute Albtraum!

Ehrlich gesagt wäre ich jetzt heilfroh, wenn hinten im Auto eine aufgestylte Franzosen-Tussi sitzen würde. Ich würde sogar liebend gerne all ihre tausend Koffer und Schminktäschchen ins Haus tragen und mich kein bisschen aufregen, wenn sie morgens Stunden im Bad verbringt. Na, ist das ein Angebot? Komm zu mir, Renée! Verschwinde, René!

Hoffnungsvoll schaue ich in den Rückspiegel. Natürlich haben meine Beschwörungen überhaupt nichts genützt – ich hatte leider noch nie eine magische Ader. Hinten sitzt immer noch Monsieur René und lässt sich von Nina ausfragen, die ihm natürlich vom ersten Moment an verfallen ist und ihm vermutlich die nächsten zehn Tage nicht mehr von der Seite weichen wird. Kann mir eigentlich nur recht sein, dann muss ich mich wenigstens nicht um ihn kümmern.

Außer mir scheint es niemanden zu stören, dass aus Renée plötzlich ein René geworden ist. Paps hat unserem neuen Familienmitglied am Bahnhof freundlich die Hand geschüttelt und nur gefragt, ob das sein ganzes Gepäck sei. Nina war sowieso gleich hin und weg, und Frau Hinrich fand das Ganze wohl auch noch komisch.

»Na, so was!«, hat sie kichernd gesagt, nachdem sie mit Mme. Dupont die Namenslisten durchgegangen war. »Da ist uns wohl ein kleiner Tippfehler auf der Teilnehmerliste unterlaufen. Kann ja mal passieren – die Vorbereitungen sind leider oft ziemlich hektisch. Aber ich bin mir sicher, dass sich Julia und René prima verstehen werden. Es ist doch bestimmt kein Problem für Sie, den jungen Herrn bei sich aufzunehmen, oder, Herr Jacoby?«

Natürlich hat mein Vater sofort versichert, dass das überhaupt kein Problem sei. Vielen Dank, Paps! Du musst dich schließlich auch nicht zehn Tage lang mit diesem Tippfehler herumschlagen, du kannst es dir den lieben langen Tag zwischen deinen staubigen Büchern gemütlich machen.

Und was ist mit mir? Mich hat natürlich niemand gefragt, ob ich vielleicht ein Problem mit dem jungen Herrn hätte. Das habe ich nämlich – und zwar ein ganz schön großes! Was soll ich denn mit so einem arroganten Typen anfangen? Der hat doch nichts als seine nächste Eroberung im

Kopf – wahrscheinlich kann man kein einziges vernünftiges Wort mit ihm reden. Eine echte Zumutung!

Leider konnte ich aufgrund meines Schockzustands vorhin auf dem Bahnsteig weder einen klaren Gedanken fassen noch einen Ton herausbringen. Dabei hätten alle Mädchen aus meiner Klasse bestimmt liebend gerne mit mir getauscht. Ich denke mal, das wäre überhaupt die Lösung gewesen: Irgendeine Tussi aus meiner Klasse wäre mit René glücklich geworden, und ich hätte meine Ruhe gehabt. Aber jetzt ist es zu spät.

Wenigstens freut sich Nina über den Familienzuwachs. Sie ist total aufgekratzt und bombardiert René mit Fragen: »Wie alt bist du? Hast du Geschwister? Was sind deine Lieblingsfächer? Was willst du später mal werden? Wohnst du direkt in Paris? Hast du eine Freundin?«

Wenn sie so weitermacht, weiß sie alles über ihn, bevor wir zu Hause angekommen sind. Eigentlich interessiert mich der Typ ja überhaupt nicht, aber zwangsläufig kriege ich die eine oder andere seiner Antworten mit – und die bestätigen meine schlimmsten Befürchtungen: Er ist Einzelkind (also verwöhnt und egozentrisch), liest gerne (vermutlich Comics) und spielt in einer Band (kein Kommentar!). Nina bekommt bei dem Wort »Band« sofort leuchtende Augen, aber bevor sie das Thema vertiefen kann, ist die Fahrt zum Glück zu Ende.

»Da wären wir«, sagt Paps und steigt aus.

»Très joli«, bemerkt René mit einem Blick auf unser Haus, das eigentlich nicht besonders schön ist. Der Typ versucht doch nur, sich bei uns einzuschleimen! Mit der Tour kann er vielleicht Paps und Nina einwickeln, aber bei mir zieht das überhaupt nicht.

»Willst du mal mein Zimmer sehen?«, fragt Nina, als wir ins Haus gehen.

»Oui, sehr gerne«, antwortet René höflich (schleim, schleim!) und lässt sich von Nina die Treppe hinaufzerren.

Damit hat sich meine Schwester mal wieder geschickt vorm Tischdecken gedrückt, aber heute stört mich das ausnahmsweise kein bisschen. Wenn ich dafür eine Weile Ruhe vor dem französischen Gequatsche habe, decke ich liebend gerne selbst den Tisch.

»Na, das scheint doch ein ganz netter Junge zu sein, was, Julchen?«, meint Paps, als ich mit einem Stapel Teller ins Esszimmer komme. »So höflich. Und er spricht wirklich sehr gut Deutsch, findest du nicht?«

»Geht so«, brumme ich widerwillig. Ich hab's ja gewusst – dieser Blödmann René hat Paps tatsächlich schon mit seinem schleimigen Getue um den Finger gewickelt. Sein Deutsch ist allerdings wirklich ganz beachtlich. Abgesehen von diesem fürchterlichen französischen Akzent. Aber wenigstens muss ich mir dann nicht die ganze Zeit auf Französisch einen abbrechen.

Als ich gerade die Salatschüssel auf den Tisch stelle, kommen Nina und René in die Küche.

»Je peux t'aider?«, fragt René und lächelt mich an. Die Höflichkeit in Person – aber ich weiß ja, dass das alles nur Theater ist.

»Er fragt, ob er dir helfen kann«, übersetzt Nina.

»Danke, das hab ich gerade noch selbst verstanden«,

antworte ich genervt. »Außerdem bin ich schon fertig, wir können essen.«

Als wir am Tisch sitzen, macht Paps eine Flasche von seinem guten Rotwein auf. »Zur Feier des Tages«, sagt er und schenkt René ein. »Schließlich müssen wir doch auf unseren Gast anstoßen.«

»Kriege ich auch Wein?«, fragt Nina.

»Ich glaube nicht, dass dir Wein schmeckt«, sagt Paps. »Aber von mir aus kannst du gerne einen winzigen Schluck probieren.«

Als Paps mir einschenken will, halte ich die Hand über mein Glas. »Danke, aber ich trinke lieber Wasser«, sage ich und gieße mir demonstrativ Mineralwasser ein. Das Letzte, worauf ich jetzt Lust habe, ist, Renés Ankunft auch noch feierlich zu begießen. Mir ist wirklich überhaupt nicht nach Feiern zumute!

Aber Paps und Nina stoßen mit René an, und Nina verzieht angewidert das Gesicht, nachdem sie getrunken hat.

»Iiih, das schmeckt ja total eklig!«, kreischt sie und stopft sich schnell eine Scheibe Käse in den Mund. Paps und René lachen.

Ich verdrehe die Augen. Das ist mal wieder typisch: Nina benimmt sich daneben, und alle finden das total witzig.

»Ich hab dir ja gleich gesagt, dass du den Wein nicht magst«, sagt Paps und trinkt Ninas Glas leer. »Deine Geschmacksnerven sind noch nicht reif für so einen edlen Tropfen.«

»Ça ne fait rien, Nina«, sagt René und klopft meiner Schwester beruhigend auf den Rücken. »Mach dir nichts draus. Als ich so alt war wie du, mochte ich auch noch keinen Wein. Übrigens ist das wirklich ein sehr guter Jahrgang, Monsieur Jacoby!«

Paps strahlt. Wer seinen Wein lobt, ist für ihn automatisch ein guter Mensch. Monsieur René entwickelt sich vom Schleimer zum Oberschleimer.

Jetzt hat sich auch Nina von ihrer kleinen Showeinlage wieder erholt und nimmt die Unterhaltung in die Hand.

»René hat mir von seiner Band erzählt«, brabbelt sie los. »Die ist total berühmt in Paris und hat ganz viele Fans!«

Du meine Güte, ein Oberangeber ist er also auch noch. Und er weiß natürlich ganz genau, womit er kleine Mädchen beeindrucken kann. Aber jetzt winkt er bescheiden ab – ganz der schüchterne Künstler.

»Non, non«, sagt er und streicht sich verlegen durchs Haar. Das wirkt richtig echt, die Nummer muss er oft geübt haben. »Wir hatten erst ein paar Auftritte bei Schulfesten in unserer Sporthalle. Da kennt uns natürlich jeder, und das Publikum ist deshalb sehr nett.«

Kann ich mir lebhaft vorstellen. Wahrscheinlich ist das irgendeine unerträgliche Krach-Musik mit hirnlosen Texten. Aber Hauptsache, es reicht, um nach jedem Konzert ein anderes Mädel abzuschleppen.

»Und du bist der Gitarrist?«, fragt Nina und schaut René bewundernd an.

»Oui«, antwortet er. »Und ich singe auch. Wir spielen alle möglichen französischen Hits nach. Aber irgendwann würde ich gerne eigene Stücke spielen. Ein paar Songs habe ich schon geschrieben.«

»Wow«, haucht Nina und vergisst ganz, von ihrem Brot abzubeißen. »Ist ja irre. Tretet ihr hier auch mal auf?«

René schüttelt den Kopf. »Non. Die anderen aus der Band sind nicht mit nach Deutschland gefahren. Der eine ist mein Cousin Gerard, er spielt Bass. Der Schlagzeuger ist ein Freund von uns beiden, er heißt Pascal. Mais à quoi t'interesses-tu, Julie?«

Aha, Monsieur meint offenbar, er müsse jetzt mal ein bisschen Interesse an seiner Austauschpartnerin heucheln. Aber bevor ich antworten kann, quatscht Nina schon wieder dazwischen.

»Ach, Julia ist voll langweilig«, klärt sie René auf. »Die interessiert sich nur für ihren blöden Physikkram.«

»Meine Forschungsreihe zur Tropfenbildung ist alles andere als langweilig oder blöd«, fahre ich meiner Schwester über den Mund. »Aber es würde wahrscheinlich nicht viel bringen, euch die Zusammenhänge zu erklären. Die würdet ihr nämlich sowieso nicht kapieren!«

»Blöde Kuh«, schreit Nina. »Du und deine bescheuerten Tropfen! Das will doch keiner wissen!«

»Umso besser«, schreie ich zurück. »Physik ist nämlich nichts für hirnlose Idioten!«

»Na, na«, sagt Paps beschwichtigend und nimmt sich noch eine Portion Salat. »Deswegen müsst ihr doch nicht so laut werden, Mädchen.«

Nina und ich gucken uns böse an, und René sieht etwas verwirrt aus. Na ja, besser, er gewöhnt sich gleich an unseren Umgangston, bei Nina und mir wird's nämlich öfter mal etwas lauter.

»Wahrscheinlich hast du recht«, sagt René nach einer Schrecksekunde. »Ich bin wirklich nicht besonders gut in Physik. Aber wenn du mir diese Tropfensache mal in Ruhe erklärst, kapier ich es vielleicht doch.«

»Mal sehen«, murmele ich abweisend.

Das hat mir gerade noch gefehlt! Einer Physik-Niete die höheren Zusammenhänge der Chaostheorie erklären. Ich kann meine Zeit wirklich sinnvoller verbringen. Außerdem interessiert ihn das doch in Wirklichkeit nicht die Bohne, er will sich nur einschleimen.

»Julia ist ein richtiges Mathe- und Physikgenie«, sagt Paps stolz. »Ich weiß gar nicht, von wem sie das hat. Von mir jedenfalls nicht, mich machen Zahlen nervös …«

Jetzt sieht Paps etwas bekümmert aus. Er denkt bestimmt gerade an seine Geschäftsbücher, in denen totales Chaos herrscht. Buchführung ist für ihn der reine Horror, und jedes Jahr kriegt er deswegen Ärger mit dem Finanzamt.

»Ich bin gut in Sport«, wirft Nina mit vollem Mund ein und spuckt dabei ein paar Brotkrümel auf die Tischdecke. »Im Schwimmverein bin ich die Beste im Rückenschwimmen. Schwimmst du gerne?«

»Oui«, antwortet René. »Aber ich bin bestimmt nicht so schnell wie du.«

»Prima, dann machen wir ein Wettschwimmen!«, ruft Nina begeistert. »Papa, darf ich am Wochenende mit René ins Freibad?«

»Das geht nicht«, sage ich schnell. »Am Samstag ist der Schulausflug zu den Hünengräbern, und Sonntag muss ich die Auswertung für Physik machen.«

»Na und?«, meint Nina schnippisch. »Dann geh ich eben mit René alleine. Das ist sowieso viel lustiger.«

Bevor die Situation wieder außer Kontrolle geraten kann, klingelt das Telefon im Flur. Schnell springe ich auf. Sollen die doch von mir aus das ganze Wochenende verplanen – Hauptsache, sie lassen mich damit in Ruhe!

»Julia Jacoby«, sage ich in den Hörer.

»Hallo, Julia, mein Schatz! Wie schön, dich mal wieder zu hören«, quietscht eine hohe Stimme, die mich stark an Nina erinnert. Meine Mutter!

»Hallo, Barbara«, sage ich frostig. Seit meine Mutter uns verlassen hat, habe ich mir abgewöhnt, sie Mama zu nennen. Irgendwie passt das nicht mehr.

»Ich geb dir Nina«, füge ich sofort noch hinzu und nehme schnell den Hörer vom Ohr, bevor meine Mutter mich in ein Gespräch verwickeln kann.

Nina kommt schon angerannt und reißt mir den Hörer aus der Hand.

»Hallo, Mama«, sprudelt sie los, »… was? Nein, wir essen gerade Abendbrot. Ja, Julias Franzose ist heute angekommen, und stell dir vor, es ist gar kein Mädchen, sondern ein Junge. Er heißt René und ist supernett. Und er spielt Gitarre in einer Band …«

Während Nina sich ausführlich über Super-René auslässt, gehe ich wieder ins Esszimmer und fange an, den Tisch abzuräumen. Mein Vater hat René inzwischen in ein Gespräch über Literatur verwickelt – sein Lieblingsthema. Er schwärmt von seinen alten Büchern, und ich kann mir ein gewisses schadenfrohes Grinsen nicht verkneifen, während ich die Teller aufeinanderstaple. Wenn mein Vater über seine Bücher redet, ist er so schnell nicht zu bremsen. Jetzt kann René zeigen, wie gut er zuhören kann. Die meisten Leute werden spätestens nach einer halben Stunde Monolog unruhig und lassen sich irgendetwas einfallen, um das Gespräch zu beenden.

Doch während ich in der Küche die Geschirrspülmaschine einräume, höre ich mit wachsendem Erstaunen, dass René ab und zu eine Bemerkung fallen lässt, die sich nach echtem Interesse anhört. Oder zumindest nach sehr gut geheucheltem Interesse. Auf jeden Fall lässt René kein Zeichen von Ermüdung oder Langeweile erkennen. Als ich die Salatschüssel aus dem Esszimmer hole, sind die beiden immer noch ins Gespräch vertieft, und René sagt gerade: »Sie haben tatsächlich die Erstausgabe von 1896? Wahnsinn! Das ist ja eine echte Rarität …«

Ich halte Ausschau nach einem klitzekleinen Gähnen oder einem gezwungenen Lächeln auf Renés Gesicht, nach irgendetwas, das ihn und seine Heuchelei verrät – aber ich kann nichts entdecken. Vielleicht hätte er lieber über eine Karriere als Schauspieler nachdenken sollen, statt schlechte Musik zu machen. Er hat ohne Zweifel einige Begabung!

Gerade, als ich in der Küche fertig bin, kommt Nina wieder ins Esszimmer getänzelt und lässt sich mit einer mehr oder weniger eleganten Pirouette auf ihren Stuhl fallen – perfektes Timing, wie immer.

»Schöne Grüße von Mama«, ruft sie und unterbricht damit Paps' Erklärungen zu der Erstausgabe von 1896. »Jacques hat ein neues Segelboot, das ist viel größer und schöner als das alte. Damit können wir in den Sommerferien nach Korsika segeln, hat Mama gesagt. Das wird super! Das Boot ist groß genug für sechs Leute. Wenn wir wollen, können wir sogar jeder eine Freundin mitbringen, Julia – klasse, was?! Ich weiß bloß noch nicht, wen ich fragen soll … Eigentlich ist ja Caro im Moment meine beste Freundin, aber die ist manchmal so zickig. Mit Maike ist es immer superlustig, aber wir sind seit gestern zerstritten. Na ja, bis zu den Sommerferien werden wir uns vielleicht wieder vertragen …«

»Wie oft soll ich es eigentlich noch sagen, bis Barbara und du es endlich mal kapieren: Ich bleibe hier!«, unterbreche ich die Überlegungen meiner Schwester. »Ich bin im letzten Sommer nicht zu ihr gefahren und im vorletzten auch nicht – und ich werde auch in diesem Jahr meine Sommerferien nicht in ihrer protzigen Villa verbringen und mich von ihrem schleimigen Lover vollquatschen lassen!«

Ich merke, wie ich knallrot anlaufe. Mist, das passiert mir immer, wenn ich wütend werde. Aber Ninas Begeisterung fällt mir einfach total auf den Wecker. Der braucht man nur mit einem blöden Segelboot vor der Nase herumzuwedeln, und schon ist sie Feuer und Flamme. Wie kann man sich nur so leicht einwickeln lassen? Außerdem könnte sie ja auch mal etwas Rücksicht auf Paps' Gefühle nehmen …

Aber natürlich lässt Nina auch jetzt nichts auf ihre geliebte Mama und den tollen Jacques kommen.

»Jacques ist überhaupt nicht schleimig«, plärrt sie entrüstet los. »Er ist total nett. Letztes Jahr sind wir schnorcheln gegangen, und dieses Jahr machen wir vielleicht einen

Tauchkurs. Du bist ja nur neidisch, weil deine Sommerferien immer total öde sind!«

»So ein Quatsch!«, entgegne ich und versuche, nicht auszurasten. »Ich bleibe tausendmal lieber mit Paps hier, als mit diesem Fiesling irgendwelche Tauchkurse zu machen. Außerdem langweile ich mich kein bisschen!«

Na ja, das stimmt zwar nicht ganz, aber was soll's …

»Jetzt beruhigt euch mal wieder«, schaltet sich Paps ein. »Es zwingt dich ja keiner, deine Mutter zu besuchen, Julchen. Und ich freue mich natürlich, wenn ich den Sommer über etwas Gesellschaft habe. Andererseits würde sich deine Mutter sicherlich auch sehr freuen, dich einmal wieder zu sehen – immerhin ist es jetzt schon drei Jahre her …«

»Na und?«, sage ich patzig. »Sie ist schließlich diejenige, die abgehauen ist und uns im Stich gelassen hat, nicht ich. Das hätte sie sich vorher überlegen müssen …«

Eigentlich hängt mir dieses Thema total zum Hals raus. Nina und ich haben uns schon so oft wegen Barbara in den Haaren gelegen, und nie kommt etwas dabei heraus. Meine Mutter schafft es, selbst in ihrer Abwesenheit Unfrieden zu stiften. Aber ich will mich jetzt nicht auch noch mit Paps wegen ihr streiten – er leidet sowieso am meisten darunter, dass sie abgehauen ist. Auch wenn er es nicht so zeigt …

In die plötzliche Stille hinein ertönt ein verlegenes Hüsteln. René – den hatte ich ehrlich gesagt für einen Moment komplett vergessen. Er sieht auf einmal gar nicht mehr so selbstsicher und arrogant aus, sondern macht einen leicht verunsicherten Eindruck.

Tja, wahrscheinlich hat er erwartet, dass in einer deutschen Familie immer alles total super läuft und alle nett zueinander sind – aber da muss ich ihn leider enttäuschen. Zumindest weiß er jetzt gleich, was bei uns los ist. Und dafür war dieser Abend doch auch gedacht, oder? Laut Programm von Frau Hinrich sollte der erste Abend »im Kreis der Familie verbracht werden, um ein erstes Kennenlernen zu ermöglichen«. Kennengelernt hat René unsere Familie jetzt in der Tat, wahrscheinlich besser, als ihm lieb ist …

Bevor die Stille noch peinlicher wird, schaltet sich Nina ein, die immer für einen überraschenden Themenwechsel zu haben ist.

»Hey, René!«, ruft sie und schielt zu dem Gitarrenkoffer hinüber, der auf dem Flur steht. »Spiel uns doch mal eins von deinen Liedern vor!«

Na, das hat ja gerade noch zu einem gemütlichen und harmonischen Abend im Familienkreis gefehlt! Warum singen wir nicht gleich alle zusammen ein Liedchen?

Wenn René sich wenigstens ein bisschen zieren würde, wie sich das für einen sensiblen Künstler gehört! Aber nein – er springt sofort auf und holt seine Gitarre. Wahrscheinlich ist er erleichtert, dass wir uns gerade mal fünf Minuten lang nicht anschreien.

»Jetzt lass doch den armen René in Ruhe«, sage ich zu Nina. »Er ist bestimmt viel zu erschöpft von der langen Reise, um uns jetzt auch noch was vorzusingen. Vielleicht will er lieber ins Bett gehen und sich etwas ausruhen …«

»Mais non, ich bin gar nicht müde«, entgegnet René und macht damit meine gut gemeinten Versuche, ihn vom Singen abzuhalten und diesen unerfreulichen Abend zu beenden, zunichte. »Außerdem strengt mich das Singen überhaupt nicht an. Im Gegenteil, meistens werde ich davon erst richtig wach!«

Na prima, das sind ja tolle Aussichten – wahrscheinlich sitzen wir morgen früh immer noch hier, während Monsieur René ein Liedchen nach dem anderen trällert. Das ist definitiv zu viel für mich, der Tag war so schon stressig genug.

»Äh, ich muss noch Mathe zu Ende machen, hab ich doch glatt vergessen …«, murmele ich und stehe auf.

»Mensch, du kannst doch jetzt nicht abhauen«, jault Nina entrüstet. »René singt uns gleich was vor!«

»Ja, das würde ich auch wahnsinnig gerne hören, aber leider …«, sage ich und zucke bedauernd mit den Schultern.

Paps hat sich noch ein Glas Wein eingeschenkt und lehnt sich entspannt zurück. Ihm scheint die Aussicht auf ein wenig Gutenachtmusik zu gefallen. »Jetzt bleib doch noch ein bisschen bei uns sitzen«, sagt er. »Wenigstens für ein Lied.«

Seufzend setze ich mich wieder hin, während René seine Gitarre stimmt. Hoffentlich spielt er nicht gleich irgendeine Heavy-Metal-Nummer – wobei das vielleicht gar nicht so schlecht wäre. Zertrümmern die da nicht am Schluss immer ihre Instrumente? Dann würden wir wenigstens von weiteren Hauskonzerten verschont bleiben.

Aber René zupft erst nur ganz leise an den Saiten, bevor die Melodie etwas lauter und schneller wird. Wie Heavy-Metal hört sich das eigentlich nicht an. Klingt sogar irgendwie ganz nett. Ich muss zugeben, dass er wirklich recht gut spielt – soweit ich das beurteilen kann. Leider bin ich nicht besonders musikalisch. Als ich fünf war, habe ich fast meine Blockflötenlehrerin in den Wahnsinn getrieben. Sie ist dann irgendwann weggezogen, ohne sich von mir zu verabschieden. Ich habe nie erfahren, ob ich der Grund für ihren plötzlichen Umzug war …

Jetzt fängt René an zu singen. Auch nicht so schlimm, wie ich befürchtet habe. Seine Stimme klingt etwas rau, aber er kann einen Ton halten, das höre sogar ich. Ich merke, dass ich unwillkürlich mit dem Fuß mitwippe, und höre sofort wieder damit auf. Nicht, dass der Typ sich noch was einbildet, so toll ist sein Auftritt nun auch wieder nicht.

Nina fängt an, im Rhythmus mitzuklatschen. Beim zweiten Mal kann sie schon den Refrain mitsingen – im Gegensatz zu mir ist sie ziemlich musikalisch. Sogar Paps wippt mit dem Kopf und brummt leise die Melodie mit. Die beiden sind so leicht zu beeindrucken!

Nach dem ersten Lied nimmt René fröhlich grinsend den tosenden Applaus meiner Familie entgegen – ich klatsche nur ganz kurz und aus reiner Höflichkeit. Monsieur René lacht sich jetzt sicherlich ins Fäustchen, weil seine Singerei hier genauso super ankommt wie in Paris. Wahrscheinlich denkt er, er kann sich jetzt alles leisten, weil wir ihn so toll finden. Aber nicht mit mir!

Bevor Nina in stundenlange Begeisterungsstürme ausbrechen kann, sage ich: »Tut mir leid, Leute, aber ich bin total fertig. Ich leg mich jetzt hin.«

Genau das brauche ich jetzt: meine Ruhe. Ich will einfach die Tür hinter mir zumachen und mit niemandem mehr sprechen müssen …

»Wo soll René denn eigentlich schlafen?«, fragt Nina.

Gute Frage. Daran hab ich noch gar nicht gedacht. Eigentlich hatte ich unser Gäste-Klappbett in mein Zimmer gestellt – aber das war für Renée gedacht und nicht für René. Mit diesem Typen in einem Zimmer schlafen? Nur über meine Leiche! Der kann von mir aus in seinem Gitarrenkasten pennen!

»René darf gerne bei mir schlafen«, bietet Nina großzügig an. »Dann kann er mir auf der Gitarre etwas vorspielen, bis ich eingeschlafen bin.«

»Nein, nein, das machen wir anders«, sagt Paps. »Das Beste wird sein, wenn du zu Nina ziehst, Julchen, und René dein Zimmer überlässt. Wenn wir alle etwas zusammenrücken, kriegen wir das schon hin.«

Zehn Tage lang mit Nina in einem Zimmer? Auf dem blöden Klappbett? Und René in *meinem* schönen, großen Zimmer? In *meinem* schönen, gemütlichen Bett? Das überleb ich nicht! Ich hole gerade tief Luft, um Paps zu sagen, was ich von seinem Vorschlag halte, da kommt Nina mir zuvor.

»Auf keinen Fall!«, kreischt sie. »Ich teil doch nicht zehn Tage lang mein Zimmer mit der blöden Kuh. Kann René nicht bei mir wohnen?«

Ehrlich gesagt würde mir die Variante auch besser gefallen. Aber Paps bleibt hart.

»Ihr werdet euch schon vertragen«, sagt er zu Nina und mir. »Und René will schließlich auch mal seine Ruhe haben.«

Na toll, und was ist mit mir? Ich brauche auch ab und zu

meine Ruhe, und zwar ganz besonders jetzt in diesem Moment! Aber das interessiert mal wieder keinen.

Ich merke, dass Paps' Entschluss feststeht, und verzichte deshalb auf weiteren Protest. René scheint es unangenehm zu sein, dass wir uns jetzt auch noch seinetwegen streiten, er murmelt etwas wie »Bitte keine Umstände«. Tja, zu spät!

Eine halbe Stunde später liege ich auf dem Klappbett in Ninas Zimmer und versuche, eine halbwegs angenehme Position zum Schlafen zu finden. Wahrscheinlich habe ich in zehn Tagen ein ernsthaftes Rückenproblem.

Als ich gerade die Augen schließe und mich über die himmlische Ruhe freue, kommt Nina aus dem Badezimmer und hüpft in ihr Bett. Leider ist sie nicht sehr nachtragend und scheint unsere Streitereien von vorhin schon wieder vergessen zu haben.

»Und – wie findest du René?«, fragt sie aufgekratzt. »Also ich find ihn einfach super. Und wie der singen kann …«

Das einzig Gute an Nina ist, dass sie nie eine Antwort erwartet. Also ziehe ich mir die Decke über den Kopf und lasse mich von Ninas Geblubber langsam in den Schlaf lullen.

Algebra und schlechte Laune

Am nächsten Morgen habe ich höllische Rückenschmerzen und verfluche das blöde Klappbett. Ich mache erst mal ein paar Dehnübungen, bevor ich ins Badezimmer schlurfe. Nina putzt sich gerade die Zähne – ein Glück, dann kann sie mich wenigstens nicht gleich wieder vollquatschen.

Ich erinnere mich dunkel daran, dass ich irgendwas von meiner Mutter geträumt habe, die singend auf einem Segelboot stand – völlig verrücktes Zeug. Gähnend stelle ich mich unter die Dusche und drehe das heiße Wasser auf. Als ich mich gerade wohlig unter der warmen Dusche rekele, stellt Nina das Wasser am Waschbecken an, und die Dusche wird mit einem Schlag eiskalt. Ich stoße einen Schrei aus, der jeden Horrorfilm-Regisseur begeistern würde. Paps klopft an die Badezimmertür und fragt, ob alles in Ordnung ist. Nichts ist in Ordnung! Aber das Wasser ist so kalt, dass meine Atmung kurzzeitig aussetzt und ich kein Wort herauskriege.

Bevor ich Nina umbringen kann, ist sie schon kichernd aus dem Badezimmer geflüchtet. Ich werfe ihr einen nassen Waschlappen hinterher, der sie aber leider knapp verfehlt. Na ja, wenigstens bin ich jetzt wach.

Als ich etwas später in die Küche komme, sitzt René schon am Tisch und betrachtet skeptisch das Müsli, das Paps vor ihn hingestellt hat.

»Morgen«, brumme ich und lasse mich auf meinen Stuhl plumpsen. Ich bin morgens nicht besonders gesprächig und will einfach nur in Ruhe gelassen werden und mein Müsli essen.

René dagegen scheint der geborene Frühaufsteher zu sein. Er sieht, ganz im Gegensatz zu mir, ausgeschlafen und putzmunter aus und ignoriert mein Ruhebedürfnis komplett, indem er versucht, mir eine Unterhaltung aufzuzwingen. »Bonjour, Julie! Hast du gut geschlafen?«

»Geht so«, nuschle ich, schütte Milch über mein Müsli und nehme schnell einen Löffel voll, um nichts mehr sagen zu müssen.

»Dein Bett ist wirklich sehr bequem, vielen Dank noch mal«, quatscht René weiter.

Dazu sage ich jetzt besser nichts! Ich werfe René nur einen bitterbösen Blick zu und strecke meinen schmerzenden Rücken.

»Aber eure Decken sind komisch, sie rutschen nachts immer weg«, fährt René fort. »Bei uns sind sie unter der Matratze festgesteckt.«

»Stimmt, das ist bei Mama und Jacques auch so«, mischt sich Nina ein.

Ich habe wirklich keine Lust, mich am frühen Morgen mit den unterschiedlichen Schlafgewohnheiten von Deutschen und Franzosen auseinanderzusetzen, aber Nina wechselt sowieso schon wieder das Thema.

»Magst du das Müsli nicht, René?«, fragt sie. »Du kannst auch Obst reintun – willst du eine Banane?«

»Non, merci«, wehrt René ab. Er rührt tatsächlich die ganze Zeit schon etwas lustlos in seiner Schale herum. »Das ist sehr gut. Nur etwas ungewohnt für mich.«

Um uns zu beweisen, wie lecker er das Müsli findet, nimmt er gleich einen großen Löffel voll. Darauf kaut er dann stundenlang herum – richtig begeistert sieht er nicht aus. Tja, andere Länder, andere Sitten.

»Morgen hole ich dir Croissants«, schlägt Nina vor. »Die magst du doch bestimmt, oder?«

»Schon, aber das ist wirklich nicht nötig«, wehrt René ab. Die Rolle des Höflichen hat er echt gut drauf.

»Mach dir keine Sorgen«, sage ich. »Nina ist sowieso viel zu faul, um morgens zum Bäcker zu laufen. Die weiß noch nicht mal, wo der nächste Bäcker ist.«

»Weiß ich wohl!«, ruft Nina entrüstet.

Bevor ich etwas entgegnen kann, wirft Paps, der bisher hinter seiner Zeitung versteckt war, einen Blick auf die Uhr. »Ihr müsst los, Kinder«, sagt er.

Ich schlucke schnell den letzten Löffel Müsli hinunter. René lässt erleichtert seine noch halb volle Schale stehen und steht auf.

»Kann René dein Fahrrad nehmen?«, frage ich Paps, während ich meine Jeansjacke überziehe. Paps' Laden ist nur ein paar Straßen von unserem Haus entfernt, und meistens geht er zu Fuß dorthin.

»Natürlich«, antwortet er und sucht in der Küchenschublade nach dem Fahrradschlüssel.

»Fahrrad?«, fragt René und sieht mich völlig entgeistert an. »Aber ich kann nicht Fahrrad fahren!«

Nina kichert, und auch ich muss unwillkürlich grinsen. Hätte nicht gedacht, dass René auch witzig sein kann. Wie schon gesagt, an ihm ist ein Schauspieler verloren gegangen – seine Verblüffung wirkt total echt.

»Scherzbold«, sage ich. »Komm jetzt, wir müssen los.«

»Aber das ist kein Scherz«, erwidert René. »Ich bin wirklich noch nie Rad gefahren.«

Jetzt übertreibt er es ein bisschen. Einen guten Witz sollte man nicht zu sehr in die Länge ziehen.

»So ein Quatsch«, sage ich. »Jedes Kind kann Rad fahren.«

»Nicht in Paris«, entgegnet René. »Für Kinder ist das sowieso viel zu gefährlich bei all dem Verkehr. In Paris geht man zu Fuß, oder man fährt mit der Metro. Tut mir leid.«

Der scheint das tatsächlich ernst zu meinen. Das darf doch nicht wahr sein! Ich glaube, ich kenne niemanden, der älter als fünf Jahre ist und nicht Rad fahren kann. Auch Nina sieht René ungläubig an.

»Du kannst echt nicht Rad fahren?«, fragt sie. »Krass!«

»Und wie sollen wir jetzt zur Schule kommen?«, überlege ich.

»Tja, da müsst ihr wohl laufen«, meint Paps. »Dann würde ich mich aber an eurer Stelle beeilen, es ist schon Viertel vor acht!«

»Was?«, rufe ich erschrocken. »Das schaffen wir nie!«

Ich schnappe mir meine Schultasche und rase aus dem Haus. Ich hasse es, zu spät zur Schule zu kommen und von allen angestarrt zu werden! Der erste Schultag mit René fängt ja wirklich super an. Apropos René – wo steckt der überhaupt? Ich werfe einen Blick über meine Schulter und entdecke ihn ein Stück hinter mir. Mein rasanter Aufbruch hat ihn wohl etwas überrascht.

»Beeil dich!«, rufe ich ihm zu. »In zehn Minuten klingelt es zur ersten Stunde.«

Als René mich gerade eingeholt hat, fährt Nina auf ihrem Fahrrad an uns vorbei. Sie klingelt fröhlich, als sie uns überholt, und ruft: »Bei dem Tempo schafft ihr es nie rechtzeitig zur ersten Stunde!«

Da hat sie allerdings recht. Ich beschließe, einen kleinen Dauerlauf einzulegen – soll ja gesund sein am Morgen. Ich renne los, bin allerdings nach ungefähr hundert Metern schon völlig aus der Puste. Das kommt davon, wenn man den Sportunterricht für komplette Zeitverschwendung hält und seine körperliche Ertüchtigung völlig vernachlässigt.

René scheint etwas fitter zu sein als ich. Er läuft neben mir her und feuert mich an: »Vite, Julie, nicht stehen bleiben! Gleichmäßig atmen!«

Hält der sich etwa für meinen Fitnesstrainer? Ich schnaufe wie ein Walross mit Asthma – wie soll ich da, bitte schön, gleichmäßig atmen?

Als wir endlich an der Schule ankommen, hat es natürlich schon längst geklingelt. Der Schulhof liegt verlassen da, nur der Hausmeister läuft mit einem Besen durch die Gegend.

Ich muss erst mal verschnaufen und lasse mich auf eine Bank neben dem Haupteingang fallen. Auf die paar Minuten kommt es jetzt auch nicht mehr an. Mein Gesicht ist heiß und garantiert krebsrot. Außerdem bin ich schweißgebadet, und meine Atmung normalisiert sich nur sehr langsam wieder. Mann, bin ich fertig!

René hat sich neben mich gesetzt und sieht mich besorgt von der Seite an.

»Alles klar, Julie?«, fragt er. Er ist nicht mal ansatzweise ins Schwitzen gekommen. Bestimmt trainiert er regelmäßig in irgendeinem schicken Pariser Fitnessstudio, um mit seinem perfekten Körper seine vielen Groupies zu beeindrucken.

»Ja … geht … gleich … wieder …«, japse ich.

Nach ein paar Minuten habe ich mich halbwegs erholt und stehe auf.

»Na, dann mal los«, sage ich und öffne schwungvoll die Tür zum Haupteingang. »Sonst verpassen wir noch die ganze erste Stunde.«

»Was haben wir denn jetzt?«, fragt René, während wir durch die leeren Gänge gehen. Es riecht nach Bohnerwachs, und hinter einigen Türen ist Gemurmel oder Lachen zu hören.

»Mathe«, sage ich. Dabei fällt mir ein, dass ich die Mathe-Hausaufgaben gestern gar nicht mehr zu Ende gemacht habe. Das hab ich in dem ganzen Chaos komplett vergessen.

So etwas passiert mir eigentlich nie – hoffentlich werde ich nicht allmählich senil. Zum Glück sind die blöden Gleichungen so einfach, dass ich sie zur Not auch noch schnell im Kopf lösen kann, falls ich drankommen sollte.

Als wir vor unserer Klassenzimmertür stehen, hole ich tief Luft und klopfe vorsichtig an.

»Herein!«, ruft Herr Balke, unser Mathelehrer.

Ich öffne die Tür und betrete mit René im Schlepptau die Klasse. Wie nicht anders zu erwarten war, starren uns alle gespannt an. Es ist schließlich immer eine willkommene Abwechslung, wenn jemand zu spät kommt.

»Äh … Entschuldigung«, stottere ich. »Es gab ein Problem mit dem Fahrrad.«

Ich werde schon wieder knallrot – wie ich das hasse! Nadja kichert, Tanja und Laura tuscheln mit ihren Französinnen, und irgendwer wirft einen Papierflieger in die Luft.

»Es war meine Schuld«, will René erklären, aber Herr Balke interessiert sich nicht für unser Fahrradproblem. Wahrscheinlich hält er es sowieso nur für eine dumme Ausrede.

»Ja, ja, schon gut«, sagt er und winkt ab. »Setzt euch, wir besprechen gerade die Hausaufgaben.«

Schnell husche ich auf meinen Platz und hole meine Mathesachen heraus. René setzt sich neben mich. Der Klassenraum ist proppenvoll, neben jedem zweiten Schüler sitzt ein Franzose. Es machen nicht alle beim Frankreich-Austausch mit, und die anderen werfen zwischendurch immer wieder neugierige oder neidvolle Blicke auf unsere Franzosen. Also meinen könnten sie gerne haben!

René hat sich auf seinem Stuhl bequem zurückgelehnt und schaut sich interessiert in der Klasse um. Die meisten unserer Mädchen mustern ihn mehr oder weniger verstohlen, einige starren ihn aber auch einfach ganz direkt an. Er ignoriert die Blicke – wahrscheinlich ist er das schon gewohnt.

Die Franzosen wirken wie Fremdkörper zwischen all den bekannten Gesichtern. Die Jungs scheinen alle klein und pickelig zu sein. Sie sitzen betont lässig auf ihren Plätzen und versuchen, möglichst cool auszusehen. Insofern passen sie prima zu unseren Jungs. Die Mädchen wirken alle schon etwas älter. Einige sind stark geschminkt und tragen eng anliegende Klamotten. Sie kichern und tuscheln – vor allem, wenn René gerade in ihre Richtung geschaut hat. Ich bin mir ziemlich sicher, dass Laura und Tanja ihre Französinnen gerade über meinen Super-Franzosen ausfragen und sämtliche Details wissen wollen. Wenn sie hören, dass er Sänger in einer Band ist, flippen sie garantiert total aus.

Richtiger Unterricht ist kaum möglich bei dem ganzen Getuschel und Gekicher. Herr Balke bemüht sich zwar, so gut er kann, aber er kommt einfach nicht gegen die Unruhe an.

»Na gut«, sagt er schließlich, nachdem er festgestellt hat, dass fast niemand die Hausaufgaben gemacht hat. »Dann besprechen wir die restlichen Aufgaben eben morgen und machen jetzt eine Stillarbeit. Seite 48, Übung 9. Ihr dürft mit den Franzosen zusammenarbeiten. Vielleicht können sie euch ja ein bisschen auf die Sprünge helfen.«

Ich schlage mein Buch auf und lege es so hin, dass René mit hineinschauen kann. Dann fange ich an zu rechnen. Die Gleichungen sind wirklich nicht besonders schwer. Als ich fast fertig bin, merke ich, dass René noch gar nichts geschrieben hat. Er starrt mit gerunzelter Stirn in das Buch.

»Soll ich dir ein Blatt leihen?«, frage ich leise. Vielleicht hat er ja nichts zum Schreiben dabei.

»Merci«, antwortet René und lächelt mich an. »Das ist nett von dir. Aber ich glaube, ich verstehe die Aufgaben sowieso nicht. Mathe war noch nie meine Stärke.«

»Ach so«, sage ich gedehnt, »na dann …«

Ich rechne weiter. Als ich fertig bin, ist noch massig Zeit. René hat es wohl inzwischen aufgegeben, die Gleichungen zu kapieren. Er hat ein dünnes Buch aus der Tasche gezogen und liest. Das Buch sieht ziemlich abgegriffen und zerfleddert aus. Ich überlege, welche Art von Büchern jemand wie René wohl liest. Ehrlich gesagt wundert es mich, dass er überhaupt so etwas wie ein Buch liest. Na ja, wahrscheinlich heißt es »Wie ich jedes Mädchen in null Komma nichts rumkriege« oder »Wie ich mich bei meiner deutschen Gastfamilie einschleime«. Mir war ja von Anfang an klar, dass ein Typ wie er nicht viel im Kopf haben kann. Wenn jemand schon diese popeligen Gleichungen nicht kapiert …

Die meisten anderen sind noch eifrig über ihre Hefte gebeugt und stecken die Köpfe mit ihren Franzosen zusammen. Ein dumpfes Gemurmel erfüllt den Raum. Ich bin mir sicher, dass sie über alles Mögliche reden, aber bestimmt nicht über ihre Matheaufgaben.

René blickt von seinem Buch auf.

»Schon fertig?«, fragt er. »Du musst echt gut sein in Mathe.«

Ja, ja, jetzt kommt wieder die Schleim-Tour. Aber darauf fall ich nicht rein.

»Und ob«, sage ich schnippisch. »Genauer gesagt bin ich

ein richtiges Mathe-Genie. Und natürlich Klassenbeste. Diese Gleichungen sind eigentlich unter meinem Niveau – totaler Kinderkram.«

Also, wenn er jetzt nicht kapiert, dass ich ihn total bescheuert finde, fällt mir auch nichts mehr ein. Wie ekelhaft soll ich denn noch sein, bis er mich endlich in Ruhe lässt?

»Toll, wenn jemand so begabt ist«, sagt er freundlich. »Kannst du mir nicht erklären, wie diese Gleichungen funktionieren?«

Auch das noch! Ehrlich gesagt halte ich René für einen ziemlich hoffnungslosen Fall. Denn um Mathe zu kapieren, muss man wenigstens über ein Minimum an Intelligenz verfügen. Aber ich traue mich dann doch nicht, ihm das direkt ins Gesicht zu sagen. Außerdem habe ich im Moment ja sowieso nichts Besseres zu tun, also fange ich seufzend an, ihm die Grundlagen von Algebra zu erklären.

»Pass auf, du musst zuerst die quadratische Ergänzung suchen. Das ist eine Zahl, die man auf beiden Seiten der Gleichung addiert, um dann die linke Seite mit Hilfe der binomischen Formeln zusammenfassen zu können.«

René hört konzentriert zu. Er runzelt die Stirn und fragt ein paarmal nach, wenn er etwas nicht verstanden hat. Ich zeige ihm an einer Gleichung, wie es funktioniert, und er nickt langsam.

»Ich glaube, ich hab's so ungefähr kapiert«, sagt er. »Jetzt lass mich mal rechnen – aber du darfst mir nicht helfen!«

Hätte ich sowieso nicht gemacht. Ich schaue gespannt zu, wie er die Gleichung auf einen Zettel schreibt, den ich ihm rübergeschoben habe. Er schreibt sehr langsam und ordentlich. Eigentlich hätte ich eher erwartet, dass er eine lässige Sauklaue hat. Es dauert eine Weile, aber schließlich hat er die Gleichung tatsächlich gelöst. Da kann man mal sehen, was ein guter Lehrer alles erreichen kann. Ich bin ziemlich stolz auf mich. Wusste gar nicht, dass ich solche pädagogischen Fähigkeiten habe. Ganz kurz schießt mir durch den Kopf, dass René vielleicht doch nicht so blöd ist, wie ich dachte – aber diesen Gedanken verwerfe ich sofort wieder.

»Klasse, ich hab's tatsächlich kapiert«, sagt er und grinst. »Du bist eine gute Lehrerin!«

Sag ich doch. Zum Glück klingelt es in dem Moment, und mir bleiben weitere Lobeshymnen auf meine Person erspart.

Die anderen springen beim ersten Klingelton auf und stürmen erleichtert aus der Klasse, bevor Herr Balke eine Chance hat, uns Hausaufgaben aufzugeben. Ich packe langsam meine Sachen weg und hole mein Pausenbrot aus der Tasche. René steht neben mir und scheint auf mich zu warten. Hat er denn keine anderen Freunde, die er nerven kann? Muss er die ganze Zeit an mir hängen wie eine Klette? Eigentlich wollte ich in der Pause an meinem Physik-Projekt weiterarbeiten. Seit Laura beschlossen hat, dass es schlecht für ihr Image ist, mit mir gesehen zu werden, verbringe ich die Pausen meistens im Physikraum. Früher haben Laura und ich immer auf unserer Bank neben der Turnhalle gesessen und gequatscht – manchmal haben wir vor lauter Reden sogar das Klingeln überhört. Mit Laura zusammen hat es mir nie etwas ausgemacht, zu spät zum

Unterricht zu kommen. Aber jetzt hat sie ja viel exklusivere Gesellschaft gefunden, und ich habe keine Lust, allein auf dem Schulhof herumzustehen – also nutze ich meine Zeit lieber sinnvoll.

»Tu viens, Julie?«, fragt René.

Er scheint nicht die Absicht zu haben, allein in die Pause zu gehen. Und ich bezweifle, dass er Lust hat, mich in den Physikraum zu begleiten. Das heißt, ich muss mich jetzt auch noch in den Pausen um ihn kümmern und blöd auf dem Schulhof herumstehen, anstatt mir Gedanken über die Chaostheorie zu machen. Super – genau so habe ich mir das vorgestellt!

»Ich komm ja schon«, seufze ich. »Übrigens heiße ich *Julia* – es wäre nett, wenn du dir das merken könntest!«

»Was ist los mit dir, Julie?«, fragt René, als wir Richtung Pausenhof laufen. »Hast du schlechte Laune?«

»Nein, ich bin immer so«, brumme ich.

Natürlich zieht René gleich wieder alle Blicke auf sich, sobald wir nach draußen kommen. Und da ich neben ihm stehe, werde ich zwangsläufig auch angeglotzt – was mir nicht besonders gefällt. Ich komme mir vor, als wären mehrere 1000-Watt-Scheinwerfer auf uns gerichtet, und trete unbehaglich von einem Bein aufs andere. René bleibt ganz ruhig und tut so, als wären wir allein auf dem Schulhof.

»Tja, da wären wir …«, sage ich. »Hier verbringen wir unsere Pausen. Das heißt, eigentlich eher die anderen, ich ziehe normalerweise den Physikraum vor …«

Ich nehme meine Brille ab und putze sie gründlich. Als ich sie wieder aufsetze, fällt mein Blick auf Nadja und ihre

Clique, die ein paar Meter weiter stehen und einen Mordslärm veranstalten. Neben Nadja steht Mark und wie immer, wenn ich ihn sehe, hört mein Herz eine Sekunde lang auf zu schlagen, um dann plötzlich wie verrückt loszuhämmern. Gesund kann das eigentlich nicht sein …

Mark geht in die 10c und ist in meiner Physik-AG. Er ist ein absolutes Genie in Physik und hat schon mehrere Wettbewerbe gewonnen. Außerdem ist er Schulsprecher und kann auch noch wahnsinnig gut Klavier spielen – das ist schon was anderes als so ein seichtes Gitarren-Gedudel. Mark spielt natürlich nur klassische Musik. Wenn er bei unseren Schulkonzerten in der Aula auftritt, könnte ich ihm stundenlang zuhören.

Ach ja – falls ich es noch nicht erwähnt haben sollte: Mark und ich werden eines Tages heiraten. Er weiß zwar noch nichts davon, aber *ich* weiß, dass wir füreinander bestimmt sind. Und ich bin mir sicher, dass er das auch so sehen wird, wenn er mich erst einmal bemerkt hat. Leider weigert er sich jedoch seit zwei Jahren hartnäckig, meine Existenz zur Kenntnis zu nehmen. Was allerdings auch daran liegen könnte, dass ich mich jedes Mal, wenn er in der Nähe ist, in eine Salzsäule verwandle und keinen vernünftigen Satz herausbringe. Außerdem steht unserer glücklichen, gemeinsamen Zukunft noch ein weiteres Hindernis im Weg, das gerade den Arm um Mark legt und ihm mit pink geschminkten Lippen einen Kuss auf die Wange drückt: Nadja, die dumme Kuh, mit der Mark aus mir völlig unverständlichen Gründen seit zwei Monaten zusammen ist.

»Ein Freund von dir?«, fragt René, der meinem Blick gefolgt ist.

»Noch nicht, aber bald …«, murmele ich geistesabwesend, bevor mich Renés Frage wieder in die Realität zurückholt. Habe ich Mark etwa die ganze Zeit angestarrt? Wie peinlich! »Äh, ich meine – nein. Mark ist nur ein Typ aus meiner Physik-AG. Experte für Magnetismus und das magnetische Verhalten verschiedener Stoffe …«

René grinst mich an, während ich herumstottere wie der erste Mensch und dabei mal wieder knallrot anlaufe.

»Du magst ihn, was?«, fragt er ziemlich unverschämt.

»Quatsch!«, wehre ich entrüstet ab. »Und selbst wenn, das geht dich überhaupt nichts an!«

Am liebsten würde ich abhauen und René einfach stehen lassen. So ein Idiot! Hat der denn noch nie was von Privatsphäre gehört? Ich frage mich, wie ich den Typ noch neun Tage lang ertragen soll. Aber bevor ich ihm weiter die Meinung sagen kann, tauchen Nadja und Co. plötzlich neben uns auf. Die haben mir gerade noch gefehlt! Mark hat sich verdrückt – wahrscheinlich ist er in den Physikraum gegangen, wo ich jetzt eigentlich auch sein sollte. Nadja fängt natürlich sofort an, René anzubaggern.

»Hallo, du bist René, oder?«, fragt sie mit einem zuckersüßen Lächeln. »Jacqueline hat mir schon von dir erzählt.«

Nadjas Französin, die wieder ihren bescheuerten Hut trägt, zwitschert »Salut, René« und begrüßt ihn mit Küsschen. Ich werde natürlich komplett ignoriert.

»Ich bin Nadja«, stellt sich Nadja vor, »und das sind Tanja und Laura. Claudine und Nadine kennst du ja.«

»Salut«, sagt René und verteilt Küsschen.

Die Tussi-Bussi-Clique ist ganz in ihrem Element. Und die drei Französinnen fügen sich nahtlos ein. Jacqueline, Claudine und Nadine – das klingt wie ein schlechter Witz. Und genauso sehen die drei auch aus. Wie französische Klone von den Tussi-Bussis. Jacqueline spielt mit ihren blonden Locken, die unter dem Hut hervorschauen, Claudine wirft lässig ihre dunkle Mähne zurück, und Nadine hört gar nicht mehr auf, René zu küssen. Ein Glück, dass ich keine von denen abbekommen habe!

»Stimmt es, dass du in einer Band spielst?«, fragt Tanja aufgeregt.

»Oui«, antwortet René. »Ich singe und spiele Gitarre.«

Jetzt kann er erst mal wieder eine Runde angeben. Ich unterdrücke ein Gähnen. Zum Glück klingelt es in diesem Moment.

»Komm doch heute Abend zu mir«, sagt Nadja. »Ich hab ein paar Leute eingeladen. Wird bestimmt ganz nett.«

»Ich weiß nicht – was meinst du, Julie?«, fragt er mich.

Du meine Güte, kann er denn nichts allein entscheiden? Ich wäre ja ganz froh, wenn ich ihn mal für einen Abend los wäre – aber offensichtlich meint er, wir müssten alles zusammen machen. Auf einen Abend mit Nadja und ihren tollen Freunden habe ich allerdings wirklich keine Lust.

»Ach ja, richtig«, sagt Nadja und wirft mir einen abschätzigen Blick zu. »Du kannst natürlich auch mitkommen, Julia – wenn du willst.«

»Wie nett von dir, Nadja«, antworte ich und lächle sie freundlich an. »Ich kann mir nichts Spannenderes vorstellen, als mich stundenlang über die neuesten Schminktipps zu unterhalten – aber ich habe *leider* ausgerechnet heute Abend absolut keine Zeit. Tut mir wirklich leid …«

»Ja, ausgesprochen schade«, entgegnet Nadja. »Wir werden dich und deine anregende Gesellschaft schmerzlich vermissen. Aber vielleicht hat René ja Lust, alleine zu kommen? Er kann etwas Abwechslung bestimmt gut gebrauchen, oder, Mädels?« Sie wirft einen Beifall heischenden Blick in die Runde, und ihr Gefolge kichert ergeben.

»Dann können wir ja ein richtiges Hauskonzert veranstalten«, gluckst Tanja. »René spielt Gitarre und Mark Klavier!«

Moment mal – Mark kommt auch? Hätte ich mir eigentlich denken können, schließlich ist er Nadjas Freund. Aber das verdränge ich lieber sofort wieder. Auf jeden Fall rückt diese Information Nadjas Einladung in ein ganz neues Licht.

»Eigentlich hast du recht, Nadja«, sage ich. »Etwas Abwechslung kann nicht schaden. Und ich will René natürlich einen Abend mit der absoluten Schulelite nicht vorenthalten. Wir kommen sehr gerne, nicht wahr, René? Wann geht's los?«

»Um acht«, sagt Nadja verdutzt.

»Prima! Dann bis später, Leute!«, rufe ich und winke den Tussi-Bussis zu, bevor ich mich mit René verdrücke. Schließlich will ich nicht zu *jeder* Stunde heute zu spät kommen.

Während wir durch die Gänge laufen, grinst René mich von der Seite an.

»Ist was?«, frage ich ihn.

»Nö«, antwortet er, ohne mit dem Grinsen aufzuhören. »Ich habe nur gerade gedacht, dass du ganz schön witzig sein kannst, Julie.«

Das hat mir auch noch keiner gesagt. Ist das jetzt ein Kompliment oder eine Beleidigung? Egal – viel wichtiger ist, dass ich heute Abend Mark sehen werde. Hoffentlich ist er genauso beeindruckt von meinem sprühenden Witz …

Ein harter Abend

»Nadja hat *dich* eingeladen?«, fragt Nina verdattert, als ich beim Abendbrot beiläufig unsere Verabredung erwähne. »Zu sich nach Hause?«

»Ja, wieso? Hast du was dagegen?«, frage ich genervt. Muss sie da so eine große Sache draus machen? Als wenn es so was Tolles wäre, von der dämlichen Nadja eingeladen zu werden! Außerdem bin ich mir inzwischen selbst nicht mehr sicher, ob ich da wirklich hin will. Was soll ich denn da? Auf die Leute kann ich echt verzichten.

»Eigentlich würde ich heute Abend doch lieber zu Hause bleiben«, sage ich zu René. »Irgendwie bin ich ganz schön müde. Geh doch einfach ohne mich.«

»Auf keinen Fall«, sagt René. »Ich kenn da doch niemanden.«

»Glaub mir, das wird sich ganz schnell ändern«, beruhige ich ihn.

Vor allem, was die weiblichen Gäste betrifft!

»Du musst mitkommen, Julie«, bittet René. »Wer soll mir denn sonst die ganzen Leute vorstellen? Mark zum Beispiel …«

Was soll denn das jetzt schon wieder? Ich werfe René

einen misstrauischen Blick zu, aber der schaut mich völlig unschuldig an. Nur in seinen Augen glitzert es verräterisch. Will er sich etwa über mich lustig machen, oder was?

Bei der Erwähnung von Marks Namen werde ich allerdings schon wieder schwach. Die anderen Idioten können mir doch eigentlich egal sein. Soll ich mir von denen etwa die Chance vermasseln lassen, Mark von meinem einnehmenden und überaus witzigen Wesen zu überzeugen? Schließlich muss ich ihn endlich vor Nadja retten, die jemanden wie Mark überhaupt nicht verdient hat. Er kann mit ihr eigentlich nur todunglücklich sein. Ich frage mich, worüber er sich mit ihr wohl unterhält? Sie hat schließlich keinen Schimmer von all den Dingen, für die er sich interessiert. Ganz im Gegensatz zu mir. Wir beide sind eben einfach das perfekte Paar – und es wird allmählich Zeit, dass Mark das auch begreift.

»Okay, ich komme mit«, verkünde ich und beiße in mein Käsebrot.

Renés wissendes Grinsen ignoriere ich einfach.

Zwei Stunden später bereue ich meine Entscheidung schon wieder. Wie konnte ich mich bloß zu so einer Schnapsidee breitschlagen lassen? Schon an der Haustür habe ich gewusst, dass der Abend nur ein Reinfall werden kann. Nadja hat mich natürlich erst mal komplett ignoriert und René dafür aber umso herzlicher begrüßt.

»Hallo, René, schön, dass du da bist! Ich dachte schon, du kommst gar nicht mehr. Die anderen sind im Partykeller. Wo hast du denn deine Gitarre gelassen?«, hat sie gezwitschert, ohne René auch nur eine Sekunde lang aus den Augen zu lassen.

»Hallo, Nadja, ich freu mich auch, dich zu sehen«, habe ich eingeworfen. »Schickes Outfit, übrigens. Wusste gar nicht, dass das eine Kostümparty ist, aber der Sadomaso-Look steht dir echt gut.«

Nadja ist nur eine Sekunde das Lächeln im Gesicht gefroren, bevor sie ihren superkurzen Lackleder-Minirock über ihrer Netzstrumpfhose glatt gestrichen und sich zu mir gedreht hat.

»Julia – du bist auch da, ich hab dich glatt übersehen«, hat sie gerufen. »Kein Wunder, dein Kostüm als graue Maus ist einfach zu perfekt – ich bin wirklich beeindruckt! Wie kriegst du das nur immer hin, so absolut unscheinbar auszusehen?«

Jetzt war ich es, die gequält gelächelt hat. Dafür, dass Nadja so unsagbar blöd ist, kann sie manchmal ganz schön schlagfertig sein.

Jetzt stehe ich in Nadjas Partykeller herum und frage mich, was ich hier eigentlich mache. Der Keller ist total hässlich: orangefarbene Lampen, eine Theke aus Holzimitat, Barhocker mit knallgrünen Bezügen und eine Sitzgarnitur aus braunem Cordstoff – die Einrichtung scheint noch aus den Siebzigerjahren zu stammen. In einer Ecke liegen ein paar Matratzen, auf denen sich aber noch niemand niedergelassen hat. Viel mehr kann ich nicht erkennen, weil es ziemlich dunkel ist. Auf der Theke stehen ein paar Teelichter, die flackerndes Licht verbreiten. Die Luft ist jetzt schon total verqualmt, weil scheinbar alle Franzosen rauchen. Die Deutschen qualmen natürlich eifrig mit – selbst die, die ich vorher noch nie mit einer Zigarette gesehen habe. Aus der Dunkelheit leuchten mir von überall her orange glühende Punkte entgegen. Sieht aus wie ein gigantisches Glühwürmchen-Treffen. Schade, dass man bei dem schummrigen Licht nicht sehen kann, wer zuerst grün im Gesicht wird. Aus der Musikanlage hinter der Theke dröhnt Musik – irgendwas Französisches, wahrscheinlich eine CD von Jacqueline. Die Mädchen wippen im Takt mit, die Jungs ignorieren die Musik.

Nadja hat ungefähr die halbe Klasse eingeladen – mit Franzosen natürlich. Alle sitzen oder stehen in kleinen Gruppen herum und machen sich wichtig. Die Jungs haben Bierflaschen in der Hand und stoßen ständig laut klirrend miteinander an. Zwischendurch versuchen sie, einander mit blöden Sprüchen und schlechten Witzen zu übertrumpfen – leider grölen sie dabei so laut, dass man sie kaum ignorieren kann. Die Mädchen stecken die Köpfe zusammen, kichern albern und schielen zu den Jungs. Wie kann man sich nur für diese pickelgesichtigen Angeber interessieren?

Der einzig *wirklich* interessante Mensch in diesem Raum ist Mark. Er steht hinter der Theke und spielt den DJ. Dabei unterhält er sich mit zwei anderen Jungs aus der Zehnten, die auf Barhockern vor der Theke sitzen und ab und zu an ihrem Bier nippen. Ich überlege, ob ich gleich zu ihm rübergehen und ihn in ein Gespräch verwickeln soll – aber irgendwie wird mir bei dem Gedanken ganz flau im Magen. Vielleicht sollte ich lieber noch etwas warten und mir erst mal eine Strategie zurechtlegen. Außerdem will ich ihn nicht beim Gespräch mit seinen Freunden stören – schließlich sollen die nicht denken, dass ich so eine nervige, kleine Neuntklässlerin bin, die ständig irgendwelche Typen anquatscht.

René ist gleich, als wir die Kellertreppe heruntergekommen sind, von Nadja, Tanja und Laura mit Beschlag belegt worden. Er tut mir fast ein bisschen leid – seit einer geschlagenen Stunde wird er nun schon von den dreien vollgequatscht. Aber wahrscheinlich findet er es noch toll, von der gesamten Tussi-Bussi-Clique angehimmelt zu werden. Gerade klimpert Tanja wie verrückt mit ihren (garantiert falschen) Wimpern und bietet René ihre geöffnete Zigarettenschachtel an.

»Willst du eine?«, fragt sie.

»Non, merci«, lehnt René ab. »Ich rauche nicht.«

»Verstehe«, sagt Tanja mit verständnisvollem Blick. »Als Sänger musst du bestimmt auf deine Stimme achten. Wie fallen dir eigentlich die Texte für deine Lieder ein? Verarbeitest du da auch persönliche Erfahrungen?«

Bilde ich mir das nur ein, oder wirkt Renés höfliches Lächeln eine Spur genervt? Vielleicht ist ja sogar ihm jemand wie Tanja zu doof. Das würde ihn zumindest etwas sympathisch machen.

Ich setze mich auf eins der Cordsofas und putze erst mal meine Brille. Marco, ein Typ aus meiner Parallelklasse, kommt vorbei und lässt sich neben mich aufs Sofa plumpsen.

»Na, hast du Spaß?«, fragt er und grinst mich spöttisch an.

»Und wie – ich amüsier mich gerade zu Tode«, antworte ich schnippisch und setze meine Brille wieder auf. »Aber so verzweifelt, dass ich mich mit dir unterhalten müsste, bin ich auch noch nicht!«

Marco steht wieder auf. »Mann, du bist genauso arrogant und ätzend, wie alle sagen. Dann bleib doch alleine hier sitzen, wenn's dir so viel Spaß macht. Warum gehst du nicht nach Hause und machst deine Hausaufgaben?«

Das frage ich mich auch gerade – aber bevor ich Marco das mitteilen kann, ist er schon wieder verschwunden. Ein paar Mädels, die die Szene mitbekommen haben, schauen in meine Richtung und kichern.

Ich beiße mir auf die Zunge. Mist – warum kann ich nicht einfach mal normal reagieren, wenn mich jemand anspricht? Vielleicht wollte Marco ja wirklich nur nett sein, und ich habe ihn innerhalb von einer Minute vergrault. Herzlichen Glückwunsch, Julia!

Dabei wäre es wirklich ganz nett gewesen, sich zur Abwechslung mal mit jemandem zu unterhalten, statt hier nur blöd herumzusitzen. Noch nicht mal René kümmert sich um mich – dabei hängt er doch sonst den ganzen Tag wie eine Klette an mir. Erst überredet er mich, mit ihm herzukommen, und dann redet er den ganzen Abend kein Wort mit mir. Hätte ich mir eigentlich denken können, dass er nur herwollte, um sich von sämtlichen Neuntklässlerinnen bewundern zu lassen.

Ich würde mich am liebsten in Luft auflösen. Oder einmal mit den Fingern schnippen, in meinem gemütlichen Bett liegen (zum Teufel mit dem Klappbett!) und mir die Decke über den Kopf ziehen. Ich habe echt keine Lust mehr, so zu tun, als würde es mir überhaupt nichts ausmachen, hier allein herumzusitzen, während alle anderen Spaß haben und sich wahrscheinlich über mich kaputtlachen. Mir kommt es so vor, als würde ständig jemand zu mir herüberschauen. Wahrscheinlich fragen sie sich, was ich hier eigentlich will. Und ehrlich gesagt frage ich mich das auch gerade. Ich gehöre einfach nicht hierher!

Ich versuche mich in der dunklen Ecke des Sofas möglichst unsichtbar zu machen. Vielleicht werde ich ja irgendwann einfach vom Qualm verschluckt. Wahrscheinlich würde das überhaupt keinem auffallen.

Als ich gerade dabei bin, mich in meinem Selbstmitleid beinahe schon wieder wohlzufühlen, fällt mein Blick auf Mark , der immer noch hinter der Theke steht. Er lacht gerade über etwas, und seine Zähne blitzen hell im Schein einer flackernden Kerze auf. Moment mal – jetzt weiß ich wieder, was ich hier wollte. Fast hätte ich den Grund für meine Anwesenheit vor lauter Gejammer komplett vergessen, aber jetzt sehe ich wieder klar. Ich glaube, es ist an der Zeit, die »Aktion Mark« zu starten.

Ich atme einmal tief durch und schiele zur Theke hinüber. Mark unterhält sich immer noch mit seinen beiden Freunden – blöd. Aber ich kann schließlich nicht ewig warten. Ich beschließe, sofort zum Angriff überzugehen, bevor mich wieder der Mut verlässt. Ich rücke meine Brille gerade und gehe auf die Theke zu. Meine Knie werden mit jedem Schritt ein bisschen weicher, und mein Herzschlag setzt in dem Moment aus, als Mark mich bemerkt, den Blick von seinen Kumpels abwendet und mir direkt in die Augen schaut. Mir kommt es so vor, als würde ich die letzten Schritte in Zeitlupe zurücklegen. Jeder Moment dehnt sich wie eine besonders weiche Schraubenfeder, und ich kriege keine Luft mehr. Schließlich habe ich die Theke erreicht, klammere mich verzweifelt daran fest, bevor meine Beine unter mir nachgeben können, und japse: »Hallo, Mark!«

In dem Moment kehrt die Zeit wieder zu ihrer normalen Verlaufsgeschwindigkeit zurück, mein Herzschlag und meine Atmung setzen wieder ein, und ich schnaufe wie ein Taucher, der gerade einen neuen Weltrekord im Langzeittauchen aufgestellt hat. Leider fällt mir absolut nichts ein, was ich jetzt noch zu Mark sagen könnte. Vielleicht hätte ich mir doch erst eine intelligente Gesprächseröffnung überlegen sollen, bevor ich zur Tat schreite. Aber dazu ist es nun zu spät. Verzweifelt krame ich in meinem Kopf nach einem halbwegs vernünftigen Satz.

»Ganz schön verraucht hier, was?«, ist das Erste, was mir einfällt.

Der Satz ist mir rausgerutscht, bevor ich merke, dass sowohl Mark als auch seine beiden Freunde Zigaretten in der Hand halten, von denen sich hellgrauer Rauch in Richtung Decke kringelt.

»Da hast du allerdings recht, Brillenschlange«, sagt einer von Marks Freunden, zieht einmal genüsslich an seiner Zigarette und bläst mir den Rauch direkt ins Gesicht. Ich fange an zu husten, und Mark und seine Freunde grinsen sich an.

»Hör mal, Kleine«, sagt der andere Typ. »Siehst du nicht,

dass sich hier Erwachsene unterhalten? Also, sei schön brav und verzieh dich!«

Ich fass es nicht – die kommen sich offensichtlich supertoll vor, bloß weil sie ein Jahr älter sind. Arrogante Idioten! Warum sagt Mark denn nichts? Und wieso unterhält er sich stundenlang mit diesen Spinnern? Vor Wut werde ich wieder mal knallrot im Gesicht – ich kann nur hoffen, dass man das bei dem schummrigen Licht nicht sieht.

»Oh, Verzeihung«, säusele ich. »Ich will eure wichtigen Erwachsenengespräche natürlich nicht stören. Eigentlich wollte ich Mark auch nur kurz zu seiner Untersuchung des Magnetismus im Raum gratulieren. Die Ergebnisse zu den dia- und paramagnetischen Eigenschaften von Materie fand ich wirklich sehr beeindruckend. Ihr sicher auch, nicht wahr? Oder ist das vielleicht etwas zu hoch für euch? Na ja, es kann schließlich nicht jeder ein Physikgenie sein! Also dann – einen schönen Abend noch. Wir sehen uns, Mark!«

Während ich mich auf dem Absatz umdrehe und wieder zu meinem Stammplatz, dem Cordsofa, wanke, höre ich, wie einer von Marks Freunden fragt: »Wer war denn die Zicke?«

»Keine Ahnung«, antwortet Mark. »Ich glaube, die geht in Nadjas Klasse. Kann sein, dass sie auch in der Physik-AG ist. Aber ich kann mir ja nun wirklich nicht jedes Gesicht merken …«

Ich sinke auf das Sofa und versuche mich umgehend in Luft aufzulösen. Natürlich funktioniert es nicht. So eine peinliche Aktion! Und wahrscheinlich hat jetzt auch noch die halbe Klasse mitbekommen, wie ich mich komplett lächerlich gemacht habe. Das nenne ich mal Erfolg auf der ganzen Linie!

Warum weiß Mark eigentlich nicht, wer ich bin? Schließlich sind wir seit zwei Jahren in derselben Physik-AG. Na gut, wir haben bisher noch kein Wort miteinander gewechselt, aber einmal haben wir uns immerhin den Arbeitstisch geteilt. Wie kann er das denn einfach vergessen haben? Vielleicht hat er mich nicht erkannt, weil es so dunkel ist.

Das wird's sein – außerdem hat er mich hier einfach nicht erwartet. Ich hab ihn ja auch total überrumpelt.

Meine Augen brennen. Jetzt bloß nicht heulen, das fehlt gerade noch! Quatsch, ich heul doch nicht, das ist nur dieser blöde Qualm. Außerdem hab ich's diesen zwei doofen Typen ganz schön gezeigt. Das sind bestimmt keine guten Freunde von Mark …

Jemand lässt sich neben mir auf dem Sofa nieder. Laura! Was will die denn? Schnell setze ich eine unbeteiligte Miene auf.

»Hallo, Julia«, begrüßt sie mich. »Hätte nicht gedacht, dass du tatsächlich hier auftauchst! Wie geht's denn so?«

»Super«, antworte ich. »Nette Party, echt.«

»Wie läuft's mit Mark?«, fragt Laura. »Immer noch dein Traumtyp?«

Mist, bestimmt hat Laura die ganze peinliche Aktion mitbekommen.

»Ach, weißt du, die Phase habe ich hinter mir«, sage ich abgeklärt. »Das ist doch Kinderkram. Mark und ich sind einfach gute Freunde – alles andere wäre mir auch zu anstrengend.«

Keine Ahnung, ob Laura mir das abnimmt. Früher hätte sie mich jedenfalls sofort durchschaut.

»Ach so ist das«, sagt sie und nickt. »Ist doch prima. Dann macht es dir also nichts aus, dass Mark jetzt mit Nadja zusammen ist?«

»Mir? Was ausmachen?«, frage ich erstaunt. »Quatsch, überhaupt nicht. Das ist mir so was von egal.«

»Kann ich verstehen – schließlich hast du jetzt ja auch den absoluten Supertypen zehn Tage lang frei Haus«, sagt Laura und kichert. »Dagegen sieht sogar Mark ganz schön blass aus. Das scheint Nadja übrigens auch schon aufgefallen zu sein. René ist aber auch wirklich total nett. Gar nicht so ein oberflächlicher Angeber, der nur darauf aus ist, das erstbeste Mädchen abzuschleppen. Ich glaube, er ist sehr sensibel …«

Ja, ja, der sensible Künstler – ich kann's nicht mehr hören. Außerdem bin ich kurz davor auszuflippen, weil ich es nicht ertragen kann, dass Laura Mark schlechtmacht. Überhaupt – wie kann sie Mark und René einfach so miteinander vergleichen, da liegen schließlich Welten dazwischen! Aber bevor ich ihr das erklären kann, ertönt Nadjas Stimme: »Laura, wo steckst du?«

Laura springt sofort auf und macht ein erschrockenes Gesicht. Es scheint ein echtes Kapitalverbrechen für ein Mitglied der Tussi-Bussi-Clique zu sein, mit mir gesehen zu werden.

»Ich muss dann mal wieder«, beendet Laura hastig das Gespräch. »Bis dann!«

»Schöne Grüße an Nadja«, gebe ich ihr mit auf den Weg.

»Und vielleicht solltest du mich beim nächsten Mal einfach wieder ignorieren, sonst versaust du dir noch dein Image!«

Laura wirft mir einen seltsamen Blick zu und eilt zurück in die Welt der Schönen und Coolen. Ich versuche, den Kloß in meinem Hals hinunterzuschlucken, und schaue ihr nach. Früher haben wir uns immer zusammen über Leute wie Nadja und Tanja lustig gemacht. Aber früher war es Laura ja auch nicht peinlich, mit mir gesehen zu werden.

So langsam reicht es mir – mehr Tiefschläge an einem Abend verkrafte ich nicht. Ich will nach Hause, aber ich kann mich nicht dazu aufraffen, aufzustehen und René zu suchen. Ich habe absolut keine Lust, mich zwischen den ganzen Leuten hindurchzudrängeln und ihre hämischen Blicke zu ertragen. Vielleicht bin ich ja wirklich die Niete, für die mich alle halten. Was hat Marco vorhin gesagt? Arrogant und ätzend …

Als ich kurz davor bin, ohne Rücksicht auf Verluste einfach loszuheulen, taucht René auf einmal vor mir auf. Er hat zwei Colaflaschen in der Hand. Eine davon reicht er mir und lässt sich neben mich auf das Sofa fallen. Er sieht genauso fertig aus, wie ich mich fühle.

»Ça va, Julie?«, fragt er. »Ich dachte mir, du willst vielleicht was trinken.«

»Danke«, antworte ich knapp und nippe an meiner Cola. Ich hab tatsächlich ziemlichen Durst. »Und – hast du dich nett mit Nadja und den anderen unterhalten?«

René schnaubt verächtlich. »Zum Unterhalten gehören immer noch zwei. Nadja und diese Tanja haben mich aber gar nicht zu Wort kommen lassen. Eigentlich soll man ja nichts

Schlechtes über seinen Gastgeber sagen, aber Nadja ist einfach *unerträglich*. Es ist doch erstaunlich, dass sich jemand so toll vorkommen kann, der in Wirklichkeit so blöd ist.«

Obwohl mir eigentlich überhaupt nicht danach zumute ist, muss ich grinsen. »Ach, und ich dachte, du stehst auf die Art von Mädchen. Immerhin scheinen sie dich total toll zu finden.«

»Ja, leider«, seufzt René. »Das kostet mich noch den letzten Nerv. Aber wie kommst du eigentlich darauf, dass ich auf diese oberflächlichen Zicken stehe? Du scheinst ja echt eine tolle Meinung von mir zu haben. Bloß weil ich Musik mache, muss ich doch nicht mit jedem Mädchen, das mich anhimmelt, was anfangen, oder?«

»Na ja, das stimmt natürlich«, druckse ich herum. »Aber ich dachte, das gehört irgendwie mit dazu.«

»So ein Quatsch«, sagt René kopfschüttelnd. »Im Gegenteil, es kann ganz schön anstrengend sein, wenn einen Leute wie Nadja ständig vollquatschen.«

»Armer René, du kannst einem wirklich leidtun«, sage ich bedauernd. »Immer diese nervigen Groupies! Ich kenne das, ich musste mich auch den ganzen Abend mit meinen Fans herumärgern – die sind aber auch manchmal so was von aufdringlich! Können mich einfach keine Sekunde in Ruhe lassen. Wie soll das erst werden, wenn ich in ein paar Jahren den Nobelpreis bekommen habe?«

René lacht so laut, dass sich ein paar Mädchen, die in der Nähe stehen, nach uns umdrehen und uns verblüfft anschauen. Tja, die wussten wohl noch nichts von meinem umwerfenden Witz!

»Okay, okay, schon kapiert«, sagt René und gluckst immer noch vor sich hin. »Sag mal, wie ist es eigentlich mit Mark gelaufen?«

Ich verziehe das Gesicht. »Themawechsel! Ich möchte nicht darüber sprechen.«

»Oje, so schlimm?«, fragt René.

»Schlimmer«, sage ich. »Willst du übrigens noch lange bleiben? Ich kann es nämlich kaum erwarten, hier wegzukommen.«

»Geht mir genauso«, sagt René. »Auf geht's! Sollen wir uns noch von unserer charmanten Gastgeberin verabschieden?«

»Nö«, antworte ich. »Wenn es mit deiner guten Erziehung vereinbar ist, würde ich mich lieber so verdrücken. Noch mehr Beleidigungen verkrafte ich heute nicht.«

Also schnappen wir uns unsere Jacken und verlassen unauffällig den Partykeller. Als die Haustür hinter uns ins Schloss fällt, grinsen wir uns zu wie zwei Gangster nach einem gelungenen Coup.

»Puh«, stöhnt René erleichtert. »Das war ein harter Abend!«

Da kann ich ihm nur zustimmen. Und so langsam frage ich mich ernsthaft, ob wir nicht doch das eine oder andere gemeinsam haben …

Schulausflug mit Überraschungen

Am nächsten Morgen sitzen wir pünktlich um zehn Uhr im Bus auf dem Weg zu den berühmten Hünengräbern, die in unserer Gegend das Ausflugsziel sind. Ich war in meinem Leben schon mindestens zwanzigmal dort: so ziemlich an jedem Wander- und Ausflugstag meiner bisherigen Schulzeit. Frau Hinrich hat offenbar beschlossen, dass man diese wichtige Sehenswürdigkeit den Franzosen auf keinen Fall vorenthalten darf, weshalb die Hünengräber die erste Station unseres heutigen Tagesausfluges sind. Danach ist eine kleine Wanderung durch den umliegenden Wald geplant, um anschließend die Kunsthalle in unserer Nachbarstadt zu besuchen. Ein ganz schön strammes Programm für einen Samstag – und nicht gerade besonders spannend.

Ich sitze am Fenster und zähle träge die Straßenlaternen, an denen wir vorbeifahren. Samstags nicht ausschlafen zu können, ist wirklich hart. Wenigstens ist das Wetter spitzenmäßig für eine Landpartie: Die Sonne strahlt von einem absolut wolkenlosen Himmel, und es war heute Morgen schon so warm, dass René und ich ohne Jacken zur Schule gelaufen sind. (Betonung auf *gelaufen* … Wenn mein ansonsten zugegebenermaßen recht sportlicher französischer

Gast wie jeder normale Mensch Fahrrad fahren könnte, hätte ich eine Viertelstunde länger schlafen können – mindestens!)

Es ist erstaunlich ruhig im Bus. Hier und da wird ausgiebig gegähnt, viele haben die Augen geschlossen und dösen vor sich hin. Den meisten anderen scheint das Aufstehen heute Morgen noch schwerer gefallen zu sein als mir. Offensichtlich hat die Party bei Nadja gestern ziemlich lange gedauert – gut, dass wir uns rechtzeitig abgeseilt haben.

Nadja, Tanja und Laura sitzen mit ihren Französinnen ganz hinten im Bus und sehen ziemlich fertig aus. Nadja hat eine riesige Sonnenbrille auf der Nase, und selbst die Tonnen sorgsam aufgetragener Schminke können ihre graue Gesichtsfarbe nicht ganz überdecken. Tanja und Laura hätten auch besser Sonnenbrillen aufgesetzt, dann würde man wenigstens ihre dunklen Augenringe nicht sehen.

Frau Hinrich und Mme. Dupont sind die Einzigen, die so richtig frisch und ausgeruht wirken. Sie sitzen vorne in der ersten Reihe und unterhalten sich angeregt. Wahrscheinlich freuen sie sich, dass das sonst auf Busfahrten übliche Chaos heute ausbleibt und sie nicht ständig für Ruhe sorgen müssen.

Ich überlege, ob ich auch noch ein halbes Stündchen schlafen soll, aber so richtig müde bin ich dann doch nicht mehr. Eigentlich hätte ich den Artikel über die Chaostheorie, den ich letzte Woche im Internet gefunden habe, im Bus lesen können. Blöderweise habe ich heute Morgen nicht daran gedacht, ihn einzustecken. Allmählich kriege ich ein schlechtes Gewissen, weil ich diese Woche so gut wie gar nicht mit meinem Physik-Projekt weitergekommen bin. Karlchen wird nicht besonders begeistert sein, wenn ich ihm am Montag bei der Physik-AG nicht mal die ersten Auswertungen meiner Ergebnisse präsentieren kann. Ich beschließe, dass ich mich morgen auf jeden Fall ein paar Stunden an den Schreibtisch setze. Dann muss sich René eben mal alleine beschäftigen. Ansonsten leistet Nina ihm sicherlich auch liebend gern Gesellschaft. Sie war heute sowieso schon sauer, dass wir den ganzen Tag weg sind und sie nicht mitkommen darf. Aber vielleicht ist René ja auch der Typ, der den ganzen Sonntag verpennt …

Im Moment wirkt er allerdings ganz und gar nicht verpennt, wie ich mit einem kurzen Seitenblick feststelle. Neben unseren beiden Lehrerinnen scheint René zu dieser frühen Stunde die fitteste Person im Bus zu sein. Er sitzt entspannt auf seinem Platz und liest schon wieder in diesem zerfledderten Buch, das er ständig bei sich zu tragen scheint. Dabei sieht er total konzentriert aus und lässt sich auch nicht dadurch ablenken, dass ich ihn mindestens drei Minuten lang anstarre. Ab und zu blättert er eine Seite um oder streicht sich die wuscheligen Haare aus dem Gesicht, die ihm immer wieder in die Augen fallen. Er verbringt morgens höchstens fünf Minuten im Bad und hat trotzdem immer genau diese leicht strubbelige Frisur, die so aussieht, als wäre er gerade erst aus dem Bett gestiegen und hätte sich noch nicht gekämmt. Die die anderen Jungs selbst nach drei Stunden vor dem Spiegel und mit einer ganzen Tube Gel nicht hinbekommen. Wahrscheinlich liegt das daran, dass René tatsächlich gerade erst aus dem Bett gestiegen ist und sich noch nicht gekämmt hat. Aber wieso denke ich überhaupt länger als zehn Sekunden über Renés Frisur nach? Ich mache mir doch normalerweise noch nicht mal Gedanken über meine eigenen Haare! Wenn das so weitergeht, werde ich noch so eine hohlköpfige Tussi wie Laura.

Da durchzuckt mich eine schreckliche Vorstellung: Vielleicht hat es bei Laura genau so angefangen! Ganz langsam haben sich Gedanken über Frisuren, Klamotten und Make-up in ihrem Kopf eingenistet und Stück für Stück ihr Gehirn zersetzt, bis es sich komplett aufgelöst hat.

Ich schüttle heftig den Kopf und rufe mich selbst zur Ordnung. Der Zersetzungsprozess meines Gehirns scheint schon begonnen zu haben, anders kann ich mir diese völlig verworrenen Gedankengänge nicht erklären. Um ihnen ein Ende zu bereiten, stoße ich René an und frage: »Was liest du denn da?«

René hebt den Blick keine Sekunde vom Buch und murmelt: »Camus.«

Will der mich etwa veräppeln? Camus liest man höchstens gezwungenermaßen im Französisch-Leistungskurs, aber bestimmt nicht in der 9. Klasse. Und schon gar nicht freiwillig am Wochenende und während eines Schulausflugs! Aber dann lege ich den Kopf schief und werfe einen Blick auf den Umschlag. Da steht's tatsächlich, schwarz auf weiß, kein Zweifel möglich.

»Albert Camus, *L'Étranger*«, lese ich laut. »Ach du Scheiße! So was liest du? Das ist doch total langweilig!«

René blickt endlich von seinem Buch auf und sieht mich

verständnislos an. »Langweilig? Quatsch! Camus ist klasse. Und *L'Étranger* ist ein geniales Buch. Ich habe es schon fünfmal gelesen und finde es jedes Mal wieder spannend. Wie viele Deutungsmöglichkeiten in dem Text stecken! Und dann diese einfache, fast schon karge Sprache … Ich kann es dir gerne mal leihen, wenn du willst.«

Schnell schüttele ich den Kopf. »Nee, danke, lass mal. Wahrscheinlich würde ich das nicht mal auf Deutsch kapieren. Literatur ist nicht unbedingt meine Stärke. Wir lesen in Französisch gerade *Le Petit Prince,* das reicht mir schon. Ehrlich gesagt ist mir völlig schleierhaft, warum das Buch so berühmt ist. Diese ganze Geschichte mit der Blume und all diesen merkwürdigen Leuten auf den Planeten – wen interessiert denn das?«

René sieht mich verzweifelt an. »*Le Petit Prince* ist eins meiner Lieblingsbücher! *On ne voit bien qu'avec le coeur, l'essentiel est invisible pour les yeux* – so ein einfacher Satz, in dem so viel Weisheit steckt …«

»Tatsächlich?«, frage ich nicht sehr überzeugt. »Ich befürchte, diese ganze Weisheit ist an mich komplett verschwendet, weil ich sie einfach nicht verstehe.«

»Du darfst nicht so schnell aufgeben«, meint René. »Außerdem bist du dafür super in Mathe, und davon hab ich keine Ahnung. Man kann eben nicht in allem gut sein.«

»Ja, leider«, seufze ich.

»Aber wenn du willst, können wir den Text gerne mal gemeinsam durchgehen, und ich erklär dir die wichtigsten Passagen«, bietet René an. »Vielleicht kann ich dich ja doch noch für die französische Literatur begeistern. Schließlich hast du es auch geschafft, dass ich diese blöden Gleichungen kapiert habe – und das will bei meinem Talent für Mathe echt was heißen!«

»Vielleicht ist das gar keine so schlechte Idee«, überlege ich. »Ich muss dringend was für meine Französisch-Note tun, und in der nächsten Klausur geht's garantiert um dieses blöde Buch … äh, ich meine natürlich, um dieses Meisterwerk der französischen Literatur.«

»Prima, dann haben wir das ja auch geklärt«, sagt René und grinst mich an, bevor er sich wieder in sein Buch vertieft.

Dass mir René mal Nachhilfe geben würde, hätte ich auch nicht gedacht. Vor zwei Tagen habe ich ihn noch für einen absoluten Idioten gehalten, aber inzwischen bin ich mir da gar nicht mehr so sicher. Jemand, der mal eben so Camus liest und das dann auch noch versteht, kann zumindest nicht völlig verblödet sein. Ich gebe es ja nur ungern zu, aber vielleicht habe ich René tatsächlich etwas unterschätzt …

Als wir bei den Hünengräbern ankommen, quälen sich alle lustlos aus ihren Sitzen und schlurfen den Hügel hinauf. Die anderen aus meiner Klasse haben die Gräber schon mindestens so oft gesehen wie ich, und die Franzosen scheinen ebenfalls kein gesteigertes Interesse an den alten Steinhaufen zu haben. Ich weiß auch wirklich nicht, was an ein paar auf einem Hügel verstreuten Gesteinsbrocken so faszinierend sein soll. Viel mehr ist von den Gräbern nämlich nicht mehr zu sehen. Das Interessanteste sind noch die Graffiti und Kritzeleien, mit denen sich Generationen von gequälten Schülern auf den Steinen verewigt haben.

Nur Frau Hinrich und Mme. Dupont wirken richtig motiviert und steigen voller Elan den Hügel hinauf, während wir in kleinen Grüppchen hinterherzockeln.

»Los, los, Beeilung, meine Herrschaften!«, ruft Frau Hinrich und klatscht in die Hände, als sie und Mme. Dupont oben auf dem Hügel angelangt sind und bemerkt haben, dass wir ihnen nur sehr langsam folgen. »Wir schauen uns jetzt diese wundervollen alten Hünengräber an und machen dann einen schönen Waldspaziergang bei diesem herrlichen Wetter!«

Von mir aus könnte die Sonne ruhig ab und zu mal hinter einer Wolke verschwinden, aber leider ist weit und breit keine in Sicht. Inzwischen ist es richtig heiß geworden, und ich fange in meiner langen Jeans an zu schwitzen. Vielleicht liegt das aber auch an dem blöden Hügel, den wir gerade hinaufkraxeln, was mich schon wieder an die Grenzen meiner körperlichen Belastbarkeit treibt. Ich sollte wirklich mehr Sport machen, das ist ja richtig peinlich! René trabt natürlich wieder fröhlich neben mir her, ohne einen einzigen Tropfen Schweiß zu vergießen. Warum ist er bloß so fit, wenn er nie Fahrrad fährt und die ganze Zeit nur herumsitzt und schwer verdauliche Bücher liest?

»Machst du eigentlich Sport?«, keuche ich, während ich versuche, mit René Schritt zu halten.

»Ein bisschen, aber nichts Richtiges«, antwortet er bescheiden. »In der Schule spiele ich Fußball, und manchmal gehe ich morgens joggen. Für mehr hab ich keine Zeit mit der Schule und der Band. Hey, wir können doch morgen früh mal joggen gehen!«

»Spinnst du?«, japse ich. »Morgen ist Sonntag, der einzige Tag, an dem ich ausschlafen kann. Außerdem hab ich keine besonders gute Kondition, wie dir vielleicht schon aufgefallen ist.«

Deswegen haben uns auch inzwischen schon fast alle anderen überholt. Nur Nadja, Tanja und Laura laufen noch hinter uns – es beruhigt mich, dass es Leute gibt, die noch unfitter sind als ich. Wahrscheinlich haben die drei Angst, dass ihr Make-up verläuft, wenn sie zu sehr ins Schwitzen geraten.

Als wir oben angelangt sind, lehne ich mich erst mal gegen einen der kühlen Steine und warte, bis ich wieder normal atmen kann. Frau Hinrich hält gerade einen Vortrag über die Geschichte der Gräber, dem aber eigentlich nur Mme. Dupont zuhört. Die anderen haben sich in kleinen Grüppchen im Gras niedergelassen und dösen vor sich hin oder albern herum. René geht neben mir in die Hocke und lauscht Frau Hinrichs Vortrag. Er scheint sich tatsächlich für »die Zeitzeugen einer alten Kultur, die vermutlich in der Jungsteinzeit von Ackerbauern und Viehzüchtern errichtet wurden« (O-Ton Frau Hinrich), zu interessieren – na ja, jemandem, der auf Camus steht, ist wahrscheinlich alles zuzutrauen.

Als ich mich gerade wieder einigermaßen erholt habe, kommen die drei Grazien den Hügel hinaufgekeucht. Mann, sehen die fertig aus!

»Hey, Nadja, alles klar?«, frage ich mit perfekt geheuchelter Besorgnis, als sie an mir vorbeikommt. »Du siehst heute gar nicht gut aus. Wirst du etwa krank? Vielleicht warst du gestern Abend doch etwas zu luftig angezogen und hast dich verkühlt. Wäre ja auch kein Wunder, bei dem kurzen Rock …«

Nadja wirft mir einen bösen Blick zu, der sogar durch ihre dunkle Sonnenbrille zu mir durchdringt.

»Mach dir keine Sorgen, mir geht es blendend«, antwortet sie kühl. »Und es kann ja schließlich nicht jeder so auf warme Kleidung bedacht sein wie du. Wobei ich mich gerade frage, ob du es nicht etwas übertreibst. Bei der Hitze eine lange Hose – ist das nicht schrecklich warm? Aber ich sehe ein, dass nicht jeder kurze Röcke tragen kann. Dafür muss man schon die richtige Figur haben, sonst macht man sich nur lächerlich. Apropos lächerlich machen – wo warst du gestern Abend eigentlich auf einmal? Hat dich deine kleine Unterhaltung mit Mark so mitgenommen, dass du plötzlich frische Luft gebraucht hast? Er und seine Freunde fanden dich übrigens sehr amüsant!«

Bei der Erwähnung von Marks Namen läuft mir trotz der Hitze ein kalter Schauer über den Rücken. Mist, mir fällt absolut keine passende Antwort ein! Nadja lächelt siegessicher, als sich plötzlich René in unser kleines freundschaftliches Gespräch einmischt.

»Ich glaube, es ist alles meine Schuld«, sagt er betont freundlich zu Nadja. »Julia wäre gerne noch auf deiner Party geblieben, aber mir ist plötzlich eine super Idee für einen neuen Song gekommen, die ich gleich ausprobieren musste. Und Julia war so nett, mir beim Texten zu helfen – sie hat wirklich ein gutes Gespür für Wörter und ihre tiefere Bedeutung. Deswegen habe ich auch beschlossen, ihr den Song zu widmen. Was sagst du dazu, Julia?«

Erst mal kann ich gar nichts dazu sagen, weil ich beim Anblick von Nadjas entgleisten Gesichtszügen kurz davor bin, laut loszulachen. Die glaubt diesen Quatsch doch tatsächlich und wird vor Neid ganz blass unter ihrer Schminke!

»Oh … ja … das ist aber eine tolle Überraschung«, sage ich schließlich so ernst wie möglich. »Super! Mir hat noch nie jemand ein Lied gewidmet. Aber irgendwann ist ja immer das erste Mal, nicht wahr? Werde ich dann auch am Gewinn beteiligt? Wer weiß, vielleicht wird es ja ein großer Hit …«

Schnell zieht mich René weg von den anderen, bevor ich noch mehr Unsinn reden kann. Ich winke Nadja zum Abschied zu, dann verschwinden wir hinter einem großen Findling – gerade noch rechtzeitig, denn jetzt kann ich mich wirklich nicht mehr beherrschen und pruste los.

Als wir den Waldspaziergang überstanden haben und wieder im Bus sitzen, werfen mir ein paar Leute ungläubige Blicke zu und fangen hinter meinem Rücken an zu tuscheln. Scheinbar hat sich meine Begabung als Muse schon herumgesprochen. Ich kriege auf der Fahrt zur Kunsthalle alle fünf Minuten einen Lachkrampf, weil die Geschichte einfach so komplett absurd ist. Wie blöd muss man eigentlich sein, um das zu glauben? René ist auch keine große Hilfe, weil er mich jedes Mal, wenn ich mich gerade halbwegs beruhigt habe, angrinst, was bei mir sofort den nächsten Lachanfall auslöst.

Als wir vor der Kunsthalle halten, bin ich richtig fertig von den ganzen Lachanfällen und ziemlich sicher, dass mich die anderen für komplett hysterisch halten. Aber was soll's – dafür habe ich lange nicht mehr so viel Spaß auf einem Schulausflug gehabt.

»So, jetzt müssen wir nur noch die paar Bilder überstehen, dann haben wir's geschafft«, sage ich fröhlich zu René, als wir das Museum betreten.

Zum Glück müssen wir keine Führung mitmachen, das ist meistens total öde.

»Ihr habt zwei Stunden Zeit, um euch alles anzuschauen«, verkündet Frau Hinrich. »So könnt ihr die Schwerpunkte bei der Besichtigung nach euren persönlichen Interessen setzen.«

Ich bin mir ziemlich sicher, dass bei den meisten der Schwerpunkt auf der Besichtigung des Museumscafés liegen wird. Hätte ich auch nichts dagegen, aber dummerweise laufen Frau Hinrich und Mme. Dupont direkt hinter René und mir, sodass es garantiert auffallen würde, wenn wir uns gleich ins Café verdrücken. Also erst ein kleiner Rundgang.

Am Eingang hat jeder so eine Art Walkman zum Umhängen bekommen, der einem zu jedem Bild etwas erzählen kann. Eigentlich ganz praktisch. Ich stelle mich vor das erste Bild, das ziemlich modern aussieht, setze die Kopfhörer auf und drücke auf »Start«. Eine Männerstimme beginnt, einen Text herunterzuleiern:

»Das Bild ›Werleburg bei Nacht‹ stammt von dem Künstler Benno Wenniges, der von 1950 bis 1952 in Werleburg lebte, und stellt eins seiner frühen Werke dar. Die durchgängig kalten Farben symbolisieren die Kälte, die Wenniges zu Beginn seiner Werleburger Zeit empfand, da der Künstler von den Einwohnern der Stadt nicht gerade freundlich empfangen wurde …«

Blablabla. Ich kann auf dem Bild ehrlich gesagt nur Farbkleckse erkennen – das könnte sogar Nina besser! Warum so ein Bild jetzt im Museum hängt, ist mir total schleierhaft. Und wie man in ein paar Farbkleckse so viel hineininterpretieren kann, verstehe ich auch nicht. Ob Benno Wenniges sich bei dem Bild wirklich so viel gedacht hat? Wahrscheinlich war er einfach sauer und hat seine Farbtöpfe gegen die Leinwand geschmissen. Und das halten jetzt alle für Kunst!

Ich streife mir die Kopfhörer von den Ohren und suche René. Von mir aus können wir jetzt einen Kaffee trinken gehen, ich hab für heute genug von der Kunst.

René steht versunken vor einem Bild, das aussieht wie ein durcheinandergeratenes Puzzle. Lauter kleine Teile, die nicht zusammenpassen. Was man da wohl alles hineininterpretieren kann?

»Sieht ja chaotisch aus«, sage ich zu René. »Kommst du mit, einen Kaffee trinken?«

»Ist es nicht toll?«, fragt mich René begeistert, ohne auf meine Frage zu antworten.

»Na ja, geht so«, murmele ich.

»Das ist ein frühkubistisches Bild«, erklärt mir René. Ist er etwa auch Kunstexperte? Langsam wird er mir unheimlich! »Siehst du, wie sich der Maler von der Zentralperspektive und den naturalistischen Körperformen gelöst hat? Er stellt alles in geometrischen Formen dar und reduziert die Farben auf Grau-, Braun- und gedämpfte Grüntöne. Toll, dass die so ein Bild in diesem kleinen Museum haben!«

Ich verstehe nur Bahnhof, aber René ist total fasziniert.

»Hm, ja, echt toll«, sage ich höflich. »Da sind die bestimmt auch ziemlich stolz drauf.«

René schaut mich misstrauisch an. »He, machst du dich etwa über mich lustig?«

»Würde ich nie wagen«, antworte ich ernst.

»Ich habe so langsam den Eindruck, dass du ein richtiger Kulturbanause bist«, stellt René fest. »Schlimm genug, dass du keinen Sinn für Literatur hast – aber wie kann man dann auch noch so wenig Verständnis für Kunst haben? In deinem Kopf scheint nur Platz für Zahlen und physikalische Formeln zu sein.«

»Jetzt hast du mich durchschaut«, gebe ich zu und zucke mit den Schultern. »Tja, so bin ich nun mal. Ohne jeden Sinn für die schönen Künste.«

»Ich glaube, da habe ich in der nächsten Woche noch einiges zu tun«, sagt René, »wenn ich dich auf den rechten Weg bringen will. Das Leben besteht schließlich nicht nur aus Zahlen!«

»Leider«, sage ich. »Können wir jetzt einen Kaffee trinken gehen?«

Auf der Rückfahrt im Bus zieht René wieder sein Buch aus der Tasche, als mir plötzlich etwas einfällt.

»Hey, kennst du dich mit deutscher Literatur eigentlich

auch so gut aus?«, frage ich. »Wir lesen da in Deutsch nämlich gerade so ein blödes Buch: *Die Judenbuche* …«

»Kenn ich nicht«, sagt René. »Aber ich kann's gerne mal lesen, wenn du es mir leihst. Da wird sich meine Mutter freuen – sie findet nämlich immer, dass ich mehr deutsche Bücher lesen sollte.«

»Warum das denn?«, frage ich erstaunt.

»Meine Mutter ist Deutsche, sie stammt aus Hamburg«, erklärt René. »Ich bin zweisprachig aufgewachsen, und mit meiner Mutter spreche ich zu Hause meistens Deutsch. Sie ärgert mich immer mit meinem französischen Akzent …«

Aha, darum kann René also so super Deutsch.

»Wegen des Akzents würde ich mir an deiner Stelle keine Sorgen machen«, sage ich grinsend. »Ich glaube, der kommt hier ganz gut an. Vor allem bei gewissen weiblichen Personen …«

»Seit wann lebt deine Mutter eigentlich in Frankreich?«, fragt René.

»Seit drei Jahren«, antworte ich knapp.

»Und – besuchst du sie manchmal?«, will René wissen. »Nina hat was von einem Haus an der Côte d'Azur erzählt, das klingt doch super …«

»Ich hab meine Mutter nicht mehr gesehen, seit sie uns sitzen gelassen hat«, erkläre ich und versuche dabei möglichst unbeteiligt auszusehen. »Und dass ich nicht gerade das beste Verhältnis zu ihr habe, hast du ja schon mitgekriegt. Ich will nichts mehr mit ihr zu tun haben, und damit basta!«

René will noch etwas sagen, aber zum Glück hält der Bus in diesem Moment vor unserer Schule.

»Da sind wir wieder«, verkünde ich betont fröhlich und stehe auf. »Nichts wie raus hier!«

Geld macht doch glücklich

Als wir zu Hause ankommen, sitzen Paps und Nina schon beim Abendbrot.

»Da seid ihr ja wieder!«, ruft Nina. »Wie war's?«

»Anstrengend«, antworte ich und lasse mich auf meinen Stuhl fallen. »Ich habe die ganze Zeit versucht, René für die Hünengräber und für unsere außergewöhnlichen Kunstschätze zu begeistern, aber leider völlig umsonst. Er hat einfach keinen Sinn für so was.«

Ich werfe René einen resignierten Blick zu, muss dabei aber grinsen, sodass wir schließlich beide loslachen. Nina schaut uns an und schüttelt den Kopf.

»Mann, seid ihr albern«, sagt sie von oben herab.

»Was hast du denn heute so gemacht?«, fragt René und setzt sich neben Nina.

Während meine Schwester eine detaillierte Schilderung ihres Tagesablaufs abgibt, der René interessiert lauscht, häufe ich mir eine große Portion Salat auf den Teller. Hab ich einen Hunger!

»War heute viel los?«, frage ich Paps mit vollem Mund.

»Ach, eigentlich wie immer«, antwortet er. »Samstags ist es ja meistens ziemlich ruhig.«

Das heißt also, dass den ganzen Tag kein Mensch im Laden war.

»Ich hab ein bisschen Buchhaltung gemacht«, erzählt Paps weiter. »Deshalb war ich ganz froh, dass nicht so viel los war. Wenn man ständig unterbrochen wird, wird man schließlich nie fertig mit dem ganzen Schreibkram.«

Besonders begeistert sieht er nicht aus. Ich nicke zustimmend, obwohl ich weiß, dass Paps in Wahrheit für jede Ablenkung dankbar ist, wenn er über seinen Büchern sitzt.

Nach dem Essen will Nina sich mal wieder unauffällig verdrücken, aber damit kommt sie heute nicht durch.

»Hiergeblieben!«, rufe ich, als sie gerade in ihr Zimmer verschwinden will. »Heute räumst du mal ab!«

Nina verzieht das Gesicht, kommt aber tatsächlich zurück und fängt an, die Teller aufeinanderzustapeln und in die Küche zu bringen. Na also, geht doch!

Als es an der Tür klingelt, lässt sie allerdings sofort alles stehen und liegen und flitzt aus dem Esszimmer. Fünf Sekunden später ist sie aber schon wieder da und macht ein enttäuschtes Gesicht. »Für dich«, brummt sie und nimmt widerwillig die Salatschüssel vom Tisch.

Während ich zur Tür gehe, überlege ich, wer das wohl sein kann. Aber mir fällt absolut niemand ein. Nina hat die Haustür sperrangelweit aufgelassen, und auf der Schwelle steht – Laura! Das ist nun wirklich eine Überraschung. Was will die denn hier? Laura kaut auf einer Haarsträhne herum, wie immer, wenn sie nervös ist. Als sie mich kommen sieht, streicht sie sich die Strähne aus dem Gesicht, lächelt mich unsicher an und sagt: »Hallo, Julia.«

»Hallo«, antworte ich steif.

Dann sagen wir beide erst mal gar nichts mehr. Als das Schweigen zu lange dauert, beginnt Laura unruhig zu werden. Sie tritt von einem Fuß auf den anderen und schaut überall hin, bloß nicht zu mir.

»Ich dachte, ich schau mal wieder bei dir rein«, erklärt sie schließlich. »Stör ich?«

»Nö«, antworte ich. »Wir sind gerade fertig mit Essen.«

Obwohl ich es eigentlich gar nicht will, fange ich an, mich zu freuen. Es ist schön, Laura zu sehen. Ich weiß gar nicht, wie lange es her ist, dass sie einfach so bei mir geklingelt hat. Es kommt mir wie eine Ewigkeit vor.

Ohne Nadja und Tanja wirkt sie auch ganz normal – wie früher. Gar nicht so supercool und tussig wie sonst.

»Wo hast du denn deine Französin gelassen?«, will ich wissen.

»Zu Hause«, antwortet Laura und grinst. »Die hat sich heute bei den Hünengräbern einen Sonnenstich geholt. Muss sich jetzt erst mal ausruhen.«

»Und – versteht ihr euch gut?«, frage ich weiter.

»Geht so«, sagt Laura. »Manchmal ist sie ganz schön anstrengend. Und am liebsten würde sie den ganzen Tag shoppen gehen. Ich glaube, unsere paar Klamottenläden findet sie total provinziell. So eine richtige Großstadtpflanze eben …«

Ich nicke mitfühlend. Dann gebe ich mir einen Ruck und frage: »Willst du nicht reinkommen?«

»Weiß nicht«, sagt Laura zögernd. »Eigentlich muss ich gleich wieder nach Hause.«

»René freut sich bestimmt auch, dich zu sehen«, versuche ich sie zu ködern.

Es wäre nett, mal wieder in Ruhe mit Laura zu quatschen. Sie fehlt mir. Und ich bin mir sicher, dass René sich auch gut mit ihr versteht, wenn sie ihr Tussi-Gehabe weglässt.

Laura überlegt. »Nee, lass mal«, sagt sie dann. »Ich bin auch gleich noch mit Nadja und den anderen in der Stadt verabredet. Wir wollen mit den Franzosen ins *Bubbles*, was trinken und so. Willst du nicht mitkommen? Ich meine – du und René?«

Ich runzle die Stirn und sehe Laura scharf an. Sie senkt schnell den Blick. Irgendwas ist hier faul. Meine gute Laune ist auf einmal wie weggeblasen. Warum taucht sie nach Monaten plötzlich wieder hier auf und fragt mich, ob ich mit ihr und ihrer Clique weggehen will? Sie weiß doch, dass ich Nadja nicht ausstehen kann! Auf einmal wird mir alles klar. Wie konnte ich nur so blöd sein!

»Nadja hat dich geschickt, stimmt's?«, frage ich kalt. »Und um mich geht es hier gar nicht. Sie will natürlich, dass René kommt.«

»Spinnst du?«, ruft Laura und versucht, entrüstet auszusehen, was ihr aber nicht wirklich gelingt. »Wie kommst du denn darauf? Ich hatte einfach Lust, mal wieder mit dir zu quatschen …«

»Ich glaub dir kein Wort«, sage ich. So langsam werde ich richtig wütend. »Für wie blöd hältst du mich eigentlich? Meinst du im Ernst, du kannst mich monatelang ignorieren und dann einfach hier auftauchen und so tun, als wäre nichts gewesen?«

»Na ja, vielleicht habe ich mich wirklich manchmal blöd verhalten in letzter Zeit ...«, druckst Laura herum, aber ich bin gerade so in Fahrt, dass ich sie gar nicht zu Wort kommen lasse.

»Und dass du dich dann auch noch von Nadja vorschicken lässt, damit sie an René rankommt, ist wirklich das Allerletzte«, zische ich. »Du bist dir wohl für gar nichts mehr zu schade. Sobald Nadja pfeift, springst du. Lässt sie dich auch Stöckchen apportieren?«

»Jetzt mach aber mal einen Punkt«, versucht Laura mich zu unterbrechen. »Nadja kann auch richtig nett sein. Und hierherzukommen war ganz allein meine Idee. Allerdings keine besonders gute, wie mir scheint ...«

»Da hast du ausnahmsweise mal recht«, sage ich. »Schönen Gruß an Nadja, und es tut mir wirklich leid, dass ihr kleiner Trick nicht funktioniert hat. Da muss sie sich schon was Schlaueres einfallen lassen!«

»Ich glaub, ich geh dann mal besser«, murmelt Laura und dreht sich um. »Mit dir kann man ja nicht mehr vernünftig reden.«

»Ja, hau bloß ab!«, rufe ich ihr hinterher. »Und lass dich hier nie wieder blicken!«

Dann schmeiße ich die Haustür zu und beobachte durch das kleine Fenster neben der Tür, wie Laura langsam zu ihrem Fahrrad geht, das am Gartenzaun lehnt. Sie hält den Kopf gesenkt und schaut sich nicht um. Als sie auf ihr Rad steigt und wegfährt, merke ich, dass mir eine Träne über die Wange läuft. Wütend wische ich sie weg. Wegen der Kuh werde ich bestimmt nicht heulen! Für die ist jede Träne zu schade. Blöderweise bin ich jetzt gar nicht mehr sauer, sondern traurig. Ich will aber nicht traurig sein. Nicht wegen dieser blöden Tussi! Ich atme einmal tief durch, versuche, ein Lächeln zustande zu bringen, und gehe zurück ins Esszimmer.

»Ist Laura schon wieder weg?«, fragt Nina neugierig.

»Ja«, antworte ich einsilbig. »Sie hatte es eilig.«

»Was wollte sie denn?«, will Nina wissen.

»Nichts Besonderes«, sage ich. »Fragen, was René und ich heute Abend so machen …«

»Das ist ja nett von ihr«, mischt sich Paps ein und lächelt mich an.

»Ja, sehr nett«, brumme ich.

»Und ich dachte schon, ihr hättet euch gestritten«, meint Paps beiläufig. »Schließlich war Laura ziemlich lange nicht mehr hier …«

»Gestritten?«, frage ich gedehnt. »Wir? Uns? Quatsch, wir verstehen uns bestens.«

Ehe wir das Thema vertiefen können, wende ich mich schnell René zu, der mich skeptisch ansieht. Er scheint mir mein Gute-Laune-Theater nicht so richtig abzunehmen.

»Übrigens«, sage ich zu ihm. »Falls du Lust hast: Die anderen treffen sich nachher noch in der Stadt, im *Bubbles*. Mit den ganzen Franzosen natürlich.«

»Im *Bubbles*, cool!«, kreischt Nina. »Kann ich mitkommen?«

»Von mir aus gerne«, antworte ich gelassen. »Dann muss ich René den Weg wenigstens nicht erklären.«

»Wieso?«, fragt Nina. »Willst du etwa hierbleiben?«

»Ganz genau«, antworte ich. »Hab keine Lust. Außerdem muss ich noch was für die Schule tun.«

»Am Samstagabend?«, fragt Nina ungläubig. »Du spinnst echt! Na gut, dann geh ich eben mit René alleine.«

»Moment mal«, schaltet sich Paps ein. »Das kommt überhaupt nicht infrage. Du bist noch längst nicht alt genug, um abends in irgendwelchen dunklen Kneipen herumzuhängen.«

»Aber Papa«, jammert Nina. »Das *Bubbles* ist überhaupt keine dunkle Kneipe. Da sind nur total coole Leute, und es ist überall ganz hell. Außerdem passt René auf mich auf!«

»Keine Diskussion«, sagt Paps entschieden. »Da kannst du in ein paar Jahren auch noch hingehen.«

Nina verdreht die Augen und macht ein beleidigtes Gesicht. Obwohl mir eigentlich gar nicht danach ist, muss ich grinsen.

»Dann erkläre ich dir wohl doch besser den Weg«, sage ich zu René.

»Nicht nötig«, antwortet er schnell. »Ich hab sowieso keine Lust. Mir haben die ganzen Leute gestern schon gereicht ...«

Irgendwie freut es mich, dass René auch zu Hause bleiben will. Natürlich kann er machen, was er will. Aber es hätte mich doch geärgert, wenn Nadja schließlich noch ihr Ziel erreicht hätte. Jetzt kann sie im *Bubbles* warten, bis sie schwarz wird!

»Wie du meinst«, sage ich zu René und versuche, möglichst gleichgültig auszusehen, damit er sich bloß nichts einbildet. »Also – ich geh dann mal nach oben.«

»Willst du tatsächlich am Samstagabend Hausaufgaben machen?«, fragt René ungläubig. »Nina hat recht: Du spinnst wirklich ein bisschen! Wollen wir nicht lieber irgendwas anderes machen? Etwas spielen, zum Beispiel …«

»Au ja!«, ruft Nina, obwohl sie überhaupt keiner gefragt hat. »Ich bin für Monopoly!«

Das ist seit einiger Zeit ihr Lieblingsspiel, weil sie bei Trivial Pursuit immer gegen mich verliert.

»Von mir aus gerne«, sagt René und zuckt mit den Schultern. »Aber nur, wenn Julie mitspielt.«

»Mach schon, Julia«, drängelt Nina. »Sei kein Spielverderber! Papa spielt auch mit, oder?«

Paps nickt. Drei gegen einen – ich habe keine Chance. Dann muss die Auswertung eben bis morgen warten.

»Okay«, seufze ich. »Ihr seid vielleicht Nervensägen!«

Nina flitzt sofort ins Wohnzimmer und holt das Spiel. Paps macht eine Flasche Wein auf, und René grinst mir kampfeslustig zu.

»Jetzt wollen wir doch mal sehen, ob du in Monopoly genauso gut bist wie in Mathe«, sagt er. »Ich bin nämlich ein echtes Monopoly-Ass!«

»Vielleicht bei euch in Frankreich«, gebe ich zurück. »Hier bin *ich* die Monopoly-Königin. Schließlich braucht man dazu Köpfchen!«

»Was du nicht sagst«, antwortet René. »Ich würde eher sagen, man braucht viel Glück und jede Menge Leidenschaft. Ich werde dich vom Brett fegen!«

»Das werden wir ja sehen«, sage ich und helfe Nina dabei, das Spiel aufzubauen.

Es stellt sich ziemlich schnell heraus, dass Nina diejenige ist, die uns vom Brett fegt. Sie ist mit Köpfchen, Glück und Leidenschaft bei der Sache und kauft eine Straße nach der anderen. Dann fängt sie an, ganze Hotel-Imperien aufzubauen, und bricht in lautes Jubelgeschrei aus, sobald jemand auf einer ihrer Straßen landet und ordentlich blechen muss. Ihr Geldhaufen wächst und wächst, und sie zählt ständig ihre bunten Scheine.

Paps ist als Erster bankrott.

»Papa ist pleite, Papa ist pleite!«, jubelt Nina und heimst sein letztes Bargeld ein.

Ich wusste gar nicht, dass meine Schwester so eine Kapitalistin ist. Wenn sie so weitermacht, wird sie bestimmt bald der neue Star an der New Yorker Börse oder so was Ähnliches.

Eine halbe Stunde später bin ich an der Reihe.

»Meine Straße!«, ruft Nina, als ich mal wieder auf der Schlossallee lande. »Geld her!«

»Alte Ausbeuterin«, murmele ich mit zusammengebissenen Zähnen. »Du könntest ruhig mal ein Auge zudrücken, schließlich bin ich deine Schwester.«

Aber bei Monopoly hört Ninas Familiensinn, der ohnehin nicht besonders ausgeprägt ist, offensichtlich auf.

»Also gut – ich bin pleite«, gebe ich zu und werfe Nina meine restlichen Scheine hinüber. »Hier – nimm mir ruhig noch den letzten Cent, du Aasgeier!«

»So ist das nun mal, das Leben ist hart, ma chère Julie«, flötet René und freut sich, weil ich eher rausgeflogen bin als er. Aber seine Freude hat nach zwei weiteren Runden ein jähes Ende, dann hat Nina nämlich auch ihm das letzte Hemd ausgezogen. Die Wiener Straße wird sein Ruin.

»Meine Hochachtung, verehrte Frau Millionärin«, sagt René und zieht seinen imaginären Hut. »Chapeau! Hiermit erkläre ich Sie, Nina Jacoby, zur offiziellen Monopoly-Königin!«

»Danke, danke«, sagt Nina selbstgefällig und betrachtet zufrieden den Geldhaufen, der vor ihr auf dem Tisch liegt. »Gleich noch mal?«

»Ohne mich, ich gehe jetzt ins Bett, Kinder«, sagt Paps und bringt seine Weinflasche in die Küche.

Nina schaut René und mich fragend an. Ich schüttele den Kopf, und auch René sieht nicht besonders begeistert aus.

»Noch so eine Niederlage verkrafte ich nicht«, verkündet er.

»Ihr seid richtige Langweiler«, nörgelt Nina. »Dann geh ich eben fernsehen.«

Sie stapft aus dem Zimmer – natürlich, ohne das Spiel mitzunehmen.

Also fangen René und ich an, die Geldscheine zu sortieren und wieder in die Schachtel zu räumen.

»Das war ein richtig netter Abend«, stellt René fest, während er die Fünfzigeuroscheine auf einen Stapel legt. »Ich wette, wir haben uns tausendmal besser amüsiert als die anderen im – wie hieß der Laden noch?«

»*Bubbles*«, antworte ich. »Ja, darauf kannst du wetten!«

»Ich fand den Tag überhaupt sehr lustig«, fährt René fort. »Ich hätte nicht gedacht, dass man mit einer Intelligenzbestie wie dir so viel Spaß haben kann.«

»Tja, da hast du mich wohl völlig falsch eingeschätzt«, sage ich. »Dabei ist dir doch schon am ersten Tag mein erstaunlicher Witz aufgefallen.«

»Ich hab eben ein gutes Gespür für nette Leute«, erklärt René.

Ich blicke verstohlen zu ihm hinüber. Er scheint das tatsächlich ernst zu meinen.

»Tja, das kann ich von mir wohl nicht gerade behaupten«, sage ich langsam und beiße auf meiner Lippe herum. Dann gebe ich mir einen Ruck. »Hör mal, René …« Ich merke, wie ich rot werde. Dieses Gestotter ist echt peinlich! Warum kann ich mich nicht einfach ganz normal bei ihm entschuldigen? Ist doch nichts dabei. »Also, was ich sagen will … Es tut mir leid, dass ich am Anfang so eklig zu dir war. Das war nicht fair von mir. Ich hab dich einfach total falsch eingeschätzt. Ich dachte, du wärst so ein hirnloser Idiot. Du hast aber auch wirklich so ausgesehen am Bahnhof, mit der Gitarre und so … Damit will ich natürlich nicht sagen, dass du wie ein Idiot aussiehst … äh … ich meine …«

»Schon gut«, sagt René grinsend und bereitet meinem unzusammenhängenden Gestotter ein gnädiges Ende. »Ich versteh schon. Du hast mich für einen Idioten gehalten, weil ich wie einer aussehe.«

»Nein, so hab ich das nicht gemeint«, versuche ich die Sache richtigzustellen. »Ich wollte sagen …«

»Ist doch egal«, winkt René ab, bevor ich mich in weiteren Erklärungen verheddern kann. »Hauptsache, du hast endlich erkannt, was für ein toller Typ ich bin! Vielleicht kann ich ja dazu beitragen, deine Aversion gegen Frankreich im Allgemeinen und französische Männer im Besonderen etwas abzubauen.«

»Ich befürchte, das wird nicht so leicht«, murmele ich. »Aber das hat wirklich nichts mit dir persönlich zu tun! Seit der Sache mit Mama habe ich einfach eine totale Frankreich-Allergie.«

»Ist dieser Jacques denn wirklich so schlimm?«, fragt René vorsichtig.

»Ein widerlicher Typ«, sage ich und verziehe angeekelt das Gesicht. »Total schleimig! Ich verstehe echt nicht, wie Mama auf den reinfallen konnte. Wahrscheinlich, weil er so viel Geld hat ...«

»Wo hat sie ihn denn überhaupt kennengelernt?«, will René wissen.

»Im Urlaub an der Côte d'Azur, vor drei Jahren«, erzähle ich. »Sie war mit einer Freundin dort, Claudia. Die hatte bei irgendeinem Preisausschreiben zwei Wochen Urlaub für zwei Personen in einem Nobelhotel in Nizza gewonnen. Tja, und das Hotel gehörte zufallig Jacques. Statt sich an Claudia ranzumachen, die sowieso Single ist und seit Ewigkeiten einen Mann sucht, musste er ausgerechnet meine Mutter anbaggern. Und Mama war gleich hin und weg. Na ja, zwischen ihr und Paps hatte es wohl vorher schon eine Zeit lang gekriselt. Aber deswegen hätte sie doch nicht gleich abhauen müssen ...«

»Und dann?«, fragt René weiter.

»Dann hat sie einfach ihre Sachen geholt, und weg war sie«, sage ich bitter. »Einfach so. Paps war total fertig, Nina und ich natürlich auch. Nina hat sie am schnellsten wieder rumgekriegt. Die lässt sich eben noch von einer Villa mit Pool und Segelboot beeindrucken. Aber mich kriegen da keine zehn Pferde hin. Niemals!«

»Es kann einen ganz schön umhauen, wenn man von den eigenen Eltern so enttäuscht wird«, sagt René nachdenklich. »Vor einem Jahr hatte mein Vater eine Affäre mit einer Kollegin – das hat mich total fertiggemacht. Ich hatte meine Eltern bis dahin für das perfekte Paar gehalten und war monatelang sauer auf meinen Vater. Als meine Mutter ihm schließlich verziehen hat, konnte ich das überhaupt nicht verstehen. Aber dann habe ich gemerkt, dass ich selbst am meisten unter meiner Wut leide. Hast du nie darüber nachgedacht, deiner Mutter noch mal eine Chance zu geben? ›Niemals‹ kann ganz schön lang sein. Und immerhin ist sie deine Mutter. Davon abgesehen, ist es an der Côte d'Azur traumhaft schön«, setzt René mit einem Grinsen hinzu. »Wenn ich die Möglichkeit hätte, dort umsonst Urlaub zu machen, wäre ich schon längst weg – ob dieser Jacques nun widerlich ist oder nicht.«

Ich werfe ihm einen unsicheren Blick zu. Ehrlich gesagt bin ich mir nicht sicher, ob ich über meine Mutter und ihren schleimigen Lover schon Witze machen kann. Und ob ich ihr noch eine Chance geben soll, weiß ich noch viel weniger. Am liebsten würde ich die ganze Sache komplett aus meinem Kopf streichen.

»Du bist ja fast so materialistisch wie Nina«, brumme ich schließlich. »Hier, nimm das, und werde glücklich damit!«

Ich werfe ihm einen Stapel Monopoly-Geld, das ich gerade mühsam sortiert habe, ins Gesicht.

»Das bedeutet Krieg!«, ruft René und revanchiert sich mit einer Handvoll grasgrüner Scheine, die er in meine Richtung schmeißt.

Nach ein paar Minuten sieht es im Esszimmer aus, als hätte jemand einen prall gefüllten Geldtresor in die Luft gesprengt, und René und ich liegen vor Lachen auf dem Boden. Geld kann eben doch glücklich machen!

Radfahren ist gar nicht so schwer

Am nächsten Morgen schaffe ich es trotz der Folter-Liege tatsächlich, halbwegs auszuschlafen. Wenn man halb elf ausschlafen nennen kann. Als ich die Augen aufschlage, fühle ich mich – abgesehen von den üblichen Rückenschmerzen, an die ich mich aber schon fast gewöhnt habe – richtig wohl. Es ist Sonntag, das heißt: keine Schule, kein Ausflug, keine blöden Tussi-Bussi-Gesichter. Ein ganzer Tag »zur freien Verfügung« (Wortlaut Frau Hinrichs Programm) – herrlich!

Natürlich bin ich mal wieder die Letzte, die zum Frühstück runterkommt. René scheint ja sowieso der geborene Frühaufsteher zu sein, und Nina, die am Wochenende normalerweise nie vor Mittag aus dem Bett zu bewegen ist, entwickelt sich unter Renés Einfluss anscheinend auch langsam zum Morgenmenschen.

»René ist vor dem Frühstück schon eine Stunde lang gejoggt!«, verkündet Nina stolz, bevor ich ›Guten Morgen‹ oder sonst irgendetwas sagen kann. Es klingt, als sei das ihre persönliche Leistung.

»Toll«, sage ich sarkastisch und wende mich René zu. Er sieht in seinen Sportklamotten beneidenswert fit und munter aus. »Ich frage mich echt, wer von uns beiden hier spinnt. Ehrlich gesagt finde ich es wesentlich kranker, mitten in der Nacht joggen zu gehen, als Samstagabend Physik machen zu wollen.«

»Frühsport ist super«, behauptet René. »Solltest du auch mal probieren. Da kriegt man morgens gleich gute Laune.«

»Vielen Dank«, wehre ich ab. »Mein Bett ist mir lieber.«

»Was steht denn heute bei euch auf dem Programm?«, fragt Paps, der unserer Frühsport-Diskussion bisher schweigend zugehört hat.

»Nichts!«, antworte ich genüsslich. »Kein Programm am Sonntag.«

»Super, dann können wir ja zusammen was unternehmen!«, ruft Nina sofort. »Ich hab den ganzen Tag Zeit.«

Das sind ja wirklich mal gute Neuigkeiten.

»Eigentlich hatten René und ich doch schon was vor«, sage ich schnell. »René möchte nämlich gerne Fahrradfahren lernen.«

Das war zwar eher als spontane Ausrede gedacht, aber bei genauerer Betrachtung finde ich die Idee gar nicht so schlecht. René scheint allerdings anderer Meinung zu sein.

»*Was* möchte ich?«, fragt er fassungslos.

»Fahrradfahren lernen«, antworte ich gelassen. »Hast du mir doch gestern selbst erzählt. Du kannst es ruhig zugeben, das muss dir nicht peinlich sein. Du lernst das bestimmt ganz schnell, so sportlich, wie du bist.«

René wirft mir einen wütenden Blick zu. »Wozu soll denn das gut sein? Bisher bin ich prima ohne Fahrrad klargekommen.«

»Bisher warst du ja auch nicht in Deutschland«, erkläre ich ihm. »Hier muss man einfach Rad fahren können. Außerdem habe ich keine Lust, nächste Woche wieder jeden Tag zur Schule zu laufen.«

»Super!«, ruft Nina. »Das wird bestimmt lustig. Am Anfang fällt man nämlich immer ganz oft hin!«

Das scheint René nicht so lustig zu finden wie Nina. Er sieht alles andere als begeistert aus. Aber er hat keine Chance. Nach dem Frühstück holt Nina sofort Paps' Fahrradhelm, den René aufprobieren muss. Er passt.

»Dann hast du wenigstens nicht gleich ein Loch im Kopf, wenn du hinfällst«, sagt Nina beruhigend. René schaut sie entsetzt an.

»Steht dir gut«, sage ich grinsend und klopfe mit den Fingerknöcheln gegen den Helm. »Klingt stabil. Damit kann dir bestimmt nichts passieren.«

Draußen fährt Nina erst mal eine Runde auf Paps' altem Rad, während René und ich ihr zuschauen.

»Siehst du?! Ist ganz leicht!«, ruft Nina.

»Können wir das Ganze nicht abblasen?«, fragt René mich leise. Er ist etwas blass um die Nase. »Mein Gleichgewichtssinn ist nicht besonders gut, und ich will mir eigentlich nicht sämtliche Knochen brechen.«

»Ach was«, beruhige ich ihn. »Radfahren ist wirklich ein Kinderspiel, das schaffst du schon. Und wenn du's erst mal kannst, willst du bestimmt gar nicht wieder aufhören.«

Nina bremst direkt vor uns, springt ab und hält René das Rad hin. »Hast du gesehen, wie's geht?«, fragt sie außer Atem. »Jetzt bist du dran.«

Vorsichtig versucht René aufzusteigen. Erst stellt er den rechten Fuß auf das Pedal. Doch sobald er den linken Fuß vom Boden hebt, kippt er nach links und stellt den Fuß schnell wieder ab.

»Du musst treten«, erklärt Nina. »Sonst kippst du um.«

»Was du nicht sagst«, schnaubt René. »Wie soll ich denn treten, wenn ich vorher schon umfalle?«

»Ich hab eine Idee«, verkünde ich. »Nina und ich halten das Rad am Gepäckträger fest und laufen hinter dir her. Dann kannst du nicht so schnell umfallen.«

»Aber lasst bloß nicht los«, jammert René.

»Nein«, antworte ich genervt. »Natürlich nicht.«

Also starten wir einen neuen Versuch zu dritt. Nina und ich halten den Gepäckträger fest und fangen an zu rennen, sobald René in die Pedale tritt. Ungefähr drei Meter lang geht das ganz gut. Dann verliert René wieder das Gleichgewicht und kann gerade noch rechtzeitig die Beine auf den Boden stellen, bevor er stürzt.

»He, das war gar nicht schlecht!«, sagt Nina und klopft ihm lobend auf die Schulter.

»Genau«, stimme. ich zu. »Ganze drei Meter! Vielleicht schaffst du ja beim nächsten Mal schon fünf.«

»Ha, ha«, brummt René. »Mach dich nur lustig! Ich wette mit dir, dass ich gleich mindestens sieben Meter schaffe!«

Offensichtlich ist sein Ehrgeiz erwacht.

»Jetzt übertreib mal nicht«, sage ich, während ich mit Nina wieder hinter dem Fahrrad in Position gehe. »Du musst ja nicht gleich den Langstrecken-Rekord brechen.«

Nach einer halben Stunde schafft René schon fast eine

ganze Runde über den Hof. Nina und ich sind von dem ständigen Gerenne schweißgebadet.

»Wie wär's mit einer kurzen Pause?«, japse ich und lasse mich auf das Pflaster fallen.

Nina schmeißt sich neben mich auf den Boden. Die Steine sind ganz warm von der Mittagssonne. Ich blinzle zum Himmel hinauf, aber es ist mal wieder weit und breit keine Wolke in Sicht. Die Hitze macht mich fertig!

René jedoch scheint gegen hohe Temperaturen immun zu sein. Er zeigt keinerlei Anzeichen von Erschöpfung oder Schweißausbrüchen. »He, was ist denn mit euch los?«, sagt er. »Macht ihr etwa schon schlapp?«

»Nur … kurz … ausruhen …«, hechelt Nina.

»Gerade jetzt, wo es so gut klappt!«, beschwert sich René.

Diese Fahrrad-Idee scheint ein Eigentor zu werden. Eigentlich habe ich keine Lust, den ganzen Sonntag hinter René herzurennen. Und mein Spruch vorhin, dass er bestimmt gar nicht mehr aufhören will, war auch eher ein Scherz gewesen. Das habe ich nun davon. Seufzend quäle ich mich wieder hoch.

»Okay, okay«, gebe ich nach. »Also, machen wir weiter.«

René nickt zufrieden und geht in Startposition.

Nina hat es sich im Schatten der Garage bequem gemacht und bewegt sich keinen Zentimeter von der Stelle.

»Ich hab keine Lust mehr«, erklärt sie. »Macht mal ohne mich weiter.«

Na prima, jetzt darf ich auch noch alleine durch die Gegend rennen. Ich werfe ihr einen bösen Blick zu, was sie aber komplett ignoriert.

»Auf geht's!«, ruft René und tritt in die Pedale.

Ich laufe hinterher, aber nach einigen Metern bin ich schon wieder komplett aus der Puste und keuche wie verrückt. Ich kann nicht mehr! Ich lasse den Gepäckträger los und schaue René hinterher, der gar nicht merkt, dass ich ihn nicht mehr festhalte, und einfach weiterfährt. Na also, geht doch!

Da taucht Nina hinter mir auf und ruft: »Super, René, du schaffst es!«

René dreht sich um und entdeckt, dass er ohne jede Hilfe fährt. Er macht ein erschrockenes Gesicht, fängt an zu schlingern – und landet prompt in unserer Gartenhecke.

»Ups«, macht Nina und sieht mich schuldbewusst an. »Das war wohl nix.«

»Warum musstest *du* ihn auch ablenken?«, schimpfe ich und gehe zu René. »Ohne dein Rumgeschreie wäre er ohne Probleme bis nach Timbuktu gefahren!«

»Warum musstest du ihn loslassen?«, fragt Nina zurück. »Wenn du ihn festgehalten hättest, wäre nichts passiert!«

Das ist ja wohl die Höhe! Ich will mich gerade richtig über meine unverschämte Schwester aufregen, als René uns dazwischenfunkt.

»Ich unterbreche euch wirklich nur ungern«, stöhnt er. »Aber könnte mir jemand beim Aufstehen helfen?«

»Äh – ja, klar«, sage ich und reiche ihm meine Hand.

Unter lautstarkem Gejammer und Gestöhne rappelt sich René auf, und ich klopfe ihm den Dreck vom T-Shirt.

»Siehst du«, meint Nina. »Gut, dass du den Helm aufhattest. Sonst hättest du jetzt bestimmt eine Gehirnerschütterung oder ein Loch im Kopf. Dann würde ganz viel Blut aus deinem Kopf sprudeln, und du müsstest ins Krankenhaus, und wer weiß, ob du das überleben würdest …«

»Jetzt halt mal die Luft an, Nina«, unterbreche ich die aufmunternden Ausführungen meiner Schwester, bevor René vor Schreck in Ohnmacht fällt. »So schnell hat man kein Loch im Kopf. Und es ist ja zum Glück nichts passiert.«

René ist bei Ninas Gequatsche ganz blass geworden. »Ich glaube, ich hab mir den Knöchel verstaucht«, sagt er und stützt sich auf mich.

»Siehst du!«, ruft Nina triumphierend.

»Was soll ich sehen?«, frage ich genervt. »Ihr spinnt doch beide! René, jetzt stell dich nicht so an. Jeder, der zum ersten Mal Fahrrad fährt, fällt ein paarmal hin. Kannst du auftreten?«

René probiert es vorsichtig. Er verzieht das Gesicht, sagt dann aber mit tapferer Miene: »Tut ganz schön weh, aber ich glaube, ich kann es aushalten.«

Ich betrachte seinen Knöchel, der weder geschwollen noch sonst was ist, sondern völlig normal aussieht. Ich wusste gar nicht, dass René so ein Hypochonder ist!

»Ich glaube, du wirst es überleben«, sage ich spöttisch. »Immerhin kannst du jetzt Fahrrad fahren – na ja, zumindest fast. Das ist doch klasse, oder?«

René grinst stolz. »Ja, und ich hätte nicht gedacht, dass das so viel Spaß macht!«

»Hey, das müssen wir feiern!«, ruft Nina. »Wie wär's mit einer Radtour zur Eisdiele? Dann kann René gleich mal zeigen, was er kann!«

»Ich weiß nicht …«, sage ich skeptisch. Im Geiste sehe ich René mit dem Fahrrad in geparkte Autos, Gartenzäune und kleine Kinder brettern. »Vielleicht sollte René lieber noch etwas auf dem Hof üben – außerdem muss er doch seinen Fuß schonen …«

Aber René ist von Ninas Idee begeistert. »Eine Fahrradtour – super! Ich hab noch nie eine Fahrradtour gemacht!«

Er pult das Fahrrad aus der Hecke. Das Schutzblech über dem Vorderrad ist etwas verbogen, aber sonst ist zum Glück nichts kaputtgegangen. Mit seinem Fuß scheint er auch keine Probleme mehr zu haben. Offensichtlich ein Fall von extrem spontaner Spontanheilung.

Nina und René sind nicht aufzuhalten, also gebe ich nach, und wir holen unsere Räder aus dem Schuppen. Wer weiß, was die beiden anstellen, wenn ich nicht dabei bin und das Schlimmste verhindere.

Nina fährt vor, dann kommt René, und ich bilde die Nachhut. Mir stehen Schweißperlen auf der Stirn – und diesmal ist nicht die Hitze schuld, sondern es handelt sich um puren Angstschweiß. Beim Anblick von Renés Fahrweise wird mir in der Tat angst und bange. Inzwischen glaube ich ihm auch aufs Wort, dass er Probleme mit seinem Gleichgewicht hat. Er schwankt auf dem Fahrrad hin und her wie ein Schiffsmast bei Windstärke 12. Um die Balance zu halten, weicht er ständig nach rechts oder links aus, sodass er ziemliche Schlangenlinien fährt.

»Klappt doch super, oder?«, ruft er stolz und wirft mir einen Blick über die Schulter zu. Dabei vergisst er zu lenken und überfährt fast einen dicken Dackel, der mit einer noch dickeren Dame auf dem Gehweg spazieren geht. Der Dackel fängt sofort an, in den höchsten Tönen zu kläffen und an seiner Leine zu zerren, während die alte Dame lautstark herumzetert und René mit ihrem Spazierstock droht. Zum Glück erwischt sie ihn nicht mehr.

»Ja, du machst das ganz toll«, sage ich und beeile mich, an dem wütenden Paar vorbeizukommen. Nachher krieg ich noch die Schläge ab! »Aber du solltest vielleicht lieber nach vorne gucken!«

Wir schaffen es mithilfe von mindestens einem Dutzend Schutzengel tatsächlich ohne größere Zwischenfälle bis zur Eisdiele. Hier wird es noch mal brenzlig, weil René nicht besonders gut bremsen kann. Er weicht nach rechts aus, um Nina nicht über den Haufen zu fahren, und rast genau auf die kleinen Tische vor der Eisdiele zu, die bei dem Wetter natürlich voll besetzt sind. Die ersten Leute an den vorderen Tischen fangen schon an zu kreischen, da kommt René gerade noch rechtzeitig direkt zwischen zwei Tischen zum Stehen. Dass er dabei fast über den Lenker fliegt, lässt die Aktion noch dramatischer aussehen.

»Keine Panik!«, ruft René den Gästen beruhigend zu, nachdem er wieder mit beiden Füßen auf dem Boden steht, und lächelt dabei charmant in die Runde. »Nichts passiert!«

Da ertönt plötzlich eine bekannte Stimme neben René: »Hallo, René, du hast wirklich einen rasanten Fahrstil!«

Es ist Tanja, die mit Nadine und ihren Eltern an einem der beiden Tische sitzt, die René fast gerammt hätte. Offensichtlich ein kleiner Familienausflug in die Eisdiele – warum fällt Paps so was eigentlich nie ein?

Nadine winkt René lässig zu, und Tanja schenkt ihm ein verführerisches Lächeln – oder das, was sie dafür hält.

Ihre Mutter sieht aus, als hätte sie gerade fast einen Herzinfarkt bekommen, und ihr Vater betrachtet René misstrauisch.

»Ah – salut, Tanja, salut Nadine – ça va?«, fragt René und tut so, als wäre es völlig normal, auf diese Weise zu bremsen. Der hat vielleicht Nerven!

»Ça va«, sagt Nadine und kratzt ihren Eisbecher aus.

»He, kommst du nachher auch ins Freibad?«, fragt Tanja kokett. »Ich meine natürlich dich und Julia«, fügt sie charmanterweise hinzu und wirft einen abschätzigen Blick in meine Richtung. Das kann sie schon fast so gut wie Nadja. »Alle anderen sind auch da: Nadja und Mark, Laura und die ganzen Franzosen natürlich. Wir treffen uns um drei.«

»Mal sehen«, sagt René. »Wenn wir nichts Besseres vorhaben … Jetzt muss ich aber weiter. Viel Spaß noch!«

Er manövriert sein Fahrrad wieder zwischen den Tischen hervor und schiebt es zu Nina und mir.

»He, das war cool«, sagt Nina bewundernd. »Wie im Film. Hast du das mit Absicht gemacht?«

René kratzt sich verlegen am Kopf. »Ehrlich gesagt, nein. Das mit dem Bremsen hat nicht so richtig geklappt. Vielleicht sollten wir das gleich noch mal üben …«

»Auf jeden Fall«, stimme ich zu. »Aber das muss ja nicht unbedingt hier sein. Ich glaube, die Leute hast du für heute genug erschreckt.«

Nina kichert. »Mann, wie die geguckt haben! Als wäre eine Bombe eingeschlagen.«

»Na ja, so was Ähnliches war's schließlich auch«, sage ich und grinse. »Eine Art Eisbombe.«

»He – was haltet ihr davon, wenn ich euch ein Eis spendiere?«, fragt René. »Als Entschädigung für den Schreck sozusagen – und weil ihr mir das Radfahren beigebracht habt.«

»Super!«, ruft Nina, und ich muss ihr ausnahmsweise mal recht geben.

Abkühlung gefällig?

Kurze Zeit später sitzen wir mit unseren riesigen, tropfenden Eistüten auf einer Bank in der Nähe der Eisdiele und versuchen, unser Eis schneller zu essen, als die Sonne es schmelzen kann. Ein knallharter Wettkampf! Obwohl ich pausenlos lecke, scheint die Sonne das Rennen zu machen. Mir rinnt ein Tropfen geschmolzenes Vanilleeis nach dem anderen über die Hand und tropft in den Sand. Es herrscht genüssliches Schweigen, sogar Nina hält mal für fünf Minuten die Klappe.

»Hmmm, lecker«, murmele ich nach einer Weile mit dem Mund voller Eiscreme. »Genau das Richtige bei der Hitze!«

»Ich wüsste noch was Besseres zum Abkühlen«, meint René. »Freibad!«

Ich verziehe das Gesicht, als hätte ich eine saure Gurke statt süßem Vanilleeis im Mund.

»Du glaubst doch nicht im Ernst, dass ich mit den anderen Idioten ins Freibad gehe?«, frage ich René angewidert.

Ausgerechnet ins Freibad! Ich kann mir lebhaft vorstellen, wie die drei Grazien dort ihre sonnengebräunten Superkörper in nagelneuen Bikinis zur Schau stellen und sämtliche Jungs unserer Schule sabbernd um sie herumsitzen und ihnen jeden Wunsch von den Augen ablesen – soweit das möglich ist, da die drei natürlich supercoole Sonnenbrillen auf ihren Tussi-Bussi-Näschen tragen werden. Allein bei dem Gedanken an diese Szene wird mir schon ganz schlecht.

»Ach komm, so schlimm wird's schon nicht werden«, meint René, nachdem ich ihm meine Befürchtungen geschildert habe.

»Noch viel schlimmer«, sage ich. »Außerdem wollte ich heute Nachmittag endlich mal Physik machen. Karlchen köpft mich, wenn ich die Auswertung zur Tropfenbildung morgen nicht fertig habe.«

Das stimmt zwar nicht ganz – Karlchen ist viel zu gutmütig, um irgendjemanden zu köpfen –, aber ich möchte René nicht unbedingt den anderen Grund, warum ich keine Lust auf Freibad habe, auf die Nase binden. Gerade als ich mir die drei Grazien in ihren Bikinis vorgestellt habe, habe ich nämlich plötzlich auch mich in meinem alten Badeanzug und mit meinen käseweißen Beinen vor meinem inneren Auge gesehen – und der Vergleich ist für mich absolut niederschmetternd ausgefallen. Da ich eigentlich nie schwimmen gehe, habe ich bisher kein Problem damit gehabt, dass mein Badeanzug schon mindestens drei Jahre alt ist. Eigentlich sind mir Klamotten ja auch ziemlich egal. Aber mit dem Teil ins Freibad gehen? Vor allen Leuten? Ich kann mir schon denken, was Nadja dann für Sprüche loslässt ... Davon abgesehen, laufe ich auch nicht gerne in aller Öffentlichkeit halbnackt durch die Gegend und liefere den drei Grazien mit meiner käsigen Haut und den O-Beinen freiwillig neuen Lästerstoff. Nicht, dass ich ein Problem mit meinem Körper habe. Aber ich fühle mich in langen Jeans einfach wohler.

»Du spinnst«, stellt René fest, und ich denke im ersten Moment, er hat meine Gedanken gelesen. Zum Glück ist das nicht der Fall. »An so einem supertollen Sonntagnachmittag mit idealem Freibadwetter solltest du die Tropfenbildung höchstens im Schwimmbecken studieren. Du kannst dich doch bei diesem Wetter nicht im Haus verkriechen!«

»Klar kann ich«, sage ich bestimmt. »Ich mache mir sowieso nicht so viel aus dem Wetter. Die Hitze ist mir viel zu anstrengend.«

René schüttelt ungläubig den Kopf. »Ich glaube, dein Problem ist eher, dass Nadja und die anderen auch da sind«, vermutet er ganz richtig und sieht mich scharf an. »Und ich finde es ganz schön traurig, dass du wegen denen nicht ins Freibad gehst. Die sollten dir eigentlich egal sein!«

»Sind sie ja auch«, murmele ich, ohne René anzuschauen.

»Sind sie nicht«, sagt René. »Du hast Angst vor ihnen – das ist es! Deshalb traust du dich nicht, ins Freibad zu gehen.«

»So ein Quatsch«, schimpfe ich empört. »Ich habe überhaupt keine Angst. Und ich lasse mich auch von niemandem davon abhalten, ins Freibad zu gehen.«

»Das glaube ich erst, wenn ich's sehe«, sagt René herausfordernd.

»Na, dann sieh mal gut hin«, antworte ich giftig. »Weil nämlich heute Nachmittag Freibad auf dem Programm steht!«

»Prima, ich komm mit!«, ruft Nina, die sich gerade den letzten Rest ihrer Eiswaffel in den Mund gesteckt hat.

»Von mir aus«, seufze ich ergeben.

Nina sieht mich überrascht an. Offensichtlich hatte Sie mit mehr Widerstand gerechnet. Aber mir ist jetzt sowieso schon alles egal. Ich werde mich auf jeden Fall lächerlich machen – da kommt es auf eine kleine Schwester mehr oder weniger im Schlepptau auch nicht mehr an.

»Na also, dann sind wir uns ja einig«, sagt René zufrieden und steht auf. »Allons-y, mes filles! Auf geht's!«

Als wir eine halbe Stunde später mit unseren Badesachen in der Schlange vor dem Freibad stehen, würde ich am liebsten gleich wieder nach Hause fahren. Die Sonne knallt unbarmherzig auf unsere Köpfe, und es ist total voll. Massenweise kleine Kinder, genervte Eltern und natürlich jede Menge Leute von unserer Schule. Prima! Irgendwie kommt es mir so vor, als hätte René mich ausgetrickst …

René und Nina stehen neben mir und plaudern fröhlich miteinander, während ich missmutig in der Hosentasche nach dem Eintrittsgeld krame. Da sehe ich plötzlich etwas, das meine Laune noch tiefer in den Keller sinken lässt: Ganz vorne in der Schlange stehen Nadja, Tanja und Laura mit ihren Französinnen – und neben Nadja steht Mark!

Ich bin total geschockt, obwohl es eigentlich ziemlich naheliegend ist, dass Mark auch hier ist. Aber nach dieser völlig missglückten Aktion am Freitagabend habe ich die ganze Mark-Geschichte total verdrängt, weil mir jedes Mal kotzübel geworden ist, wenn ich an meinen peinlichen

Auftritt gedacht habe. Außerdem hatte ich ja auch genug andere Sachen um die Ohren …

Jetzt läuft die ganze unangenehme Szene mit Mark und seinen bescheuerten Freunden noch einmal gestochen scharf vor meinem inneren Auge ab, und mir steigt die Röte ins Gesicht, weil mir das alles so peinlich ist.

»Geht's dir gut, Julie?«, fragt René und sieht mich besorgt von der Seite an. »Du bist ganz rot im Gesicht. Stell dich lieber in den Schatten, sonst kriegst du noch einen Sonnenstich.«

»Die Sonne ist gerade nicht mein größtes Problem«, murmele ich und starre wie hypnotisiert in Marks Richtung.

Wie soll ich ihm denn nach der Geschichte noch unter die Augen treten? Und dann auch noch in einem Badeanzug, der so alt ist, dass ihn wahrscheinlich nicht mal die Oma vor mir in der Öffentlichkeit anziehen würde?

»Ignorier ihn einfach«, schlägt René vor. »Und die anderen auch. Wir tun so, als wären sie nicht da, und haben einfach unseren Spaß!«

Das ist leichter gesagt als getan. Als wir endlich den Eingang passiert haben und uns einen Platz auf der Liegewiese suchen, stolpern wir als Erstes fast über Nadja und ihr Gefolge, die sich gerade auf dem besten Stück Wiese mitten in der prallen Sonne und mit Blick auf das gesamte Freibadgelände niederlassen. Dass sie dabei eine Familie mit zwei kleinen Kindern verdrängen, die genervt vor der Tussi-Invasion flüchten und ihre Handtücher in sicherer Entfernung ein paar Meter weiter wieder ausbreiten, scheint sie nicht zu stören.

»Hallo, René«, flötet Nadja, als sie uns erblickt. »Schön, dich zu sehen! Willst du dich nicht zu uns legen?«

Mir entgeht nicht Marks genervter Gesichtsausdruck bei Nadjas Aufforderung. Scheint ihm nicht zu gefallen, dass Nadja so nett zu René ist.

»Danke, aber hier ist es mir ein bisschen zu voll«, antwortet René. »Wir gehen lieber noch ein Stück weiter.«

»Schade«, sagt Nadja. »Für dich würden wir natürlich gerne zusammenrücken.«

»Komm, wir gehen«, raune ich René zu.

Ich will so schnell wie möglich weg aus Marks Blickfeld. Und auf eine Auseinandersetzung mit Nadja habe ich im Moment auch keine Lust.

»Na, Julia, heute als Babysitter unterwegs?«, fängt Nadja in dem Moment an zu sticheln und wirft Nina einen spöttischen Blick zu.

»Sag das nicht zu laut, René ist das manchmal unangenehm«, antworte ich vertraulich. »Und meistens ist er ja auch schon ziemlich selbstständig. Nur abends muss ich ihm immer ein Gutenachtlied vorsingen, sonst kann er einfach nicht einschlafen …«

Zum Glück weiß Nadja nicht, dass ich keinen einzigen geraden Ton halten kann.

»*Frère Jacques, frère Jacques, dormez-vous? Dormez-vous?* …«, trällert René verträumt, bevor er die Arme um Nina und mich legt und uns den Hügel hinaufschiebt.

»Singst du wirklich Gutenachtlieder für René?«, fragt Nina interessiert, als wir einen der letzten freien Schattenplätze unter einer kleinen Baumgruppe in Beschlag nehmen.

»Vergiss es einfach«, sage ich.

»Klar macht sie das«, erwidert René ernst. »Jeden Abend! Hast du das nicht gewusst?«

Ich breite mein Handtuch im Schatten eines Baumes aus und setze mich drauf. Am liebsten würde ich meine Klamotten anbehalten, aber damit falle ich im Freibad noch mehr auf als in einem hässlichen Badeanzug. Also ziehe ich meine Jeans aus und blicke missmutig auf meine weißen Beine. Wenn sie wenigstens nur weiß wären, aber sie sind auch noch leicht O-förmig. Die O-Beine habe ich von meinem Vater geerbt – vielen Dank, Paps! Deshalb ziehe ich auch nie Röcke an.

Mein Badeanzug ist schwarz mit weißen Punkten. Gerade stelle ich entsetzt fest, dass er nicht nur alt, hässlich und etwas zu klein ist, sondern an einigen Stellen auch schon ein wenig fadenscheinig. Das T-Shirt lasse ich nach dieser Entdeckung lieber an.

Nina hat ein paar Mädchen aus ihrem Schwimmverein entdeckt und ist sofort zu ihnen hinübergeflitzt. Erst haben sie sich mit großem Hallo begrüßt, jetzt stecken sie die Köpfe zusammen und tuscheln, während Nina immer wieder bedeutungsvoll in unsere Richtung blickt. Ich wette, die gibt erst mal eine Runde mit René an.

Der macht auch wirklich eine ganz gute Figur in seinen blauen Boxershorts, die er als Badehose trägt. Mein Blick schweift über die Liegewiese und bleibt schließlich an Mark hängen, der Nadja gerade den Rücken eincremt. *Der* hat definitiv nichts zu verstecken! Ich frage mich, wie er es schafft, am ganzen Körper so nahtlos braun zu sein. Bei all seinen Verpflichtungen als Schulsprecher, dem Klavierspielen und der Physik-AG hat er doch bestimmt keine Zeit, sich stundenlang in die Sonne zu knallen. Vielleicht ist das seine natürliche Hautfarbe. Ich betrachte ihn wehmütig. Wahrscheinlich sollte ich mir Mark endgültig aus dem Kopf schlagen. Nach der peinlichen Aktion vom Freitag habe ich sowieso keine Chance mehr bei ihm.

René reckt sich genüsslich auf seinem Badehandtuch. Dann setzt er sich auf und sieht mich unternehmungslustig an.

»Wollen wir ins Wasser?«, fragt er. »Ich freu mich schon die ganze Zeit auf eine richtig schöne Abkühlung.«

Ich schaue zum großen Becken hinüber. Es ist völlig überfüllt. Ein Kopf neben dem anderen ragt aus dem Wasser, während ein paar Omis mit altmodischen Blümchenbadekappen trotz allem versuchen, ihre täglichen Bahnen zu ziehen.

Am Beckenrand sitzen überall Kids in Ninas Alter, die mit den Füßen im Wasser baumeln, sich gegenseitig nass spritzen oder einander ins Becken werfen. Die Mädchen kreischen dann wie verrückt, und die Jungs springen hinterher und tauchen sie unter, wenn sie wieder hochkommen. Außerdem laufen massenweise kleine Kinder um das Becken herum. Sie hüpfen vom Rand ins Wasser oder üben mit knallroten Schwimmflügeln unter Aufsicht ihrer Väter schwimmen.

Am meisten ist bei der großen Rutsche los, wo die Leute in langen Schlangen warten und dann mit lautem Gekreische und einem riesigen »Platsch« ins Wasser sausen. Mich in dieses Getümmel zu stürzen, ist wirklich das Letzte, was ich im Moment machen möchte.

»Nö, hab keine Lust«, antworte ich. »Geh lieber ohne mich.«

»Alleine ist doch langweilig«, sagt René. »Außerdem würde dir eine Abkühlung auch guttun, glaube ich«, fügt er nach einem vielsagenden Blick in Marks Richtung hinzu.

»Mann, du nervst«, fauche ich ihn an. »Kannst du mich nicht einfach mal in Ruhe lassen?«

»He, lass deine schlechte Laune nicht an mir aus«, sagt René. »Langsam habe ich wirklich genug von deinem ständigen Gejammer. Das ist ja nicht zum Aushalten! Kein Wunder, dass dieser Mark dich links liegen lässt.«

»Lass Mark aus dem Spiel«, zische ich. »Dem kannst du sowieso nicht das Wasser reichen. Der hat nämlich richtig was im Kopf, statt nur gut auszusehen!«

»So, jetzt reicht's mir. Das muss ich mir nicht länger anhören«, murmelt René gefährlich leise und springt plötzlich auf. »Du bist die unerträglichste und arroganteste Person, die ich kenne. Und du brauchst sogar noch dringender eine Abkühlung, als ich dachte.«

Ehe ich kapiere, was los ist, packt er mich, wirft mich über seine Schulter, läuft mit mir zum Beckenrand und schmeißt mich ohne ein weiteres Wort ins Wasser. Nun bin ich es, die mit einem lauten »Platsch« samt T-Shirt und Brille im Becken landet.

Das Wasser schlägt über meinem Kopf zusammen, und ich kann gerade noch rechtzeitig meine Brille festhalten, ehe sie auf Nimmerwiedersehen irgendwo in den Tiefen des Beckens verschwindet. Das Wasser ist wirklich angenehm kühl, und hier unten ist es außerdem schön still. Nur ganz gedämpft hört man die Geräusche der Menschenmassen, die um das Becken herumtoben.

Da springt neben mir irgend so ein Knilch vom Beckenrand und landet fast auf meinem Kopf. Ich kriege einen Schwung feinstes Chlorwasser in die Nase und tauche prustend und hustend wieder auf. Ich taste nach dem Beckenrand – ohne meine Brille bin ich leider blind wie ein Maulwurf – und halte mich erleichtert fest, während ich versuche, das Wasser aus meiner Nase zu bekommen. Mein Geschnaube scheint nicht sehr appetitlich zu sein, denn zwei Jungs, die neben mir am Beckenrand sitzen, rücken angewidert ein Stück zur Seite. Da taucht plötzlich Renés Gesicht vor mir auf. Er sieht ziemlich schuldbewusst aus.

»Alles okay?«, fragt er besorgt. »Ich dachte schon, du tauchst gar nicht mehr auf.«

»Da unten hatte ich wenigstens meine Ruhe«, sage ich schnippisch und versuche, ein beleidigtes Gesicht zu machen.

Ich bin stocksauer auf René. Was fällt dem eigentlich ein, mich einfach ins Wasser zu schmeißen? Der hat sie doch nicht mehr alle! Der ist doch gemeingefährlich! Völlig unberechenbar!

Als ich ihm das gerade ins Gesicht schleudern will, muss ich plötzlich kichern.

»Mann, das sah bestimmt total bescheuert aus«, pruste ich los. »Wahrscheinlich haben alle gedacht, wir hätten einen Ehekrach oder so was.«

Ich kann gar nicht mehr aufhören zu lachen. René sieht mich erst etwas ungläubig an – vermutlich denkt er, jetzt bin ich endgültig übergeschnappt oder habe zu viel Chlorwasser geschluckt –, aber dann muss er auch grinsen.

»Deine Landung im Wasser sah wirklich filmreif aus«, gluckst er. »Wie eine echte Wasserbombe. Sogar die Leute am anderen Beckenrand sind noch nass geworden.«

»Pass auf, was du sagst«, drohe ich. »Erst schmeißt du mich ins Wasser, und dann wirst du auch noch unverschämt – das schreit nach Rache!«

Ich spritze ihm eine Handvoll Wasser ins Gesicht. René versucht mich unterzutauchen, aber ich halte mich am Beckenrand fest. Dann schnappe ich mir seinen Arm und ziehe einmal kräftig, sodass er vornüber ins Wasser kippt.

»Jetzt siehst du mal, wie das ist!«, rufe ich zufrieden, als er prustend wieder auftaucht.

Aber René scheint nicht so zufrieden zu sein wie ich. Er schwimmt mit einem düsteren Blick, der nichts Gutes verheißt, auf mich zu, taucht und zieht mich an einem Bein unter Wasser. Daraufhin liefern wir uns einen kurzen Unterwasserkampf, der durch akute Atemnot abgebrochen werden muss. Nachdem wir wieder aufgetaucht sind, lasse ich René keine Zeit zum Verschnaufen, sondern hole sofort zum nächsten Schlag aus: verschärftes Wasserspritzen!

Nach einer halben Stunde Wasserschlacht japst René: »Ich kann nicht mehr! Frieden?«

»Höchstens Waffenstillstand«, keuche ich, schwimme zum Beckenrand und ziehe mich mit letzter Kraft aus dem Wasser.

René lässt sich neben mir am Beckenrand nieder. Wir sind beide völlig fertig und kriegen kaum noch Luft, aber sobald wir uns ansehen, müssen wir lachen. Ganz schön anstrengend!

Nina, die mit ihren Freundinnen auf der anderen Seite des Beckens gesessen hat, kommt auf uns zu. Sie stemmt die Hände in die Hüften und betrachtet uns kopfschüttelnd.

»Was ist denn mit euch los?«, fragt sie streng. »Ihr seid echt peinlich! Müsst ihr wie zwei Kleinkinder im Wasser herumtoben? Alle haben euch angestarrt. Ich hab so getan, als würde ich euch nicht kennen. Aber die anderen haben natürlich René wiedererkannt.«

Ich fasse es nicht! Ausgerechnet Nina beschwert sich, wenn wir einmal Spaß haben. Dabei benimmt sie sich alle funf Minuten total daneben.

»Selbst schuld, was musstest du auch so mit René angeben«, sage ich ohne jedes Mitgefühl. »Außerdem kann ich mich so peinlich benehmen, wie ich will. Und weißt du was? Das macht richtig Spaß!«

René grinst mich an. »Wollen wir rutschen?«

»Au ja, super Idee!«, rufe ich begeistert und springe auf.

Nina verdreht die Augen. »Auch das noch!«, jammert sie. »Ich geh nie wieder mit euch ins Freibad. Zieh wenigstens dein T-Shirt aus, Julia, das sieht nämlich total bescheuert aus.«

»Gute Idee«, sage ich und ziehe das klatschnasse T-Shirt über den Kopf. Jetzt ist sowieso schon alles egal, da kann ich mich auch in dem blöden Badeanzug zeigen.

Ich werfe Nina mein nasses T-Shirt zu und mache mit

René einen Wettlauf zu den Rutschen. Natürlich gewinnt René. Die Schlange ist nicht mehr so lang, und wir rutschen gleich viermal hintereinander: vorwärts, rückwärts, auf dem Bauch und im Doppelpack. Das macht einen Mordsspaß. Ich hätte nie gedacht, dass Rutschen so lustig ist!

Als Nächstes gehen wir zum Sprungturm. Mir ist etwas mulmig zumute, als ich nach oben zu den Sprungbrettern schaue, aber ich will natürlich auf keinen Fall, dass René mich für einen Feigling hält.

»Wetten, du traust dich nicht, vom Dreier zu springen?«, fragt René prompt.

»Und ob«, antworte ich im Brustton der Überzeugung. »Das ist doch Kinderkram!«

Als ich oben stehe, bin ich mir da aber nicht mehr so sicher. Das blöde Brett wippt die ganze Zeit auf und ab, und das Wasser ist wahnsinnig weit weg. Verschwommen sehe ich unten irgendwo etwas Blaues, das in der Sonne glitzert. Am liebsten würde ich ganz schnell die Leiter wieder runterklettern, bis ich festen Boden unter den Füßen habe, der nicht ständig schwankt. Aber ich weiß, dass irgendwo da drüben Nadja und die anderen sitzen und mich vielleicht gerade in diesem Moment anstarren. Ich schaue in ihre Richtung, aber ohne Brille kann ich nichts erkennen. Auf jeden Fall wäre das wirklich peinlich, wenn alle mitbekommen, dass ich mich nicht traue, von diesem popeligen Dreimeterbrett zu springen – obwohl ich mir ganz sicher bin, dass der Bademeister hier Mist gebaut hat. Das sind mindestens zehn Meter!

Als René anfängt, hinter mir »Du traust dich nicht, du

traust dich nicht« zu trällern, atme ich einmal tief durch und springe mit einem lauten Schrei todesmutig in die Tiefe. Viel schneller, als ich dachte, tauche ich mit den Füßen zuerst ins Wasser. Wenigstens kein Bauchklatscher. Als ich wieder auftauche und an den Rand schwimme, fühle ich mich richtig gut. Ich hab's tatsächlich getan! Und eigentlich war's gar nicht so schlimm. Vielleicht sollte ich gleich noch mal springen. Aber erst mal taste ich nach meiner Brille, die ich vorher an den Beckenrand gelegt habe, und setze sie auf. Endlich sehe ich wieder was!

Als Erstes schaue ich schnell rüber zu Nadja und Co. Tatsächlich gucken alle Tussi-Bussis zum Springerbecken und tuscheln miteinander. Die waren bestimmt noch kein einziges Mal im Wasser. Wahrscheinlich haben sie Angst um ihre frisch geföhnten Haare und ihr Make-up. Mann, muss das langweilig sein! Sicher warten sie darauf, dass René springt. Der steht aber noch oben und tut so, als würde er Atemübungen machen. So ein Angsthase!

Wo steckt eigentlich Mark? Bei Nadja kann ich ihn nicht entdecken. Da ertönt plötzlich eine Stimme über mir, die mir sofort ein paar Schauer über den Rücken jagt, obwohl das Wasser eigentlich gar nicht kalt ist.

»Kein schlechter Sprung«, sagt die Stimme, und als ich aufblicke, sehe ich genau in Marks Gesicht.

Vor Schreck hätte ich fast den Beckenrand losgelassen und wäre vor seinen Augen abgesoffen. Im letzten Moment halte ich mich geistesgegenwärtig fest. Mark setzt sich hin und lässt die Beine im Wasser baumeln. Natürlich kriege ich kein Wort heraus. Ich bin nur froh, dass ich noch im

Wasser bin, dann fällt mein hässlicher Badeanzug wenigstens nicht so auf.

»Du scheinst ja echt eine Menge Spaß zu haben«, fährt Mark fort und schenkt mir ein strahlendes Lächeln. Der reine Wahnsinn! »Das finde ich klasse! Ist doch langweilig, die ganze Zeit nur in der Sonne herumzuliegen, um den optimalen Bräunungsgrad zu erreichen.«

Täusche ich mich, oder hat er bei der Bemerkung zu Nadja hinübergeguckt?

Ich nicke auf jeden Fall eifrig, kriege aber meinen Mund immer noch nicht auf. Der muss mich langsam für richtig beschränkt halten.

»He, du bist doch in meiner Physik-AG, oder?«, fragt Mark plötzlich.

Wieder Nicken.

»Machst du nicht diese Untersuchung zur Tropfenbildung?«, will Mark wissen. Er klingt richtig interessiert.

»Hmmmh«, mache ich. Halleluja, ein Ton aus meinem Mund!

»Davon hat Karlchen mir letztens vorgeschwärmt – das klang echt spannend. Vielleicht kannst du mir bei Gelegenheit mal etwas mehr darüber erzählen«, schlägt Mark vor.

Ich fasse es nicht! Er erinnert sich tatsächlich an mich! Und *ich* soll *ihm* etwas über mein Projekt erzählen!

»Das mit Freitag tut mir übrigens leid«, fährt er fort, als ich immer noch nichts sage. »Matze und Peter sind eigentlich total in Ordnung. Aber manchmal können sie auch richtige Kotzbrocken sein. Und von Physik haben sie keinen blassen Schimmer. Also mach dir nichts draus.«

»Ach was«, sage ich möglichst locker. »Schon vergessen.« Meine Stimme klingt irgendwie piepsig.

»Prima«, sagt Mark zufrieden und lächelt mir noch einmal zu. »Dann bis morgen in der Physik-AG.«

»Ja, tschüss«, hauche ich und kriege dabei einen großen Schluck Wasser in den Mund. Warum muss der blöde René auch ausgerechnet jetzt springen? Mich nennt er eine Wasserbombe, und selbst verursacht er Wellen wie bei einer Sturmflut! Zum Glück ist Mark schon abgezogen und kriegt nicht mehr mit, wie ich mich halb tot huste. Da taucht René neben mir auf.

»Hast du diesen phänomenalen Sprung gesehen?«, fragt er und sieht mich Beifall heischend an.

Statt dass er mir mal auf den Rücken klopft oder sonst irgendetwas Sinnvolles unternimmt, um mich vor dem Erstickungstod zu retten, stellt er blöde Fragen und will auch noch bewundert werden. Typisch Mann! Ich schüttele unter Hustenkrämpfen den Kopf.

»Verstehe«, sagt René und tut beleidigt. »Kaum taucht dieser Mark auf und macht dir schöne Augen, werde ich natürlich keines Blickes mehr gewürdigt. Aber bloß weil dich dein Traumtyp jetzt endlich angesprochen hat, brauchst du dich doch nicht gleich vor Schreck zu verschlucken!«

Endlich kriege ich wieder Luft und werfe René einen bösen Blick zu.

»Vielen Dank für deine Hilfe«, schnauze ich ihn an. »Gut zu wissen, dass man in deiner Gegenwart verrecken kann, ohne irgendwelche lästigen Rettungsmaßnahmen über sich ergehen lassen zu müssen. Außerdem liegst du total falsch. Mark hat mir keineswegs schöne Augen gemacht. Es war ein rein wissenschaftliches Gespräch.«

»Natürlich – rein wissenschaftlich«, wiederholt René und grinst von einem Ohr zum anderen. »Mir kannst du nichts vormachen. Ich konnte die Funken, die zwischen euch beiden geflogen sind, sogar vom Sprungturm aus sehen. Eins ist sicher: Der Typ will was von dir.«

»Quatsch«, sage ich unwirsch. »Sicher ist nur, dass du eine Sehstörung hast und dringend mal zum Augenarzt gehen solltest.«

Aber René lässt nicht locker. Als wir auf dem Heimweg vom Freibad nebeneinanderher fahren – Nina ist schon vor einer halben Stunde mit ihren Freundinnen abgedüst, ohne uns eines Blickes zu würdigen, fängt er wieder von Mark an. »Glaub mir, Julie, der will was von dir. Das konnte wirklich jeder sehen, der nicht so verbohrt ist wie du.«

»Das ist doch kompletter Unsinn«, sage ich. »Mark ist mit Nadja zusammen, warum sollte er sich dann für jemanden wie mich interessieren?«

»Weil Nadja eine dumme Kuh ist, mit der man kein vernünftiges Wort reden kann, und du was im Kopf hast«, setzt mir René auseinander und sieht mich dabei so eindringlich an, dass er fast in den Graben fährt. »Auch wenn du manchmal ganz schön begriffsstutzig bist. Was glaubst du denn, warum Mark dich heute angesprochen hat, wenn er nichts von dir will?«

»Das hab ich dir doch schon erklärt«, seufze ich. »Er interessiert sich für mein Physikprojekt und nicht für mich.«

»Unsinn, das ist doch nur ein Vorwand«, meint René. »Mark hat endlich gemerkt, dass du mehr draufhast, als man dir auf den ersten Blick ansieht. Jetzt fehlt nur noch der letzte Anstoß, um ihn endgültig auf dich aufmerksam zu machen.«

»Ach ja? Und wie soll das deiner Meinung nach funktionieren, Monsieur Oberschlau?«, frage ich spöttisch und biege in unsere Straße ein.

René war die ganze Zeit so mit seinen absurden Überlegungen beschäftigt, dass er gar keinen Unfall gebaut hat.

»Ich habe da schon eine Idee«, sagt er. »Die funktioniert todsicher, also sag nicht gleich Nein.«

»Jetzt mach's nicht so spannend«, unterbreche ich ihn. »Spuck's schon aus, ich bin auf alles gefasst.«

»Also – wir könnten so tun, als wenn wir zusammen wären«, sagt René und schaut dabei stur geradeaus. »Wenn Mark denkt, dass du einen Freund hast, wird sein Interesse geweckt. Schließlich will man immer das haben, was man eigentlich nicht kriegen kann …«

Jetzt bin ich es, die fast einen Unfall baut. Habe ich gerade gesagt, ich wäre auf alles gefasst? Pustekuchen! Mit so einem idiotischen Vorschlag habe ich nicht mal im Traum gerechnet. Ich bin so perplex, dass ich fast gegen eine Straßenlaterne donnere. Im letzten Moment kann ich gerade noch ausweichen.

»Das ist jetzt ein Scherz, oder?«, frage ich, als wir vor unserem Haus anhalten und von den Rädern steigen.

»Ich wusste, dass dir die Idee nicht gefällt«, seufzt René. »Dabei ist sie absolut genial.«

»Du meinst – du und ich? Wir beide sollen uns als Paar ausgeben? In der Schule, vor allen Leuten?«, will ich ungläubig wissen.

Ich kann immer noch nicht glauben, dass René das ernst meint. Der will mich bestimmt nur auf den Arm nehmen. Aber er sieht mich ohne die Spur eines Lächelns an und nickt.

»Also – wir tun natürlich nur so«, beeilt er sich zu versichern und wird rot.

Das ist kein Scherz, er meint es wirklich ernst.

»Du spinnst ja total«, platze ich heraus. »Das nimmt uns doch kein Mensch ab. Du und ich – ein Paar – das ist ja der Witz des Jahrhunderts!«

Schon allein bei der Vorstellung muss ich so lachen, dass ich fast mein Fahrrad fallen lasse.

»Also, so abwegig ist das ja nun auch wieder nicht«, meint René und sieht etwas beleidigt aus.

»Jetzt hör aber auf«, sage ich und muss dabei kichern. »Das ist sogar *völlig* abwegig. Wir passen doch überhaupt nicht zusammen!«

»Wenn du meinst«, entgegnet René knapp, während er sein Fahrrad in den Schuppen schiebt. »Dann brauchen wir ja nicht weiter darüber zu reden.«

Ohne mich eines weiteren Blickes zu würdigen, geht er zur Haustür. Ich sehe ihm perplex nach. Seit wann ist er denn so empfindlich? Kopfschüttelnd folge ich ihm ins Haus. Diese französischen Jungs mit ihren komischen Launen soll einer verstehen!

Harte Bandagen

Am Montagmorgen fiebere ich der Physik-AG entgegen.

Vielleicht hat René ja doch recht, und Mark ist nicht *nur* an den Einflussfaktoren für die Tropfenbildung interessiert. Der Vormittag vergeht viel zu langsam. Ich verbringe die endlosen Schulstunden damit, mir auszumalen, wie ich Mark kompetent und völlig souverän meine brillanten Untersuchungsergebnisse erläutere und er mich dabei bewundernd anlächelt und mir schließlich gesteht, dass er schon seit Jahren heimlich in mich verliebt ist, sich aber nicht getraut hat, mich anzusprechen.

»Ehrlich?«, werde ich dann verwundert fragen. »Das habe ich überhaupt nicht gemerkt. Warst du denn die ganze Zeit schon in der Physik-AG?«

In einer anderen Variante meiner Tagträume hält Mark noch im Physik-Saal um meine Hand an, während alle anderen um uns herumstehen und applaudieren. Nachdem ich mein ›Ja‹ gehaucht habe, verkündet Karlchen, er habe schon immer gewusst, dass wir beide zusammengehören. Nach der Hochzeit eröffnen Mark und ich dann unser eigenes Physik-Forschungslabor und machen eine aufsehenerregende Entdeckung nach der anderen.

Nicht mal Mathe interessiert mich heute.

Herr Balke sieht mich besorgt an, als ich mehrere falsche Gleichungen hintereinander vorlese, und fragt, ob alles in Ordnung ist. »Wenn du dich nicht gut fühlst, geh lieber nach Hause und leg dich ins Bett, Julia«, schlägt er vor.

Aber ich schüttele heftig den Kopf. Bloß das nicht!

Nach der sechsten Stunde ist es dann endlich so weit. Während die anderen nach Hause gehen, mache ich mich auf den Weg zum Physikraum. René begleitet mich noch ein Stück. Erst jetzt fällt mir auf, dass er den ganzen Vormittag über ungewöhnlich wenig gesagt hat. Ob er immer noch beleidigt ist? Aber ich habe jetzt wirklich keinen Kopf für seine blöden Launen. Wenn er unbedingt den Empfindsamen spielen will – bitte.

»Also, wir sehen uns dann nachher zu Hause«, sage ich zu ihm. »Bis später!«

René nickt stumm und hebt kurz die Hand, bevor er durch den Seitenausgang auf den Schulhof verschwindet. Offenbar redet er nicht mehr mit mir, der Blödmann. Einen Moment lang starre ich auf die Tür, dann zucke ich mit den Schultern und gehe eilig weiter. Als ich die Tür zum Physikraum öffne, werfe ich als Erstes einen schnellen Blick in die Runde – aber Mark ist noch nicht da. Dafür kommt Karlchen auf mich zu und will wissen, wie weit ich mit der Auswertung bin. Ich erzähle ihm etwas von Schwierigkeiten bei der Datenzusammenstellung, und er nickt mitfühlend und bietet seine Hilfe an, falls ich allein nicht weiterkomme. Na also – ich wusste doch, dass er mir nicht den Kopf abreißen würde.

Trotzdem habe ich ein schlechtes Gewissen, weil ich in der letzten Woche kein bisschen mit meinem Projekt weitergekommen bin. Wenn ich nicht bald einen Zahn zulege, kann ich *Jugend forscht* vergessen.

Das ist mir aber im nächsten Moment schon wieder völlig egal, als Mark den Raum betritt und mir im Vorbeigehen flüchtig zulächelt. Das hat er noch nie gemacht! Bevor ich zurücklächeln kann, ist er aber schon zu seinem Platz gegangen.

Ich schwebe im siebten Himmel und warte ungeduldig darauf, dass sich endlich eine Gelegenheit ergibt, kurz mit ihm zu sprechen. Aber ausgerechnet heute hat Karlchen sich in den Kopf gesetzt, eine Theoriestunde abzuhalten, statt uns an unseren Projekten weiterarbeiten zu lassen. Ich rutsche unruhig auf meinem Stuhl hin und her, während Karlchen uns erklärt, wie man die Strömungseigenschaften verschiedener Oberflächenstrukturen messen kann. Vielleicht bleibt Mark ja nach der Stunde noch etwas da …

Doch als Karlchen uns endlich entlässt, wartet Nadja schon mit Jacqueline vor der Tür.

»Beeil dich, Schatz«, ruft sie Mark zu. »Wir wollten doch shoppen gehen!«

Mark packt schnell seine Sachen zusammen und verschwindet Arm in Arm mit Nadja, ohne mich eines weiteren Blickes zu würdigen.

Mist! Ich schlucke und versuche mir meine Enttäuschung nicht anmerken zu lassen. Was hatte ich denn erwartet? Das war schließlich nichts als eine kurze Unterhaltung gestern. Völlig harmlos und für Mark offensichtlich ohne jede

Bedeutung. Und da soll René bloß nicht noch mal versuchen, mir etwas anderes zu erzählen!

Trotzdem bin ich am nächsten Morgen maßlos enttäuscht, als ich am Schwarzen Brett lese, dass die Physik-AG den Rest der Woche ausfällt. Karlchen ist krank. Ich versuche mir einzureden, dass mir das gar nichts ausmacht und ich froh bin, endlich mal ein paar freie Nachmittage zu haben – aber das klappt nicht so richtig. Als ich mich neben René auf meinen Platz setze, fragt er sofort: »Was ist denn mit dir los? Ist jemand gestorben?«

»Quatsch«, antworte ich unwirsch. »Gar nichts ist los. Übrigens fällt heute Physik aus, ich geh also mittags mit dir nach Hause.«

»Aha«, sagt René. »Deswegen also die schlechte Laune. Keine Physik-AG – kein Mark. So wird das natürlich nie was mit euch beiden.«

Ich antworte nicht, denn dann müsste ich zugeben, dass René gar nicht so unrecht hat. Die Unterhaltung mit Mark im Freibad war so ein guter Anfang, bloß leider bisher ohne Fortsetzung. Aber wie soll ich an Mark herankommen, wenn er ständig mit Nadja herumhängt und ich ihn jetzt noch nicht mal in der Physik-AG sehe? Vielleicht stimmt es doch, was René gesagt hat: Ich muss Mark irgendwie auf mich aufmerksam machen. Aber wie soll das gehen, wenn ich diese Woche keine Möglichkeit mehr habe, ihn mit meinen phänomenalen Physik-Kenntnissen zu beeindrucken?

Renés abgedrehte Pärchen-Idee spukt mir immer noch im Kopf herum. Sie ist natürlich absolut lächerlich und undurchführbar – trotzdem habe ich mir schon ein paarmal vorgestellt, wie ich mit René Arm in Arm über den Schulhof spaziere und wie Mark fast die Augen aus dem Kopf fallen, als er uns zusammen sieht. Vielleicht würde es ihm dann leidtun, dass er sich immer nur mit der blöden Nadja abgegeben hat, statt sich mal etwas näher mit mir zu beschäftigen. Vielleicht …

Aber wie gesagt – die Idee ist natürlich im Grunde völlig absurd. Komisch, dass ich trotzdem den ganzen Tag lang darüber nachdenke. Und je länger ich mich damit beschäftige, desto besser kann ich mir die Sache vorstellen. Warum eigentlich nicht? Für seine große Liebe muss man bereit sein, Opfer zu bringen. Und ehrlich gesagt – so ein riesiges Opfer ist es ja eigentlich nicht, Renés Freundin zu spielen. Zumindest, was mich betrifft – vielleicht sieht René das anders. Aber er hat die ganze Sache ja schließlich vorgeschlagen, also soll er sich jetzt nicht so anstellen.

Abends bin ich endlich so weit. Mein Entschluss steht fest: Ab sofort wird mit harten Bandagen gekämpft. Ich werde Mark nicht einfach so Nadja überlassen!

René sitzt in seinem (also eigentlich in meinem) Zimmer und liest, als ich wild entschlossen hereinstürme. Er hat sich tatsächlich *Die Judenbuche* aus meinem Bücherregal herausgesucht – eigentlich richtig nett, dass er sein Versprechen nicht vergessen hat (ich hingegen hatte es schon komplett verdrängt). Und das, obwohl ich in den letzten Tagen nicht gerade übermäßig freundlich zu ihm war.

René blickt von dem Buch auf und sieht mich fragend an.

»Steht dein Angebot noch?«, platze ich ziemlich zusammenhangslos heraus.

»Dass ich dir bei der *Judenbuche* helfe?«, fragt René. »Klar, ich lese das hier schließlich nicht zum Spaß!«

»Nein, das meine ich doch gar nicht«, unterbreche ich ihn ungeduldig. »Ich rede von der Sache mit Mark. Du weißt schon: dass wir so tun, als wären wir zusammen, um ihn auf mich aufmerksam zu machen.«

René sieht mich überrascht an.

»Du willst es machen?«, fragt er. »Ich dachte, du findest die Idee total lächerlich.«

»Na ja, zuerst schon«, druckse ich herum. »Aber inzwischen habe ich darüber nachgedacht – und eigentlich ist die Idee gar nicht so schlecht.«

»Aha«, meint René nur.

»Ich glaube, du hast recht. Ich muss ein bisschen aktiver werden, wenn das mit Mark klappen soll. Sonst verläuft die ganze Sache im Sand«, erkläre ich ihm. »Und es wäre wirklich sehr nett, wenn du mir helfen würdest«, füge ich hinzu. »Auch wenn ich mich in den letzten Tagen manchmal blöd benommen habe. Das tut mir leid.«

»Okay«, sagt René und legt das Buch zur Seite. »Entschuldigung angenommen. Dann sind wir also ab morgen offiziell zusammen. René und Julie – das neue Traumpaar!«

»Das wird sie alle umhauen«, sage ich grinsend. »Also denk dran: Ab morgen musst du mich auf Händen tragen!«

»Und du musst immer lieb und nett zu mir sein. Keine Widerworte mehr, mein Schatz!«, sagt René.

»Natürlich nicht«, stimme ich ihm zu und klimpere unschuldig mit den Augen. »Das würde mir nicht mal im Traum einfallen, mein Hoppelhase.«

Als wir uns ansehen, prusten wir beide gleichzeitig los. Wenn uns das morgen auch passiert, sehe ich allerdings schwarz für unsere Glaubwürdigkeit.

Pärchen-Wirbel

Als wir am nächsten Morgen zur Schule fahren, habe ich richtiges Lampenfieber. Was, wenn wir uns komplett lächerlich machen, weil uns niemand die Pärchen-Nummer abkauft?

Ich überlege, ob wir das Ganze nicht doch lieber abblasen sollten, aber René will nichts davon wissen.

»Wir ziehen das jetzt durch«, sagt er entschieden. »Und ich verspreche dir, dass es super klappen wird. Entspann dich einfach, und überlass mir den Rest – ich bin der geborene Schauspieler.«

Da bin ich mir zwar inzwischen nicht mehr so sicher, aber jetzt ist es sowieso zu spät, um noch eine genauere Taktik abzusprechen. Wir fahren auf den Schulhof und stellen unsere Räder ab. Als wir zum Haupteingang gehen, legt René lässig den Arm um meine Schultern. Ich zucke leicht zusammen und werde steif wie ein Brett.

»Entspann dich«, flüstert René mir ins Ohr. »Tu einfach so, als wären wir frisch verliebt. Du bist ganz verrückt nach mir, und ich bette dich jeden Tag auf Rosen …«

Als ich mir eine Ladung Rosen auf meinem Klappbett vorstelle, muss ich kichern und werde etwas lockerer. Nach kurzem Zögern lege ich meinen Arm um Renés Taille, und wir marschieren in schönster Eintracht über den Schulhof.

»Sehr schön«, murmelt René in mein Ohr. »Ich hab dir doch gesagt, dass es klappt. Wir sind das perfekte Paar ...«

Ich tue so, als würde ich verzückt den romantischen Worten meines Herzallerliebsten lauschen, während ich mich verstohlen umblicke. Ein paar Schüler, an denen wir vorbeikommen, fangen sofort an zu tuscheln. Unser Auftritt scheint also nicht unbemerkt zu bleiben.

Als wir Arm in Arm die Klasse betreten, verstummen plötzlich sämtliche Gespräche, und alle starren uns an. René zieht mich noch ein bisschen fester an sich und drückt mir einen schnellen Kuss aufs Ohr, bevor wir uns auf unseren Plätzen niederlassen. Der Kuss kitzelt, und ich kriege eine Gänsehaut. Ich unterdrücke ein Kichern, werfe René stattdessen einen – wie ich hoffe – schmachtenden Blick zu und seufze glücklich. Ob das jetzt zu übertrieben war? Ich würde uns dieses Theater ja keine Sekunde lang abkaufen, aber die anderen scheinen es zu schlucken. Hinter uns beginnt ein großes Getuschel und Geraune. Wir haben es offensichtlich in nur fünf Minuten zum Gesprächsthema des Tages geschafft – das soll uns erst mal jemand nachmachen!

Ich drehe mich um und werfe einen Blick in Nadjas Richtung. Sie schaut mit offenem Mund zu uns herüber, während Tanja auf sie einredet und Laura verstohlen grinst. Scheinbar hat es Nadja völlig kalt erwischt. Bestimmt bringt es ihr Weltbild total durcheinander, dass ein Typ wie René ihren Verführungskünsten widersteht und stattdessen lieber mit jemandem wie mir zusammen ist. Aber Enttäuschungen sollen ja angeblich den Charakter bilden – obwohl ich befürchte, dass das bei Nadja nicht klappt, weil sie überhaupt keinen Charakter hat.

In der Pause sitzen René und ich Händchen haltend auf einer Bank und teilen uns ein Käsebrot.

»Möchtest du auch mal beißen, Schatz?«, frage ich René und halte ihm das Brot hin.

»Gerne – aber ich will dir nichts wegessen, chérie«, erwidert René, ganz der um mein Wohl besorgte Kavalier.

»Das ist wirklich süß von dir«, zwitschere ich, »aber mit dir würde ich sogar meine letzte Käserinde teilen.«

Mit einem so verzückten Gesichtsausdruck, als würde ich ihm Kaviar auf einem goldenen Tablett reichen, beißt er von dem Käsebrot ab und kaut genüsslich.

»Délicieux«, haucht er und lächelt mich verliebt an.

Ich bin kurz davor, einen Lachkrampf zu kriegen, kann mich aber gerade noch beherrschen. Langsam fängt die Sache an, mir Spaß zu machen.

Nachdem wir das Käsebrot brüderlich geteilt haben, schlendern wir Hand in Hand über den Schulhof und lassen uns bestaunen. Aus den Augenwinkeln sehe ich Nina mit ihren Freundinnen auf einer Bank sitzen. Als Nina uns sieht, fällt ihr fast die Banane aus der Hand, von der sie gerade abbeißen will. René zwinkert mir zu, und wir müssen beide grinsen. Zu Hause werde ich Nina wohl aufklären müssen, aber vorher kann sie sich ruhig noch ein bisschen wundern.

Als wir uns Nadja und ihrer Clique nähern, fällt mir

auf, dass Nadja einen extrem schlecht gelaunten Eindruck macht. Tanja und Laura versuchen offenbar, sie aufzumuntern, aber Nadja verzieht keine Miene, sondern starrt nur missmutig vor sich hin. Mark steht neben ihr und sieht leicht genervt aus.

René geht schnurstracks auf die Gruppe zu, und da er immer noch meine Hand hält, muss ich wohl oder übel mit, obwohl ich bei Marks Anblick schon wieder weiche Knie bekomme.

»Salut, alle zusammen«, wirft René in die Runde. »Wie geht's?«

»Sehr gut«, zwitschert Tanja nach einem unsicheren Blick auf Nadja, die keine Anstalten macht zu antworten. »Und selbst?«

»Könnte nicht besser gehen«, sagt René und sieht mich dabei verliebt an.

»Kommt ihr heute Abend mit ins Kino?«, will Tanja wissen. »Wir gehen alle hin – aber vielleicht wollt ihr ja lieber alleine sein«, fügt sie anzüglich hinzu.

»Ich weiß noch nicht – was meinst du, chérie? Hast du Lust auf Kino?«, fragt René und drückt meine Hand.

Der Kinoabend mit den Franzosen gehört zum freiwilligen Programm, und ehrlich gesagt habe ich noch keinen Gedanken daran verschwendet, ob ich hingehen will oder nicht.

»Können wir das nicht spontan entscheiden?«, sage ich. »Ich weiß wirklich noch nicht, ob ich heute Abend in der Stimmung für Kino bin. Und außerdem wolltest du doch noch für mich französisch kochen.«

»Ganz wie du willst, mon trésor«, flötet René. »Ich werde dir ein echtes Fünf-Sterne-Menü zaubern, und dann können wir immer noch sehen, ob wir Lust auf Kino haben – oder uns lieber einen romantischen Abend zu zweit machen.«

»Dann wollen wir das junge Glück mal nicht länger stören«, sagt Nadja schnippisch und legt demonstrativ den Arm um Mark. »Komm, Schatz, wir gehen.«

»Tschüss dann, bis später«, ruft Tanja uns zu, bevor sie hinter Nadja und Mark hertrippelt.

Laura lächelt mir unsicher zu. Sie sieht aus, als wolle sie noch etwas sagen, aber dann scheint sie es sich anders zu überlegen, dreht sich zögernd um und folgt den anderen in einigem Abstand.

»Ich würde sagen, wir sind einfach super!«, stellt René fest und schmatzt mir einen feuchten Kuss auf die Wange. »Die haben uns das total abgenommen.«

»Nicht so stürmisch, Liebling!«, beschwere ich mich. »Was sollen denn die anderen von uns denken?«

»Dass wir das perfekte Paar sind, natürlich. Das habe ich doch schon immer gesagt«, antwortet René und sieht plötzlich ganz ernst aus, sodass ich nicht mehr sicher bin, ob das jetzt ein Scherz sein soll oder nicht.

Einen Moment lang stehen wir einfach nur mitten auf dem Schulhof und sehen uns schweigend an. Mir fällt zum ersten Mal auf, dass René grüne Augen hat. Komisch, dass ich das bisher nie bemerkt habe.

Da ertönt plötzlich eine quäkige Stimme neben uns und reißt mich aus meinen Betrachtungen: meine allerliebste Schwester, die wie immer ein bemerkenswertes Timing hat.

»Seid ihr jetzt etwa zusammen?«, posaunt sie in ihrer zurückhaltenden Art über den ganzen Schulhof.

»Wie du siehst, hat mich deine Schwester endlich erhört«, sagt René und lächelt mich glücklich an. »Aber erst hat sie mich nächtelang vergeblich an ihrer Schlafzimmertür kratzen lassen. Das war ganz schön hart.«

Nina schüttelt ungläubig den Kopf. »Stimmt das, Julia?«, fragt sie mich verwirrt. »Hab ich gar nicht gemerkt.«

»Du hast eben einen sehr festen Schlaf«, versuche ich ihr zu erklären und schaffe es tatsächlich, nicht zu grinsen. »Das ist ganz normal in deinem Alter.«

»Mist, da habe ich mal wieder das Beste verpasst«, ärgert sich Nina. »Ihr hättet mir auch ruhig was sagen können. Ich dachte, ich spinne, als ich euch gerade gesehen habe!«

»Tut mir leid«, sage ich bedauernd. »Aber es ging alles ziemlich schnell. Eigentlich wollten wir es auch noch geheim halten …«

»… aber dann waren unsere Gefühle einfach zu stark«, fällt mir René ins Wort und wird richtig pathetisch. »Und ich habe zu Julie gesagt: ›Wir sollten unsere Liebe offen zeigen, ich will mich nicht länger verstecken!‹«

»Wow«, haucht Nina. »Wie im Film.«

»Ja, das Leben schreibt eben immer noch die besten Geschichten«, bemerkt René weise, und jetzt muss ich mir ganz schnell lautstark die Nase putzen, um einen akuten Lachanfall zu kaschieren.

»Hast du dich etwa erkältet, chérie?«, fragt René besorgt.

»Nein, nein«, beruhige ich ihn. »Ich bin nur so gerührt. Das hast du wirklich schön gesagt.«

Nina sieht skeptisch von einem zum anderen.

»Irgendwie seid ihr komisch«, stellt sie fest. »Reden alle Verliebten so geschwollen?«

»Das verstehst du nicht«, sage ich von oben herab. »Dafür bist du noch zu klein.«

»Pfffft«, macht Nina und verdreht die Augen. »Mann, ich kann's immer noch nicht glauben«, fährt sie dann kopfschüttelnd fort. »Ausgerechnet ihr beide! Das hätte ich nie gedacht.«

»Warum denn nicht?«, fragt René. »Wir passen doch wunderbar zusammen, oder? Das perfekte Paar eben.«

»Na ja, ich weiß nicht«, meint Nina zweifelnd. »Übrigens seid ihr heute das Schulgespräch! Kein Mensch kann glauben, dass ihr zusammen seid. Das ist echt *die* Sensation!«

»Sollen sie sich die Mäuler zerreißen«, sagt René kämpferisch. »Wir lassen uns nicht so schnell unterkriegen.«

»Und ich dachte schon, du kriegst gar keinen Typen mehr ab, so, wie du immer herumläufst«, bemerkt Nina mit einem kritischen Blick auf meine Lieblingsklamotten. »Aber dass es dann gleich René sein muss, ist echt der Hammer!«

Mit diesen aufmunternden Worten kehrt Nina wieder zu ihren Freundinnen zurück.

René schaut ihr kopfschüttelnd nach. »Ausgesprochen charmant, deine Schwester«, stellt er fest.

»Allerdings«, stimme ich zu. »Ich hatte ja fast schon ein schlechtes Gewissen, weil wir sie nicht eingeweiht haben. Aber eigentlich geschieht ihr das ganz recht, dieser unverschämten Kröte. Sie wird bloß ziemlich sauer sein, wenn ich sie nachher aufkläre.«

René zuckt mit den Schultern. »Sie wird's überleben. Außerdem – wer sagt denn, dass du sie aufklären musst? Wir können sie ja auch einfach noch etwas in dem Glauben lassen, ein glückliches Paar zu sein.«

In dem Moment klingelt es.

»Mist«, sage ich. »Ich wollte doch noch meine restlichen Unterlagen aus dem Physikraum holen. Dann kann ich wenigstens zu Hause ein bisschen weiterarbeiten, wenn die AG schon die ganze Woche ausfällt.«

»Wenn du dich beeilst, schaffst du es bestimmt noch«, meint René. »Bis gleich, chérie!«

Während René schon zu unserem Klassenraum geht, renne ich die Treppe hoch zum Physikraum. Als ich schwungvoll um die Ecke biege, stoße ich voll mit jemandem zusammen. Auch das noch!

»Kannst du nicht aufpassen?«, fauche ich, bevor ich bemerke, dass es Mark ist, den ich gerade über den Haufen gerannt habe.

Irgendwie scheine ich dazu verdammt zu sein, immer in peinliche Situationen zu geraten, wenn ich ihn treffe.

»Tut mir leid«, entschuldigt er sich verdattert.

»Nein, nein, das war meine Schuld«, lenke ich schnell ein. »Hast du dir wehgetan?«

»Nichts passiert«, beruhigt mich Mark. »Bist du immer so stürmisch?«

»Nur, wenn ich's eilig habe«, gebe ich zurück. »Sonst bin ich die Ruhe selbst.«

»Den Eindruck hatte ich in den letzten Tagen allerdings nicht«, meint Mark und grinst mich an. »Mir kommt es eher so vor, als wenn in deiner Nähe immer ordentlich was los ist. Warum fällt mir das eigentlich erst jetzt auf?«

»Vielleicht warst du einfach immer mit anderen Dingen beschäftigt«, antworte ich und füge schnell hinzu: »Mit deinem Physikprojekt zum Beispiel.«

»Das wird's sein«, sagt Mark und nickt. »Aber glücklicherweise fällt ja Physik diese Woche aus, sodass wir ganz viel Zeit haben. Wir sollten die Gelegenheit nutzen und uns mal irgendwann treffen – was hältst du davon?«

Jetzt bin ich es, die verdattert ist. Das ging aber schnell!

»Klar ... warum nicht?«, stottere ich. Da sehe ich Herrn Balke aus dem Lehrerzimmer kommen und zu unserer Klasse gehen. »Jetzt muss ich aber los!«, füge ich eilig hinzu.

»Okay«, sagt Mark. »Wir können ja demnächst mal was ausmachen. Und vielleicht sehen wir uns heute Abend auch im Kino.«

»Kann schon sein«, bestätige ich. »Also dann, bis später!«

Ich flitze die Treppe hinunter und schlüpfe direkt hinter Herrn Balke durch die Tür. Bevor er beim Lehrerpult angekommen ist, bin ich schon zu meinem Platz gehuscht. Erst jetzt fällt mir auf, dass meine Unterlagen immer noch im Physikraum liegen – aber das ist mir im Moment eigentlich völlig egal.

Auch in dieser Mathestunde bin ich geistig ziemlich abwesend. Immer wieder lasse ich das Gespräch mit Mark in meinem Kopf Revue passieren und interpretiere jedes Wort von ihm auf jede erdenkliche Weise. Was meinte er damit, dass in meiner Nähe immer etwas los ist? Hat er damit aufs

Freibad angespielt oder auf die Sache mit René? Und will er sich wirklich mit mir treffen? Wie will er das denn Nadja erklären? Na ja, das ist eigentlich nicht mein Problem.

Wichtig ist nur, dass unsere Pärchen-Aktion bisher ein voller Erfolg war. Es hat tatsächlich geklappt! Denn dass Mark mich ausgerechnet heute angesprochen hat, nachdem er mich zusammen mit René gesehen hat, kann einfach kein Zufall sein. Vielleicht sollten René und ich heute Abend doch ins Kino gehen. Es kann ja nicht schaden, wenn wir unser neues Pärchen-Image noch etwas festigen …

Nach der sechsten Stunde verlasse ich die Schule wie auf Wolken. René und ich halten ganz selbstverständlich Händchen, und ich habe mich inzwischen richtig daran gewöhnt. Ist wirklich ganz angenehm, so als Paar durch die Gegend zu spazieren …

Beim Fahrradfahren muss ich Renés Hand allerdings loslassen, und ich erzähle ihm auf dem Heimweg ausführlich von meinem Gespräch mit Mark. Ich bin so begeistert, dass mir erst nach einer Weile auffällt, dass René kaum etwas dazu sagt. »Was ist los mit dir?«, frage ich ihn schließlich. »Hast du ein Schweigegelübde abgelegt?«

»Quatsch«, antwortet er. »Aber du lässt einen ja nicht zu Wort kommen.«

»Sonst unterbrichst du mich doch auch ständig«, stelle ich fest. »Jetzt sag schon – ist doch super gelaufen, oder? Du hattest hundertprozentig recht! Jetzt ist Mark erst richtig auf mich aufmerksam geworden. Und er will sich tatsächlich mit mir treffen! Was hältst du übrigens davon, wenn wir heute Abend doch ins Kino gehen?«

»Von mir aus«, sagt René, aber so richtig enthusiastisch klingt er nicht.

Beim Mittagessen beschließe ich, Nina reinen Wein einzuschenken. Sonst erzählt sie es früher oder später Paps, und dann wird die Sache richtig kompliziert. Außerdem ist die Gelegenheit günstig, weil Paps heute über Mittag im Laden bleibt.

»Waaas?«, schreit sie, nachdem ich sie aufgeklärt habe. »Ihr seid gar nicht wirklich zusammen? Ihr habt nur so getan?«

René und ich nicken.

»Das ist gemein!«, schreit sie weiter. »Und ich bin voll drauf reingefallen! Ihr hättet mich ruhig einweihen können, schließlich bin ich deine Schwester, Julia!«

»Wir haben das ganz spontan beschlossen«, schwindele ich. »Und jetzt weißt du's ja. Aber wehe, du erzählst das irgendwem! Auch nicht deinen Freundinnen! Offiziell sind René und ich zusammen, ist das klar?«

Nina nickt. »Ich bin ja nicht blöd. Aber was soll das ganze Theater eigentlich?«

»Äh, nun ja …«, stottere ich. Die Sache mit Mark geht Nina nun wirklich nichts an.

»Das war meine Idee«, hilft mir René. »Ich hatte keine Lust mehr, ständig von Nadja und ihren Freundinnen belagert zu werden. Und ich dachte, wenn ich in festen Händen bin, lassen die mich bestimmt endlich in Ruhe.«

»Aha«, sagt Nina und sieht ihn misstrauisch an. »Und deswegen macht ihr so einen Aufstand? Ihr spinnt doch echt!«

Dann verzieht sie sich beleidigt nach oben. René und ich verbringen den Nachmittag in meinem Zimmer. Ich versuche, endlich mit meiner Untersuchung zur Tropfenbildung weiterzukommen, aber ohne die restlichen Unterlagen kann ich nur einen Teil der Auswertung machen. Außerdem fällt es mir ziemlich schwer, mich zu konzentrieren, weil ich immer wieder an Mark denken muss.

René liegt auf dem Bett und liest *Die Judenbuche* zu Ende. Danach gehen wir gemeinsam den Text durch und diskutieren ein paar Passagen. Komischerweise macht es mit ihm zusammen richtig Spaß – und ich kapiere sogar das eine oder andere. Danach bin ich so motiviert, dass wir gleich mit dem *Kleinen Prinzen* weitermachen.

»Du solltest deine Musikerkarriere an den Nagel hängen und Lehrer werden«, schlage ich René vor, als wir fertig sind. »Du kannst echt gut erklären.«

»Danke«, sagt er und klappt das Buch zu. »In Paris gebe ich einmal in der Woche Französisch-Nachhilfe. Das macht wirklich Spaß.«

»Du gibst Nachhilfe?«, frage ich überrascht. »Das wusste ich ja gar nicht.«

»Du weißt eben nicht alles über mich, chérie«, erwidert René geheimnisvoll.

Bevor ich ihn fragen kann, was er damit meint, klingelt das Telefon.

»Ich geh schon«, rufe ich Nina zu, die gerade aus ihrem Zimmer kommt, und renne die Treppe hinunter. Vielleicht ist es ja Mark!

Leider ist es nicht Mark, sondern meine Mutter.

»Hallo, Julia«, sagt sie. »Wie geht es dir, mein Schatz?«

Normalerweise würde ich jetzt sofort das Gespräch abwürgen und Nina ans Telefon holen, aber heute bin ich so gut gelaunt, dass ich nach kurzem Zögern für meine Verhältnisse außergewöhnlich freundlich antworte: »Prima, und wie geht es dir, Barbara?«

Meine Mutter holt am anderen Ende überrascht Luft. Ich glaube, jetzt habe ich sie überrumpelt. Wahrscheinlich hat sie überhaupt nicht mit einer Antwort gerechnet. Aber sie fängt sich schnell wieder.

»Oh, mir geht es gut – nett, dass du fragst. Nur die Hitze macht mir zu schaffen. Wir haben hier jeden Tag 35 Grad im Schatten, und das schon seit Wochen! Du weißt ja, dass ich so eine Hitze nicht gut vertrage …«, erzählt sie, ohne einmal Luft zu holen. Man könnte fast meinen, sie hat Angst, dass ich auflege, sobald sie mal eine Pause macht.

»Ja, ja, ich weiß – schließlich habe ich das von dir geerbt«, unterbreche ich meine Mutter. »Und soviel ich weiß, hat dich niemand gezwungen, nach Südfrankreich zu ziehen! Hier bei uns ist es gerade richtig schön kühl.«

Ich hoffe, meine Mutter hat sich in letzter Zeit nicht den Wetterbericht für Deutschland angeschaut. Aber dafür hat sie bestimmt keine Zeit, weil sie ständig am Swimmingpool oder auf ihrer Jacht herumliegen und mit Jacques auf irgendwelche High-Society-Partys gehen muss, wo sie dann mit Caroline von Monaco sündhaft teuren Champagner schlürft. Ehrlich gesagt hält sich mein Mitleid in erträglichen Grenzen.

Eine Weile ist es ganz still in der Leitung, dann sagt meine Mutter: »Du bist immer noch böse auf mich, oder? Findest du nicht, dass du mich langsam genug bestraft hast? Bitte sag mir, was ich tun muss, damit du mir endlich verzeihst.«

Ihre Stimme klingt auf einmal ganz anders. Gar nicht so aufgekratzt und überschwänglich wie sonst. Sogar durch das Telefon kann ich hören, wie traurig sie ist. Ich muss schlucken und komme mir plötzlich richtig fies vor. Ich kriege kein Wort heraus, aber ich wüsste sowieso nicht, was ich ihr antworten sollte. Schließlich habe ich selbst keine Ahnung, wie ich den dicken Knoten aus Wut und Enttäuschung, der mir seit drei Jahren schwer im Magen liegt, wieder loswerden soll.

»Ich habe dich verletzt«, sagt meine Mutter nach einer langen Pause so leise, dass ich den Hörer an mein Ohr pressen muss, um sie zu verstehen. »Und das tut mir unendlich leid. Ich hoffe sehr, dass du mir irgendwann verzeihen kannst, Julia. Denn du fehlst mir wahnsinnig, mein Schatz.«

»Du fehlst mir auch, Mama«, flüstere ich, bevor ich mich zurückhalten kann. Dann lege ich schnell den Hörer auf.

Die traumhafte Welt der Julie

»Was für einen Film schauen wir uns eigentlich an?«, fragt René, als wir zum Kino laufen.

»Die fabelhafte Welt der Amélie«, antworte ich. »Französisch mit deutschen Untertiteln. Damit wir auch noch was lernen dabei.«

Es ist ein richtig schöner, lauer Sommerabend, und deshalb haben wir beschlossen, zu Fuß zum Kino zu gehen. Wir sind früh dran und schlendern langsam durch die Straßen. René hat wie selbstverständlich meine Hand genommen, obwohl das eigentlich noch gar nicht nötig wäre. Ich fühle mich richtig wohl und könnte noch stundenlang so mit ihm durch die Gegend wandern. Es ist alles so friedlich und ruhig.

Als ich ihm gerade vorschlagen will, das Kino sausen zu lassen und einen kleinen Abendspaziergang zu machen, schwärmt René: »Der Film ist super, den habe ich schon in Paris gesehen. Der gefällt dir bestimmt.«

»Ja, und mit den Untertiteln habe ich auch eine gewisse Chance, die Handlung zu kapieren«, füge ich hinzu. »Leider hat mein Französisch ja bisher keine großen Fortschritte gemacht, weil wir immer nur Deutsch reden. Das wird ein ganz schöner Schlag für Frau Hinrich. Vor der nächsten Klausur sollte ich vielleicht besser noch ein paar Nachhilfestunden nehmen …«

»Von mir aus können wir gern ab sofort Französisch reden«, sagt René. »Und als Nachhilfelehrer bin ich sowieso super, wie du weißt.«

»Nee, lass mal«, lehne ich ab. »Das ist mir zu anstrengend, und du hast mir schließlich schon genug geholfen. Außerdem – wer weiß, was du mir dann alles für Sachen an den Kopf wirfst, wenn ich nur die Hälfte verstehe …«

Als wir beim Kino ankommen, ist schon fast die ganze Klasse versammelt.

Offensichtlich will kaum einer darauf verzichten, auf Kosten der Schule ins Kino zu gehen – auch wenn es ein französischer Film ist. Frau Hinrich steht gerade an der Kasse und besorgt die Karten.

»Da sind ja unsere zwei Turteltäubchen«, sagt Nadja spöttisch, als wir an ihr und Tanja vorbeigehen. »Der Schöne und das Biest – wie im Märchen. Ist das nicht süß?«

»Für manche werden Märchen eben wahr«, antworte ich gelassen. »Und andere bleiben ihr Leben lang das Aschenputtel, weil der Prinz einfach weitergeritten ist.«

Nadja schnaubt verächtlich. Mann, die ist richtig wütend! Ich kann mir ein Grinsen nicht verkneifen.

»Was hältst du von Popcorn, Schatz?«, frage ich René und lege den Arm um seine Taille.

»Wunderbar«, sagt er und schiebt mich in Richtung Eingang. »Magst du es lieber salzig oder süß?«

»Süß«, antworte ich.

»Das gibt es nicht – ich auch!«, ruft er. »Ich hab's ja schon immer gewusst – wir sind seelenverwandt, chérie!«

Als ich mich in die Schlange für das Popcorn stelle, merke ich, dass Laura direkt vor mir steht. Auch das noch! Im ersten Moment will ich mich umdrehen und gleich wieder gehen, aber dann überlege ich es mir anders. Das fehlte noch, dass ich wegen der Verräterin auf mein Popcorn verzichte! Und schließlich muss ich ja nicht mit ihr reden, ich werde sie einfach ignorieren.

Als Laura sich umdreht und mich bemerkt, schaue ich schnell zur Seite und tue so, als hätte ich sie nicht gesehen. Sie wird rot und beißt auf ihrer Lippe herum – offensichtlich ist ihr die Situation unangenehm. Tja, Pech gehabt, jetzt gehe ich erst recht nicht weg. Soll sie ruhig noch ein bisschen leiden.

Wir rücken langsam in der Schlange vor, und das Schweigen zwischen uns wird immer unerträglicher.

Kurz bevor sie an der Reihe ist, dreht Laura sich plötzlich um: »Ich wollt's dir schon heute Vormittag sagen, aber dann habe ich mich nicht getraut: Ich find's gut, dass du jetzt mit René zusammen bist. Er ist total nett, und ihr passt super zusammen. Ich wünsche euch beiden viel Glück!«

»D… danke«, stottere ich verdutzt.

War das jetzt ernst gemeint? Eigentlich richtig nett von Laura. Nachdenklich bezahle ich eine Jumbo-Tüte Popcorn und gehe in den Kinosaal zu unseren Plätzen, wo René schon mit zwei großen Bechern Cola auf mich wartet.

Auf dem Weg dorthin komme ich an Mark vorbei, der sich gerade in der letzten Reihe neben Nadja niederlässt.

»Hallo, Julia«, ruft er und lächelt mir zu.

Ich winke lässig, und mir entgeht nicht der bitterböse Blick, den Nadja Mark zuwirft. Ob sie vielleicht ein klitzekleines bisschen eifersüchtig ist?

Zufrieden komme ich bei René an und lasse mich auf meinen Sitz fallen. Mme. Dupont und Frau Hinrich sitzen zwei Reihen vor uns und schwärmen lautstark von dem Film – offenbar haben sie ihn beide schon gesehen. Na ja, immerhin sind sie ja auch Französischlehrerinnen. Ich bin jedoch nach wie vor etwas skeptisch. Eigentlich stehe ich nicht besonders auf französische Filme.

Als die Lichter ausgehen, legt René seinen Arm um mich. Zuerst ist mir das etwas unangenehm, und ich rutsche nervös auf meinem Sitz hin und her. Aber dann fängt René an, mich ganz sanft im Nacken zu kraulen, und ich kriege am ganzen Körper eine Gänsehaut. In meinem Bauch fängt es an zu kribbeln – wie früher, wenn ich drei Päckchen Ahoi-Brause auf einmal in mich reingeschüttet habe. Es fühlt sich aber irgendwie gut an, und langsam entspanne ich mich. Ich kuschele mich etwas näher an René und versuche, auf den Film zu achten. Leider kann ich mich überhaupt nicht konzentrieren. Nach einer Weile gebe ich es auf, betrachte einfach die bunten Bilder, die über die Leinwand flimmern, ohne dass sie den geringsten Sinn für mich ergeben, lasse die französischen Wörter durch meine Ohren fließen, ohne etwas zu verstehen, und fühle mich rundum wohl.

Dann gehen die Lichter plötzlich wieder an, und ich blinzle überrascht. Ist der Film tatsächlich schon zu Ende? Offensichtlich ist mir mein Zeitgefühl völlig abhandengekommen – oder bin ich vielleicht eingeschlafen, ohne es zu merken? Ich denke einen Moment lang über dieses angenehme Kribbeln in meinem Bauch nach und komme zu dem Schluss, dass ich mir das sicherlich nur eingebildet habe. Ich habe mich einfach ein bisschen zu sehr mit meiner Rolle als Renés Freundin identifiziert. Das passiert den besten Schauspielern hin und wieder – kein Grund zur Beunruhigung.

»He, du hast ja dein Popcorn gar nicht angerührt«, unterbricht René meine tiefenpsychologischen Überlegungen.

»Tatsächlich … das hab ich doch glatt vergessen«, stammle ich. »Kein Wunder, der Film war aber auch wirklich sehr spannend.«

»Spannend?«, fragt René und sieht mich zweifelnd an. »So würde ich ihn jetzt nicht gerade bezeichnen …«

»Ist ja auch egal«, unterbreche ich ihn schnell. »Auf jeden Fall war es ein super Film, ausgesprochen … französisch, findest du nicht? Jetzt aber nichts wie raus hier! Es ist so stickig, und ich brauche dringend etwas frische Luft.«

»Das scheint mir auch so«, sagt René verwirrt und folgt mir nach draußen.

Am nächsten Tag erwartet mich in der Schule eine echte Überraschung. Aber vorher muss ich mich durch eine endlos lange Doppelstunde Sport quälen.

Ich hasse Sport! Am meisten hasse ich Volleyball, und genau das haben wir heute zwei geschlagene Stunden lang geübt. Erst mussten wir zusammen mit einem Partner abwechselnd pritschen und baggern. Das werde ich nie lernen! Mein Partner war René, der mir fast ein bisschen leidgetan hat, weil ich keinen einzigen Ball richtig annehmen, geschweige denn vernünftig zurückspielen konnte. Wenigstens hat er sich freiwillig bereit erklärt, mit mir zusammenzuspielen. Normalerweise werden meine Übungspartner nämlich immer zwangsverpflichtet, weil ich so eine Niete in Sport bin. Nicht, dass mir das was ausmachen würde – ich finde, es gibt wichtigere Dinge, als gut in Sport zu sein.

Nach den Partnerübungen sollten wir dann unsere neu gewonnenen Fähigkeiten in einem richtigen Volleyballspiel einsetzen, was bei mir allein schon deshalb schwierig war, weil von neu gewonnenen Fähigkeiten eigentlich gar nicht die Rede sein konnte. Also habe ich versucht, mich möglichst unauffällig am Rand des Spielfeldes zu bewegen, damit bloß niemand auf die Idee kommt, mir einen Ball zuzuspielen. Als dann aber doch zufällig ein Ball in meine Richtung flog, habe ich mir bei einem missglückten Pritsch-Versuch gleich den kleinen Finger verknackst. Na ja, wenigstens bin ich daraufhin ausgewechselt worden, sodass das Elend ein Ende hatte. Weil die Stunde sowieso fast vorbei war, bin ich schon mal duschen gegangen, damit mir wenigstens das übliche Gedrängel in der Umkleidekabine diesmal erspart bleibt.

Als ich mit beschlagener Brille und feuchten Haaren die Umkleidekabine verlasse, während sich alle anderen noch unter den Duschen tummeln, werde ich von Mark erwartet, der lässig am Getränkeautomaten lehnt. Als er mich sieht, kommt er sofort freudestrahlend auf mich zu.

»Hallo, Julia«, begrüßt er mich. »Wie geht's?«

»Prima«, antworte ich, während ich meine Brille abnehme und anfange, sie zu putzen. Dabei merke ich, dass mein verknackster Finger plötzlich gar nicht mehr wehtut.

»Vielleicht hast du es ja schon gehört: Ich gebe am Samstag eine Party bei mir zu Hause. So eine Art Abschiedsfest für die Franzosen, weil sie doch am Sonntag wieder nach Paris fahren«, erzählt Mark.

»Aha«, sage ich und versuche, ein interessiertes Gesicht zu machen. Doch in meinem Kopf blitzt das Wort »Sonntag« plötzlich wie ein Alarmsignal auf. Sonntag – das sind nur noch drei Tage, bis René wegfährt! Ich verdränge diesen Gedanken schnell wieder, bevor ich genauer darüber nachdenken kann. Außerdem redet Mark inzwischen munter weiter, und seine nächste Ankündigung beansprucht meine volle Aufmerksamkeit.

»… und deshalb wollte ich dich fragen, ob du nicht Lust hast, auch zu kommen«, beendet er gerade einen Satz, dessen Anfang ich leider nicht mitbekommen habe.

»Wohin?«, platze ich heraus, bevor mir auffällt, dass das keine besonders intelligente Frage ist.

»Zu meiner Party natürlich«, sagt Mark. »Am Samstag. So ab neun geht's los. Lindenallee 5.«

Mark hat natürlich keine Ahnung, dass ich längst weiß, wo er wohnt. Ich bin sogar schon ein paarmal in der Lindenallee gewesen und mit dem Fahrrad unauffällig um sein Haus gekurvt. Besser gesagt, um das riesige Grundstück, auf dem die Villa seiner Eltern steht. Marks Partys sind an unserer Schule legendär. Es werden alle möglichen

Geschichten von riesigen Buffets mit den edelsten Leckereien, von unerschöpflichen Getränkevorräten und wilden Orgien erzählt – keine Ahnung, was davon stimmt. Marks Vater ist ein bekannter Dirigent und gibt überall auf der Welt Konzerte, sodass seine Eltern oft verreist sind. Ab und zu schmeißt Mark dann eine Party, zu der natürlich nur ausgewählte Leute eingeladen werden. Und jetzt hat er tatsächlich mich gefragt, ob ich auch kommen will? Das erscheint mir so absurd, dass ich überlege, ob ich ihn vielleicht falsch verstanden habe. Warum habe ich bloß nicht richtig zugehört? Das ist mal wieder typisch!

»Ich würde mich wirklich freuen, wenn du kommen könntest«, hakt Mark nach, als ich nicht antworte.

»Du willst, dass ich zu deiner Party komme?«, frage ich vorsichtig nach.

»Genau«, bestätigt Mark. »Natürlich nur, wenn du Lust hast. Vielleicht stehst du ja gar nicht auf Partys. Ist ja auch ziemlich kurzfristig – hast du etwa schon etwas anderes vor?«

»Nein, nein«, sage ich schnell und setze meine Brille wieder auf. »Ich komme gern.«

»Super«, sagt Mark und grinst mich erleichtert an. »Übrigens hast du richtig schöne Augen. Du solltest sie nicht immer hinter der Brille verstecken!«

»Äh – danke«, stottere ich und werde dunkelrot.

Hilfe! So langsam fühle ich mich von der Situation etwas überfordert. Erst lädt mich Mark zu einer seiner Superpartys ein, und dann fängt er auch noch an, mir Komplimente zu machen. Das ist ein bisschen viel auf einmal!

Deswegen bin ich gar nicht so unglücklich, als unser kleines Gespräch plötzlich unterbrochen wird. Nadja kommt auf uns zugerauscht. Sie hat mal wieder etwas länger gebraucht, weil sie sich nach dem Duschen natürlich erst perfekt schminken und stylen musste. Das dauert eben seine Zeit, dafür sieht sie jetzt auch aus wie ein Papagei mit Perücke.

»So, da bin ich«, flötet sie und drückt Mark ihre Sporttasche in die Hand. »Ich hoffe, du hast dich beim Warten nicht zu sehr gelangweilt.«

Dabei wirft sie mir einen ihrer Eiswürfel-Blicke zu. Blöde Kuh! Aber Mark lässt sich nicht aus der Ruhe bringen.

»Keineswegs«, sagt er galant und lächelt mir zu. »Ich hatte ausgesprochen nette Gesellschaft. Also dann – bis Samstag, Julia!«

»Ja, bis dann«, säusele ich. »Und vielen Dank für die Einladung!«

Nadja bugsiert Mark schnell auf den Pausenhof. Dort redet sie wild gestikulierend auf ihn ein. Sieht ganz nach einer Standpauke aus. Bestimmt ist sie stinksauer, weil Mark mich eingeladen hat. Oder ob sie vielleicht sogar noch mehr mitbekommen hat? Irgendwie kann ich sie sogar verstehen. Ehrlich gesagt wäre ich auch ganz schön sauer, wenn mein Freund einem anderen Mädchen Komplimente machen würde. Einen kurzen Moment lang bekomme ich so etwas wie ein schlechtes Gewissen. Eigentlich ist es nicht gerade die feine Art, einer anderen den Freund wegzuschnappen. Aber so weit ist es schließlich noch gar nicht. Und was kann ich dafür, wenn Mark mich einlädt? Ich habe ihn schließlich nicht darum gebeten! Außerdem hat es Nadja nicht besser verdient, so blöd, wie sie ist.

Während ich vor der Sporthalle auf René warte, sehe ich, wie Mark die fauchende Nadja einfach stehen lässt. Er geht kopfschüttelnd ins Schulgebäude, und Nadja sieht ihm wütend hinterher. Da scheint es ja ordentlich zu kriseln! Eigentlich müsste mich das freuen, aber irgendwie hinterlässt die Szene einen unangenehmen Nachgeschmack bei mir. Der verschwindet aber schnell wieder, als mir klar wird, was gerade passiert ist: Mark hat mich eingeladen! Zu einer seiner legendären Partys, auf die man normalerweise nur mit einem vergoldeten VIP-Ausweis kommt! Und er hat gesagt, dass ich schöne Augen habe! Das ist zwar nicht gerade das originellste Kompliment, aber immerhin. Vielleicht sollte ich tatsächlich mal über Kontaktlinsen nachdenken …

»Warum grinst du denn so?«, fragt René, als er endlich aus der Sporthalle kommt.

»Du errätst nie, was gerade passiert ist!«, verkünde ich aufgeregt. »Mark hat mich zu seiner Party am Samstag eingeladen. Das ist doch der Hammer, oder?«

»Super«, sagt René knapp. »Und – gehst du hin?«

»Na klar, was denkst du denn?«, rufe ich entrüstet. »Das ist doch *die* Chance für mich, endlich an Mark heranzukommen. Außerdem wird da nicht jeder eingeladen – das ist so eine Art Ritterschlag hier an der Schule.«

»Ich dachte, du stehst nicht auf solche Partys«, wirft René ein. »Und bis vor Kurzem war es dir auch noch nicht wichtig, zu angesagten Partys eingeladen zu werden.«

»Es geht doch überhaupt nicht darum, ob die Party angesagt ist oder nicht«, erkläre ich René ungeduldig. »Wichtig ist nur, dass es Marks Party ist und dass er mich eingeladen hat. Vielleicht ist es dir ja entfallen, aber wir machen dieses ganze Pärchen-Theater schließlich, damit ich mit Mark zusammenkomme! Du könntest dich ruhig ein bisschen für mich freuen. Außerdem kann es doch ganz lustig werden. Du erzählst mir doch immer, dass ich mehr unternehmen sollte, statt immer nur zu Hause zu sitzen. Also – amüsieren wir uns!«

»Bin ich denn überhaupt eingeladen?«, fragt René skeptisch.

»Klar«, sage ich, obwohl mir gerade auffällt, dass wir darüber gar nicht geredet haben. »Alle Franzosen sind eingeladen.«

Das Wort »Abschiedsparty« streiche ich schnell aus meinem Gedächtnis. Dafür fängt René jetzt davon an.

»Aha, eine Abschiedsparty also«, sagt er und sieht mich nachdenklich an. »Ich würde an meinem letzten Abend eigentlich lieber was zu zweit machen. Nur du und ich ohne die ganzen anderen Idioten. Essen gehen oder so.«

»Musst du jetzt schon ständig von deinem letzten Abend reden?«, frage ich genervt. »Das ist doch noch eine halbe Ewigkeit hin! Außerdem können wir ja auch an irgendeinem anderen Abend essen gehen, oder? Das muss ja nicht gerade am Samstag sein.«

Damit ist die Sache für mich geklärt. Jetzt bleibt nur noch eine Frage: Wie soll ich die nächsten zwei Tage bis Samstagabend überstehen???

Nacktschnecken küsst man nicht!

Natürlich tut mir der Freitag nicht den Gefallen, schnell herumzugehen. Der Vormittag ist endlos, und nicht nur ich scheine den Samstagabend kaum erwarten zu können. Marks Party ist das Gesprächsthema Nummer eins. Nadja, Tanja und Laura erörtern mit ihren Französinnen lautstark die verschiedenen Styling-Varianten für den großen Abend. Ledermini oder enge Hüftjeans? Aufgesteckte oder offene Haare? Blaue oder grüne Wimperntusche? Alle, die eingeladen sind, reden über nichts anderes mehr, und alle, die nicht eingeladen sind, versuchen verzweifelt, irgendwie an eine Einladung heranzukommen. Nadja ist plötzlich noch umschwärmter als sonst, denn wem sie als Freundin des Gastgebers ihre Gunst schenkt, der darf natürlich automatisch zur Party kommen. Eigentlich finde ich dieses ganze Theater total albern, aber da ich ausnahmsweise mal zum Kreis der Auserwählten gehöre, ist es irgendwie auch aufregend. Ich merke, wie ich immer nervöser werde. Was, wenn Mark mich nur aus Höflichkeit oder – schlimmer noch – aus Mitleid eingeladen hat? Was, wenn er mich den ganzen Abend lang links liegen lässt und ich mir dann auch noch Nadjas blöde Sprüche anhören muss?

»Ich bin ja so froh, dass du mitkommst«, erzähle ich René zum hundertsten Mal. »Allein wäre ich zwischen den ganzen Tussis doch total verloren!«

René wirkt irgendwie nicht so richtig begeistert, aber das bekomme ich nur am Rande mit, weil ich voll und ganz mit der Party beschäftigt bin. Ich mache mir tatsächlich Gedanken darüber, was ich anziehen soll! Die Frage wäre eigentlich schnell geklärt, weil ich sowieso nichts anderes als Jeans und T-Shirts im Schrank habe. Aber dann erwischt mich Nina, als ich am Freitagnachmittag verschiedene T-Shirts vor dem großen Badezimmerspiegel anprobiere.

»Was machst du denn da?«, fragt sie mich verblüfft.

»Siehst du doch«, sage ich ärgerlich. »Ich überlege, was ich morgen auf die Party anziehe.«

»Du meinst doch nicht etwa *die* Party«, fragt Nina so ungläubig, dass es fast schon eine Beleidigung ist.

»Keine Ahnung, welche Party *du* meinst«, antworte ich kühl. »*Ich* meine die von Mark, auf die er mich übrigens persönlich eingeladen hat.«

»Ich fass es nicht. Letzte Woche warst du bei Nadja, diese Woche gehst du zu der absoluten In-Party bei Mark – wie kommt der übrigens darauf, dich einzuladen?«

»Keine Ahnung!« Ich zucke mit den Schultern. »Vielleicht steht er auf mich.«

Nina wirft mir einen mitleidigen Blick zu. »Träum weiter! Der ist doch mit Nadja zusammen.«

»Na und?«, schnaube ich verächtlich und ziehe mir ein blaues Schlabber-T-Shirt über den Kopf. »Von der dummen Tussi hat er bestimmt bald genug.«

»Ich blick da nicht mehr durch«, sagt Nina kopfschüttelnd. »Erst tust du so, als wärst du mit René zusammen, und jetzt willst du was von diesem Mark …«

Ich ignoriere Ninas Gequassel und betrachte mich unzufrieden im Spiegel. Irgendwie scheint mir das Schlabber-T-Shirt auch nicht so ganz das Richtige zu sein.

»… aber eins ist sicher: Mit den Klamotten kannst du auf keinen Fall auf die Party gehen«, verkündet Nina in dem Moment entschlossen. »Das sieht ja richtig peinlich aus! So kriegst du Mark nie rum.«

»Wer sagt denn, dass ich das will?«, frage ich genervt und ziehe das T-Shirt wieder aus. »Du reimst dir da mal wieder irgendwelchen Quatsch zusammen.«

»Das glaube ich nicht«, sagt Nina. »Schließlich bin ich nicht blöd. Aber was jetzt viel wichtiger ist: Du brauchst eine richtig gute Stilberatung. Und das werde ich übernehmen – sonst kann ich mich nachher bis zum Abi nirgendwo mehr sehen lassen, weil meine Schwester sich auf der angesagtesten Party des Jahres total lächerlich gemacht hat.«

Ehe ich protestieren kann, hat Nina mich in ihr Zimmer bugsiert und kramt wie wild in ihrem Schrank herum. Dann fliegen haufenweise Klamotten auf den Boden.

»Der Rock ist langweilig, das Oberteil könnte gehen, langweilig, langweilig, langweilig, könnte gehen …«, murmelt Nina vor sich hin und sortiert so ihren kompletten Schrankinhalt in Windeseile, bis sie schließlich zwischen zwei Kleiderhaufen steht, die sie fast überragen. »Okay, jetzt kann's losgehen«, verkündet sie daraufhin fröhlich. »Hier, probier das mal an.«

Ich betrachte kritisch den bunt gemusterten Minirock, den sie mir hinhält.

»Das ist doch Blödsinn«, versuche ich ihren Elan zu bremsen. »Deine Sachen sind mir alle viel zu klein. Außerdem ziehe ich garantiert keinen Rock an – das kannst du total vergessen!«

»Mann, jetzt stell dich nicht so an!«, sagt Nina und verdreht genervt die Augen. »Wenn die Sachen bei dir etwas enger sitzen, ist das umso besser. Dieser Schlabberlook, mit dem du immer durch die Gegend läufst, ist schließlich schon seit Jahren out. Und der Rock steht dir bestimmt total gut – probier ihn wenigstens mal an.«

Ich lasse mich tatsächlich breitschlagen, damit Nina endlich Ruhe gibt, und ziehe den Rock an. Vor dem Spiegel im Badezimmer schließe ich entsetzt die Augen. Ich sehe aus wie eine Wurst, die gleich aus ihrer Pelle platzt, und meine käsigen O-Beine, die unten herausragen, machen die Sache auch nicht besser.

»Vergiss es«, sage ich entschlossen zu Nina. »Keinen Rock! Schließlich muss ich meine O-Beine nicht unbedingt vor der halben Schule präsentieren. Außerdem ist er mindestens drei Nummern zu klein. Sobald ich mich hinsetze, platzt er bestimmt aus allen Nähten – und das ist dann richtig peinlich!«

»So ein Quatsch«, seufzt Nina. »Erstens muss der Rock so eng sitzen, und zweitens hast du überhaupt keine O-Beine. Aber von mir aus – streichen wir den Rock. Dann zieh halt eine Hose an, wenn du unbedingt willst. Aber bitte nicht eine deiner ausgebeulten Uralt-Jeans!«

Also muss ich mich als Nächstes durch Ninas unerschöpflichen Hosenvorrat probieren. Zuerst zwänge ich mich in eine Jeans, die so eng sitzt, dass ich den Reißverschluss noch nicht mal zukriege, als ich mich auf den Rücken lege, den Bauch einziehe und die Luft anhalte, bis ich ganz blau im Gesicht werde.

»Okay, die nächste«, befiehlt Nina gnadenlos und reicht mir eine Schlaghose mit buntem Blumenmuster Marke »Hippie«, in der ich leider auch unmöglich aussehe.

Schließlich kramt sie ganz unten aus ihrem Hosenstapel eine – abgesehen von den glitzernden Strass-Applikationen auf den hinteren Hosentaschen – ziemlich schlichte, schwarze Jeans heraus.

»Die ist mir ein bissehen zu weit, und außerdem ist das eine Stretch-Jeans«, erklärt Nina. »Die passt dir bestimmt.«

Das ist mindestens die zehnte Hose, in die ich mich inzwischen hineinzwänge. Ich kriege sie tatsächlich ohne größere Probleme zu, auch wenn ich nicht weiß, ob ich jemals wieder herauskomme.

»Sag ich doch – die sitzt perfekt«, urteilt Nina zufrieden.

»Findest du?«, frage ich zweifelnd. »Die ist total unbequem! Sobald ich einmal tief Luft hole, springt bestimmt der Knopf ab. Außerdem zwickt sie überall. Wie hältst du das in so einem Folterinstrument bloß den ganzen Tag aus?«

»Reine Gewöhnungssache«, winkt Nina ab. »Du sollst sie auch nicht den ganzen Tag, sondern nur den Abend lang tragen – also stell dich nicht so an. Die Hose sitzt wirklich klasse. Jetzt fehlt nur noch ein passendes Oberteil.«

Ich lasse mich stöhnend auf Ninas Bett fallen. Noch so

einen Umzieh-Marathon ertrage ich nicht! Zum Glück werden wir in dem Moment von Paps unterbrochen, der mit uns und René essen gehen will. So kommt René also doch noch zu seinem Restaurantbesuch – wenn auch zu viert statt zu zweit.

Ich schäle mich aus der Folterhose und schlüpfe erleichtert in meine bequeme Lieblingsjeans. Sie ist zwar wirklich etwas ausgebeult, aber dafür kann ich im Restaurant richtig zuschlagen, ohne dass ich ständig Angst um meinen Hosenknopf haben muss.

Nach dem Essen stößt Paps mit uns auf »René, der inzwischen fast schon zur Familie gehört« an und schwafelt davon, wie schnell doch die Zeit vergangen ist und dass René jederzeit wieder bei uns willkommen ist. Ich höre nur mit halbem Ohr zu, weil ich mich gerade mit Nina um Renés Nachtisch kloppe. Er hat heute offensichtlich keinen großen Hunger, aber deswegen muss man die Mousse au Chocolat ja nicht verkommen lassen.

Nachdem ich die Hälfte von Renés Portion verdrückt habe, obwohl ich eigentlich vorher schon mehr als satt war, bin ich mir ziemlich sicher, dass ich jetzt garantiert nicht mehr in Ninas Hose passe – Stretch hin oder her.

Aber so leicht werde ich Nina nicht los. Sie scheint sich richtig zu freuen, endlich ein Opfer für ihre Stylingversuche gefunden zu haben. Am nächsten Morgen nervt sie mich schon beim Frühstück mit ihrem Geschnatter zu Tode.

»Beeil dich ein bisschen, wir haben noch eine Menge zu tun bis heute Abend«, drängelt sie, während ich verschlafen mein Müsli löffele.

»Spinnst du?«, sage ich verständnislos. »Bis zur Party ist doch noch ewig Zeit.«

»Trotzdem, wir sollten nicht zu spät anfangen«, erklärt mir Nina. »Schließlich müssen wir noch ein Oberteil für dich aussuchen. Dann sollten wir unbedingt was mit deinen Haaren machen, und du brauchst natürlich auch ein super Make-up. Ich hab da schon eine tolle Idee ...«

Ich schalte auf Durchzug – das klingt alles viel zu anstrengend. Und außerdem will ich ja nicht aussehen wie Nadja, nachher werde ich noch für eine von den Bussi-Tussis gehalten. Schreckliche Vorstellung!

Trotzdem schleppt mich Nina nach dem Frühstück unbarmherzig nach oben. Ich kann eben noch René kurz zuwinken, der gerade vom Joggen wiederkommt und sofort im Badezimmer verschwindet.

»Mist, jetzt ist das Bad besetzt«, murmelt Nina unzufrieden. »Na gut, dann fangen wir eben mit dem Oberteil an.«

Diesmal geht es etwas schneller als gestern, weil ich Nina sofort unmissverständlich klarmache, dass ich weder ein bauchfreies Pailletten-Top anziehe noch ein hautenges Shirt, das so gut wie durchsichtig ist und jede Speckfalte optimal präsentiert. Schließlich können wir uns auf ein ziemlich eng anliegendes, weißes Oberteil mit Spaghettiträgern einigen, das gut zu der schwarzen Hose passt.

Den Nachmittag verbringen wir im Badezimmer. Erst muss ich mir die Haare waschen, und Nina probiert verschiedene Frisur-Varianten aus. Ich komme mir vor wie eine riesige Barbiepuppe, die man immer wieder an- und ausziehen und neu frisieren kann. Bei Ninas wilden Haarkreationen erhebe ich allerdings Einspruch. Ich will weder eine komplizierte Hochsteckfrisur noch alberne Korkenzieherlocken.

»Aber Pferdeschwanz kommt auch nicht infrage«, stellt Nina klar, bevor ich ihr das vorschlagen kann. »Dann trägst du die Haare eben einfach offen. Das ist auch schon eine Verbesserung. Vielleicht sollten wir die Haare noch schnell färben? Rot würde dir bestimmt gut stehen!«

»Nie im Leben!«, protestiere ich. »Ich bin mit meinem Straßenköterblond sehr zufrieden.«

»Wie du meinst«, sagt Nina. »Du bist echt ein hoffnungsloser Fall!«

Dann föhnt sie stundenlang an meinen Haaren herum – angeblich, damit sie mehr Volumen bekommen. Ich kann allerdings keinen großen Unterschied erkennen, eigentlich sehen sie hinterher noch genauso fisselig aus wie vorher. Aber Nina ist sehr zufrieden mit dem Ergebnis.

»Das sieht doch gleich ganz anders aus«, schwärmt sie und holt einen kleinen Handspiegel aus ihrem Zimmer, damit ich meine enorme Haarpracht auch von hinten bewundern kann. »Jetzt fehlt nur noch das Make-up.«

»Muss das wirklich sein?«, sage ich und mache ein gequältes Gesicht. »Ich hab keine Lust, den ganzen Abend wie ein Indianer mit Kriegsbemalung durch die Gegend zu laufen.«

»Das wirst du auch nicht«, beruhigt mich Nina. »Ich schminke dich ganz dezent. Nur um die Augen herum brauchst du etwas mehr Farbe wegen der Brille. Es sei denn, du gehst ohne Brille auf die Party …«

»Spinnst du? Dann sehe ich ja nichts«, entgegne ich, obwohl ich – ehrlich gesagt – selbst schon darüber nachgedacht habe, die Brille zu Hause zu lassen. Damit meine wunderschönen Augen besser zur Geltung kommen. Aber die Idee habe ich dann wieder verworfen. Wie sieht denn das aus, wenn ich ständig gegen irgendwelche Möbel laufe?

Ich bin erleichtert, als Nina endlich fertig ist. Ich hätte nie gedacht, dass ich einmal so viel Zeit mit meinem Aussehen verplempern würde. Kein Wunder, dass Nadja so hohl ist. Wenn sie das jeden Tag macht, hat sie natürlich keine Zeit mehr, um mal ein Buch zu lesen oder sonst irgendetwas Sinnvolles zu machen.

Aber als ich mich dann von allen Seiten im Spiegel betrachte, finde ich plötzlich, dass sich der Aufwand doch irgendwie gelohnt hat. Nina hat wirklich ganze Arbeit geleistet. Die engen Klamotten und das Make-up fühlen sich zwar noch etwas ungewohnt an, aber insgesamt bin ich mit meinem Aussehen recht zufrieden. Nina hat sich beim Schminken tatsächlich einigermaßen zurückgehalten: keine knalligen Farben, sondern alles ganz natürlich. Ich fühle mich dennoch total angemalt, aber Nina versichert mir, dass man kaum etwas sieht.

Wir haben Ewigkeiten für diese ganzen Styling-Geschichten gebraucht, aber trotzdem ist es erst sechs Uhr. Vor neun können wir auf keinen Fall bei Mark auftauchen – also heißt es mal wieder warten. Dabei würde ich am liebsten sofort auf mein Fahrrad springen und losfahren!

Nachdem ich mich stundenlang vor dem Spiegel hin- und hergedreht und mein neues Aussehen bewundert habe, fällt mir nichts mehr ein, was ich noch machen könnte. Also beschließe ich, René ein bisschen zu nerven. Ich stürme in sein Zimmer, in das er sich den ganzen Nachmittag über verkrochen hat, um ihm mein neues Styling zu präsentieren. Er sitzt auf dem Bett und klimpert auf seiner Gitarre herum.

»Na – was sagst du?«, frage ich Beifall heischend und drehe mich einmal um die eigene Achse.

»Sieht gut aus«, sagt er, ohne länger als eine halbe Sekunde von seiner Gitarre aufzublicken.

Eigentlich hatte ich etwas mehr Begeisterung erwartet. Aber schließlich will ich ja nicht René, sondern Mark heute Abend total umhauen. Deshalb ist mir Renés Meinung auch ziemlich egal. Die Frage ist nur, warum ich mich dann trotzdem ärgere. Oder bin ich etwa sogar enttäuscht? Quatsch! Das fehlt gerade noch. Von dem blöden René lasse ich mir auf keinen Fall meine gute Laune verderben! Wenn er unbedingt die Partybremse spielen will, bitte. Aber ohne mich, ich werde mich heute Abend nämlich amüsieren!

Beim Abendbrot schaue ich alle fünf Minuten auf die Uhr und bin so nervös, dass ich kaum einen Bissen herunterkriege. Um halb neun zerre ich René aus dem Haus.

»Muss ich wirklich mitkommen?«, fragt er genervt. »Ich hab eigentlich überhaupt keine Lust. Und du kommst bestimmt auch ohne mich klar …«

»Jetzt stell dich nicht so an«, sage ich. »Du kannst mich doch nicht ausgerechnet heute Abend alleine lassen! Außerdem will ich nicht der einzige vernünftige Mensch zwischen den ganzen Tussis sein.«

Als wir vor Marks Haus ankommen, ist es noch nicht mal neun Uhr.

»Mist, wir sind viel zu früh!«, sage ich, als wir unsere Fahrräder an einem Laternenpfahl anketten. »Ich habe keine Lust, als Erste da reinzumarschieren.«

Also warten wir noch etwas vor dem hohen, schmiedeeisernen Tor, das weit offen steht. Weiter hinten auf dem Grundstück kann man zwischen einigen alten Bäumen die Villa sehen. Obwohl es noch gar nicht dunkel ist, leuchten überall im Garten Scheinwerfer, und um das Haus herum stecken eine Menge Fackeln in der Erde, die aber noch nicht brennen. Während wir da so stehen, fährt der Lieferwagen eines Partyservice vom Grundstück. Mein Magen knurrt beim Anblick der auf dem Wagen abgebildeten Krabbensandwiches. Vielleicht hätte ich beim Abendbrot doch mehr essen sollen. Aber so kann ich wenigstens beim Buffet richtig zuschlagen.

Um Viertel nach neun kommen Tanja und Laura mit ihren Französinnen um die Ecke gebogen. Ich frage mich, wie sie in diesen superkurzen Röcken Rad fahren können! Beim Absteigen hat Tanja dann auch einige Probleme, weil sie mit ihrem Rock am Sattel hängen bleibt und fast gemeinsam mit ihrem Rad umkippt. Ich kann mir ein Grinsen nicht verkneifen.

»Na, traut ihr euch nicht rein?«, fragt Tanja spitz und tut so, als wäre nichts gewesen.

»Quatsch – wir sind auch gerade erst gekommen«, sage ich schnell und nicke zu René hinüber, der gerade Claudine und Nadine begrüßt. »Und dann hat René sein Fahrradschloss nicht zugekriegt. Aber jetzt wollten wir gerade reingehen.«

Gemeinsam betreten wir das Grundstück und gehen über die hochherrschaftliche Auffahrt zum Haus. Laura läuft neben mir.

»Du siehst klasse aus«, raunt sie mir zu. Wahrscheinlich hat sie Angst, dass Tanja etwas mitkriegt. »Die offenen Haare stehen dir echt gut. Warst du beim Friseur oder so?«

»Nö«, sage ich und streiche mir durch die Haare. »Ich doch nicht! Du weißt doch, dass mich dieser ganze Styling-Blödsinn nicht interessiert.«

Tanja klingelt an der Tür. Nadja macht auf und tut so, als wäre sie die Dame des Hauses.

»Da seid ihr ja endlich!«, kreischt sie hysterisch.

Dann fällt sie Tanja und Laura um den Hals, als hätte sie die beiden zehn Jahre lang nicht gesehen, und das übliche Bussi hier, Bussi da beginnt. Nach ungefähr einer halben Stunde lässt sie sich dazu herab, auch René und mich zu bemerken. Sie mustert mich mit einem schnellen Blick von oben bis unten – natürlich, ohne eine Miene zu verziehen. Ich bin mir ziemlich sicher, dass sie mir am liebsten die Tür vor der Nase zuschlagen würde, aber dazu lasse ich es gar nicht erst kommen.

»Wir sind auch *endlich* da«, begrüße ich sie und reiche ihr meine Jeansjacke, die sie natürlich ignoriert. »Schlechter Service, das Personal ist auch nicht mehr das, was es mal war«, bemerke ich, während ich an ihr vorbei ins Haus gehe. »So wird das nie was mit deiner Karriere als Empfangsdame.«

René hinter mir ringt sich ein knappes »Hallo« ab, und ich marschiere ins Wohnzimmer, das ungefähr so groß ist wie unser ganzes Haus.

Durch eine riesige Fensterfront mit einer weit geöffneten Schiebetür kann man in den beleuchteten Garten sehen. Auf der anderen Seite des Raumes ist ein mindestens zehn Meter langes Buffet mit allem, was gut und teuer ist, aufgebaut. Mark steht hinter der Bar und verteilt Getränke. Tanja und Laura halten bereits farbenfrohe Cocktails in den Händen.

»Hallo, schön dass du da bist«, begrüßt mich Mark, als ich auf die Bar zugehe. »Was willst du trinken? Auch einen Cocktail oder lieber Erdbeerbowle?«

»Bowle«, antworte ich. »Mit ganz vielen Erdbeeren, bitte.«

»Gute Wahl«, sagt Mark und lächelt mich an. »Die Bowle habe ich selbst angesetzt – altes Familienrezept. Schmeckt echt lecker!«

Er reicht mir ein randvolles Glas. In dem Moment kommen die nächsten Gäste – ein paar Jungs aus unserer Klasse samt Franzosen, die sofort die Bar stürmen. Mark hat alle Hände voll zu tun, sie mit Getränken zu versorgen, und ich werde abgedrängt. Ich schaue mich nach René um. Wo steckt der denn schon wieder?

Ich finde ihn im Nebenraum – wahrscheinlich das Esszimmer. Genau lässt sich das nicht sagen, weil der Raum komplett leer geräumt ist. Die Fenster sind abgedunkelt, und mehrere verschiedenfarbige Scheinwerfer verbreiten zuckendes Discolicht. René unterhält sich mit dem DJ, der in einer Ecke hinter einem Mischpult steht und aus großen Kisten Platten heraussucht. Ob Mark den extra engagiert hat? Wahrscheinlich – offenbar ist hier ja alles vom Feinsten. Als ich auf René zugehe, beginnt laute Musik aus den Boxen zu dröhnen.

»Willst du nichts trinken?«, schreie ich René ins Ohr.

Er schüttelt den Kopf und antwortet etwas, das sich wie »vielleicht später« anhört. Dann wendet er sich wieder dem DJ zu. Eine Weile stehe ich wie bestellt und nicht abgeholt neben den beiden, starre auf die noch leere Tanzfläche und nippe an meiner Bowle. Die schmeckt übrigens wirklich sehr lecker. Vor allem die Erdbeeren! Um überhaupt irgendetwas zu tun zu haben, fische ich eine Erdbeere nach der anderen aus dem Glas und trinke anschließend die restliche Bowle aus. Jetzt kann ich mir wenigstens noch was zu trinken holen, statt hier blöd herumzustehen.

Ich frage René nicht, ob ich ihm etwas mitbringen soll, sondern gehe ohne ein weiteres Wort wieder rüber ins Wohnzimmer. Soll er doch mit diesem blöden DJ fachsimpeln, bis er heiser ist – was bei der lauten Musik nicht allzu lange dauern dürfte.

Inzwischen ist es schon richtig voll geworden, und am Buffet laden sich die ersten Leute die Teller voll. Ich beschließe, mir auch lieber erst mal etwas zu essen zu holen, da die Bowle in meinem viel zu leeren Magen gefährlich anfängt zu blubbern. Ich schnappe mir einen Teller und habe ihn in null Komma nichts mit Krabben, mehreren Thunfisch-Sandwiches, einer großen Portion Lachs und einer undefinierbaren Paste, die hoffentlich so etwas Ähnliches wie Meerrettich-Dip ist, gefüllt. Dann balanciere ich den Teller zur nächsten Sitzgelegenheit – einem cremefarbenen Sofa, bei dessen Anblick man sofort Angst bekommt zu kleckern – und lasse mich vorsichtig darauf nieder.

Beim Essen merke ich erst, was für einen Hunger ich habe. Der Fisch ist superlecker, nur der Meerrettich-Dip stellt sich leider als süßer Sahnepudding heraus. Lachs mit Pudding – ich verziehe angewidert das Gesicht.

In dem Moment kommt Mark auf mich zu und reicht mir ein neues Glas Bowle.

»Schmeckt's dir nicht?«, fragt er und setzt sich neben mich auf das Sofa.

»Doch, doch, das Buffet ist klasse«, versichere ich ihm und stelle schnell den Teller mit dem restlichen Pudding beiseite. »Aber deine Bowle ist noch besser.« Ich nehme einen großen Schluck.

»Danke«, sagt Mark bescheiden. Dann rückt er etwas näher und murmelt in mein Ohr: »Ich bin wirklich froh, dass du hier bist. Mit dir kann man wenigstens reden. Manchmal habe ich das Gefühl, ich bin nur von Idioten umgeben. Guck dir die ganzen Leute hier doch mal an …«

Als ich mich gehorsam umschaue, sehe ich Nadja, die sich durch das Gewühl aus lärmenden Partygästen zu uns durchdrängelt. Sie ist ziemlich rot im Gesicht und schwankt etwas beim Gehen. In der Hand hält sie ein halb volles Cocktailglas – offenbar hat sie von der Sorte schon ein paar zu viel getrunken.

»Lass endlich meinen Freund in Ruhe!«, keift sie und starrt mich mit glasigen Augen an. »Der will sowieso nichts von dir, stimmt's, Mark? Warum sagst du der blöden Kuh nicht endlich, dass sie dich total nervt?«

Ich kriege kein Wort heraus. Plötzlich scheinen sämtliche Gespräche um uns herum zu verstummen, nur die Musik dröhnt weiter. Alle blicken zu uns herüber – so einen Skandal will sich natürlich niemand entgehen lassen. Die ganzen erwartungsvollen Gesichter widern mich an.

»Red nicht so einen Blödsinn«, fährt Mark Nadja über den Mund und steht auf. »Du hast zu viel getrunken.«

»Na und?«, erwidert Nadja und wischt sich mit der Hand über die Augen, wobei ihre Wimperntusche schwarze Schlieren auf ihren Wangen hinterlässt. »Dafür ist mir jetzt endlich klar geworden, was du bist, Mark Rohnstein. Du bist nämlich gar nicht der tolle Typ, für den dich alle halten. Du bist nichts als ein Idiot und ein Langweiler! Ich kann dich nicht mehr sehen!«

Bevor irgendjemand eingreifen kann, versucht Nadja, Mark ihren restlichen Cocktail ins Gesicht zu schütten. Doch offenbar ist ihr räumliches Sehen schon ziemlich beeinträchtigt, sodass Mark ohne größere Probleme ausweichen kann und das rote Zeug samt einigen Kirschen auf dem cremefarbenen Sofa landet. Neben mir breitet sich ein roter Fleck aus, der immer größer wird und schließlich aussieht wie eine riesige Blutlache.

»Spinnst du jetzt total, oder was?«, schreit Mark und sieht Nadja völlig entgeistert an. »Ich glaube, du gehst besser!«

»Mir ist schlecht«, murmelt Nadja und sieht plötzlich ganz grau im Gesicht aus. Grau, müde und ziemlich unglücklich. Auf einmal tut sie mir leid.

Da taucht Laura zwischen den gaffenden Leuten auf. »Habt ihr noch nicht genug geglotzt?«, sagt sie ärgerlich und drängelt sich zwischen zwei Typen hindurch, die ihr im Weg stehen. Dann legt sie den Arm um Nadja und führt sie aus dem Wohnzimmer. Während Nadja sich stöhnend die Hand vor den Mund hält, redet Laura beruhigend auf sie ein: »Komm, ich bring dich nach Hause. An der frischen Luft geht's dir bestimmt gleich besser.«

Als die beiden draußen sind, setzen langsam die Gespräche wieder ein – bestimmt zerreißen sich jetzt alle die Mäuler über Nadjas Auftritt. Ganz schön peinlich, die Aktion! Damit kann Nadja ihre Position als Klassen-Queen wohl vergessen. Eigentlich müsste ich einen Freudentanz aufführen, aber davon kann keine Rede sein. Im Gegenteil – ich fühle mich ziemlich mies. Schließlich bin ich nicht ganz unschuldig an Nadjas Ausraster.

Andererseits – was kann ich dafür, wenn sie so viele Cocktails trinkt, dass sie nicht mehr zurechnungsfähig ist? Ich bin irgendwie völlig durcheinander. In meinem Kopf dreht sich alles, und ich kann keinen klaren Gedanken mehr fassen.

»Alles in Ordnung, Julia?«, fragt mich Mark in dem Moment und beugt sich zu mir herunter. »Tut mir echt leid – Nadja muss irgendwie durchgedreht sein! Sie verträgt leider überhaupt keinen Alkohol.«

»Kein Problem, mir geht's gut«, versichere ich Mark. »Aber vielleicht solltest du dich lieber um Nadja kümmern. Sie sah echt fertig aus.«

»Die soll erst mal wieder nüchtern werden«, schnaubt

Mark verächtlich. »Außerdem ist sie nach der Aktion sowieso für mich gestorben. Die glaubt wohl, sie kann sich alles erlauben!« Dann wird seine Stimme plötzlich wieder ganz sanft. »Wollen wir nicht ein bisschen in den Garten gehen? Da ist es nicht so laut, und wir können uns in aller Ruhe von dem Schreck erholen. Du siehst nämlich auch etwas mitgenommen aus.«

Das könnte stimmen. Und frische Luft ist ebenfalls keine schlechte Idee. Also nicke ich und erhebe mich etwas wackelig von dem verunstalteten Sofa.

»Hoffentlich geht der Fleck wieder raus«, bemerke ich, weil mir gerade nichts Besseres einfällt.

»Ach, vergiss es«, winkt Mark ab. »Da sind hier auf den letzten Partys schon ganz andere Sachen passiert. Meine Eltern sind das gewohnt.«

Wir gehen durch die Terrassentür in den Garten. Es ist inzwischen dunkel geworden, und irgendjemand hat die Fackeln angezündet. Sie werfen ein flackerndes, etwas unheimliches Licht auf die alten Bäume, und es liegt ein leichter Geruch nach Ruß und Feuer in der Luft. Auf der Terrasse stehen eine Menge Leute in kleinen Grüppchen, nippen an ihren Gläsern und unterhalten sich – ich schnappe im Vorbeigehen ein paarmal Nadjas Namen auf –, aber Mark führt mich weiter in den hinteren Teil des Gartens, wo man von der Party fast nichts mehr mitbekommt. Unter einem Baum steht eine Hollywoodschaukel – so ein Ding habe ich bisher nur in irgendwelchen amerikanischen Filmen gesehen – und wir setzen uns hinein. Hier ist es ganz still und dunkel. Ich lehne mich zurück und spüre die warme

Nachtluft auf meiner Haut. Mark sitzt dicht neben mir, und wir schaukeln sanft vor und zurück.

Es ist ein perfekter Augenblick. Absolut einmalig und total romantisch. Ich bin nun fast am Ziel meiner Wünsche angelangt. Trotzdem – irgendetwas fehlt. Ich überlege krampfhaft, was es sein könnte. In dem Moment höre ich ein merkwürdiges Geräusch, bei dem sich mir alle Haare aufstellen: Mein Traumtyp knackt gedankenverloren mit seinen Fingergelenken. Ich hasse dieses Geräusch!

Da weiß ich es plötzlich. Es ist dieses besondere Kribbeln, das fehlt. Ich horche in mich hinein und versuche, etwas von dem angenehm-aufregenden Gänsehaut-Gefühl zu entdecken, von dem ein paar Kilo in meinem Bauch herumgeschwirrt sind, als René im Kino den Arm um mich gelegt hat. Aber in meinem Bauch rumort momentan nur der Fisch, der munter in der Bowle herumschwimmt – ansonsten ist da absolut nichts! Nicht mal ein Hauch von Kribbeln oder Gänsehaut!

Das gibt's doch gar nicht, das ist einfach unmöglich, schließlich ist Mark mein absoluter Traumtyp, meine große Liebe, der Mann, den ich heiraten möchte … Doch als er mich zu sich heranzieht, mir sanft über die Haare streicht und mir ins Ohr flüstert: »Du siehst heute Abend wunderschön aus, Julia!«, bin ich mir auf einmal nicht mehr so sicher. Irgendwie fühlt sich das alles falsch an. Gar nicht so, wie ich es mir vorgestellt habe.

Als er mich küssen will, wird mir fast schlecht. Seine Lippen fühlen sich viel zu wabbelig auf meinem Mund an – ich muss an Nacktschnecken denken, die mir über das Gesicht kriechen –, und sein Atem riecht unangenehm nach Thunfisch. Ich drehe schnell den Kopf weg und rutsche ein Stück zur Seite.

»Was ist denn?«, fragt Mark. »Hab ich was falsch gemacht?«

»Nein, nein«, stottere ich und versuche, nicht mehr an die Nacktschnecken zu denken. »Das geht mir nur alles etwas zu … schnell. Erst die Sache mit Nadja und jetzt das hier … Ich weiß auch nicht, wie ich es erklären soll … Tut mir leid …«

»Du brauchst dich doch nicht zu entschuldigen«, beruhigt mich Mark. »Vielleicht war das heute wirklich alles etwas zu viel. Außerdem haben wir doch alle Zeit der Welt, und ich will dich zu nichts drängen …«

Ich lächle gezwungen und versuche mich zu entspannen. Er ist wirklich lieb und verständnisvoll – und bei mir muss irgendetwas völlig verkorkst sein, wenn ich nicht in den nächsten drei Sekunden endlich in seine Arme sinke.

»Wir können uns ja auch einfach nur unterhalten«, schlägt Mark vor. »Habe ich dir schon von meinem selbst gebauten Elektromagneten erzählt? Der bringt es auf über 1,5 Tesla! Das ist ein richtiges Powergerät – optimal für meine nächsten Experimente zum Verhalten verschiedener Stoffe in einem starken Magnetfeld …«

Während mir Mark begeistert seine Versuchsanordnung schildert, schweifen meine Gedanken ab. Normalerweise bin ich ja immer für wissenschaftliche Gespräche zu haben, aber ehrlich gesagt interessiert mich Marks Elektromagnet im Moment nicht die Bohne. Mich beschäftigen gerade ganz andere Dinge: wie es Nadja geht, zum Beispiel, und warum Marks Annäherungsversuche bei mir Brechreiz verursachen statt Bauchkribbeln.

Aber Mark schwafelt endlos weiter – als wenn es auf der Welt nichts Wichtigeres als irgendwelche Magnetfelder gäbe. Ich muss ein Gähnen unterdrücken, aber das fällt Mark gar nicht auf. Mir kommt zum ersten Mal der Gedanke, dass er vielleicht wirklich etwas langweilig ist. Hat Nadja vorhin nicht auch so was gesagt? Und sie muss es wissen, schließlich ist – oder besser gesagt: war – sie seine Freundin. Wer hätte gedacht, dass wir mal einer Meinung sein würden?

Auf einmal habe ich große Lust, mit René zu reden. Mark merkt es wahrscheinlich sowieso nicht, wenn ich verschwinde. Er ergeht sich gerade ausführlich in den einzelnen Details seiner nächsten Versuchsreihe. Und inzwischen gibt es keinen Zweifel mehr: So aus der Nähe betrachtet ist Mark leider ein absoluter Langweiler. Nett, aber ohne jede Kribbel-Garantie.

»Äh – entschuldigst du mich für einen Moment?«, unterbreche ich seine Schilderungen von Trafoblechen und Drahtspulen. »Ich muss mal schnell für kleine Mädchen.«

Ehe Mark etwas erwidern kann, springe ich auf und laufe durch den dunklen Garten zum Haus zurück. Die Party ist immer noch in vollem Gange. Ich drängle mich zwischen den Leuten auf der Terrasse hindurch ins Wohnzimmer. Wo steckt René? Hoffentlich ist er nicht schon abgehauen! Ich werfe einen kurzen Blick in den Raum mit der Tanzfläche. Der DJ wird von ein paar Mädchen belagert, die ihm abwechselnd etwas ins Ohr schreien, und auf der Tanzfläche hüpfen eine Menge Leute auf und ab – aber René ist nicht dabei. Im Wohnzimmer ist es inzwischen etwas leerer geworden. Auf dem Sofa mit dem roten Fleck knutscht ein Pärchen herum, das Buffet sieht aus wie nach einem Bombenangriff, und die Luft ist so verqualmt, dass mir fast die Tränen kommen. Zumindest rede ich mir ein, dass meine Augen nur vom Qualm so brennen.

Da entdecke ich endlich René. Er sitzt allein in einer Ecke und starrt melancholisch in seine Cola. Mann, bin ich erleichtert, ihn zu sehen!

»Da bist du ja wieder«, stellt er fest, als ich mich neben ihn setze. »Ich hab gerade überlegt, ob ich nach Hause fahren soll.«

»Gute Idee, ich bin dabei«, sage ich und fange plötzlich an zu schluchzen. Mist! Ich versuche, die Tränen zu unterdrücken – keine Chance. Als Krönung dieses wunderbaren Abends heule ich René jetzt auch noch die Ohren voll. Der muss mich echt für total bekloppt halten. Aber wenn das so sein sollte, zeigt er es zumindest nicht.

»He – was ist los?«, fragt er stattdessen besorgt und kramt ein Taschentuch hervor, das er mir in die Hand drückt. »Für jemanden, der gerade von einem romantischen Tête-à-Tête zurückkommt, machst du keinen besonders glücklichen Eindruck.«

Ich kann vor lauter Schluchzen nicht reden und schnaube erst mal minutenlang in Renés Taschentuch.

»Ist es wegen Nadja?«, fragt René. »Ich hab die Szene ja nicht mitbekommen, weil ich nebenan war – aber die Sache ist das Gesprächsthema des Abends. Nadja hat sich wohl ziemlich danebenbenommen. Eigentlich müsstest du dich doch freuen – jetzt hast du endlich freie Bahn bei Mark!«

»Mir doch egal«, nuschele ich in das Taschentuch.

»Ich dachte, zwischen euch wäre jetzt alles klar«, sagt René und fügt hinzu: »Ich habe zufallig gesehen, wie du mit Mark nach draußen verschwunden bist. – Hat er dir etwa was getan?«

René sieht mich entsetzt an, und ich schüttele schnell den Kopf.

»Quatsch, er war eigentlich total nett. Nur irgendwie … langweilig!«

Inzwischen habe ich mich wieder so weit beruhigt, dass ich in zusammenhängenden Sätzen sprechen kann, und erzähle René von meinem missglückten Mondschein-Rendezvous.

»Wahrscheinlich sitzt er immer noch da und redet«, beende ich den Bericht. »Und ich habe zwei Jahre lang einen Typen angehimmelt, der ein totaler Langweiler ist. Warum ist mir das nicht schon früher aufgefallen? Ich muss die ganze Zeit ein riesiges Brett vor dem Kopf gehabt haben.«

»Liebe macht eben manchmal blind«, bemerkt René weise. »Aber mal im Ernst: Besser, du merkst es jetzt und kannst ihn endlich abhaken, als noch zwei Jahre jemandem hinterherzulaufen, den es eigentlich gar nicht gibt.«

»Was für eine Zeitverschwendung!«, ärgere ich mich trotzdem. »Und diese ganzen peinlichen Aktionen, um den Idioten auf mich aufmerksam zu machen …«

»Immerhin hat es funktioniert«, wirft René ein. »Und

jetzt weißt du wenigstens, woran du bist. Außerdem finde ich es ganz schön mutig, so für eine Sache zu kämpfen!«

»Ich weiß nicht ...«, murmele ich nicht besonders überzeugt. »Ich find's eher ganz schön dämlich.«

Aber ich fühle mich trotzdem schon wieder etwas besser, auch wenn mir der Heulanfall ein wenig peinlich ist. Von René getröstet zu werden, tut wirklich gut. Jetzt merke ich erst, wie müde ich bin. Ich fühle mich wie eine ausgequetschte Zitrone. Am liebsten würde ich mich gleich hier auf das Sofa legen und erst mal eine Runde schlafen. Aber das könnte bei Mark falsche Vorstellungen wecken ...

Apropos Mark: »Wollen wir nach Hause fahren?«, frage ich René und gähne. »Ich habe keine Lust zu warten, bis Mark wieder auftaucht. Zu irgendwelchen Erklärungen bin ich heute einfach nicht mehr in der Lage.«

Also verschwinden wir unauffällig und machen uns auf den Heimweg. Beim Radfahren fallen mir fast die Augen zu, sodass ich diesmal diejenige bin, die Schlangenlinien fährt. Zu Hause wanke ich direkt nach oben. Ich will nur noch schlafen!

»Bonne nuit«, flüstert mir René zu und drückt mir einen Gutenachtkuss auf die Wange. Seine Lippen fühlen sich kein bisschen wie Nacktschnecken an. »Ab morgen kannst du dann endlich wieder in deinem eigenen Bett schlafen.«

Erst als ich schon auf meinem Klappbett liege und Ninas nicht besonders damenhaften Schnarchgeräuschen lausche, wird mir mit einem Schlag die ganze furchtbare Wahrheit hinter Renés Worten bewusst: *Morgen fährt René nach Paris zurück!!!*

À bientôt – Abschied auf Französisch

Beim Frühstück ist die Stimmung unterirdisch. René sieht total fertig aus – das muss der Schlafmangel sein. Trotzdem versucht er, gute Laune zu verbreiten.

»Jetzt mach doch nicht so ein Gesicht«, sagt er und stupst Nina an, die mit Grabesmiene neben ihm sitzt und ihren Toast auf dem Teller zerkrümelt. »Schließlich werde ich heute nicht beerdigt, sondern fahre nur nach Hause zurück. Paris ist doch nicht aus der Welt!«

»Trotzdem finde ich es blöd, dass du fährst«, quengelt Nina. »Bleib doch einfach noch hier!«

»Das geht nicht, Nina, das weißt du doch«, schaltet sich Paps ein. »René kann doch in Paris nicht einfach die Schule schwänzen. Außerdem – was würden denn seine Eltern sagen, wenn er heute Abend nicht im Zug sitzt?«

»Die können wir ja anrufen«, meint Nina.

»Nein, nein«, wehrt Papa ab. »Aber René kann uns ja bald wieder besuchen kommen!«

»Und bis dahin können wir uns schreiben«, schlägt René Nina vor.

»Na gut«, stimmt sie gnädig zu. »Aber du musst mir mindestens einmal in der Woche einen Brief schicken!«

Ich sage gar nichts. Ich kann mir überhaupt nicht vorstellen, dass René in ein paar Stunden nicht mehr hier sein wird. Alles kommt mir so unwirklich vor. Ich fühle mich, als wäre ich in Watte gepackt. Sämtliche Geräusche gelangen nur ganz gedämpft an meine Ohren, und ich bewege mich wie in Zeitlupe. Außerdem bin ich immer noch hundemüde! Letzte Nacht konnte ich erst ewig lange nicht einschlafen, und dann bin ich ständig aufgewacht, weil ich irgendwelchen Quatsch geträumt habe.

Wenigstens scheint René diesmal auch nicht viel fitter zu sein. Er hat dunkle Ringe unter den Augen und macht irgendwie einen abwesenden Eindruck. Vielleicht überlegt er schon, was er als Erstes macht, wenn er wieder in Paris ist.

Der Gedanke versetzt mir einen Stich.

»Ich muss noch meine Sachen packen«, entschuldigt sich René und verschwindet nach oben.

»Und ihr zieht euch jetzt an«, sagt Paps zu Nina und mir. »In einer halben Stunde müssen wir los.«

Gähnend trotte ich hinter Nina her in ihr Zimmer und schlüpfe in meine Jeans – endlich wieder eine bequeme Hose!

»Wie war eigentlich die Party gestern?«, will Nina wissen. »Ihr seht so aus, als hättet ihr ziemlich lange gefeiert!«

»War ganz okay«, antworte ich lahm. »Aber jedes Wochenende muss ich das auch nicht haben.«

Bevor Nina näher nachfragen kann, verschwinde ich ins Badezimmer. Aus dem Spiegel schaut mir ein Gesicht entgegen, das mich eher an eine Wasserleiche erinnert als an mich selbst. Ich versuche mir die Haare zu kämmen, die nach allen Seiten abstehen, gebe es aber schließlich auf und zwänge sie so, wie sie sind, in ein Gummiband. Darauf kommt es jetzt auch nicht mehr an.

René poltert mit seinem Gepäck nach unten, und ich werfe einen Blick in sein Zimmer, das ab heute wieder mir gehört.

Es sieht so aus, als hätte René hier nie gewohnt. Das Bett ist ordentlich gemacht, und er hat alles picobello aufgeräumt. Mich fröstelt plötzlich, und ich mache schnell die Tür wieder zu.

Im Auto ist es sehr still, als wir zum Bahnhof fahren. Nina sitzt vorne und sagt ausnahmsweise mal keinen Ton. Ich sitze neben René und starre aus dem Fenster. Irgendwie kann ich mir immer noch nicht vorstellen, dass er gleich wegfährt.

Am Bahnsteig spielen sich tränenreiche Abschiedsszenen ab. Deutsche und Franzosen liegen sich in den Armen, Frau Hinrich geht herum und spricht tröstende Worte, und Mme. Dupont überprüft auf ihrer Liste, ob auch alle da sind. Ich schaue mich nach Nadja um, kann sie aber nirgendwo entdecken. Stattdessen sehe ich Laura, die mir zuwinkt. Komisch, dass sie gar nicht mit Tanja zusammensteht – sonst sind die beiden doch auch unzertrennlich. Aber Tanja steht mit ihren Eltern und Nadine ganz am anderen Ende des Bahnsteigs.

Der Zug wird angesagt, und René verabschiedet sich erst von Paps und dann von Nina. Ich stehe da, als würde mich das alles nichts angehen.

Dann kommt René auf mich zu und umarmt mich. Er

hält mich ganz fest, und da ist es plötzlich wieder: dieses Kribbeln, auf das ich gestern Abend bei Mark die ganze Zeit vergeblich gewartet habe.

»Wir sehen uns im September in Paris«, sagt René mit rauer Stimme. »Paris im Herbst ist toll, das wird dir gefallen, Julie!«

Ich nicke stumm. Sagen kann ich nichts, weil mein Hals wie zugeschnürt ist.

»Ehrlich gesagt bin ich ganz froh, dass es mit dir und Mark nicht geklappt hat«, gesteht René und nimmt mein Gesicht in beide Hände. Dann küsst er mich sanft auf den Mund. »À bientôt, ma chérie!«

»Tschüss«, würge ich heraus.

Ehe ich es richtig kapiert habe, ist René mit seinem Gitarrenkoffer und dem Rucksack im Zug verschwunden.

»Da ist er!«, ruft Nina, als René seinen Kopf aus einem der Fenster streckt, und winkt ihm zu. »Tschüss, René! Gute Reise! Und vergiss bloß nicht, mir zu schreiben!«

René winkt zurück, und als der Zug anfährt, beginnt Nina auf- und abzuhüpfen und die Arme wie ein wild gewordener Hampelmann zu schwenken.

Ich stehe wie gelähmt neben ihr und versuche, nicht zu heulen. Und während der Zug langsam aus dem Bahnhof rollt, werden mir zwei Dinge klar:

1. Ich habe mich in René Richard verliebt.
2. Ich bin eine TOTAL BESCHEUERTE KUH, weil ich das erst jetzt merke!!!

Als ich gerade dabei bin, eine Panikattacke zu bekommen, weil ich mir ausgerechnet habe, dass es noch DREI endlos lange Monate bis September sind, taucht plötzlich Laura neben mir auf.

»Tja, da fahren sie hin«, sagt sie fröhlich und winkt dem Zug hinterher. »Ehrlich gesagt bin ich ganz froh, dass es vorbei ist. Claudine ist mir in den letzten Tagen zunehmend auf die Nerven gegangen.«

»Wie geht's Nadja?«, frage ich und reiße meinen Blick von dem Zug los, der immer schneller in der Ferne verschwindet.

»Nicht so besonders«, sagt Laura. »Sie hat die ganze Nacht gekotzt. Deshalb ist sie heute auch nicht mit zum Bahnhof gekommen. Na ja, wahrscheinlich wollte sie sich nach dem Auftritt gestern auch nicht so gerne in der Öffentlichkeit zeigen.«

»Und was ist mit Tanja?«, frage ich. »Habt ihr Zoff?«

»Mit der blöden Kuh streite ich mich nicht mal mehr«, sagt Laura. »Die hat mich gestern total hängen lassen. Statt mir mit Nadja zu helfen, hat sie sich einfach verdrückt. Und ich konnte Nadja dann allein nach Hause bringen – obwohl ich ihren Auftritt auch nicht gerade toll fand. Aber sie hat mir eben leidgetan. Und so mies, wie es ihr ging, konnte ich sie doch nicht allein nach Hause fahren lassen.«

»Ja, sie sah wirklich fertig aus«, bestätige ich. »Hoffentlich geht's ihr bald wieder besser.«

»Und, was machst du heute noch so?«, fragt Laura betont beiläufig.

»Keine Ahnung«, antworte ich und füge nach kurzem Zögern hinzu: »Du kannst ja nachher mal vorbeikommen, wenn du Lust hast.«

»Klar … gerne«, stottert Laura.

»Wir könnten mal wieder ein bisschen quatschen«, schlage ich vor. »Bei mir war einiges los in letzter Zeit …«

»Kann ich mir denken«, sagt Laura und grinst.

In dem Moment ruft Paps nach mir, der mit Nina schon beim Auto steht und auf mich wartet.

»Ich muss los«, sage ich. »Dann bis später!«

»In einer halben Stunde bin ich bei dir«, ruft Laura mir hinterher.

Auf dem Weg zum Auto pfeife ich *Frère Jacques*. Vielleicht sind drei Monate ja doch nicht so lang …

Teil II

Willkommen in Paris!

Wer will schon nach Paris?

»Hast du auch nichts vergessen?«, fragt Paps, als er meinen Koffer aus dem Auto wuchtet. »Deinen Ausweis? Geld? Den Stadtführer?«

»Alles dabei«, antworte ich und schnappe mir meinen Rucksack. »Schließlich packe ich mit System.«

Und deshalb habe ich den Paris-Stadtführer, den Paps mir aus seinem Antiquariat mitgebracht hat, auch ganz nach unten in den Koffer verbannt. War ja nett gemeint – aber was soll ich mit einem Stadtführer von 1950? Wahrscheinlich gab's da noch nicht mal den Eiffelturm. Oder? Vielleicht hätte ich doch besser aufpassen sollen, als Frau Hinrich uns letzte Woche stundenlang mit der »äußerst wechselvollen und faszinierenden Pariser Stadtgeschichte« genervt hat. Aber mal ehrlich – es gibt spannendere Themen.

Ich gähne. Kein Wunder, schließlich ist es noch mitten in der Nacht. Dass Frau Hinrich die Abfahrt auf 5.30 Uhr gelegt hat, grenzt eigentlich an Körperverletzung. Das ist echt nicht meine Zeit. Außerdem ist es noch stockdunkel und ziemlich kalt. Meiner Meinung nach sollte man grundsätzlich nie vor Sonnenaufgang aufstehen. Erstaunlich, dass die anderen alle schon so wach sind. Auf dem Parkplatz vor der Schule herrscht totales Chaos. Alle wuseln durcheinander, schleppen ihre Koffer zum Gepäckfach des Busses, steigen vorne in den Bus ein und hinten wieder aus. Frau Hinrich rennt wie ein aufgescheuchtes Huhn mit einer Liste durch die Gegend und versucht herauszufinden, ob alle da sind. Überall stehen Eltern herum und verabschieden sich von ihrem Nachwuchs oder nerven mit letzten Ermahnungen.

»Und vergiss nicht, nachts deine Zahnspange reinzutun«, sagt Marcos Mutter gerade.

Marco verdreht genervt die Augen. Ich grinse ihm schadenfroh zu. Ganz schön peinlich. Solche Sprüche bringt Paps wenigstens nicht.

»Mann, Julia, so kannst du doch nicht nach Paris fahren«, schimpft in dem Moment meine kleine Schwester Nina, die gerade aus dem Auto gehüpft ist und sich jetzt kopfschüttelnd vor mir aufbaut. »Du siehst aus wie eine Wasserleiche. Warum nimmst du nicht wenigstens ein bisschen Wimperntusche? Und etwas Puder könnte auch nicht schaden – die Ringe unter deinen Augen sehen nämlich echt scheiße aus.«

»Halt die Klappe!«, zische ich und ignoriere das schadenfrohe Gelächter von Marco. Vorhin war ich noch gerührt, weil Nina unbedingt bei der Abfahrt dabei sein wollte, obwohl sie dafür um halb fünf aufstehen musste. Das mit der Rührung hat sich inzwischen allerdings erledigt. Ein Glück, dass ich jetzt erst mal zehn Tage Ruhe vor der kleinen Kröte habe. Sich von seiner elfjährigen Schwester ständig irgendwelche Schmink- und Klamottentipps anhören zu müssen, kann auf Dauer ganz schön nerven. Bloß weil Nina immer total überkandidelt und gestylt durch die Gegend läuft, muss ich das schließlich nicht auch machen. Paris hin oder her – ich fühle mich in meiner alten Jeans und meinem ausgewaschenen Lieblings-T-Shirt nun mal am wohlsten.

Zum Glück stürzt in dem Moment meine Freundin Laura auf mich zu, sodass Nina nicht noch mehr Peinlichkeiten von sich geben kann.

»Da bist du ja endlich!«, ruft Laura. »Ich hab uns schon zwei Plätze im Bus reserviert. Was war denn los, du bist doch sonst immer so superpünktlich?«

»Aber nicht, wenn ich mitten in der Nacht aufstehen muss«, brumme ich. »Ich bin irgendwie nicht richtig wach geworden. Dabei habe ich mir extra drei Wecker gestellt.«

»Du kannst ja gleich im Bus weiterpennen«, tröstet mich Laura. »Übrigens siehst du echt ziemlich fertig aus mit diesen dunklen Ringen unter den Augen.«

Ich werfe Laura einen beleidigten Blick zu. »Danke für den Hinweis. Sag doch gleich, dass ich mir eine Papiertüte über den Kopf ziehen soll!«

Noch so eine aufmunternde Bemerkung und ich fahre mit Paps nach Hause und lege mich wieder in mein mollig warmes Bett. Soll Laura doch mit Nina nach Paris fahren, die beiden scheinen heute sowieso auf einer Wellenlänge zu sein.

Na toll, jetzt fängt es auch noch an zu nieseln. Ich ziehe den Kopf ein und klappere mit den Zähnen. Mistwetter!

»Mann, hast du eine Laune«, sagt Laura und schüttelt den Kopf. Sie sieht natürlich mal wieder so frisch und ausgeruht aus wie das blühende Leben. Von Schlafmangel, Müdigkeit oder geschwollenen Augen keine Spur. »Werd erst mal richtig wach! Ist dir eigentlich klar, dass wir heute nach *Paris* fahren?«

Das ist mir allerdings klar. Ich kann aber nicht behaupten, dass mich dieser Gedanke besonders begeistert.

In diesem Moment winkt Frau Hinrich in der Bustür hektisch mit ihrem Clipboard. »Einsteigen, Kinder, wir müssen los!«

Paps umarmt mich. »Tschüss, Julchen. Viel Spaß in Paris. Und ruf an, wenn du da bist.«

»Mach ich«, murmele ich und atme den vertrauten Geruch von Paps' Jackett ein. Eine Mischung aus Mottenkugeln und dem Staub alter Bücher. Plötzlich habe ich einen Kloß im Hals. Was will ich eigentlich in Paris? Da verstehe ich ja doch keinen und außerdem finde ich Frankreich sowieso blöd.

»Das ist echt ungerecht, dass ich nicht mitfahren darf«, jammert Nina. »Dabei habe ich mich mit René genauso gut verstanden wie du. Eigentlich fast noch besser. Vergiss bloß nicht, ihn von mir zu grüßen. Bringst du mir wenigstens was mit? Irgendwas richtig Cooles und Französisches?«

»Mal sehen«, antworte ich und gehe auf den Bus zu, während Paps meinen Koffer im Gepäckraum verstaut. Mein Magen fühlt sich plötzlich so an, als würden mindestens zehn Schlangen darin Rollerblades fahren. Das kommt bestimmt daher, dass ich heute Morgen noch nichts gegessen habe. Nicht zu vergessen das Reisefieber. Vor einer längeren Reise ist man doch immer ein bisschen nervös, oder? Auf jeden Fall hat mein plötzliches Unwohlsein nichts – ich wiederhole: nichts! – mit der Erwähnung von Renés Namen zu tun. Oder damit, dass ich René in ein paar Stunden nach drei langen Monaten endlich wiedersehen werde. Und dann zehn Tage lang bei ihm und seiner Familie wohne. Um das ein für alle Mal klarzustellen: Das lässt mich alles völlig kalt. Ich bin total entspannt. René ist mein französischer Austauschpartner – und mehr nicht.

Bevor ich einsteige, kommt Nina noch einmal zu mir hergelaufen, umarmt mich kurz und drückt mir etwas in die Hand. »Hier, schenke ich dir. Kannst du in Paris bestimmt gut gebrauchen.«

Während ich in den Bus klettere, sehe ich, dass ich Ninas Lieblingswimperntusche in der Hand halte. Die mit dem geschwungenen Bürstchen für extra viel Volumen und den dramatischen Look. Hat sie mir vor ein paar Tagen noch lang und breit erklärt. Die Bustür schließt sich hinter mir und mir steigen plötzlich Tränen in die Augen. Dabei stehe ich eigentlich gar nicht auf Wimperntusche.

So viel zum Thema »Ich bin total entspannt«.

Während Frau Hinrich alle noch mal durchzählt, versuche ich, die Tränen hinunterzuschlucken, und wanke zu meinem Platz. Laura sitzt schon am Fenster und blättert in ihrem Reiseführer. Der Bus setzt sich langsam in Bewegung und das große Winken beginnt. Ein paar Mütter schwenken sogar Taschentücher, was ziemlich albern aussieht. Nina hüpft neben Paps auf und ab und wedelt mit beiden Armen in der Luft herum. Ich winke zurück. Dann biegt der Bus um die Ecke und wir sind weg.

»C'est ça, on y va«, sagt Laura zufrieden. »Paris, wir kommen!«

Ich verdrehe die Augen und putze erst mal meine Brille, die total verschmiert ist. Bestimmt vom Regen. Schließlich bin ich kein Kleinkind mehr, das gleich anfängt zu heulen, wenn es mal für zehn Tage von zu Hause wegfährt.

Ich bin ja wirklich froh, dass Laura meine Freundin ist, aber ihr Frankreichtick nervt allmählich ein bisschen. Seit sie *Die fabelhafte Welt der Amélie* im Kino gesehen hat (einer der Programmpunkte beim Besuch der Franzosen vor drei Monaten), ist sie davon überzeugt, dass Paris eine »totaaal romantische Stadt« ist und sie dort den Mann ihres Lebens treffen wird. Deshalb liest sie jetzt ständig irgendwelche Bücher über Paris und hat Französisch zu ihrer Lieblingssprache erklärt – was ich von mir nicht behaupten kann.

»Hör mal, was hier über den Jardin du Luxembourg steht«, sagt Laura und schwenkt ihren Reiseführer. »›Verliebte treffen sich zum Rendezvous unter den Platanen am Medici-Brunnen, spazieren eng umschlungen zum Teich, wo Kinder unter den Blicken zu Stein erstarrter berühmter Frauen und Königinnen des Landes ihre Modellsegelschiffe zwischen den Karpfen hindurchkreuzen lassen.‹ Klingt das nicht toll? Frau Hinrich hat gesagt, von der Schule läuft man nur fünf Minuten zum Jardin du Luxembourg. Ich sag's dir, das werden die besten zehn Tage unseres Lebens. Ich kann alles schon genau vor mir sehen: Die Septembersonne glitzert zwischen den Blättern der Platanen hindurch und wir wandern unter den Bäumen entlang, eng umschlungen …«

»Mooooment«, unterbreche ich Lauras schwärmerische Ausführungen. »Bei aller Freundschaft – ich glaube nicht, dass ich eng umschlungen mit dir unter was für Bäumen auch immer entlangwandern will. Außerdem solltest du dir das mit der Septembersonne abschminken und lieber einen Schirm auf deine Wanderung mitnehmen. Guck mal nach draußen.«

Der Nieselregen hat sich inzwischen zu einer mittleren Sintflut entwickelt und klatscht nur so gegen die Fenster.

Laura sieht mich kopfschüttelnd an. »Mann, Julia, du weißt doch genau, was ich meine. Natürlich wanderst du eng umschlungen mit René unter den Platanen entlang und ich mit einem supergut aussehenden Franzosen, der mindestens genauso nett ist wie René und der mir gleich am ersten Tag in Paris zufällig über den Weg laufen wird. Du hast echt überhaupt keinen Sinn für Romantik.«

Ich nicke zufrieden. »Stimmt – und das ist auch gut so. Dieser ganze Romantikkram verdreht einem nur den Kopf und schaltet den gesunden Menschenverstand komplett aus. Irgendwann kommt der Moment, in dem du der Wahrheit ins Gesicht sehen musst: Alle Männer sind Schweine.«

Laura sieht mich mitfühlend an. »Daraus schließe ich mal, dass René gestern nicht mehr angerufen hat.«

Ich nicke und versuche, ein unbeteiligtes Gesicht zu machen. »Stimmt. Und weißt du was: Es ist mir echt egal. Wenn Monsieur meint, dass es in Ordnung ist, sich eine Woche lang nicht bei mir zu melden – bitte. Ich sitze bestimmt nicht die ganze Zeit neben dem Telefon und warte auf seinen Anruf.«

Leider weiß Laura so gut wie ich, dass ich natürlich genau das in den letzten Tagen getan habe. Aber sie ist taktvoll genug, mich nicht darauf hinzuweisen. Stattdessen versucht sie mich aufzubauen. »Er ist bestimmt nicht zum Telefonieren gekommen, weil er so mit den Vorbereitungen für deinen Besuch beschäftigt war. Wie ich René kenne, steht er nachher mit einem riesigen Strauß Rosen vor der Schule. Ich würde mich an deiner Stelle gar nicht so aufregen.«

»Ich reg mich doch gar nicht auf«, stelle ich klar. »Ich bin total entspannt.«

Genau. So entspannt, dass mir schlecht wird, wenn ich nur Renés Namen höre, und dass ich mir Tag und Nacht das Gehirn zermartere, warum sich der Idiot nicht bei mir meldet. Seit er vor drei Monaten wieder nach Paris gefahren ist, haben wir fast jeden Tag telefoniert. Und er hat jedes Mal betont, wie sehr er sich darauf freut, mich wiederzusehen. Und dann – nichts mehr. Seit einer Woche kein Lebenszeichen. Zu Hause war er auch nicht zu erreichen. Immer nur der blöde Anrufbeantworter. Nicht mal gestern hat er sich gemeldet, um mir eine gute Reise zu wünschen.

Ich weiß echt nicht, was ich davon halten soll. Habe ich mir unsere Beziehung denn nur eingebildet? Streng genommen war ja noch gar nichts zwischen uns. Okay, wir haben oft telefoniert und uns super unterhalten. Aber vielleicht war das von René aus ja rein freundschaftlich gemeint. Und was ist mit dem Kuss? Renés Abschiedskuss vor drei Monaten war eindeutig nicht rein freundschaftlich. Aber drei Monate sind eine lange Zeit. Vielleicht hat er es sich ja inzwischen anders überlegt.

»Na, Julia, schon aufgeregt?«, quäkt es da von links in mein Ohr. Nadja, die dumme Kuh. Die hat mir gerade noch gefehlt. »Ist schon hart, wenn man seinen Liebsten so lange nicht gesehen hat. Und in drei Monaten kann ja einiges passieren. Jacqueline hat übrigens erzählt, dass sie René letztens mit einer hübschen Blondine gesehen hat. Aber davon weißt du ja sicher, oder?«

Nadja lächelt mich zuckersüß an und klimpert mit ihren kobaltblau getuschten Wimpern. Hinter ihr steht ihre Busenfreundin Tanja und grinst dämlich. Die Tussi-Bussi-Clique. Seit Laura ihnen den Rücken gekehrt hat, sind sie nur noch zu zweit, aber deswegen leider nicht weniger bescheuert. Heute sehen sie noch tussiger aus als sonst. Trotz der Kälte tragen beide bauchfreie Tops und Miniröcke – ohne Strumpfhose versteht sich. Damit ihre im Freibad gebräunte Haut auch schön zur Geltung kommt. Wahrscheinlich halten sie das für den letzten Pariser Schick, dabei sieht es einfach nur peinlich aus. Hoffentlich holen sie sich eine ordentliche Nierenbeckenentzündung!

»Eine gute Beziehung sollte doch auf Vertrauen basieren, nicht wahr?«, sage ich zu Nadja. »Deswegen kann René sich auch treffen, mit wem er will. Und das muss er mir gar nicht erzählen – schließlich bin ich nicht sein Wachhund.«

»Ich bewundere deine Ruhe«, zwitschert Nadja. »Also, wenn *mein* Freund Arm in Arm mit einer gut aussehenden Blondine durch die Gegend laufen würde, hätte ich durchaus etwas dagegen.«

Ich sehe Nadja verwundert an. »Tatsächlich? Und ich dachte immer, Mark und du, ihr hättet eine ziemlich offene

Beziehung. Zumindest hat er mir das erzählt, als er mich letzte Woche angerufen hat und sich mit mir verabreden wollte.«

Volltreffer. Nadja kriegt ihren knallrot geschminkten Mund nicht mehr zu und ich bohre noch ein bisschen in der Wunde. »Ups – wusstest du etwa gar nichts von dem Anruf? Das ist mir jetzt aber unangenehm. Na ja, keine Sorge, ich habe Mark abblitzen lassen. Übrigens bin ich wirklich sehr froh, dass ihr nach eurer kleinen Krise wieder zueinandergefunden habt. Ich wäre untröstlich gewesen, wenn eure Beziehung wegen mir auseinandergegangen wäre. Aber vielleicht solltet ihr noch mal über die Grundlagen eurer Partnerschaft sprechen – offensichtlich habt ihr da unterschiedliche Auffassungen.«

»Meine Beziehung mit Mark geht dich gar nichts an«, faucht Nadja. Das Lächeln ist ihr vergangen.

»Natürlich nicht«, sage ich freundlich. »Entschuldige bitte, ich wollte mich wirklich nicht einmischen.«

Nadja wirft mir einen bösen Blick zu und rauscht mit Tanja im Schlepptau wieder zu ihrem Platz ganz hinten im Bus. Ich lehne mich entspannt in meinem Sitz zurück. Jetzt geht's mir schon viel besser.

Laura kichert. »Eins zu null für dich. Die hat vielleicht dämlich geguckt. Ich frage mich, wie ich es die ganze Zeit mit den beiden ausgehalten habe. Hat Mark eigentlich wirklich letzte Woche bei dir angerufen?«

Ich nicke. »Der versucht es immer mal wieder. Er kapiert einfach nicht, dass ich nichts mehr von ihm will. Finde ich echt bescheuert von ihm – schließlich ist er jetzt wieder mit

Nadja zusammen. Na ja, aber das kann mir eigentlich auch egal sein.«

»Allerdings«, stimmt Laura zu. »Aber dass Nadja irgendwelche Gerüchte über René in die Welt setzt, ist echt das Letzte. Du glaubst das doch nicht etwa, oder?«

»Quatsch«, sage ich. »Die lügt wie gedruckt, das weiß doch jeder.«

Genau. Da ist überhaupt nichts dran. René hätte es mir bestimmt gesagt, wenn er was mit einer anderen hätte. Er ist schließlich ein ehrlicher Typ. Leider macht sich in meinem Kopf trotzdem gerade ein sehr unschönes Bild breit, ohne dass ich etwas dagegen tun kann: René spaziert eng umschlungen mit einer gut aussehenden Blondine unter den Platanen im Jardin du Luxembourg entlang. Wenn ich Laura richtig verstanden habe, ist das ein ziemlich großer Park. Da kann man bestimmt ganz schön lange spazieren gehen. So lange, dass man keine Zeit mehr zum Anrufen hat …

Schluss jetzt. Das ist doch alles Unsinn. Ich greife in meinen Rucksack und hole meine Physik-Unterlagen heraus. *Die Einflussfaktoren für die Bildung von Flüssigkeitstropfen.* Das ist es, was wirklich zählt. Mein Physik-Projekt ist mein ganzer Stolz. Ich bin mit meinen Untersuchungen fast fertig. Da zählen zum Glück nur handfeste Ergebnisse und nicht irgendwelche wilden Spekulationen. Fakten, Fakten, Fakten. Ich blättere die Artikel zur Chaostheorie durch, die Karlchen, mein Physiklehrer, mir gestern noch in die Hand gedrückt hat, und fange an zu lesen.

Gesucht: René Richard, Herzensbrecher

Ich schrecke hoch, als Frau Hinrichs Stimme plötzlich aus den Lautsprechern dröhnt. »Achtung, Achtung, in einer halben Stunde sind wir da. Ihr könnt schon mal nach dem Eiffelturm Ausschau halten.«

Während Frau Hinrich das Mikrofon wieder an den Busfahrer zurückgibt, kleben alle an den Fenstern und quatschen dabei aufgeregt durcheinander.

»He, Julia, wir sind tatsächlich in *Paris*«, jauchzt Laura neben mir und drückt sich ihre Nase an der Scheibe platt. »Die Stadt der Liebe! Das ist einfach unglaublich!«

Allerdings, ich kann's auch kaum glauben, dass wir schon da sind. Ich muss irgendwann eingepennt sein. Ich nehme die Brille ab und reibe mir die Augen. Dann werfe ich einen Blick auf die Uhr. Kurz nach elf. Ich habe fast zwei Stunden geschlafen. Viel fitter als vorher fühle ich mich allerdings nicht.

Ich schaue an Laura vorbei durch das Fenster und ziehe eine Grimasse. »Mann, ist das hässlich hier.«

Wir fahren gerade so eine Art Stadtautobahn entlang. Sie

hat mindestens zehn Spuren und es herrscht irre viel Verkehr. Rechts und links stehen graue Hochhäuser, die ziemlich deprimierend aussehen. Zumindest passen sie farblich zum Himmel, der dunkelgrau über der Stadt hängt. Wenigstens regnet es nicht mehr. Ich frage mich echt, warum alle so ein Theater um diese Stadt machen. »Stadt der Liebe« und »Die schönste Stadt der Welt« – von wegen. Das ist bestimmt alles nur eine ausgeklügelte Werbestrategie, um Touristen anzulocken und ihnen das Geld aus der Tasche zu ziehen. Aber darauf falle ich nicht rein. Ich werde Widerstand leisten. Ich beschließe, Paris einfach nicht zu mögen. Und das wird mir noch nicht mal schwerfallen.

»Da ist der Eiffelturm!«, kreischt Laura plötzlich und alle rufen »Aaah« und »Oooh« und recken die Hälse.

So was Albernes, dabei hat doch jeder den Eiffelturm mindestens schon tausendmal im Fernsehen, auf Postkarten oder sonst irgendwo gesehen. Ich werfe betont desinteressiert einen Blick aus dem Fenster. Tatsächlich – zwischen den Hochhäusern ragt die Silhouette des Eiffelturms empor. Aus der Entfernung sieht er allerdings ziemlich klein aus. Ein Wunder, dass man ihn überhaupt sehen kann, da er fast den gleichen Grauton wie der Himmel hat. Hier ist offensichtlich wirklich alles Grau in Grau.

Die halbe Klasse holt doch tatsächlich ihren Fotoapparat heraus und fängt an zu knipsen. Ich fass es nicht! Wie kann man nur wegen so eines hässlichen Blechgestells dermaßen aus dem Häuschen geraten?

Während wir durch Paris fahren, bricht allgemeine Hektik aus. Alle kramen ihre Sachen zusammen und Frau Hinrich plärrt sinnlose Ansagen ins Mikro. Dabei hört ihr sowieso niemand zu.

»Lasst nichts im Bus liegen. Nehmt auch euren Müll mit. Wir stellen unser Gepäck gleich in der Schule ab und gehen erst mal zum Mittagessen in die Kantine.«

Die Schlangen in meinem Bauch fangen wieder an, verrücktzuspielen. Mir ist richtig schlecht. Gleich werde ich René wiedersehen. Was er wohl sagen wird? Und was soll ich sagen??? Mist, darüber habe ich mir noch gar keine Gedanken gemacht. Am besten begrüße ich ihn einfach ganz normal, so als ob nichts wäre. Es ist ja auch nichts, oder? Genau, es ist überhaupt nichts. Und ich bin ganz entspannt.

»Gott, bin ich nervös!«, stöhnt Laura neben mir. »Was mache ich denn, wenn Claudines Eltern sich mit mir unterhalten wollen? Wahrscheinlich verstehe ich kein einziges Wort. Wenn ich Claudine nicht verstehe, ist es ja nicht so schlimm, die redet sowieso nur Müll. Ich weiß echt nicht, wie ich es mit der Tussi zehn Tage lang aushalten soll. Die ist mir ja zu Hause schon auf die Nerven gegangen. Aber das beruht wohl auf Gegenseitigkeit, schließlich hat sie sich in den letzten drei Monaten kein einziges Mal bei mir gemeldet. Ich mich allerdings auch nicht bei ihr. Bestimmt freut sie sich schon wahnsinnig auf mich. Super, du wirst mit roten Rosen begrüßt und ich mit einem genervten Blick.«

Immer wenn Laura nervös ist, fängt sie an, ohne Punkt und Komma zu reden. Bei mir ist es genau umgekehrt, ich kriege dann keinen Ton mehr heraus. Dass René mich mit roten Rosen begrüßt, ist natürlich Quatsch. Außerdem stehe ich ja überhaupt nicht auf diesen ganzen romantischen

Kram. Trotzdem kann ich dieses Bild genau vor mir sehen: René kommt lächelnd auf mich zu und hält einen riesigen Strauß dunkelroter, langstieliger Rosen im Arm. Ich muss zugeben, das gefällt mir wesentlich besser als das Bild mit der Blondine.

Es dauert Ewigkeiten, bis wir bei der Schule ankommen. In Paris scheint es mehr Autos als Menschen zu geben und der Verkehr ist total chaotisch. Als der Bus schließlich auf den Schulhof einbiegt, ist es schon fast zwölf. Ich werfe einen Blick aus dem Fenster und sehe ein großes, altes Gebäude, das – natürlich – grau ist. Auf dem Schulhof stehen schon die ganzen Franzosen und winken aufgeregt. Ganz vorne steht Mme. Dupont, die mit der Hinrich zusammen den Austausch organisiert. Sie winkt so heftig, dass sie dem hinter ihr stehenden Schüler fast die Brille von der Nase fegt.

Bevor ich nach René Ausschau halten kann, springt Laura auf und stöhnt: »Oh nein, dahinten steht Claudine. Mir ist jetzt schon ganz schlecht. Guck dir doch mal an, wie die wieder rumläuft.«

Ich ziehe meine Jacke an und schnappe mir meinen Rucksack. »Würde ich ja gerne, aber leider versperrst du mir die Sicht.«

Im Gang herrscht ein Riesengedränge. Die Ersten springen schon aus dem Bus und stürzen sich auf ihre Franzosen. Ich putze schnell noch mal meine Brille. Als ich das Brillenputztuch in meine Jackentasche stopfe, habe ich plötzlich Ninas Wimperntusche in der Hand.

»Komm her, ich mach das«, sagt Laura, nimmt mir das

Teil aus der Hand und fängt an, meine Wimpern zu bearbeiten. »So, sieht doch schon viel besser aus. Jetzt aber nichts wie raus hier, René fragt sich bestimmt schon, wo du bleibst.«

Ich setze meine Brille wieder auf. Mist, jetzt könnte ich einen Spiegel gebrauchen. Hoffentlich hat Laura in der Hektik nicht alles verschmiert. Ich traue mich kaum zu blinzeln, damit ich keine schwarzen Ränder unter den Augen bekomme. Obwohl ich die ja angeblich sowieso schon habe. Mit dieser ganzen Schminkerei hat man echt nichts als Stress.

Als ich hinter Laura aus dem Bus steige, klopft mein Herz wie verrückt und meine Atmung setzt kurzzeitig aus. Ich recke den Hals und suche nach Renés Gesicht. Wo steckt der Typ bloß? Wenn das noch lange so weitergeht, falle ich garantiert wegen Überlastung des Herzmuskels tot um. Gesund kann dieses verrückte Gepoche jedenfalls nicht sein.

Es ist gar nicht so leicht, in dem ganzen Gewimmel jemanden zu finden. Ich drängle mich durch die Gruppen von Deutschen und Franzosen, die sich mehr oder weniger lautstark begrüßen. Frau Hinrich und Mme. Dupont liegen sich in den Armen und beteuern ständig, wie froh sie sind, sich endlich wiederzusehen. Die Tussi-Bussis sind natürlich mal wieder ganz in ihrem Element. Erst kreischen sie eine Viertelstunde lang wie verrückt und dann tauschen sie ungefähr 200 Bussis mit ihren Französinnen aus. Die Begrüßung zwischen Laura und Claudine fällt wesentlich kühler aus. Gerade mal ein lasches Küsschen. Beide sehen ziemlich genervt aus. Aber immerhin hat Laura ihre Französin gefunden, während ich wie der letzte Idiot hier herumrenne und meinen werten Herrn Austauschpartner nirgendwo entdecken kann. Nachdem ich noch einmal die Runde gedreht habe (die Tussi-Bussis und ihre Französinnen küssen sich immer noch), muss ich der harten Tatsache ins Auge sehen: René ist nicht da.

Ich fasse es nicht! Das ist echt das Allerletzte. Ganz egal, wie gestresst er ist und warum auch immer er sich letzte Woche nicht gemeldet hat – er hätte jetzt hier sein müssen!!! Ob mit Rosen oder ohne. Ich bin so sauer, dass ich am liebsten laut losschreien würde. Zum Glück kommt Laura in dem Moment auf mich zu und verhindert, dass ich mich komplett lächerlich mache.

»Was ist denn mit dir los?«, fragt sie. »Du bist ja knallrot im Gesicht. Wo steckt denn René?«

»Das wüsste ich auch gerne«, fauche ich und versuche, meine Atmung wieder unter Kontrolle zu bringen, damit ich nicht anfange zu hyperventilieren. »Monsieur hält es offensichtlich nicht für nötig, mich abzuholen. Von wegen, er wartet schon sehnsüchtig auf mich. Wahrscheinlich hat er komplett vergessen, dass ich heute komme. Oder es ist ihm egal.«

Laura legt tröstend den Arm um mich. »Quatsch. Wahrscheinlich ist ihm was dazwischengekommen. Der kommt bestimmt gleich. Jetzt bringen wir erst mal unsere Koffer rein und dann gehen wir was essen. Guck mal, die anderen gehen auch schon alle rein.«

Sie schiebt mich behutsam in Richtung Haupteingang.

Der beruhigende Tonfall in Lauras Stimme erinnert mich stark an den einer Krankenschwester. Ich versuche, mich wieder ein bisschen abzuregen, und atme tief ein und aus. Das soll ja angeblich entspannend wirken. Leider nützt es nichts. Ich hab ja von Anfang an gewusst, dass diese Paris-Fahrt ein Reinfall werden würde. Warum bin ich nicht einfach zu Hause geblieben? Ich könnte mich echt in den Hintern beißen.

Wir stellen unsere Koffer in einen kleinen Abstellraum und laufen hinter den anderen her in Richtung Kantine. Was mache ich denn, wenn René heute gar nicht mehr auftaucht? Als ich mir gerade ausmale, wie ich mich zu den Clochards unter eine Brücke lege, taucht plötzlich ein bekanntes Gesicht am anderen Ende des Ganges auf. René! Mein Herz setzt einen Moment lang aus und fängt dann plötzlich an, Purzelbäume zu schlagen. Jetzt ganz cool bleiben. Nur keine Aufregung. Noch hat er mich nicht gesehen. Seine Haare sind etwas länger geworden, aber sie stehen noch genauso strubbelig vom Kopf ab wie vor drei Monaten. Er hat seine Lieblingslederjacke an, die ihm – wie ich trotz allem zugeben muss – wirklich verdammt gut steht. Obwohl ich mir natürlich überhaupt nichts aus solchen Äußerlichkeiten mache.

Jetzt hat er mich entdeckt. Sein Mund verzieht sich zu einem strahlenden Lächeln. Er winkt und kommt auf mich zugerannt.

»Salut, Julie, et milles pardons«, sagt er ziemlich außer Atem und drückt mir zwei Küsschen auf jede Wange. »Ich hab's nicht eher geschafft, musste noch Nachhilfe geben.

Es tut mir total leid, du bist doch hoffentlich nicht sauer, oder?«

Ich räuspere mich und hoffe, dass meine Stimme mich nicht im Stich lässt. »Ich und sauer? Quatsch! Ich hab mir schon gedacht, dass du gleich auftauchst. Kein Problem.«

Wow, das klang jetzt echt überzeugend. Ich glaube mir beinahe selbst. Laura verzieht zum Glück auch keine Miene. Sie winkt René nur kurz zu und verdrückt sich dann unauffällig in Richtung Kantine. Wirklich sehr rücksichtsvoll von ihr.

»Da bin ich aber froh«, sagt René und seufzt erleichtert. Er sieht mich so intensiv an, dass mir ganz heiß wird. Ich wusste gar nicht mehr, dass seine Augen so braun sind. Wie zwei Schokopralinen. »Schön, dass du da bist, Julie. Du hast mir gefehlt.«

Ich würde gerne auch etwas sagen, aber ich kriege keinen Ton heraus. Plötzlich weiß ich gar nicht mehr, warum ich mich gerade so aufgeregt habe. Schließlich kann doch jeder mal zu spät kommen, oder? Und René sieht wirklich abgehetzt aus. Er scheint in der letzten Zeit tatsächlich ziemlichen Stress gehabt zu haben. Wahrscheinlich gibt er zu viel Nachhilfe. Eigentlich ja total nett von ihm, dass er den jüngeren Schülern hilft. Rosen hat er allerdings keine dabei, aber das habe ich natürlich auch nicht erwartet.

»Sollen wir was essen gehen?«, fragt René und legt den Arm um mich. Seine Hand auf meiner Schulter fühlt sich angenehm warm an.

Ich nicke, obwohl ich mir ziemlich sicher bin, dass ich keinen Bissen herunterkriegen werde.

Eifersüchtig? Ich doch nicht!

In der Schulkantine ist die Hölle los. Die Tische sind fast alle voll besetzt und es ist total laut. Weil wir spät dran sind, ist wenigstens die Schlange bei der Essensausgabe nicht mehr so lang. Ich stelle mich hinter René und nehme mir ein Tablett. Eigentlich ganz praktisch, wenn man mittags in der Schule essen kann. Bei uns geht das nicht. Ich schiebe mein Tablett weiter und nehme mir ein Schälchen mit kalten Bohnen und Blumenkohl. Sieht leicht zermatscht aus, scheint aber trotzdem essbar zu sein. Ein Stück weiter klatscht eine der Köchinnen das Hauptgericht auf die Teller: irgendein Fleisch, Kartoffelbrei und Soße. Das Stück Fleisch auf meinem Teller sieht einer Schuhsohle zum Verwechseln ähnlich und der Kartoffelbrei ist fast kalt. Aber was soll's, ich hab sowieso keinen großen Hunger. Dafür sorgen schon die Schmetterlinge in meinem Bauch. Was wohl aus den Schlangen geworden ist? Egal, Hauptsache, sie haben sich verzogen. Zum Nachtisch gibt's Schokoladenpudding, das ist doch mal eine gute Nachricht.

Mit unseren voll beladenen Tabletts gehen René und ich zwischen den Tischen hindurch und suchen nach zwei freien Plätzen. Weiter hinten sehe ich plötzlich Laura, die uns wie eine Verrückte zuwinkt. Kein Wunder, denn sie sitzt mit Claudine, den Tussi-Bussis und deren Französinnen Jacqueline und Nadine an einem Tisch. Die Ärmste. Sie rollt mit den Augen und sieht total genervt aus. Ich habe zwar überhaupt keine Lust, mich zu der blöden Nadja und ihrem Gefolge zu setzen, aber ich kann Laura schließlich schlecht hängen lassen. Also steuere ich mit René auf ihren Tisch zu und lasse mich neben Laura nieder. Sie lächelt mir dankbar zu. René muss erst noch die anderen begrüßen und die alberne Küsserei geht von vorne los.

Nadja macht natürlich gleich wieder ein Riesentheater. Sie hört gar nicht mehr auf, René zu küssen, und fängt sofort an, ihn mit ihrer quäkigen Stimme vollzuquatschen. »Salut, René, lange nicht gesehen. Wie geht's dir denn? Gut siehst du aus. Wo warst du eigentlich vorhin bei der Begrüßung? Ich hab dich gar nicht gesehen. Und die arme Julia war schon völlig am Boden zerstört, nicht wahr, Julia?«

Mist. Wie hat Nadja das denn schon wieder mitgekriegt? Der blöden Kuh entgeht aber auch gar nichts. Doch ich lasse mich natürlich überhaupt nicht provozieren, sondern bleibe ganz ruhig – zumindest äußerlich.

Ich schenke Nadja ein freundliches Lächeln. »Es ist wirklich rührend, wie du um mich besorgt bist. Und das, obwohl du wirklich genug eigene Probleme hast. Allein schon die Sache mit Mark. Es tut mir ja so leid, dass es zwischen euch nicht mehr so gut läuft. Ich kann gut verstehen, dass du enttäuscht warst, als er dich nicht zum Bus gebracht hat. Für seine Liebste sollte man doch eigentlich bereit sein, auch mal etwas früher aufzustehen, oder? Männer …«

Ich winke ab und fange an, meine kalten Bohnen zu löffeln. Jetzt habe ich doch Hunger gekriegt. Ich nehme mir etwas von dem Baguette, das überall auf den Tischen herumsteht, und reiche den Brotkorb an René weiter. Aber der ist gerade abgelenkt. Ein Mädchen mit langen, blonden Haaren läuft an unserem Tisch vorbei. Sie wirft René ein strahlendes Lächeln zu und klimpert wie verrückt mit den Augen. Wahrscheinlich soll das verführerisch wirken, dabei sieht es eher so aus, als wäre ihr etwas in die Kontaktlinsen geflogen.

»Salut, Élise«, sagt René und lächelt zurück.

»Eine Bekannte von dir?«, fragt Nadja scheinheilig.

»Eine Nachhilfeschülerin«, antwortet René knapp und schiebt sich einen Löffel Kartoffelpüree in den Mund.

Mir bleibt fast das Baguette im Hals stecken. Dieser Tussi gibt René Nachhilfe? Irgendwie hatte ich mir seine Schüler anders vorgestellt. Jünger. Und nicht so gut aussehend.

»Tatsächlich«, sagt Nadja und tut so, als würde sie das alles wahnsinnig spannend finden. »Ich dachte immer, man gibt nur jüngeren Schülern Nachhilfe. Aber die ist doch mindestens so alt wie wir.«

»Stimmt. Élise ist in der 4ième, also einen Jahrgang unter mir. Aber eigentlich ist das Alter auch egal. Wir haben hier so ein Schulprojekt, wo jeder jedem hilft. Du kannst in den Fächern, in denen du gut bist, deine Hilfe anbieten. Und wer da Probleme hat, kann sich dann an dich wenden. Und umgekehrt. Alles natürlich freiwillig und ohne Bezahlung.«

Nadja reißt ihre blau geschminkten Kuhaugen auf. »Echt? Du kriegst da noch nicht mal Geld für? Wahnsinn. Aber bei so einer Schülerin macht das Unterrichten bestimmt auch Spaß, oder?«

Sie zwinkert René anzüglich zu, aber der geht zum Glück nicht darauf ein. »Mir macht das Unterrichten eigentlich bei allen Schülern Spaß. Ich erkläre gerne – das musste Julie auch schon feststellen, nicht wahr, Julie?«

Ich nicke und lächle etwas gequält. René kann wirklich toll erklären. Vor allem, wenn es um französische Literatur geht, sein Spezialgebiet. Wenn ich daran denke, wie wir auf meinem Bett gelegen und über den *Kleinen Prinzen* geredet haben …

Ich hoffe nur, dass die Nachhilfestunden mit Élise etwas anders aussehen. Nicht, dass ich eifersüchtig wäre, das ist nun wirklich nicht meine Art. Aber trotzdem – bei dem Gedanken, dass sich René regelmäßig mit dieser Tussi trifft, werde ich ganz kribbelig. Als ich Nadjas schadenfrohes Grinsen sehe, reiße ich mich zusammen und versuche, ein unbekümmertes Gesicht zu machen. Mir ist natürlich völlig klar, dass ich gerade mal wieder total überreagiere. Jemandem Nachhilfe zu geben, ist schließlich völlig harmlos. Und René ist mit dieser Élise ja nicht befreundet oder so was. Sie haben eine Art Geschäftsbeziehung, mehr nicht.

Nadja gibt immer noch keine Ruhe. »Dann war es sicherlich Élise, mit der dich Jacqueline letzte Woche im Kino gesehen hat, oder?«

Was sich die gute Nadja da mal wieder alles zusammenfantasiert. Als ob René mit so einer Tussi ins Kino gehen würde! Gelassen greife ich nach meinem Wasserglas und nehme einen großen Schluck.

René überlegt. »Letzte Woche? Ja, kann sein.«

Waaas? Prompt verschlucke ich mich und muss fürchterlich husten. Laura klopft mir auf den Rücken.

Das gibt's doch nicht! Statt bei mir anzurufen, spaziert er seelenruhig mit dieser Élise ins Kino. Und das nennt er dann Stress. Von wegen Geschäftsbeziehung! Seit wann gehören Kinobesuche zum Nachhilfeunterricht?

Bevor Nadja noch weiter in der Wunde bohren kann, taucht zum Glück Frau Hinrich an unserem Tisch auf und klatscht unternehmungslustig in die Hände.

»Auf geht's, Kinder! Mme. Dupont zeigt uns jetzt erst mal die Schule und dann nehmt ihr mit euren Franzosen am Unterricht teil. Aber vorher bringt ihr euer dreckiges Geschirr weg.«

Die Kantine leert sich langsam und wir stehen nun auch auf. Ich schnappe mir mein Tablett und stelle es auf einen der Geschirrwagen. Mme. Dupont steht mit den anderen schon an der Tür und wartet. Kaum sind wir komplett, scheucht sie uns in den Gang hinaus und fängt an, uns etwas über die Geschichte der Schule zu erzählen. Das interessiert mich nun wirklich überhaupt nicht und außerdem habe ich gerade ganz andere Dinge im Kopf. Zum Beispiel diese Élise.

Ob ich René einfach fragen soll, warum er mit ihr im Kino war? Vielleicht gibt es ja eine ganz harmlose Erklärung. Aber dann könnte er denken, dass ich eifersüchtig bin – und das bin ich natürlich definitiv nicht. Auf so eine schon gar nicht.

»Dies sind die Räume für den Sprachenunterricht«, erklärt Mme. Dupont gerade und zeigt auf die Türen rechts und links vom Gang. »Und jetzt gehen wir in die Aula.«

Na toll, das ist ja alles hochinteressant. Ich bleibe ein bisschen zurück, während die anderen hinter Mme. Dupont hertrotten, und René gesellt sich zu mir.

»Alles klar, Julie?«, fragt er. »Du bist so still.«

»Mir geht's gut. Ich bin nur ein bisschen müde von der Fahrt. Außerdem mussten wir heute Morgen schon um halb fünf aufstehen – der reine Horror. Übrigens soll ich dich schön von Paps und Nina grüßen. Nina wäre am liebsten mitgekommen.«

René grinst. »Kann ich mir vorstellen. Eigentlich wollte ich ihr letzte Woche noch schreiben, aber ich hatte einfach zu viel zu tun.«

Das ist meine Chance. Jetzt oder nie.

»Ach so. Dann hast du deswegen wahrscheinlich auch nicht mehr bei mir angerufen. Da musst du aber ziemlich viel zu tun gehabt haben ...«

»Allerdings. Ich war ständig unterwegs. Und wenn ich abends nach Hause gekommen bin, war's schon so spät, dass ich nicht mehr bei euch anrufen wollte.«

Ja, ja, so ein Kinobesuch kann schon mal etwas länger dauern.

»Triffst du dich eigentlich öfter mit dieser Élise?«, frage ich beiläufig.

»Eigentlich nicht«, antwortet René. »Außer zur Nachhilfe natürlich. Da gibt's im Moment ein paar Probleme und ich versuche ihr zu helfen ...«

Ich kann nicht behaupten, dass mir Renés Antwort besonders gefällt. Mir schwirren tausend Fragen im Kopf herum, die ich René gerne stellen würde, aber leider sind wir in dem Moment in der Aula angekommen und müssen wieder Mme. Duponts Ausführungen lauschen.

Nachdem wir die Schulführung hinter uns gebracht haben, gehen wir mit den Franzosen in den Unterricht. Ganz schön anstrengend für den ersten Tag. Ich bin jetzt schon total geschafft, hoffentlich penne ich nicht während der Stunde ein. Oh Gott, vielleicht müssen wir ja sogar mitmachen! Ich verstehe bestimmt kein Wort.

Laura ist ungefähr genauso begeistert wie ich. »Nachmittags Unterricht zu haben, ist echt bescheuert. Gut, dass es das bei uns nicht gibt. Stell dir mal vor: Jeden Tag bis halb sechs in der Schule sitzen. Da hast du ja null Freizeit mehr.«

Ich nicke. Wir betreten den Matheraum und Mme. Dupont dirigiert Laura, mich und die anderen auf die Plätze ganz hinten im Klassenzimmer.

»Am besten setzt ihr euch hier hin, damit der Unterricht so wenig wie möglich gestört wird. Bonne chance!«

Dann verschwindet sie und überlässt dem Mathelehrer das Feld. René winkt mir zu und setzt sich auf einen Platz weiter vorne. Komisch, dass wir nicht neben den Franzosen sitzen dürfen. Wahrscheinlich, weil dann zu viel gequatscht wird. Ganz schön strenge Sitten hier. Der Matheunterricht ist superlangweilig. Der Lehrer steht die ganze Zeit vorne, redet und kritzelt die Tafel voll. Die Schüler schreiben eifrig mit. Wenn ich das richtig verstehe, besprechen sie gerade, was ein Parallelogramm ist. Totaler Kinderkram, das hatten wir schon in der siebten Klasse. Es ist mucksmäuschenstill, niemand quatscht oder macht irgendeinen Mist. Das nenne ich mal Disziplin! Der Lehrer scheint aber auch ziemlich streng zu sein. Uns Deutsche ignoriert er zum Glück.

Als mir gerade die Augen zufallen wollen, schiebt mir Laura einen Zettel zu:

Alles wieder in Ordnung zwischen dir und René?

Schön wär's. Ich kritzele schnell meine Antwort darunter:

Nicht wirklich.
Was hälst du von dieser Elise?
Meinst du René hat was mit der?

Lauras Antwort lässt nicht lange auf sich warten.

Quatsch!!! Die ist doch gar nicht sein Typ. Außerdem hat er sich viel zu sehr gefreut, als er dich gesehen hat. Mach dir bloß keinen Kopf!

Das ist leichter gesagt als getan. Aber vielleicht hat Laura ja wirklich recht und ich mache aus einer Mücke einen Elefanten.

Die blöde Mathestunde nimmt kein Ende. Eigentlich ist

Mathe ja eins meiner Lieblingsfächer, aber der Unterricht hier ist einfach zum Gähnen. Es gibt überhaupt keine praktischen Übungen und die Schüler machen gar nicht richtig mit, sondern kritzeln die ganze Zeit nur in ihre Hefte. Außerdem dauert eine Schulstunde sechzig Minuten, das ist eindeutig zu lang. Endlich klingelt es und wir laufen hinter den Franzosen her in den Sprachtrakt.

»Irgendwie komisch, dass die hier gar keine Klassenräume haben«, meint Laura.

Ich gähne. »Hat auch seine Vorteile. Durch die Rennerei wird man zwischen den Stunden wenigstens wieder wach. Was haben wir denn jetzt?«

»Deutsch, glaube ich.«

»Super, dann verstehe ich wenigstens was. Vielleicht wird's dann ja nicht ganz so langweilig.«

Kaum haben wir uns in der letzten Reihe niedergelassen, betritt der Deutschlehrer den Raum.

Er ist noch ziemlich jung und sieht richtig nett aus – zumindest für einen Lehrer. Er ist bestimmt noch Referendar oder so was.

Er stellt sich vor die Klasse und lächelt freundlich in die Runde. »Bonjour et bienvenu à Paris! Isch bin Frédéric Bobin und unterrischte Deutsch in der 3ième B. Isch wünsche unseren deutschen Gästen eine tolle Zeit in Paris. Wir werden bestimmt viel Spaß miteinander haben.«

Der scheint echt nett zu sein. Und er hat einen niedlichen französischen Akzent, wenn er Deutsch spricht. Ich stoße Laura an, um ihr meine Meinung unauffällig mitzuteilen, aber sie reagiert überhaupt nicht. Sie ist ganz damit beschäftigt, Monsieur Bobin verträumt anzustarren und an seinen – zugegebenermaßen sehr wohlgeformten – Lippen zu hängen. Oh Mann, sieht ganz so aus, als hätte es sie voll erwischt. Das gibt bestimmt noch Probleme. Meine Befürchtungen bestätigen sich, als Laura mir kurze Zeit später einen Zettel rüberschiebt:

Das ist er!!! Mein Traumtyp, meine ich.
Ist er nicht total süß? Wie komme ich
bloß am besten an ihn ran?
Du musst mir unbedingt helfen!

Da haben wir die Probleme schon, ich hab's ja gewusst. Es gibt wahrscheinlich ein paar Millionen Männer in Paris und Laura muss sich ausgerechnet in ihren Lehrer verlieben. In einen Typen, der mindestens zehn Jahre älter ist als sie. Typisch. Aber als ich ihr das schreibe, beeindruckt sie das leider nicht im Geringsten:

Wahre Liebe kennt kein Alter.
Und streng genommen ist er eigentlich
gar nicht mein Lehrer, sondern der von
den Franzosen. Findest du nicht, dass
er wunderschöne Augen hat?
Er ist bestimmt total sensibel.

Okay, die Sache ist gelaufen. Laura ist offensichtlich schon jenseits von Gut und Böse und vernünftigen Argumenten nicht mehr zugänglich. Na super, das hat mir gerade noch gefehlt. Wäre ja auch echt langweilig gewesen, wenn ich mir nur Gedanken um René hätte machen müssen. Jetzt muss ich also auch noch Laura davon überzeugen, dass es ziemlich sinnlos ist, etwas mit einem französischen, zehn Jahre älteren Deutschlehrer anzufangen. Prima, genau so habe ich mir das vorgestellt.

Fast geküsst ist auch daneben

Als um halb sechs endlich die letzte Stunde vorbei ist, bin ich total am Ende. Laura redet nur noch von »Frédéric« und ich bin ehrlich gesagt ziemlich erleichtert, als sie mit Claudine abzieht. René schnappt sich meinen Koffer und wir machen uns ebenfalls auf den Heimweg. Ich beschließe, diese blöde Élise einfach zu vergessen und René großmütig zu verzeihen, dass er mich in der letzten Zeit etwas vernachlässigt hat. Außerdem heißt es ja immer »Im Zweifel für den Angeklagten«, oder?

»Ist es weit bis zu dir?«, frage ich, als wir über den Schulhof gehen. Ich bin so müde, dass ich mich am liebsten sofort ins Bett beamen würde.

»Non. Ungefähr eine Viertelstunde zu Fuß. Wir müssen noch nicht mal in die Metro steigen.«

»Prima«, sage ich, obwohl ich eigentlich finde, dass eine Viertelstunde zu Fuß schon eine Viertelstunde zu viel ist. Aber hier in Paris gelten für Entfernungen wahrscheinlich etwas andere Maßstäbe als bei uns in Papenberg.

Während wir die Straße hinunterlaufen, sehe ich mich neugierig um. Das ist also Paris! Es sind wahnsinnig viele Leute unterwegs, sowohl auf dem breiten Bürgersteig als auch auf der Straße. Und alle haben es furchtbar eilig. Was für eine Hektik, das wäre mir ja auf Dauer viel zu anstrengend. Und überall diese hohen Häuser. Immer mindestens vier, fünf Stockwerke. Die meisten sehen ganz schön alt und heruntergekommen aus. Ob René auch in so einem Schuppen wohnt? Irgendwer hat mir mal erzählt, dass es in Paris in fast jeder Wohnung Kakerlaken gibt. Ich hasse Kakerlaken.

Aber als wir vor Renés Haus ankommen, sieht es kein bisschen so aus, als würde es dort Kakerlaken oder sonst irgendwelches Ungeziefer geben. Ich schaue an der Fassade hoch, die übrigens tipptopp in Schuss ist, und zähle fünf Stockwerke. Die Haustür, eigentlich eher ein Tor, ist aus massivem Holz und mit lauter Schnitzereien verziert. Neben der Tür befindet sich eine kleine Tastatur, in die René irgendeinen Code eintippt. Dann drückt er den goldenen Türknauf und schwupps, schon öffnet sich die Tür. Mannomann, ganz schön nobel hier. Im Flur kommen wir an einem kleinen Raum mit einer Glasscheibe vorbei, hinter der eine ältere Frau sitzt. Als sie uns sieht, springt sie sofort auf und kommt auf uns zu.

»Ah, la petite Allemande …«, ruft sie – den Rest verstehe ich leider nicht. Aber scheinbar weiß sie genau, wer ich bin. Ob das Renés Oma ist? Hat er mir gar nicht erzählt, dass die auch mit im Haus wohnt. René wechselt ein paar Worte mit ihr, während wir auf den Aufzug warten, und ich schaue mich unauffällig um. Das Treppenhaus sieht total edel aus: Eine breite Treppe aus Marmor – oder zumindest aus irgendwas, das so ähnlich aussieht – führt zu den oberen Stockwerken. Auf den Stufen liegt ein roter Läufer. Wie bei der Oscar-Verleihung im Fernsehen!

»Das war übrigens Mme. Leroque, die *concierge*«, erklärt René, als wir im Fahrstuhl stehen. »Das ist so eine Art Hausmeisterin. Bei der musst du aufpassen, die ist total neugierig und redet wie ein Wasserfall.«

Ich zucke mit den Schultern. »Na ja, bei meinen nicht gerade ausufernden Französischkenntnissen besteht wohl keine Gefahr, dass ich aus Versehen irgendwelche Familiengeheimnisse ausplaudere.«

Als wir in die Wohnung kommen, bleibt mir erst mal die Spucke weg. Der absolute Hammer! Der Flur ist alleine schon so groß wie unser ganzes Wohnzimmer. Auf dem Fußboden liegt ein dicker Perserteppich und an den Wänden hängen alte Ölbilder. Die Wände sind irre hoch und an der Decke baumelt ein riesiger Kronleuchter.

Selbst mir ist klar, dass so eine Wohnung mitten in Paris nicht ganz billig sein kann. Ich wusste gar nicht, dass Renés Eltern so viel Kohle haben. Du meine Güte, was er wohl gedacht hat, als er unser Minihaus in Papenberg gesehen hat? Das muss gegen dieses Luxusapartment ja wie eine Hundehütte gewirkt haben.

René stellt meinen Koffer im Flur ab und tut so, als wäre es das Normalste von der Welt, einfach so in diese riesige, supernoble Wohnung zu spazieren. Na ja, für ihn ist das ja auch das Normalste von der Welt.

Er reißt eine der vielen Türen auf, die vom Flur abgehen, und ruft: »Maman, Julie est là, tu viens?«

Renés Mutter kommt aus ihrem Zimmer. Sie lächelt mir

zu und gibt mir zur Begrüßung vier Küsschen auf die Wange.

»Hallo, Julia. Schön, dass du da bist. René hat uns schon so viel von dir erzählt. Ich bin übrigens Marianne.«

Marianne ist mir auf Anhieb sympathisch. Man hört sofort, dass sie aus Norddeutschland stammt, und ich fühle mich gleich nicht mehr so fremd. Von René weiß ich, dass seine Mutter in Hamburg aufgewachsen ist. Deswegen spricht René auch so super Deutsch. Marianne sieht noch ziemlich jung aus und könnte glatt als Renés Schwester durchgehen. Und zum Glück scheint sie längst nicht so vornehm zu sein wie ihre Wohnung. Im Gegenteil, in ihrer schlabberigen Jogginghose und dem alten T-Shirt passt sie eigentlich gar nicht so richtig in diese luxuriöse Umgebung.

»Entschuldige meine Aufmachung«, sagt Marianne, als sie meinen Blick bemerkt. »Das ist sozusagen mein Arbeits-Outfit. Ich bin zurzeit ziemlich im Stress mit einer Übersetzung und müsste mich eigentlich am Schreibtisch festketten, wenn ich den Abgabetermin noch schaffen will. Aber was soll's. Jetzt essen wir erst mal was. Du hast bestimmt Hunger, oder?«

Ich nicke und folge Marianne in die – natürlich ebenfalls riesige – Küche. In der Mitte des Raumes steht ein großer Holztisch, auf dem massenweise Zeitungen, Bücher, Briefe und tausend andere Sachen herumliegen.

»Setz dich doch, du musst ja total fertig sein von der langen Fahrt«, sagt Marianne und öffnet den Kühlschrank. »Eigentlich wollte ich dir zu Ehren ja ein französisches Willkommensmahl kochen, aber dann konnte ich mich mal wieder nicht von meiner Arbeit loseisen und plötzlich war es schon halb sechs. Deshalb muss das Fünf-Gänge-Menü heute leider ausfallen. Was haltet ihr stattdessen von Omelette mit Pilzen und Salat?«

»Prima«, sage ich. Dann fällt mir meine gute Erziehung wieder ein. »Kann ich Ihnen vielleicht was helfen?«

»Nicht nötig, René macht das bestimmt gerne. Nicht wahr, René? Papa kommt heute übrigens später, er hat noch im Verlag zu tun. – Ach ja, du kannst ruhig Du zu mir sagen, Julia.«

René setzt sich mir gegenüber an den Tisch und schneidet die Tomaten für den Salat. »Meine Eltern sind beide totale Arbeitstiere. Wenn Mama kurz vor einem Abgabetermin steht, vergräbt sie sich Tag und Nacht in ihrem Arbeitszimmer. Und mein Vater hat sowieso seinen Erstwohnsitz im Verlag. Wenn du ihn in den nächsten zehn Tagen mal zu Gesicht bekommst, grenzt das schon fast an ein Wunder.«

René grinst, aber seine Stimme klingt irgendwie bitter, als er von seinem Vater spricht.

»Jetzt übertreib mal nicht«, sagt Marianne. »Außerdem ist es in der heutigen Zeit wirklich nicht leicht, einen Verlag zu leiten. Dein Vater muss da ganz schön kämpfen.«

René brummt nur irgendwas als Antwort, offenbar haben er und seine Mutter diese Diskussion schon öfter geführt. Beim Essen entspannt sich die Stimmung langsam wieder und ich fühle mich richtig wohl. Marianne erzählt von ihrer Arbeit als Übersetzerin und von ihrer ersten Zeit als Studentin in Paris, bevor sie Renés Vater kennenlernte. Sie lacht viel und ihre Fröhlichkeit ist richtig ansteckend.

Der angespannte Zug um Renés Mund verschwindet und er wirkt nicht mehr ganz so gestresst wie heute Nachmittag. Es ist so nett hier in der Küche, dass ich ganz vergesse, wie müde ich eigentlich bin.

»So, Kinder, jetzt muss ich aber dringend wieder zurück an meinen Schreibtisch«, sagt Marianne schließlich, während René die Teller in die Spülmaschine räumt. »Ihr findet ja auch ohne mich ins Bett, oder? Bonne nuit, les enfants!«

Sie winkt uns noch einmal zu und verschwindet dann aus der Küche.

»Deine Mutter ist total nett«, sage ich zu René. »Du hast wirklich Glück.«

Obwohl ich es eigentlich gar nicht will, muss ich an Barbara denken. Barbara ist meine Mutter. Zumindest biologisch gesehen. Seit sie vor drei Jahren mit diesem schleimigen Jacques an die Côte d'Azur abgehauen ist, bin ich nicht besonders gut auf sie zu sprechen, um es mal nett auszudrücken. Man könnte auch sagen, dass ich seitdem einen riesigen Hass auf sie habe. Auf sie und ihren bescheuerten Franzosen-Lover. Trotzdem fehlt sie mir manchmal. So nett und locker wie gerade mit Marianne habe ich mich mit Barbara schon seit Ewigkeiten nicht mehr unterhalten. Was wahrscheinlich auch daran liegt, dass ich seit drei Jahren nicht mehr mit ihr rede. Am Telefon quatscht immer nur Nina mit ihr. Aber schließlich will ich das ja so, oder? Warum soll ich mich mit einer Mutter abgeben, die ohne mit der Wimper zu zucken ihre Familie für einen französischen Superschleimer sitzen lässt? Ganz genau – es gibt keinen einzigen Grund.

»Ich hab mir schon gedacht, dass du dich mit Marianne gut verstehen würdest«, sagt René. »Komm, ich zeig dir dein Zimmer.«

René bringt meinen Koffer in das Gästezimmer, das am anderen Ende des Flurs liegt. Es ist ungefähr so groß wie Ninas und mein Zimmer zusammen und hat ein eigenes Bad.

»Gefällt's dir?«, fragt René.

»Und ob. Eure Wohnung ist echt der Hammer. Warum hast du eigentlich nie erzählt, dass deine Eltern so reich sind?«

René zuckt mit den Schultern. »So reich sind sie gar nicht. Die Wohnung hat mein Vater von seinen Eltern geerbt, genauso wie den Verlag. Im Moment läuft es aber nicht so gut, glaube ich. Papa hängt auf jeden Fall nur noch im Verlag rum und ist immer total im Stress. Mein Zimmer ist übrigens direkt nebenan. Komm mit, ich zeig's dir.«

Aha, Themawechsel. Renés Verhältnis zu seinem Vater scheint nicht das allerbeste zu sein. Ich muss daran denken, wie mir René von der Affäre erzählt hat, die sein Vater vor einiger Zeit mit einer Kollegin hatte. Danach wollte er mir weismachen, dass er seinem Vater trotz allem schließlich verziehen hat. Jetzt kommt mir allerdings der Verdacht, dass er da ein bisschen übertrieben hat. Aber ich bin natürlich so rücksichtsvoll, dass ich nicht weiter auf dem Thema herumhacke.

Außerdem muss ich mich jetzt erst mal in Renés Zimmer umsehen. Die Einrichtung besteht hauptsächlich aus lauter Regalen an den Wänden, die alle von oben bis unten mit Büchern vollgestopft sind. Bestimmt alles irgendwelche französischen Klassiker, auf so einen Kram steht René nämlich total – ganz im Gegensatz zu mir. Ich lese eigentlich überhaupt nicht gerne – abgesehen von wissenschaftlichen Büchern und Artikeln über die Chaostheorie oder andere physikalische Phänomene natürlich – und finde alles, was mit Literatur zu tun hat, stinklangweilig.

In einer Ecke des Zimmers steht Renés Gitarre.

»Wie läuft's eigentlich mit deiner Band?«, frage ich ihn. »Habt ihr mal wieder ein paar Auftritte gehabt?«

René schüttelt den Kopf. »Leider nicht. Die Proben liegen gerade auf Eis, weil Gérard und Pascal im Moment ziemlich viel für die Schule tun müssen. Sie sind beide in der *terminale,* das ist die letzte Klasse vom Lycée, und machen bald Abi. Deshalb klimpere ich zurzeit nur manchmal alleine ein bisschen vor mich hin und versuche, ein paar neue Songs zu entwickeln.«

René zündet eine Kerze auf dem Fensterbrett an, die das Zimmer sofort in ein romantisch-flackerndes Licht taucht. Ich setze mich aufs Bett und René setzt sich neben mich. Es kommt mir irgendwie alles so unwirklich vor. Heute Morgen war ich noch zu Hause in Papenberg und habe mich mit Nina herumgestritten und jetzt sitze ich hier mitten in Paris in einer Luxuswohnung und René sitzt direkt neben mir. Als er mir dann aber sanft über das Gesicht streicht, ist das alles andere als unwirklich. Es ist sogar so wirklich, dass mir plötzlich total heiß wird. Gleichzeitig bekomme ich eine Gänsehaut und meine Kehle ist wie zugeschnürt. Ich kriege keinen Ton heraus und kann nicht mal mehr schlucken. Deshalb sammelt sich meine ganze Spucke im Mund und plötzlich kommt mir ein furchtbarer Gedanke: Was mache ich mit der ganzen Spucke, wenn René mich gleich küssen will? Und er will mich küssen, da bin ich mir ganz sicher. Auch wenn ich gerade nicht so richtig klar denken kann, weil mich Renés Blick ziemlich durcheinanderbringt. Seine Augen sehen plötzlich viel dunkler aus als sonst. Wie Zartbitterschokolade. Heute Nachmittag war es eher Vollmilch. Er sieht mich so intensiv an, dass ich das Gefühl habe, er kann durch meine Augen direkt in meinen Kopf sehen. Hoffentlich kann er nicht auch meine Gedanken lesen, die Sache mit der Spucke würde ich lieber für mich behalten.

»Weißt du eigentlich, wie sehr du mir gefehlt hast?«, fragt er und in dem Moment weiß ich, dass er es ehrlich meint. Er hat mich *wirklich* vermisst. Mindestens genauso sehr wie ich ihn. Und ich hab mir das alles nicht nur eingebildet. Es war etwas zwischen uns und es ist immer noch da. Jetzt in diesem Moment.

Renés Kopf kommt immer näher, gleich werden unsere Lippen sich berühren. Ich kann es kaum erwarten, ihn zu küssen. Endlich, endlich sind wir allein. Wie oft habe ich mir in den letzten drei Monaten genau diese Situation vorgestellt? Tag und Nacht habe ich davon geträumt. Aber was mache ich bloß mit der Spucke? Ich kann immer noch nicht schlucken. Inzwischen kann ich auch nicht mehr atmen. Mein ganzer Körper steht unter Spannung, als wäre ich an einen elektrischen Stromkreis angeschlossen. Gleich ist es so weit. Ich schließe die Augen …

… und zucke erschrocken zusammen. Das Telefon klingelt. René springt auf.

»Bin gleich wieder da.«

Er läuft aus dem Zimmer und hebt ab. Ich höre ihn auf Französisch mit jemandem sprechen. Na, das ist ja mal wieder ein super Timing! Erschöpft lasse ich mich rückwärts aufs Bett fallen, schlucke ungefähr einen Liter Spucke runter und atme tief durch. Ich fühle mich total ausgelaugt. Mannomann, ist das anstrengend. Wenn das blöde Telefon nicht gewesen wäre, hätten wir unseren ersten richtigen Kuss jetzt schon hinter uns. Ich bin gleichzeitig enttäuscht und erleichtert. Vielleicht wäre es ja auch der komplette Reinfall geworden. Wer will schon jemanden küssen, der einen Liter Spucke im Mund hat? Außerdem habe ich auch noch nicht so viel Erfahrung mit dieser ganzen Küsserei. Genau genommen gar keine. Abgesehen von der Sache mit Mark, aber das zählt nicht. Das war schließlich kein richtiger Kuss. René hat bestimmt schon massenhaft Mädchen geküsst. Ob er diese Élise auch schon mal …? Nein, natürlich nicht. Quatsch. Auf keinen Fall.

René ist fertig mit Telefonieren und kommt wieder zurück ins Zimmer. Er hat seine Lederjacke an. Was soll das denn jetzt? Will er etwa einen kleinen Abendspaziergang mit mir machen? Vielleicht steht er ja mehr auf Küsse unter freiem Himmel … Eigentlich bin ich im Moment für solche Aktionen ein bisschen zu müde, andererseits – warum eigentlich nicht? Ist bestimmt superromantisch. Ich setze mich auf und sehe René erwartungsvoll an.

»Excuse-moi, Julie. Aber ich muss leider weg.«

Ich bin wie vor den Kopf geschlagen. Habe ich mich gerade verhört oder was? »Wie bitte? Weg? Jetzt? Wohin denn?«

»Das ... kann ich dir nicht sagen. Aber es ist dringend. Sehr dringend sogar. Eine Art Notfall.«

»Ein Notfall? Was für ein Notfall denn?« Ich verstehe kein Wort. Es ist fast so, als würde René Französisch mit mir reden.

»Ich kann dir das jetzt nicht so schnell erklären. Und es tut mir auch total leid, das musst du mir glauben, Julie. Morgen Abend machen wir was Schönes zusammen, ja? Ich versprech's dir. Schlaf gut, chérie.«

Er gibt mir einen Kuss auf die Wange, dreht sich um und geht aus dem Zimmer. Kurze Zeit später höre ich die Wohnungstür zuschlagen. Ich sitze immer noch auf Renés Bett und bin wie versteinert. Was war das denn jetzt? Er kann mich doch nicht einfach hier alleine lassen. An unserem ersten gemeinsamen Abend. Und mir noch nicht mal sagen, warum. Ob einem Freund von ihm was passiert ist? Er sah ziemlich besorgt aus. Aber das hätte er mir doch sagen können, oder? Langsam werde ich sauer. Der spinnt wohl! Monsieur meint offensichtlich, er kann alles mit mir machen. Erst ruft er wochenlang nicht an, dann vergisst er, mich vom Bus abzuholen, und schließlich verschwindet er einfach und lässt mich hier sitzen. Ohne eine Erklärung!

Ich bin so wütend, dass ich am liebsten seine Gitarre zertrümmern oder seine Bücherregale umkippen würde. Aber das lasse ich dann doch lieber. Ist doch kindisch. Stattdessen blase ich die Kerze aus und verziehe mich in mein Zimmer. Eigentlich wollte ich ja sowieso schon die ganze Zeit schlafen gehen. Der blöde René kann mich mal. Ich lege mich in mein Bett und starre die Decke an. Stuck natürlich, war ja klar. Ich muss an mein Zimmer zu Hause denken, mit dem gemütlichen Bett und dem Poster von Albert Einstein an der Wand. Ob Paps und Nina schon schlafen? Mist, ich hab ganz vergessen, Paps anzurufen. Am liebsten würde ich sofort zum Telefon sprinten, aber halb zwölf ist dann vielleicht doch etwas spät. Oh Mann, noch zehn Tage, bis wir wieder nach Hause fahren – wie soll ich das bloß überleben? Kurz bevor ich einschlafe, beschließe ich noch, dass ich morgen kein Wort mit René rede.

Eiffelturm und Wut im Bauch

Am nächsten Morgen werde ich unsanft aus meinen Träumen gerissen. Erst denke ich, dass ich zu Hause bin, und wundere mich, warum Nina die ganze Zeit wie eine Verrückte an meine Zimmertür klopft. Sonst latscht sie doch auch einfach immer bei mir rein. Aber dann merke ich, dass es nicht Ninas Stimme ist, die mich ruft. Es ist Marianne.

Sie hat den Kopf ins Zimmer gestreckt. »Aufstehen, Julia! Wir haben total verschlafen. Du musst dich beeilen!«

Ich werfe einen Blick auf meine Armbanduhr, die neben dem Bett liegt, und bin mit einem Schlag hellwach. Es ist Viertel nach acht! Um halb neun wollten wir uns alle an der Schule treffen, um zusammen zum Eiffelturm zu gehen. Und ich hasse es, zu spät zu kommen! Ich springe aus dem Bett und direkt in meine Klamotten. Duschen fällt aus. Nur schnell Zähne putzen. Mist, meine Haare sind total fettig. Also Pferdeschwanz, dann fällt das nicht so auf. Fünf Minuten später stehe ich in der Küche, wo mir Marianne ein Croissant in die Hand drückt. Sie trägt einen Bademantel und sieht ungefähr so verschlafen aus, wie ich mich fühle. Scheint gestern noch eine längere Nachtschicht bei ihr geworden zu sein.

»Hier, das kannst du unterwegs essen. Wo steckt denn René? Ihr müsst los. Ich verstehe gar nicht, warum er ausgerechnet heute verschlafen hat. Normalerweise steht er immer schon um sechs Uhr auf und joggt vor der Schule noch eine Runde. Was ich persönlich übrigens ziemlich verrückt finde. Aber die Geschmäcker sind eben verschieden. Wart ihr gestern denn noch so lange auf?«

»Äh – nö, geht so«, antworte ich ausweichend. Keine Ahnung, wann René nach Hause gekommen ist. Ich hab ihn zumindest nicht mehr gehört.

»Übrigens hat dein Vater vorhin angerufen«, erzählt Marianne. »Zum Glück, denn sonst würden wir wahrscheinlich jetzt noch alle sanft in unseren Betten schlummern. Er wollte wissen, ob du gut angekommen bist. Ich soll dich schön grüßen.«

»Danke«, sage ich und beiße von meinem Croissant ab.

Der gute Paps! Ruft extra an, bevor er morgens in den Laden geht. Hoffentlich hat er sich gestern Abend keine Sorgen gemacht, als ich mich nicht gemeldet habe. Jetzt bekomme ich doch ein schlechtes Gewissen. Aber ich kann ihn ja heute Abend anrufen und ihm alles ausführlich erzählen.

»Morgen.« René kommt in die Küche geschlurft. Er sieht aus, als hätte er die Nacht durchgemacht. Sein Gesicht ist total zerknittert und voller Bartstoppeln, die Haare stehen in alle Richtungen ab und unter den Augen hat er mindestens so dunkle Ringe wie ich gestern. So fertig habe ich ihn noch nie gesehen, dabei bin ich doch eigentlich der Morgenmuffel von uns beiden.

»Auf geht's, Kinder, ihr müsst los«, sagt Marianne, drückt René auch ein Croissant in die Hand und scheucht uns zur Wohnungstür hinaus.

Den Weg zur Schule schaffen wir in sensationellen acht Minuten. Dafür bin ich aber auch schweißgebadet, als wir auf dem Schulhof ankommen. Prima, ich muss echt toll aussehen: fettige Haare, ungeduscht und in den alten Klamotten von gestern, die jetzt auch noch komplett nass geschwitzt sind. Die Pariser Männerwelt wird mir zu Füßen liegen. René keucht auch ganz schön, dabei ist er eigentlich immer superfit – ganz im Gegensatz zu mir. Ich hasse Sport. Offensichtlich hat René sein nächtlicher Ausflug ganz schön mitgenommen, wenn er bei so einem kleinen Dauerlauf schon aus der Puste gerät. Geschieht ihm recht!

Die anderen warten natürlich alle schon und Frau Hinrich schaut vorwurfsvoll auf die Uhr. Neben ihr steht Monsieur Bobin und grinst uns fröhlich entgegen.

»Da bist du ja endlich, wir wollten gerade ohne dich losgehen, Julia«, meckert Frau Hinrich.

Ich kann leider nicht antworten, weil ich immer noch nach Luft schnappe. Frau Hinrich und Monsieur Bobin marschieren los und die anderen trotten langsam hinterher.

René winkt mir zu. »Bis später, Julie. Wir sehen uns beim Mittagessen. Und viel Spaß auf dem Eiffelturm!«

Ich tue so, als hätte ich ihn nicht gehört, drehe mich einfach um und gehe zu Laura, die weiter hinten auf mich wartet. Schließlich rede ich ja nicht mehr mit René. Der soll ruhig merken, dass ich sauer bin. Statt mir endlich zu erklären, was gestern eigentlich los war, tut er so, als wäre alles in bester Ordnung. So geht's ja nicht! Zum Glück haben die Franzosen heute Vormittag Unterricht und kommen nicht mit zum Eiffelturm. Wahrscheinlich waren die sowieso alle schon mindestens hundertmal oben und kennen die Aussicht in- und auswendig. So bleibt es mir wenigstens erspart, Renés Anblick die ganze Zeit ertragen zu müssen.

Laura ist total hibbelig und wirft mir bedeutungsvolle Blicke zu. Nur weiß ich leider nicht, was sie bedeuten sollen.

»Ist das nicht irre?«, raunt sie mir zu und sieht mich erwartungsvoll an.

Ich bin völlig ratlos. Vielleicht hat sie ja im Lotto gewonnen. Oder endlich ihre nervige Französin erwürgt. »Äh, was denn?«

»Dass Frédéric mit uns zum Eiffelturm geht, natürlich.«

Natürlich! Da hätte ich aber auch wirklich selbst drauf kommen können. Jetzt fällt mir erst auf, dass Laura irgendwie anders aussieht als sonst. Sie scheint in alte Tussi-Bussi-Zeiten zurückgefallen zu sein. Ihr Gesicht ist sorgfältig geschminkt und sie trägt einen knappen Minirock und Stiefel mit hohen Absätzen.

»Wie findest du mein Outfit?«, fragt Laura, als sie meinen Blick bemerkt. »Meinst du, es gefällt Frédéric?«

Jetzt ist die hohe Kunst der Diplomatie gefragt. »Na ja …«, druckse ich herum. »Ich weiß ja nicht, auf was er so steht. Ich frage mich nur, ob du in den Schuhen so gut laufen kannst. Wir gehen doch zu Fuß zum Eiffelturm, oder?«

»Ach, das geht schon«, beruhigt mich Laura, während sie auf ihren hohen Absätzen neben mir herstakst. »Die Stiefel sind superbequem. Außerdem fahren wir ja mit dem Bus zurück. Aber eins sag ich dir: Das ist Schicksal! Eigentlich sollte Mme. Dupont mitkommen, aber die hat's nicht geschafft, weil sie irgendwas in der Schule regeln muss. Und deshalb ist Frédéric eingesprungen. Toll, oder?«

Meine Begeisterung hält sich in Grenzen. Ich mache mir langsam ernsthafte Sorgen um Laura und ihren Geisteszustand. Wenn das so weitergeht, muss ich sie bald für unzurechnungsfähig erklären lassen, damit sie nicht irgendwelche Dummheiten macht.

»Wie war's eigentlich gestern noch bei euch?«, fragt Laura. »Hattest du einen netten Abend mit René? So richtig glücklich siehst du irgendwie nicht aus.«

Ich schnaube verächtlich. »Der Typ kann mich mal. Du glaubst nicht, was er sich gestern geleistet hat.« Dann erzähle ich ihr haarklein, was passiert ist.

Laura ist empört und das tut mir richtig gut. »Der spinnt wohl! Er muss dir wenigstens erklären, was los war. Vielleicht war es ja wirklich ein Notfall und es ist alles ganz harmlos.«

Das wäre natürlich möglich. René hat heute Morgen wirklich einen besorgten Eindruck gemacht. Trotzdem habe ich das dumme Gefühl, dass der Anruf gestern Abend etwas mit dieser Élise zu tun hatte. Aber das ist wahrscheinlich Quatsch. So dreist, dass er mich sitzen lässt, um sich mit einer anderen zu treffen, ist René nun auch wieder nicht. Oder? Während wir quer durch Paris latschen, schwärmt mir Laura von Frédéric vor. Ich kann's bald nicht mehr hören. Dann wechselt sie zum Glück das Thema und jammert über Claudine und ihre nervige Familie.

»Ihre Mutter ist genauso bescheuert wie sie. Hängt morgens stundenlang im Bad herum und redet ohne Pause langweiliges Zeug. Zum Glück verstehe ich das meiste nicht. Und ich muss auch noch mit Claudine in einem Zimmer schlafen, weil sie kein Gästezimmer haben. Außerdem wohnen die echt weit draußen. Gestern sind wir Ewigkeiten mit der Metro gefahren, bis wir endlich da waren. Claudine will ständig was mit ihren Superfreundinnen Jacqueline und Nadine machen und dann sind natürlich auch immer Nadja und Tanja dabei. Darauf habe ich echt keine Lust.«

Das hört sich wirklich übel an. Arme Laura. Ich erzähle ihr lieber nicht, wie nett Marianne ist und in was für einer super Wohnung Renés Familie wohnt.

»Dann machen wir beide eben was zusammen«, versuche ich Laura aufzumuntern. »René kümmert sich ja sowieso lieber um seine sogenannten Notfälle als um mich. Wie weit ist das eigentlich noch bis zu diesem bescheuerten Eiffelturm?«

Jetzt laufen wir bestimmt schon eine Stunde in der Gegend herum und sind immer noch nicht da. Ich mache den Reißverschluss meiner Jacke zu und stopfe die Hände in die Taschen. Das Wetter könnte auch besser sein. Es ist saukalt und ziemlich windig. Aber wenigstens regnet es nicht.

Laura scheint in ihrem kurzen Rock auch ganz schön zu frieren. »In meinem Reiseführer steht, dass im September die Durchschnittstemperatur in Paris bei 21 Grad liegt. Und dass es sechs Sonnenstunden pro Tag gibt. Davon habe ich bis jetzt aber noch nichts gemerkt.«

Inzwischen humpelt sie ein bisschen in ihren Stiefeln,

aber ich halte mich lieber zurück und sage nichts dazu. Außerdem kommt jetzt endlich der Eiffelturm in Sicht. Natürlich bleiben erst mal alle stehen und machen mindestens zehn Fotos. Dann stürmt Frau Hinrich los und besorgt die Eintrittskarten, was Ewigkeiten dauert. Offensichtlich sind wir nicht die Einzigen, die heute den Eiffelturm besteigen wollen. Wir warten solange mit Monsieur Bobin, der sich angeregt mit den Tussi-Bussis unterhält. Laura wirft ihm schmachtende Blicke zu, aber leider ohne Erfolg.

»Ich muss ihn irgendwie auf mich aufmerksam machen«, jammert sie. »Aber wie?«

»Fall doch einfach in Ohnmacht, dann muss er dich auffangen. Oder Mund-zu-Mund-Beatmung machen«, schlage ich vor.

Dass das ein Scherz war, entgeht Laura in ihrer geistigen Umnachtung natürlich völlig. »Keine schlechte Idee«, sagt sie und macht ein nachdenkliches Gesicht. »Bloß dass man heutzutage nicht mehr Mund-zu-Mund-, sondern Mund-zu-Nase-Beatmung macht. Aber vielleicht weiß Frédéric das ja nicht. Wer weiß, wann er seinen letzten Erste-Hilfe-Kurs gemacht hat …«

Was soll man dazu noch sagen? So viel Unsinn hat Laura nicht mal in ihren besten Tussi-Bussi-Zeiten geredet. Es ist wirklich traurig, was die Liebe aus einem eigentlich ganz vernünftigen Menschen machen kann. Ein Glück, dass ich wenigstens einen klaren Kopf behalten habe. Wegen René mache ich mich bestimmt nicht so zum Affen.

Als Frau Hinrich endlich mit den Eintrittskarten zurückkommt, kann der Aufstieg beginnen. Denn wir fahren natürlich nicht mit dem Fahrstuhl, sondern gehen die ungefähr eine Million Treppenstufen bis zur zweiten Plattform zu Fuß. Und das, nachdem wir gerade schon stundenlang quer durch Paris marschiert sind. So langsam fangen meine Füße an wehzutun, dabei habe ich extra meine ausgelatschten Uralt-Turnschuhe angezogen, weil die so schön bequem sind. Wie Laura es in ihren Folter-Stiefeln aushält, ist mir ein echtes Rätsel.

Wir klettern höher und höher. Ich versuche, möglichst nicht nach unten zu schauen, weil ich nicht weiß, ob ich schwindelfrei bin. Als ich dann aus Versehen doch mal einen Blick nach unten werfe, habe ich die Gewissheit: Ich bin eindeutig nicht schwindelfrei. Mir wird flau im Magen und ich kralle mich am Geländer fest. Hoffentlich haben die die Treppe wenigstens vernünftig gesichert. Wenn ich hier hinuntersegle, bin ich platt wie eine Flunder. Ich mache die Augen zu und atme tief durch. Ganz ruhig, mir kann überhaupt nichts passieren. Das hoffe ich zumindest.

»Was ist los, Julia, warum gehst du nicht weiter?«, fragt Laura hinter mir.

»Kann Julia etwa nicht mehr? Tja, das kommt davon, wenn man so unsportlich ist.« Das war natürlich Nadja, die dumme Kuh.

»Solange du selbst wie ein Walross schnaufst, solltest du lieber die Klappe halten«, gebe ich zurück und gehe mit zitternden Knien weiter. Hoffentlich sind wir bald da.

Kurz bevor wir die Plattform erreichen, höre ich plötzlich einen Schrei hinter mir. Laura! Ich drehe mich um und sehe gerade noch, wie Laura die Treppe hinunterpurzelt – direkt in Monsieur Bobins Arme. Ich fasse es nicht, hat sie das etwa mit Absicht gemacht? In ihrer momentanen Verfassung würde ich ihr das durchaus zutrauen. Das hätte aber auch ganz schön ins Auge gehen können. Wenn sie jetzt über das Geländer gefallen wäre … Allein bei dem Gedanken daran wird mir schon wieder ganz schwindelig.

»Attention, Mademoiselle«, sagt Frédéric und lacht. »Nischt so stürmisch.«

Laura liegt in seinen Armen und scheint sich dort durchaus wohlzufühlen. »Merci beaucoup«, haucht sie. »Ich muss irgendwie gestolpert sein. Sie haben mir das Leben gerettet. Ich weiß gar nicht, wie ich Ihnen danken soll.«

Ich verdrehe die Augen. Laura hatte schon immer einen Hang zum Dramatischen.

»Wenn man zu dämlich ist, um mit hohen Absätzen zu laufen, sollte man lieber keine anziehen«, bemerkt Nadja von hinten, während Tanja begeistert kichert.

Aber Laura ignoriert die beiden einfach. Vielleicht sollte ich das auch mal machen, statt mich ständig mit den beiden Tussis anzulegen.

Die letzten Stufen hüpft Laura völlig hingerissen am Arm von Monsieur Bobin nach oben, weil sie sich angeblich den Fuß ein bisschen angeknackst hat. Leider ruft Frau Hinrich nach ihrem französischen Kollegen, kaum dass wir auf der Plattform angelangt sind.

»Tut mir leid, die Pflischt ruft«, sagt Frédéric charmant. »Isch muss disch an deine Freundin übergeben. Aber es war mir ein ausgesprochenes Vergnügen, dir behilflisch sein zu können.«

Laura schmilzt bei seinen Worten fast dahin. Sie scheinen zudem eine ausgesprochen heilkräftige Wirkung auf sie zu haben, denn plötzlich kann sie ohne Probleme auftreten. Ein Wunder! Vielleicht sollte Monsieur Bobin seinen Lehrerberuf an den Nagel hängen und Wunderheiler werden.

»Ist er nicht süüüß?«, haucht Laura. »Und er hat so starke Arme. Als er mich gehalten hat, wäre ich fast in Ohnmacht gefallen.«

»Sag mal, bist du jetzt total durchgedreht?«, fauche ich. »Das hast du doch mit Absicht gemacht, oder? Weißt du, wie gefährlich so eine kleine Stunt-Einlage sein kann?«

»Quatsch. Ich bin wirklich gestolpert. Außerdem konnte mir gar nichts passieren, denn Frédéric war ja da. Weißt du, in seiner Gegenwart fühle ich mich so sicher …«

Laura redet noch weiter, aber ich schalte auf Durchzug und betrachte die Aussicht. Wo ich jetzt schon mal hier oben bin, will ich auch was sehen. Häuser, Häuser, Häuser. Paris ist echt ganz schön groß. Zerstreut lausche ich den Ausführungen von Frau Hinrich, die so ziemlich jedes der ungefähr zehn Millionen Gebäude einzeln erklärt.

»Das halbrunde Bauwerk auf der anderen Seite der Seine ist das Palais de Chaillot. Dieser monumentale Bau wurde anlässlich der Weltausstellung von 1937 errichtet und bildet mit dem Eiffelturm und dem Marsfeld ein architektonisches Ensemble. Die Hochhäuser, die ihr ganz hinten seht, gehören zu La Défense. Das ist ein modernes Büroviertel, das wir auch noch besichtigen werden. Wie ihr wisst, wurde der Eiffelturm selbst 1889 von Gustave Eiffel erbaut und stieß zunächst auf beträchtlichen Widerstand bei der Pariser Bevölkerung …«

Kann ich verstehen. So ein Monstrum möchte ich auch nicht vor meiner Haustür stehen haben. Die Aussicht ist allerdings wirklich ziemlich beeindruckend, das muss ich zugeben. So viele Häuser auf einmal habe ich noch nie gesehen. Das Wasser der Seine sieht aber ziemlich dreckig aus. Genauso wie der Himmel, der schmutzig grau über der Stadt hängt. Jetzt fängt es auch noch an zu nieseln, war ja klar. Laura neben mir klappert in ihrem kurzen Röckchen mit den Zähnen.

Zurück zur Schule fahren wir zum Glück mit dem Bus und ich kann meine Füße schonen. Laura zieht erst mal ihre Stiefel aus und zählt ihre Blasen.

»Links vier und rechts fünf«, verkündet sie und fügt verträumt hinzu: »Aber es hat sich gelohnt.«

In der Schule schaffe ich es tatsächlich, René weitgehend aus dem Weg zu gehen. Beim Mittagessen taucht er gar nicht erst auf. Ich schaue mich unauffällig um und kann auch Élise nirgendwo entdecken. Vielleicht haben die beiden ja mal wieder eine Nachhilfestunde. Der Gedanke versetzt mir einen Stich.

Nachmittags können wir uns aussuchen, ob wir am Unterricht der 3ième B oder der 3ième A teilnehmen wollen. Ich gehe extra in Renés Parallelklasse. Aber natürlich kann ich mich nicht ewig vor ihm verstecken. Als der Unterricht zu Ende ist, fängt er mich am Schultor ab.

»Da bist du ja, Julie. Wo hast du denn den ganzen Nachmittag gesteckt?«

Ich will ihm gerade ordentlich die Meinung sagen, da fällt mir ein, dass ich ja nicht mehr mit ihm rede. Also ignoriere ich ihn einfach.

Aber so leicht lässt René natürlich nicht locker. »Du bist sauer wegen gestern, oder?«

Ha, ein echter Blitzmerker! Herzlichen Glückwunsch zu dieser wahnsinnig scharfsinnigen Erkenntnis, Monsieur Oberschlau. Aber glaub bloß nicht, dass ich deswegen wieder mit dir rede. Meine Lippen sind versiegelt.

»Es tut mir echt leid, dass ich so plötzlich wegmusste. Aber es war wirklich dringend. Ich musste jemandem helfen, der gerade ziemlich in Schwierigkeiten steckt. Ich kann dir das jetzt nicht genauer erklären, weil ich versprochen habe, die Sache erst mal für mich zu behalten.«

Tolle Erklärung, das kann ja jeder behaupten. Andererseits klingt es schon irgendwie plausibel. Und es passt zu Renés besorgtem Gesichtsausdruck heute Morgen.

Ich sage immer noch nichts und René macht so langsam einen richtig verzweifelten Eindruck. »Ich wäre gestern viel lieber bei dir geblieben, das musst du mir glauben. Ich hatte mir unseren ersten Abend auch anders vorgestellt.«

Jetzt tut er mir fast schon wieder leid. Er sieht so traurig aus. Vielleicht hat er ja wirklich nur einem Freund geholfen. Habe ich gestern nicht Nadja gegenüber noch lang und breit von Vertrauen gefaselt?

René fasst mich am Arm. »Aber wir holen das heute alles nach, okay? Ich zeig dir Paris bei Nacht, das wird dir gefallen. Was sagst du dazu?«

Er schaut mich erwartungsvoll an. Die Ringe unter seinen Augen sind noch dunkler als heute Morgen, aber er kriegt es irgendwie hin, trotzdem gut auszusehen. Warum klappt das bei mir eigentlich nicht? Ich rücke meine Brille gerade und fahre mir über meinen fettigen Pferdeschwanz. Den ganzen Tag war ich wütend auf René, aber jetzt ist die Wut irgendwie verschwunden. Wohin auch immer.

»Okay«, brumme ich. »Aber vorher muss ich mir unbedingt die Haare waschen.«

Paris bei Nacht

Als wir um neun Uhr losgehen, fühle ich mich zum ersten Mal, seit ich in Paris bin, richtig gut. Meine Haare sind frisch gewaschen und fallen seidig auf meine Schultern. Na ja, zumindest war das so geplant. Ich habe sie extra geföhnt – was ich normalerweise nie mache –, damit sie mehr Volumen bekommen. Aber irgendwie hat das nicht so richtig geklappt. Bei näherer Betrachtung sehen sie eigentlich genauso strähnig aus wie immer. Außerdem habe ich Ninas Wimperntusche ausgiebig benutzt. Jetzt kann ich mindestens genauso gut mit den Wimpern klimpern wie diese blöde Élise. Aber an die werde ich heute Abend keinen einzigen Gedanken mehr verschwenden.

»Du siehst prima aus«, sagt René, der schon eine ganze Weile in der Küche auf mich wartet. Aber wahre Schönheit braucht eben ihre Zeit. »On y va?«

Ich nicke und wir machen uns auf den Weg. Erst gehen wir ein Stück an der Seine entlang, die nur ein paar Minuten von Renés Haus entfernt vorbeifließt. Im Dunkeln sieht man auch gar nicht, wie dreckig das Wasser ist. Dann laufen wir über eine Brücke und stehen vor einem riesigen, alten Gebäude.

»Das ist der Louvre«, erklärt René und fängt sofort an zu schwärmen. »Da drin hängt die ›Mona Lisa‹. Außerdem die Selbstporträts von Rembrandt und Gemälde von Rubens, Dürer und Holbein. Nicht zu vergessen die ›Venus von Milo‹.«

Mir ist völlig schleierhaft, wie René sich so sehr für langweilige Bilder begeistern kann. Um aus Höflichkeit zumindest ein Minimum an Interesse zu heucheln, frage ich: »Wer hat noch mal die ›Venus von Milo‹ gemalt?«

René versucht, sich ein Grinsen zu verkneifen, aber es klappt nicht so richtig. »Ich hatte ganz vergessen, was für ein Kulturbanause du bist, Julie. Die ›Venus von Milo‹ ist kein Bild, sondern eine Skulptur.«

Wie peinlich. Na ja, wieder was dazugelernt. Inzwischen stehen wir auf einem kleinen Platz und ich sehe mit Schrecken, dass der Louvre nicht nur aus dem einen riesigen, alten Gebäude besteht, sondern aus ganz vielen Flügeln. Darin kann man sich bestimmt verlaufen.

»Der Louvre ist übrigens das größte Museum der Welt«, sagt René stolz.

Das habe ich befürchtet. Wenn ich mich nicht irre, steht für Montag die Louvre-Besichtigung auf unserem Programm. Ich freu mich jetzt schon …

René legt den Arm um meine Schultern. »So, und jetzt zeige ich dir die Champs-Élysées, die Prachtstraße von Paris.«

Wir schlendern über einen großen Platz mit einem hohen Stein in der Mitte, um den Massen von Autos herumrasen, und landen dann auf den Champs-Élysées. Auch hier herrscht ein irrer Verkehr, aber auf dem breiten Bürgersteig kriegt man zum Glück nicht so viel davon mit. Alles ist hell erleuchtet und es sind Massen von Leuten unterwegs. Wahnsinn, das ist echt typisch Großstadt. In Papenberg sind um die Zeit schon alle Bürgersteige hochgeklappt. Erst kommen wir an lauter Grünanlagen vorbei, dann an Kinos, Geschäften und Cafés. Richtig schön ist es hier eigentlich nicht, aber ich bin trotzdem beeindruckt. Man fühlt sich, als wäre man am Nabel der Welt. Langsam, aber sicher nähern wir uns dem Triumphbogen, der von mehreren Scheinwerfern hell angestrahlt wird. So groß hatte ich ihn mir nicht vorgestellt.

Irgendwie ist Paris doch gar nicht so übel. Ich fühle mich gerade richtig wohl. Vielleicht liegt das aber auch an Renés Arm, der um meine Schultern liegt. Mir ist überhaupt nicht kalt, obwohl ich auf einer Anzeigentafel an einem Geschäft lese, dass wir gerade mal zehn Grad haben.

»Kannst du noch?«, fragt René, als wir beim Triumphbogen angekommen sind.

Ich nicke. Und ob ich noch kann! Komischerweise tun meine Füße kein bisschen weh, obwohl wir schon ein ganzes Stück gelaufen sind. Ich könnte die ganze Nacht so weitergehen.

René drückt mich an sich. »Also gut, du hast es nicht anders gewollt. Dann gehen wir jetzt zum Eiffelturm.«

Wir biegen in eine etwas ruhigere Straße ein und nach einer Weile fragt René: »Habe ich dir eigentlich schon gesagt, wie sehr ich mich freue, dass du hier bist?«

Das hört sich so schön an, dass ich es gar nicht oft genug

hören kann. »Ja, hast du. Aber du kannst es ruhig noch mal sagen, wenn du willst. Tu dir keinen Zwang an.«

Ich versuche, witzig zu sein, aber René geht gar nicht darauf ein. Er bleibt stehen und sieht mich ernst an. »Du hast ja keine Ahnung, wie sehr du mir gefehlt hast, Julie. Ich kann's noch gar nicht richtig glauben, dass du jetzt wirklich hier bist.«

Sein Blick jagt mir einen Schauer nach dem anderen über den Rücken. Oder sind es seine Hände, die sanft über meinen Rücken, meine Schultern und meine Haare gleiten? Mir wird ein bisschen schwindelig, obwohl ich diesmal gar nicht auf dem Eiffelturm, sondern auf dem festen Erdboden stehe. So richtig fest kommt mir der Erdboden im Moment allerdings nicht vor. Irgendwie scheint er ein bisschen zu schwanken. Oder bin ich es, die schwankt? Ich kann gerade noch denken: ›Gut, dass ich meine Haare vorhin gewaschen habe.‹ Dann geht alles so schnell, dass ich gar keine Zeit habe, mir über Sachen wie die Spucke in meinem Mund Gedanken zu machen. René küsst mich – oder küsse ich ihn? Egal – wir küssen uns. Und diesmal klingelt kein Telefon.

Ich weiß nicht genau, wie lange wir uns küssen. Es kommt mir vor wie eine Ewigkeit und gleichzeitig wie eine Nanosekunde. Obwohl das physikalisch gesehen natürlich völlig unmöglich ist. Aber das logische Denken fällt mir gerade ziemlich schwer. Genau genommen kann ich im Moment überhaupt nicht denken. Weder logisch noch unlogisch. Mein Kopf ist komplett leer gefegt.

Irgendwann hören wir auf, uns zu küssen, und wandern

eng umschlungen weiter. Das heißt, ich schwebe eigentlich mehr, als dass ich gehe. Ich bin mir ziemlich sicher, dass meine Füße nicht den Boden berühren. Wir reden nicht, denn es gibt nichts zu sagen. Es ist alles gut so, wie es ist.

Plötzlich kommt der Eiffelturm in Sicht und ich kann überhaupt nicht verstehen, wie ich dieses wunderbare Bauwerk jemals hässlich finden konnte. Der Turm ist hell erleuchtet und erhebt sich auf der anderen Seite der Seine strahlend in den Nachthimmel. Er ist wunderschön. Jetzt würde ich gerne die Zeit anhalten. Dann könnte ich bis in alle Ewigkeit hier stehen, in Renés Armen, und den glitzernden Eiffelturm anschauen.

Kein Zweifel: Paris ist die schönste Stadt der Welt und ich könnte schreien vor lauter Glück.

Eine Begegnung der unerwarteten Art

Als ich am nächsten Morgen aufwache, bin ich so gut gelaunt, dass ich unter der Dusche erst mal ein Liedchen trällere. Ich fühle mich topfit und voller Tatendrang – und das morgens um halb sieben! Normalerweise kriege ich da kaum die Augen auf.

Mich stört noch nicht mal der Gedanke, dass wir heute Vormittag in die Schule müssen. Dabei ist schließlich Samstag, was in Deutschland so viel wie ›Wochenend und Sonnenschein‹ bedeutet. Die Franzosen sind echt arme Schweine. Der Nachmittagsunterricht ist schließlich schon bescheuert genug und dann müssen sie auch noch jeden Samstag in der Schule herumhängen. Ganz schön bitter.

Ob René schon wach ist? Ich schaue vorsichtig in sein Zimmer, aber das ist leer. Aus der Küche höre ich das Klappern von Geschirr. Vielleicht macht er ja schon Frühstück.

Ich öffne schwungvoll die Küchentür und rufe: »Bonjour, mon chérie! Ich habe die ganze Nacht von dir geträumt.«

In der Küche steht ein Mann in einem blauen Pyjama, der leider nicht René ist. Obwohl er ein bisschen so aussieht, bloß ungefähr dreißig Jahre älter. Erst schaut er mich überrascht an, dann grinst er von einem Ohr zum anderen. Ich schließe messerscharf, dass das Renés Vater sein muss, der den Samstag offensichtlich ausnahmsweise nicht in seinem Verlag verbringt, und werde knallrot. Ist das peinlich!

Aber bevor ich im Küchenboden versinken kann, kommt Renés Vater auf mich zu und drückt mir die obligatorischen Küsschen auf die Wangen. Dann fängt er an, in einem Mordstempo auf mich einzureden – natürlich auf Französisch.

»Tu es Julie, n'est-ce pas? Je suis Claude, le père de René. Mon dieu, René n'a pas exagéré, tu es vraiment une jolie fille. Mais assieds-toi, Julie. Tu as faim? Que penses-tu d'un excellent petit déjeuner?«

»Äh … oui … merci beaucoup«, stammele ich.

Ich habe nur die Hälfte verstanden – höchstens. Aber offensichtlich habe ich das Richtige geantwortet, denn Renés Vater lächelt freundlich und rückt einen Stuhl für mich zurecht. Als ich mich setze, kommt René in die Küche. Ich atme erleichtert auf. Jetzt habe ich wenigstens einen Dolmetscher. René wirft eine Tüte mit Croissants auf den Küchentisch und gibt mir einen Kuss.

»Du bist ja schon wach! Ich dachte, ich muss dich jetzt erst noch aus dem Bett prügeln. Und Papa hast du auch schon kennengelernt, wie ich sehe.«

»Allerdings. Sag mal, kann dein Vater eigentlich auch Deutsch?«, frage ich René möglichst unauffällig. Aber nicht unauffällig genug.

»Natürlisch«, antwortet Claude und stellt drei Müslischalen auf den Tisch, in die er Kaffee gießt. »Je comprends tout, mais je ne parle pas très bien.«

Na super. Und ich hatte schon gehofft, dass er meine peinliche Begrüßung vorhin vielleicht gar nicht verstanden hat.

Aber selbst über diesen Fauxpas kann ich mich heute nicht lange aufregen. Dafür ist der Morgen einfach viel zu schön. Die Sonne scheint, ich tunke mein Croissant in die Müslischale mit dem Kaffee und komme mir vor wie eine echte Pariserin. La vie est belle!

Der Unterricht rauscht nur so an mir vorbei. Mathe, Kunst, Physik, Englisch – mir ist alles recht. Ich sitze auf meinem Platz, betrachte Renés Rücken ein paar Reihen vor mir und überlege, ob Paps wohl etwas dagegen hätte, wenn ich einfach in Paris bleiben würde. Ich könnte hier mein Abi machen und an der Sorbonne Physik studieren. Und in den Semesterferien würde ich nach Papenberg fahren und Paps und Nina besuchen. Da spräche doch eigentlich nichts gegen, oder? Laura sitzt neben mir und seufzt die ganze Zeit sehnsuchtsvoll. Als wir nach der ersten Stunde mal wieder den Raum wechseln, erzählt sie mir die neuesten Entwicklungen in Sachen Frédéric.

»Ob du's glaubst oder nicht – heute Morgen bin ich ihm auf dem Weg zum Matheraum direkt in die Arme gelaufen. Als ob er da auf mich gewartet hätte. Er hat mich gefragt, wie es meinem Fuß geht. Er war richtig besorgt. Dann haben wir uns noch ein bisschen unterhalten und ich habe ihm von der blöden Claudine und ihrer nervigen Familie erzählt. Er hat genau verstanden, was ich meine. Frédéric ist ja so verständnisvoll! Leider musste ich dann in den Unterricht, die machen hier ja gleich ein Riesentheater, wenn man mal fünf Minuten zu spät kommt. Dabei hätte ich mich noch stundenlang mit ihm unterhalten können.«

Laura redet mal wieder ohne Punkt und Komma, aber ihre Schwärmerei kommt mir heute gar nicht mehr so absurd vor. Vielleicht sind sie und Frédéric ja wirklich füreinander bestimmt. Manchmal nimmt das Schicksal eben seltsame Wege. Und es gibt schließlich eine Menge Paare mit einem großen Altersunterschied. Renés Vater sieht zum Beispiel auch eine ganze Ecke älter aus als seine Mutter. Das könnten locker zehn Jahre sein.

Als wir uns nachmittags auf dem Schulhof versammeln, weil wir uns anschließend das Marais und das Centre Pompidou anschauen wollen, stellt sich heraus, dass Monsieur Bobin wieder als Begleitperson mitkommt.

Laura ist völlig aus dem Häuschen. »Das *kann* doch kein Zufall sein, oder? Ich meine, heute Morgen haben wir uns noch unterhalten, und jetzt springt er schon wieder für Mme. Dupont ein. An einem Samstagnachmittag! Ob er das macht, weil er in meiner Nähe sein will? Das muss ich unbedingt rausfinden.«

Schwupps, weg ist sie. Wahrscheinlich wird sie Frédéric den ganzen Nachmittag nicht mehr von der Seite weichen. Aber das ist mir ehrlich gesagt ganz recht, dann hätte ich wenigstens mehr Zeit für René. René und ich bleiben absichtlich ein bisschen hinter den anderen zurück und schlendern ganz gemütlich Hand in Hand durch das Marais. Es ist herrlich! Die Septembersonne scheint in die kleinen Gassen und René erzählt mir alles Mögliche über das Viertel. Das ist tausendmal interessanter als das langweilige Zeug, das die Hinrich immer von sich gibt. Dann kommen wir zu einem Platz, der so malerisch ist, dass mir fast die Spucke wegbleibt. Jetzt ärgere ich mich doch, dass ich keinen Fotoapparat mitgenommen habe.

»Das ist die Place des Vosges«, erklärt René. »Einer der schönsten Plätze in Paris. Das Gebäude auf der Südseite ist der Pavillon du Roi und das direkt gegenüber der Pavillon de la Reine. Hier haben der König und die Königin gewohnt, wenn sie in der Stadt waren.«

Normalerweise kann ich mich nicht besonders für Architektur begeistern, aber dieser Platz ist einfach der Hammer. Ich sehe genau vor mir, wie der König und die Königin hier herumspaziert sind. Sie tun mir nur ein bisschen leid, weil sie in verschiedenen Häusern wohnen mussten. Wenn sie Sehnsucht nacheinander hatten, mussten sie immer erst über den ganzen Platz marschieren. Ganz schön umständlich. Gut, dass das heute alles ein bisschen unkomplizierter ist.

Am liebsten würde ich einfach den ganzen Nachmittag hier auf einer Bank sitzen bleiben und mir die Leute anschauen, aber Frau Hinrich marschiert schon wieder weiter und hält dabei lange Reden über »das jüdische Viertel von gestern und heute«. René nimmt meine Hand und wir folgen ihr in sicherem Abstand.

Als wir durch eine Straße mit tausend kleinen Geschäften und Marktständen kommen, bin ich restlos begeistert.

Ich glaube, hier würde es sogar mir Spaß machen, für's Abendessen einzukaufen, obwohl das sonst nicht gerade eine meiner Lieblingsbeschäftigungen ist. Ich stelle mir vor, wie René und ich nach der Arbeit hier zusammen die leckersten Sachen einkaufen und dann in unsere geräumige Wohnung an der Place des Vosges zurückkehren und gemeinsam kochen. Manchmal gehen wir natürlich auch in eins dieser niedlichen Restaurants hier, wo uns der Kellner schon kennt und gleich den besten Tisch überlässt …

Wir bleiben vor dem Schaufenster einer Bäckerei stehen, in dem lauter kleine Obsttörtchen stehen, die superlecker aussehen. Mein Magen fängt an zu knurren.

»Hast du etwa Hunger, Julie?«, fragt René. »Warte, ich hol uns ein paar Croissants.«

Bevor ich ihn aufhalten kann, ist er schon in der Bäckerei verschwunden. Eigentlich ganz angenehm, wenn einem jeder Wunsch von den Augen abgelesen wird. Na ja, es war wohl eher mein Magen, der mich verraten hat. Aber was soll's. Ich befürchte allerdings, dass ich bald selbst aufgehe wie ein Croissant, wenn ich weiter so viele von diesen fettigen Dingern esse.

Während ich auf René warte, betrachte ich die Leute, die in einem kleinen Café auf der anderen Straßenseite sitzen. Die meisten sehen wie Touristen aus. Es ist hier aber auch überall supervoll, wahrscheinlich, weil Wochenende ist. Da sehe ich plötzlich an einem der Tische ein bekanntes Gesicht. Das ist doch Renés Vater, oder? Ich kneife die Augen zusammen und starre angestrengt hinüber. Ich habe Claude ja nur heute Morgen einmal kurz gesehen und da hatte er einen Pyjama an und ziemlich zerzauste Haare. Der Mann dort drüben trägt einen Anzug und sieht sehr elegant aus. Trotzdem – wenn Claude keinen Doppelgänger hat, ist er es auf jeden Fall. Witzig, dass wir ihn hier zufällig treffen. Dabei hat er beim Frühstück noch erzählt, dass er heute Nachmittag in den Verlag muss. Vielleicht gönnt er sich gerade eine kleine Kaffeepause, ist schließlich auch viel zu schönes Wetter zum Arbeiten.

Ich will gerade seinen Namen rufen und ihm zuwinken, da fällt mir auf, dass er nicht allein ist. Er unterhält sich angeregt mit einer Frau, die ich nur von hinten sehen kann. Ist das Marianne? Nein, das kann nicht sein, Marianne hat schließlich keine platinblonden Locken. Und Marianne lacht auch nicht so laut und affektiert. Vielleicht eine Angestellte aus dem Verlag oder eine Geschäftspartnerin. Aber warum nimmt Claude dann jetzt ihre Hand? Er schaut der Frau tief in die Augen, führt ihre Hand langsam an seine Lippen und drückt einen Kuss darauf. Das gibt's doch nicht! Aber ich will keine voreiligen Schlüsse ziehen. Vielleicht ist das ja auch so eine französische Sitte wie die Begrüßungsküsschen. Vielleicht besiegelt man hier einen erfolgreichen Geschäftsabschluss mit einem Handkuss, kann doch sein, oder? Die Franzosen sind ja manchmal etwas seltsam.

Jetzt küsst Renés Vater die Frau auf den Mund. Okay, das war's dann wohl. Dafür fällt selbst mir keine harmlose Erklärung mehr ein. Die Sache ist eindeutig. Claude hat offensichtlich wieder eine Affäre. Oder kann man es irgendwie anders interpretieren, wenn ein Mann in einem Straßencafé sitzt und eine Frau, die nicht seine Ehefrau ist, auf den Mund küsst? Und zwar ganz schön lange … Jetzt fällt mir erst auf, dass Claude nur den Kopf zu drehen braucht und dann bin ich genau in seinem Blickfeld. Ich springe schnell in einen Hauseingang neben der Bäckerei. Claude darf mich auf keinen Fall sehen. Das wäre ja eine völlig bescheuerte Situation. Und superpeinlich. Allerdings ist Claude so mit Küssen beschäftigt, dass er für seine Umwelt sowieso gerade keinen Blick hat. Umso besser.

»Julie, wo steckst du?«

Ich zucke zusammen. Mist, das ist René. Ich spähe um die Hausecke und komme mir vor wie in einem dieser bescheuerten Detektivfilme. René steht mit einer Tüte Croissants vor der Bäckerei und schaut sich suchend um. Ich muss irgendetwas tun, bevor er seinen Vater beim Knutschen entdeckt. Ich hechte aus meinem Versteck, bin mit zwei großen Schritten neben ihm und zerre ihn ein Stück die Straße hinunter, weg von diesem blöden Café. Erst als wir um die nächste Ecke biegen, lasse ich ihn los und atme erleichtert auf. Geschafft!

»Was ist denn mit dir los?«, fragt René. »Du hast es ja plötzlich supereilig. Wirst du verfolgt oder was?«

»Äh … verfolgt? Na ja, nicht direkt …«, stottere ich. Jetzt brauche ich eine gute Idee, und zwar schnell. »Also, das war so … Ich stand vor der Bäckerei und habe auf dich gewartet … und da … ganz plötzlich … habe ich die Tussi-Bussis mit ihren Französinnen am anderen Ende der Straße gesehen. Die kamen direkt auf mich zu. Und du weißt ja, wie nervig die sind, deshalb dachte ich mir: Nichts wie weg hier.«

Okay, es gibt bestimmt originellere Erklärungen. Aber

mein Gestammel scheint zumindest einigermaßen plausibel zu klingen, denn René fragt nicht weiter nach, sondern drückt mir ein Croissant in die Hand.

»Wir sollten mal die anderen suchen«, sage ich. »Nicht, dass wir die noch komplett verlieren.«

Ich knabbere an meinem Croissant, aber mir ist der Appetit inzwischen gründlich vergangen. Mist, was mache ich denn jetzt? Soll ich René erzählen, was ich gerade gesehen habe? Scheinbar haben er und Marianne ja keine Ahnung von der Affäre. Oder soll ich erst mal mit Claude reden? Der wird begeistert sein, wenn ich bei ihm ankomme und mich in sein Leben einmischen will. Nein, das geht nicht. Aber ich muss doch irgendwas tun! Oder soll ich einfach meine Klappe halten und die Sache auf sich beruhen lassen?

»Woran denkst du gerade, Julie?«, will René wissen. »Du machst so ein ernstes Gesicht.«

»Ach, nichts Besonderes«, sage ich und versuche mir schnell etwas möglichst Harmloses auszudenken. »Ich dachte gerade nur … an das Centre Pompidou. Da gehen wir doch gleich hin und darauf freue ich mich schon die ganze Zeit. Das wird bestimmt superinteressant.«

René sieht mich misstrauisch an. »Ist das dein Ernst? Ich dachte, du findest Kunstausstellungen langweilig.«

Mist. Im Centre Pompidou schauen wir uns also auch eine Kunstausstellung an? Ich dachte, das Thema Kunst wäre am Montag mit dem Louvre abgedeckt.

»Äh … na ja, so grundsätzlich kannst du das auch nicht sagen. *Manche* Kunstausstellungen finde ich schon interessant.«

René grinst. »Du überraschst mich immer wieder. Da vorne sind übrigens die anderen.«

Tatsächlich. Monsieur Bobin erklärt gerade irgendetwas und Laura steht natürlich direkt neben ihm und lässt sich kein Wort entgehen.

»Da seid ihr ja!«, ruft Frau Hinrich, als sie René und mich sieht. »Wir dachten schon, wir hätten euch verloren. Dann können wir ja jetzt zum Centre Pompidou gehen.«

Genau. Endlich mal wieder eine Kunstausstellung. Ich kann's kaum erwarten.

Alles Theater!

Als wir abends nach Hause kommen, bin ich fix und fertig. Dass Kunst aber auch immer so anstrengend sein muss! Vor allem, wenn man sich nicht in ein Café verdrücken kann, sondern die ganze Zeit Interesse heucheln muss. Wenigstens war René restlos begeistert und ich weiß jetzt alles über Kubismus, Surrealismus, Realismus und noch ein paar andere Ismen. René ist ein richtiger Kunstexperte, obwohl er überhaupt nicht so aussieht. Wenn ich dran denke, dass ich ihn am Anfang für einen hirnlosen Herzensbrecher-Typ gehalten habe, der Bücher nicht mal mit der Zange anfasst … Tja, so kann man sich täuschen.

Ich lasse mich in der Küche erschöpft auf einen Stuhl fallen. Marianne steht am Herd und kocht irgendetwas, das absolut köstlich riecht.

»Na, war's anstrengend?«, fragt sie mitfühlend. »Dafür kriegt ihr heute auch ausnahmsweise mal etwas Vernünftiges zum Abendessen. Claude hat angerufen und gesagt, dass er später kommt, weil er im Verlag noch so viel zu tun hat. Aber wir können ja schon mal anfangen. René, deckst du bitte den Tisch?«

Wenn er den ganzen Nachmittag mit irgendwelchen

Blondinen herumknutscht, ist es natürlich kein Wunder, dass Renés Vater abends länger arbeiten muss. Heute Morgen fand ich Claude eigentlich noch ganz nett, aber jetzt ist er bei mir unten durch. So ein Schwein! Tut immer so nett und charmant, dabei führt er ein ganz fieses Doppelleben. Das ist echt das Allerletzte. Und die arme Marianne hat nicht die leiseste Ahnung. René auch nicht. Oh Mann, der würde ausrasten, wenn er wüsste, was sein Vater so alles treibt. Schließlich hat er schon Ewigkeiten gebraucht, um ihm die erste Affäre halbwegs zu verzeihen. Dabei war das bestimmt gar nicht die erste. Wahrscheinlich hat Claude ständig was mit irgendwelchen blondierten Tussis, ist aber bisher nur einmal aufgeflogen.

»So, ihr Lieben, jetzt kann's losgehen«, sagt Marianne und stellt eine Schüssel nach der anderen auf den Tisch. »Ich hoffe, ihr habt Hunger. Es ist allerdings nicht gerade ein typisch französisches Essen.«

Wahnsinn, wer soll das denn alles essen? Es gibt eine riesige Platte voller Koteletts, gebratene Pilze, Kartoffeln, grüne Bohnen und rote Grütze mit Sahne zum Nachtisch. Stimmt, das ist eher Hamburger Küche. Aber ich haue trotzdem ordentlich rein.

»Was habt ihr denn heute Abend noch so vor?«, fragt Marianne.

»Wir gehen ins Theater«, sagt René. »Ich weiß allerdings nicht mehr, in welches Stück.«

Ich krame den Zettel mit dem Programm aus meiner Jeanstasche hervor. »›Le malade imaginaire‹. Treffpunkt um acht Uhr vor der Schule.«

Eigentlich würde ich mir lieber mit René einen ruhigen Abend zu Hause machen. Von dem Stück verstehe ich wahrscheinlich sowieso kein Wort. Aber der Theaterabend gehört zum offiziellen Programm und es fällt Frau Hinrich bestimmt auf, wenn wir fehlen.

»Oh, Molière, das ist ja nett«, sagt Marianne. »Ich müsste auch mal wieder ins Theater gehen. Schade, dass ich gerade mit der Übersetzung so im Stress bin, sonst würde ich mitkommen. Aber wenn ihr euch um acht trefft, solltet ihr langsam los, oder?«

Als wir gerade gehen wollen, kommt Renés Vater nach Hause. Er ist bester Laune und macht einen völlig entspannten Eindruck. Und ich bin die Einzige hier, die weiß, warum …

Marianne lächelt Claude an. Sie freut sich richtig, ihn zu sehen. Und er spielt den liebenden Ehemann, nimmt sie zur Begrüßung in den Arm und faselt etwas von *chérie* hier und *chérie* da. Mir wird fast schlecht von dem ganzen Theater. So ein falscher Fuffziger! Ich werfe ihm einen eisigen Blick zu, den er aber gar nicht bemerkt, und flüchte in den Flur. Gut, dass wir jetzt sowieso gehen müssen. Als René gerade seine Lederjacke anzieht, klingelt das Telefon und René geht natürlich noch ran, obwohl wir sowieso schon spät dran sind.

Ich schaue demonstrativ auf die Uhr. »Beeil dich, sonst sind wir wieder die Letzten.«

René nickt und hebt ab. »Oui? Ah, c'est toi. Oui. Pourquoi? Qu'est-ce qui c'est passé? Oui … Oui …«

Dann redet er eine Menge Zeug, das ich nicht verstehe,

weil er so schnell spricht. Es klingt jedenfalls so, als würde er versuchen, den Anrufer zu beruhigen. Plötzlich zucke ich zusammen. Hat er gerade ›Élise‹ gesagt? Oder habe ich mich verhört? Telefoniert er etwa mit dieser Schnepfe? Vielleicht spricht er ja auch nur über sie. Aber warum? Er sieht besorgt aus und fährt sich nervös durch die Haare. Erst die letzten Worte verstehe ich wieder und sie gefallen mir gar nicht: »Je viens.« Dann legt er auf.

Ich ahne Schlimmes. Trotzdem frage ich: »Was ist jetzt? Kommst du? Wir müssen los!«

René schüttelt den Kopf. »Tut mir leid, Julie. Ich kann nicht mit ins Theater kommen. Ich muss dringend weg. Aber ich hol dich danach ab und dann gehen wir noch was trinken, okay? Versprochen.«

»Lass mich raten: Wieder ein Notfall und du kannst mir nicht erklären, worum es geht.« Diese ganze Geheimnistuerei wird mir langsam zu blöd. Irgendwie komme ich mir verarscht vor.

»Stimmt. Aber sobald ich die Sache geregelt habe, erzähle ich dir alles. Das verspreche ich dir.«

So viele Versprechen auf einmal, da muss man ja misstrauisch werden. Ich sehe ihn durchdringend an. »Hat dein Notfall zufällig was mit dieser Élise zu tun?«

»Wie kommst du denn darauf?«, fragt René ausweichend. »Hör mal, vielleicht klärt sich ja heute Abend schon alles und dann reden wir nach dem Theater darüber. Oder morgen. Was hältst du davon, wenn wir morgen ein Picknick im Bois de Boulogne machen? Nur wir beide! Sei nicht böse, aber ich muss jetzt los. Bis später!«

Er drückt mir einen Kuss auf die Stirn und stürmt aus der Wohnung. Das war nicht die Antwort, die ich hören wollte. Warum hat er nicht so etwas gesagt wie ›Nein, das hat alles überhaupt nichts mit Élise zu tun, die ich im Übrigen total bescheuert finde und die nicht halb so witzig, intelligent und hübsch ist wie du, mein Schatz‹? Dieser klitzekleine Satz hätte doch schon vollkommen genügt, um mich zu beruhigen. Stattdessen spukt mir jetzt diese blöde Élise wieder im Kopf herum. Und zu allem Überfluss kann ich mir nun auch noch ohne René dieses bescheuerte Theaterstück anschauen, das wahrscheinlich völlig langweilig ist. Schön, wenn man sich auf seinen Freund verlassen kann.

Genervt stapfe ich zur Schule. Je länger ich über die Sache nachdenke, desto wütender werde ich. Eigentlich ist es eine totale Unverschämtheit, dass mich René jetzt schon zum zweiten Mal einfach sitzen lässt. Bloß weil er irgendeinen dämlichen Anruf kriegt. Und dann speist er mich mit ein paar geheimnisvollen Andeutungen ab. Das ist doch kindisch. Eins ist klar: Er hat Geheimnisse vor mir. Und er scheint mir nicht genug zu vertrauen, um mich einzuweihen. Oder erzählt er mir vielleicht nichts, weil er weiß, dass mir die Wahrheit nicht gefallen würde?

Als ich vor der Schule ankomme, bin ich natürlich die Letzte. Frau Hinrich wirft mir einen strafenden Blick zu, den ich aber ignoriere. Alle haben sich richtig in Schale geworfen für den Theaterbesuch. Frau Hinrich ist ausnahmsweise geschminkt und ein paar Jungs haben sogar Anzüge an – was allerdings ziemlich albern aussieht. Die Tussi-Bussis tragen lange Gewänder, die wahrscheinlich so etwas wie Abendkleider sein sollen, bei näherer Betrachtung aber eher wie Bettlaken aussehen. Haben wir heute Fasching oder was? Super, in meiner alten Jeans, dem T-Shirt und den ausgelatschten Schuhen falle ich hier richtig auf. Bei der ganzen Hektik habe ich natürlich komplett vergessen, mich umzuziehen. Hoffentlich lassen die mich überhaupt rein ins Theater.

Laura kommt auf mich zu. Sie trägt einen langen Rock und knallroten Lippenstift – dabei ist Frédéric heute Abend gar nicht dabei.

»Wo hast du denn René gelassen?«, fragt sie. »Hatte er keine Lust auf Theater?«

Ich zucke mit den Schultern. »Er muss sich mal wieder um einen dringenden Notfall kümmern. Aber er holt mich nach dem Theater ab.«

»Er hat dich schon wieder sitzen gelassen?«, ruft Laura entrüstet. »Das gibt's doch nicht.«

Mann, muss sie das denn gleich so laut durch die Gegend posaunen? Das braucht doch nun wirklich nicht jeder zu wissen. Ich schaue mich vorsichtig um. Na prima, Nadja und Tanja stecken schon die Köpfe zusammen und kichern.

Auf dem Weg zum Theater redet mir Laura ins Gewissen. »Du musst René endlich zur Rede stellen. So geht das doch nicht weiter. Er muss dir sagen, was los ist. Du hast ein Recht darauf!«

»Vielleicht will ich ja gar nicht so genau wissen, was los ist«, murmele ich. »Ich hab das Gefühl, er trifft sich heimlich mit dieser Élise.«

Laura schüttelt den Kopf. »Quatsch. Das passt einfach

nicht zu René. Du solltest dir so was gar nicht erst einreden, das macht dich nur fertig.«

Da hat Laura allerdings recht. »Okay, nach dem Theater rede ich mit ihm. Oder spätestens morgen. Wir wollen ein Picknick im Bois de Boulogne machen.«

»Du Glückliche«, seufzt Laura. »Ich muss mit meiner Nerv-Familie nach Versailles fahren. Ein ganzer Tag mit Claudine, das wird bestimmt der reine Horror.«

Zum Glück ist das Theater gar nicht so vornehm, wie ich befürchtet habe. Die meisten Leute laufen ziemlich normal herum, sodass sich die Tussi-Bussis in ihren Bettlaken-Gewändern ganz schön lächerlich machen. Wir haben Logenplätze, allerdings in der letzten Reihe. Ich kann nur einen Teil der Bühne sehen und wir sind so weit oben, dass man eigentlich ein Fernglas braucht, um etwas zu erkennen. Das heißt also, dass ich nichts verstehe *und* nichts sehe – toll. Wird bestimmt total spannend. Wenigstens sind die Sitze bequem. Ich lehne mich zurück und versuche mich zu entspannen.

Als das Stück beginnt, bin ich so entspannt, dass mir nach fünf Minuten die Augen zufallen. Ich höre Musik und französische Stimmen und plötzlich stehe ich neben René und Élise. Sie tanzen miteinander und unterhalten sich dabei angeregt. Sie sehen mich gar nicht, obwohl ich direkt neben ihnen stehe. Ich frage mich, warum René nicht mit mir tanzt, dann fällt mir ein, dass das wahrscheinlich wieder so ein Notfall ist. Die Band spielt einen Tango und René und Élise legen nun richtig los. Ich wusste gar nicht, dass René so gut tanzen kann. Jetzt merke ich erst, dass das hier ein Tanzwettbewerb ist. Oben sitzen die Preisrichter und machen sich Notizen. René und Élise geben alles und ernten am Schluss donnernden Applaus.

Der Applaus ist so laut, dass ich aufwache. Um mich herum klatschen alle. Offensichtlich habe ich den ganzen ersten Akt verschlafen.

»Ist jetzt Pause?«, frage ich Laura und gähne. »Ich glaube, ich bin ein bisschen eingenickt.«

Laura grinst. »Eingenickt ist gut. Du hast das ganze Stück verpennt. Ich hab zwischendurch versucht, dich zu wecken, aber da war nichts zu machen. Wenigstens hast du nicht geschnarcht.«

Ich schaue auf die Uhr. Tatsächlich, ich habe fast eineinhalb Stunden geschlafen. »Und, wie war's?«, frage ich.

Laura winkt ab. »Du hast nicht viel verpasst. Die Schauspieler hatten alle so altmodische Kostüme an und das meiste habe ich nicht verstanden.«

Na also, das habe ich mir doch gleich gedacht. Ich rapple mich hoch und stürze mich mit Laura ins Gewühl Richtung Ausgang. Vor dem Theater haben sich die anderen schon versammelt. Die meisten sehen ziemlich gelangweilt aus, nur Frau Hinrich schwärmt in den höchsten Tönen von der »originalgetreuen Inszenierung« und den »absolut brillanten Schauspielern«.

Ich halte nach René Ausschau, aber er scheint noch nicht da zu sein. Langsam wird es zum Normalzustand, dass ich ständig auf ihn warten muss. Ich merke, wie ich schon wieder sauer werde. Kann der Blödmann nicht *einmal* pünktlich sein?

»Ich muss los«, sagt Laura und zeigt auf ein Auto, in das Claudine gerade einsteigt. »Claudines Eltern sind da. Viel Glück noch mit René heute Abend. Wir sehen uns dann am Montag.«

Ich nicke und winke Laura zum Abschied zu. Die meisten anderen werden auch von ihren Gasteltern abgeholt und düsen nach und nach ab. Nadja rafft ihr langes Kleid wie eine Diva, bevor sie ins Auto von Jacquelines Eltern steigt. Dumme Kuh.

Ich komme mir vor wie bestellt und nicht abgeholt. Der Platz vor dem Theater leert sich allmählich. Von René immer noch keine Spur. Schließlich sind nur noch Frau Hinrich und ich übrig. Frau Hinrich schaut auf ihre Uhr.

»Wirst du auch abgeholt, Julia?«, fragt sie. »Wo war übrigens René heute Abend? Er hat sich gar nicht abgemeldet.«

»Äh – ihm ist etwas Wichtiges dazwischengekommen. Aber er wollte mich eigentlich nach dem Theater hier abholen. Er kommt bestimmt gleich, Sie können ruhig schon nach Hause gehen.«

Na toll, jetzt muss ich mir auch noch eine Entschuldigung für den Idioten aus den Fingern saugen. Das ist echt das Letzte.

»Ich lass dich auf keinen Fall hier alleine stehen«, sagt Frau Hinrich bestimmt. »Wenn René in fünf Minuten nicht da ist, bringe ich dich nach Hause. Paris ist schließlich nicht Papenberg. Ein junges Mädchen wie du sollte hier nachts nicht ohne Begleitung durch die Gegend laufen.«

Prima, es war schon immer mein Traum, von meiner Lehrerin nach Hause gebracht zu werden. So was ist mir noch nicht mal im Kindergarten passiert. Wo steckt bloß der blöde René? Der kann echt was erleben, wenn er mir das nächste Mal unter die Augen kommt. Was denkt der sich eigentlich? Ihm scheint es vollkommen egal zu sein, wie ich mitten in der Nacht nach Hause komme. Dabei könnte mir sonst was passieren. Paris ist ja schließlich nicht ganz ungefährlich, vor allem nachts.

»Komm, wir gehen«, sagt Frau Hinrich nach einer Weile. »Ich glaube nicht, dass René noch auftaucht. Na, mit dem werde ich morgen erst mal ein Wörtchen reden. Ganz schön unverantwortlich, dich hier einfach so stehen zu lassen.«

Ausnahmsweise spricht mir Frau Hinrich mal aus der Seele. Ich trotte neben ihr durch die dunklen Straßen und weiß nicht genau, ob ich eher traurig oder eher wütend bin. Wahrscheinlich beides. Frau Hinrich quasselt die ganze Zeit, aber ich kriege das meiste davon nicht mit. Was René jetzt wohl gerade macht? Ich verstehe einfach nicht, warum er sich so komisch verhält. Gestern Abend war doch noch alles in bester Ordnung. Eins ist klar: Ich muss unbedingt mit ihm sprechen. Gleich morgen. Und dann soll er endlich Klartext reden.

Schock am Sonntagmorgen

Aber natürlich kommt alles mal wieder ganz anders. Zuerst einmal wache ich am nächsten Morgen schon um kurz nach neun auf, was für meine Verhältnisse und für einen Sonntag geradezu unanständig früh ist. Ich wälze mich noch eine Weile im Bett hin und her und versuche, wieder einzuschlafen, aber es bringt nichts. Ich bin wach. Vielleicht liegt das an meinem kleinen Schläfchen gestern im Theater. Oder daran, dass mir die Sache mit René keine Ruhe lässt.

Als ich in die Küche komme, sitzt Marianne schon mit einer Müslischale Milchkaffee am Tisch und liest Zeitung.

»Guten Morgen, du bist ja früh auf«, wundert sie sich und lächelt mir zu. »Willst du auch einen Kaffee?«

Da sage ich nicht Nein. Ich setze mich zu Marianne an den Tisch und wir quatschen ein bisschen. Es ist eigentlich richtig nett. Die Sonne scheint in die Küche und ich fange an, mich ein klitzekleines bisschen auf das Picknick mit René zu freuen. Bestimmt wird er mir dann endlich alles erklären. Eigentlich komisch, dass er noch gar nicht aufgetaucht ist. Normalerweise steht er sogar sonntags immer superfrüh auf.

Um zehn öffnet sich endlich die Küchentür und René kommt herein. Bei seinem Anblick lasse ich fast die Müslischale fallen. Marianne stößt einen Schrei aus und schlägt entsetzt die Hand vor ihren Mund. Wir starren ihn beide mit weit aufgerissenen Augen an, als wäre er ein Marsmensch mit drei Nasen und fünf Augen. René hat zwar nur eine Nase, aber die ist dafür geschwollen wie ein Ballon und blaugrün verfärbt. Farblich passend zu seinem linken Auge, das völlig zugeschwollen ist und Farbschattierungen von Rot über Grün und Blau bis hin zu fast Schwarz aufweist.

»Um Himmels willen! Was ist denn mit dir passiert?«, fragt Marianne, als sie sich vom ersten Schock erholt hat. Obwohl sie versucht, ruhig zu bleiben, klingt ihre Stimme leicht panisch.

René sieht aber auch wirklich schlimm aus. Wie ein Boxer nach einem verlorenen Kampf. Hoffentlich ist die Nase nicht gebrochen. Das muss doch sauweh tun. Aber René lässt sich nichts anmerken.

»Ach, das ist halb so wild«, behauptet er und gießt sich seelenruhig einen Kaffee ein. »Bin gestern im Dunkeln irgendwo gegengelaufen.«

Also, das ist wirklich die blödeste Erklärung, die ich in meinem ganzen Leben gehört habe! Vielleicht hat Renés Gehirn auch was abbekommen, sonst hätte er sich bestimmt was Besseres einfallen lassen.

Marianne denkt offensichtlich dasselbe. Sie schüttelt ungläubig den Kopf. »Wie – irgendwo gegengelaufen? Wogegen denn? Und warum? Warst du betrunken?«

»Quatsch.« René setzt sich an den Tisch, verzieht dabei das Gesicht und drückt seine Hand gegen die Rippen. Aha, er hat also doch Schmerzen. »Ich glaube, es war ein Laternenpfahl oder so was. Keine Ahnung. Es war dunkel und ich bin gestolpert. Das war's auch schon. Halb so wild.«

»Halb so wild?«, ruft Marianne und steht auf, um sich Renés Gesicht genauer anzugucken. »Das sehe ich aber anders. Die Nase könnte gebrochen sein. Vielleicht hast du dir auch die Rippen angeknackst. Wie kann man denn mit den Rippen gegen einen Laternenpfahl laufen? Für mich sieht das eher so aus, als hätte dich jemand verprügelt.«

René schüttelt den Kopf, lässt es aber schnell wieder bleiben, weil es ihm offensichtlich wehtut. »Unsinn. Wer sollte mich denn verprügeln?«

Das würde ich auch gern wissen. Und was René letzte Nacht sonst noch so alles getrieben hat. Die Sache wird immer merkwürdiger.

»Wann ist das überhaupt passiert?«, will Marianne wissen. »Auf dem Rückweg vom Theater?«

»Äh – ich war gar nicht im Theater«, druckst René herum. »Julia ist alleine gegangen, ich hatte noch etwas Dringendes zu erledigen.«

Marianne sieht ihn misstrauisch an. »Was Dringendes zu erledigen? Was soll das denn schon wieder heißen? Ich versteh kein Wort. Aber das klären wir später. Jetzt fahren wir erst mal ins Krankenhaus.«

René sieht nicht gerade begeistert aus. »Warum das denn? Das ist doch total übertrieben wegen der paar Kratzer. Außerdem wollte ich heute was mit Julia unternehmen.«

»Das hättest du dir überlegen sollen, bevor du nachts gegen irgendwelche Laternenpfähle läufst«, sagt Marianne streng. »Deine Verletzungen muss sich auf jeden Fall ein Arzt ansehen. Vielleicht hast du sogar eine Gehirnerschütterung. Und Julia versteht bestimmt, dass du unter diesen Umständen keinen Ausflug mit ihr machen kannst. Nicht wahr, Julia?«

Ich nicke. »Klar.« Dabei verstehe ich eigentlich überhaupt nichts mehr. »Soll ich mitkommen ins Krankenhaus?«

Marianne schüttelt den Kopf. »Das ist nicht nötig. Wir müssen uns schließlich nicht alle drei den Sonntag damit um die Ohren schlagen, dass wir stundenlang auf irgendeinem Krankenhausflur warten. Mach dir lieber einen schönen Tag. Vielleicht kannst du ja mit deiner Freundin etwas unternehmen.«

Während Marianne ihren Mantel holt, sieht mich René zerknirscht an. »Tut mir leid, dass aus unserem Ausflug nichts wird. Aber den holen wir nach, versprochen.«

Seine Versprechungen kann er sich sonst wohin stecken.

»Sag mir lieber, was gestern wirklich passiert ist, statt mich mit deinen leeren Versprechungen zu nerven«, fauche ich. »Langsam reicht's mir nämlich.«

»Ich weiß, dass dir das alles total merkwürdig vorkommen muss …«, fängt René an, aber da kommt Marianne zurück und reicht ihm seine Jacke.

»Auf geht's. Wenn wir uns beeilen, ist es vielleicht noch nicht so voll. Tschüss, Julia, bis später. Ich kann dir leider nicht genau sagen, wie lange es dauern wird. Du kommst doch alleine klar, oder?«, fragt Marianne besorgt.

Ich nicke. »Kein Problem. Bis später.«

Als sich die Wohnungstür hinter René und seiner Mutter schließt, ist es plötzlich sehr still. So still, dass ich die Küchenuhr über der Tür laut ticken höre. Wo steckt eigentlich Claude? Wahrscheinlich macht er sich einen schönen Tag mit seiner Tussi, während hier alles drunter und drüber geht. Was für ein Chaos. Ich habe das Gefühl, dass das langsam alles etwas zu viel für mich wird. Am liebsten wäre ich jetzt zu Hause bei Paps. Und von mir aus auch bei Nina. Bloß nicht ganz alleine hier in dieser großen, fremden Wohnung, ohne zu wissen, was mit René los ist und warum er sich mit irgendwelchen Leuten prügelt und ob ich ihm von der Sache mit seinem Vater erzählen soll oder nicht.

Ich bin total durcheinander und fange glatt an zu heulen. Jetzt bin ich ganz froh, dass außer mir niemand in der Wohnung ist. Ich kann so laut schluchzen, wie ich will, und niemand hört mich. Allerdings kommt auch niemand, um mich zu trösten. Ich fühle mich so allein, dass ich gleich noch eine Runde heule. Danach schleppe ich mich zum Telefon. Ich muss unbedingt mit jemandem reden. Ich zögere kurz, dann wähle ich mit zitternden Händen die Nummer von zu Hause.

Paps wollte ich sowieso schon längst anrufen. Es tutet Ewigkeiten, dann nimmt endlich jemand ab.

»Jacoby?«

Paps' Stimme zu hören beruhigt mich gleich ein bisschen. Sie klingt so klar und laut, als wäre er im Zimmer nebenan. Dabei ist er in Wirklichkeit ein paar Hundert

Kilometer weit weg. Ich schlucke die Tränen hinunter und hoffe, dass sich meine Stimme halbwegs normal anhört.

»Hallo Paps, hier ist Julia.«

»Julia! Das ist ja schön, dass du dich meldest. Wie geht es dir?«

Ich schlucke noch mal. Soll ich Paps von dem ganzen Chaos hier erzählen? Nein, dann macht er sich bloß Sorgen. Außerdem ist das alles viel zu kompliziert, um es mal eben am Telefon zu erklären.

»Ganz gut«, sage ich deshalb. Mehr fällt mir nicht ein.

»Alles in Ordnung, Julchen?«, fragt Paps. »Du klingst so bedrückt. Ist Renés Familie nett zu dir? Seine Mutter hatte ich ja letztens am Telefon, sie klang sehr sympathisch.«

Ich versuche, mich zusammenzureißen, und sage so fröhlich wie möglich: »Das ist sie auch. Marianne ist supernett. Sonst ist auch alles okay. Ich habe ein eigenes Zimmer und zur Schule können wir sogar zu Fuß gehen. Wir waren schon auf dem Eiffelturm und im Marais. Und morgen gehen wir in den Louvre.«

»Na, das hört sich doch gut an.« Paps klingt erleichtert.

Ich kann mir genau vorstellen, wie er jetzt neben dem Telefon steht. Wie immer mit leicht nach vorne gebeugten Schultern. Wahrscheinlich hat er seine alte, braune Strickjacke an.

Ich unterdrücke einen Seufzer. Ich wäre jetzt auch gerne zu Hause. Aber bevor ich vor lauter Heimweh wieder in Tränen ausbrechen kann, höre ich plötzlich eine andere, wohlbekannte Stimme.

»Ist das Julia?«, quäkt Nina im Hintergrund.

»Ja«, sagt Paps. »Julia, ich glaube, deine Schwester will dich auch mal …«

Aber da hat Nina Paps schon den Hörer aus der Hand gerissen.

»Hallo, Julia, wie geht's dir?«, ruft sie so laut, dass ich den Hörer ein Stück von meinem Ohr weghalten muss, damit mein Trommelfell keine dauerhaften Schäden davonträgt. »Wie ist es so in Paris? Warst du schon shoppen? Da gibt's doch bestimmt supercoole Klamotten, oder?«

Ich muss grinsen. Typisch Nina! »Zum Shoppen bin ich leider noch nicht gekommen. Aber wie ich Laura so kenne, wird sie mich irgendwann noch mal quer durch alle Geschäfte zerren.«

»Mann, Julia, das musst du doch ausnutzen, wenn du schon mal in einer Weltstadt wie Paris bist«, sagt Nina stöhnend. »Wie geht's denn René? Ihr habt bestimmt superviel Spaß zusammen, oder? Und ich sitze die ganze Zeit hier in Papenberg herum, wo überhaupt nichts los ist. Das ist echt ungerecht.«

Wenn Nina wüsste, dass ich im Moment liebend gern mit ihr tauschen würde. »René geht's ganz gut«, sage ich ausweichend. »Er hat viel zu tun. Nachhilfe und so.«

»Aha.« Nina klingt nur mäßig interessiert. »Und was macht ihr heute noch so? Irgendetwas Cooles?«

»Äh – mal sehen. Weiß ich noch gar nicht so genau. Vielleicht einen Ausflug oder so was.« Es wird Zeit, dass ich das Gespräch beende, ehe ich richtig herumlügen muss. »Ich muss Schluss machen. Sag Paps noch mal schöne Grüße. Tschüss, Nina!«

»Tschüss. Und sag René, dass er dran ist mit Schreiben.«

Ich lege auf und starre deprimiert auf das Telefon. Warum hat eigentlich noch niemand das Beamen erfunden? Dann könnte ich mich jetzt in null Komma nix nach Hause beamen, statt hier alleine herumzuhängen. Was soll ich denn jetzt den ganzen Tag lang machen? Ich habe das Gefühl, dass ich platze, wenn ich nicht bald mit irgendjemandem über das ganze Schlamassel reden kann. Und da kommt eigentlich nur eine Person infrage: Laura. Hoffentlich ist sie noch zu Hause und nicht schon auf dem Weg nach Versailles. Ich wähle die Nummer ihrer Gasteltern.

»Âllo?«, sagt eine weibliche Stimme am anderen Ende.

Wen habe ich denn jetzt dran? Die blöde Claudine? Oder ihre Mutter? Ich hasse es, wenn Leute sich am Telefon nicht mit ihrem Namen melden.

»Äh … bonjour. Je suis Julia … l'amie de Laura. Laura est là?«, stottere ich auf gut Glück.

Wer auch immer am anderen Ende ist, hat mich offensichtlich verstanden, denn kurze Zeit später habe ich Laura am Apparat.

»Was gibt's denn?«, fragt sie. »Ich dachte, du bist schon längst auf dem Weg zu deinem romantischen Picknick.«

Ich schlucke. Dann sage ich mit wackeliger Stimme: »Das dachte ich auch. Ist leider nichts draus geworden. René ist mal wieder was dazwischengekommen.«

Bevor ich wieder anfangen kann zu flennen, erzähle ich Laura schnell die ganze Geschichte.

»Und jetzt sitzt du ganz allein zu Hause?«, fragt Laura, als ich fertig bin. »Das geht natürlich nicht. Blöderweise kann ich nicht vorbeikommen, weil wir ja heute diesen Ausflug machen. Am besten kommst du einfach mit nach Versailles. Ich klär das mal eben.«

Ehe ich etwas erwidern kann, hat sie schon den Hörer auf den Tisch geknallt und ich höre, wie sie im Hintergrund mit ihren Gasteltern redet. Eigentlich ist das Letzte, worauf ich gerade Lust habe, eine Schlossbesichtigung. Das Allerletzte wäre allerdings, den ganzen Tag allein hier in der Wohnung zu hocken und endlos herumzugrübeln. Heute Abend wäre ich dann wahrscheinlich ernsthaft selbstmordgefährdet.

Laura kommt wieder ans Telefon. »Alles klar. Bleib, wo du bist. Wir holen dich ab.«

Als ich auflege, fühle ich mich schon ein bisschen besser. Auf Laura kann man sich wirklich verlassen. Und vielleicht ist so eine Schlossbesichtigung wirklich eine ganz gute Ablenkung.

Nichts als Probleme

Aus der Ablenkung wird aber erst mal nichts. Als wir am Schloss ankommen, ist die Schlange vor dem Eingang so lang, dass Monsieur Mourier, der Vater von Claudine, gleich energisch den Kopf schüttelt. Dann diskutiert er eine Weile mit Claudines Mutter, die offenbar trotzdem ins Schloss will. Aber Monsieur Mourier setzt sich durch und ich atme erleichtert auf. Wenn wir uns nämlich jetzt hinten anstellen, stehen wir garantiert heute Abend noch hier herum. Und darauf habe ich echt keine Lust. Zumal das Schloss riesengroß zu sein scheint und man bestimmt Stunden braucht, bis man alles gesehen hat. Die französischen Könige müssen es wirklich dicke gehabt haben, wenn sie sich überall so große Klötze hingebaut haben. Aber mir reicht es völlig, wenn ich das Ding von außen sehe. So toll finde ich es übrigens gar nicht. Unter einem Schloss stelle ich mir irgendetwas Romantisches vor, mit vielen Türmchen und Schnörkeln. Aber hier gibt es nur lange Fassaden mit hohen Fenstern, die ziemlich langweilig aussehen.

Wir klappern noch ein paar Nebeneingänge ab, aber überall das gleiche Bild: Menschen, Menschen, Menschen. Dass die alle so scharf drauf sind, ein altes Schloss zu besichtigen, finde ich wirklich erstaunlich. Haben die an so einem schönen Sonntag nichts Besseres zu tun?

»Désolé«, entschuldigt sich Monsieur Mourier schließlich bei uns. »Mais il y a trop de monde aujourd'hui. Alors, on va visiter le parc. C'est très joli aussi.«

Aha, wir sollen uns den Park anschauen. Na, meinetwegen. Mme. Mourier trippelt auf ihren hohen Absätzen neben ihrem Mann her und schmollt, weil aus der Schlossbesichtigung nichts geworden ist. Wie ein kleines, verwöhntes Kind. Jetzt ist mir auch klar, warum Claudine so blöd ist. Bei der tussigen Mutter musste sie ja zur Tussi werden. Mme. Mourier ist noch stärker geschminkt als ihre Tochter und trägt einen kurzen, engen Rock mit Leoparden-Muster. Sie läuft herum wie eine Zwanzigjährige, dabei ist sie mindestens Mitte Vierzig. Davon abgesehen sind Klamotten im Leoparden-Look natürlich in jedem Alter absolut inakzeptabel.

Laura und ich lassen Claudine und ihren Eltern ein bisschen Vorsprung und schlendern langsam hinterher, damit wir uns endlich in Ruhe unterhalten können. Der Park ist übrigens wirklich ganz hübsch. Okay, er ist sogar *sehr* hübsch. Auch wenn ich eigentlich mehr auf Naturgärten stehe, wo alles wild durcheinanderwächst. Und davon kann hier wirklich keine Rede sein. Alles ist total symmetrisch angelegt. Überall stehen kleine Büsche, die aussehen wie Kegel. Faszinierend, was man mit einer Heckenschere alles machen kann. Die Gärtner hier müssen echte Künstler sein.

Laura macht ein nachdenkliches Gesicht. »Ich hab mir

gerade im Auto die ganze Sache noch mal durch den Kopf gehen lassen. Ich glaube, ich weiß jetzt, was mit René los ist. Es gibt eigentlich nur eine plausible Erklärung für alles, was passiert ist.«

Na, da bin ich aber gespannt. »Und die wäre?«

Laura wirft mir einen dramatischen Blick zu und platzt dann heraus: »René hat ein Drogenproblem.«

»Was? Spinnst du? Wie kommst du denn darauf?«

Soll das ein Witz sein? Aber Laura lacht nicht. Sie scheint es tatsächlich ernst zu meinen. Ich fasse es nicht! Dazu fällt mir echt nichts mehr ein. Sonst ist Laura eigentlich ganz vernünftig, aber das ist nun wirklich der größte Quatsch, den ich je gehört habe.

»Es passt alles zusammen«, erklärt Laura. »Zum Beispiel die Anrufe, nach denen er so plötzlich wegmusste. Die waren natürlich nur ein Vorwand. In Wirklichkeit war sein Drogenvorrat aufgebraucht und er musste sich dringend Nachschub besorgen. Aber Drogen kosten eine Menge Geld. Bestimmt ist er gestern von seinem Dealer zusammengeschlagen worden, weil er nicht bezahlen konnte. Klingt doch logisch, oder?«

Ich schüttele den Kopf. »Quatsch. René würde nie Drogen nehmen. Dafür ist er einfach nicht der Typ. Und wenn er es wäre, hätte er bestimmt keine Geldprobleme. Seine Eltern sind doch total reich.«

Aber so schnell gibt Laura nicht auf. »Seine Eltern wissen ja nichts von der ganzen Sache. Und sein eigenes Geld hat René bestimmt schon aufgebraucht. Was meinst du denn, warum er so viel Nachhilfe gibt?«

»Keine Ahnung.« Élise mit ihren Klimperaugen macht sich mal wieder in meinem Kopf breit. »Das will ich lieber gar nicht so genau wissen. Außerdem kriegt René für die Nachhilfestunden überhaupt kein Geld. Er hat doch letztens in der Kantine noch erzählt, dass das so eine Art Schulprojekt ist.«

Laura sieht fast ein bisschen enttäuscht aus. »Ach ja, richtig. Hatte ich ganz vergessen. Das passt natürlich nicht zu meiner Theorie. Es sei denn … Vielleicht hat diese Élise auch was mit Drogen zu tun. Und denk doch nur mal an Renés Stimmungsschwankungen. Du hast selbst gesagt, dass er manchmal total gut drauf ist und dann wieder total abweisend. Das ist typisch für Drogenabhängige. Hab ich letztens erst wieder in so einer Fernsehreportage gesehen.«

»Ich glaub eher, du hast dir zu viele Krimis angeschaut«, sage ich. »Übrigens hast du auch manchmal Stimmungsschwankungen – und nimmst du deswegen etwa gleich Drogen?«

»Ich? Quatsch!« Laura sieht mich entrüstet an. »Okay, vielleicht hast du recht und meine Theorie ist nicht ganz wasserdicht. Aber was könnte sonst mit René los sein?«

Ich zucke mit den Schultern. »Das wüsste ich auch gerne. Aber das ist leider im Moment nicht mein einziges Problem.« Dann berichte ich ihr von der Sache mit Renés Vater.

»Er hat wieder eine Affäre?«, fragt Laura. »Das gibt's doch nicht! Und zu Hause spielt er den liebenden Ehemann und Vater. So ein Schwein!«

Ich nicke. »Allerdings. Das ist echt das Letzte. Meinst du, ich soll René davon erzählen?«

Laura überlegt. »An deiner Stelle würde ich es für mich behalten«, sagt sie schließlich langsam. »Das gibt nur Ärger, wenn du dich einmischst. Okay, Renés Vater verhält sich scheiße, aber das geht dich eigentlich nichts an. Versuch lieber rauszukriegen, was mit René los ist. Auch wenn das mit den Drogen vielleicht etwas zu heftig war – ich glaube, dass René irgendwie in Schwierigkeiten steckt.«

So langsam mache ich mir richtig Sorgen. Was, wenn irgendwelche fiesen Typen hinter René her sind? Wer weiß, vielleicht ist er in schlechte Gesellschaft geraten. In einer Großstadt wie Paris laufen bestimmt eine Menge Ganoven herum. Mir läuft es kalt den Rücken runter.

»Du hast recht«, sage ich zu Laura. »Ich muss versuchen, René zu helfen. Und das tue ich bestimmt nicht, wenn ich ihm jetzt auch noch von der Affäre seines Vaters erzähle. Mann, hoffentlich behalten die ihn im Krankenhaus nicht gleich da. Vielleicht hat er ja eine Gehirnerschütterung ...«

Ich rufe mir Renés ramponiertes Gesicht in Erinnerung und plötzlich kommt mir alles viel schlimmer vor als heute Morgen. Das eine Auge war ja total zugeschwollen! Ob man davon auch blind werden kann? Jetzt kriege ich es richtig mit der Angst zu tun und fange an, mir heftige Vorwürfe zu machen. Wie konnte ich heute Morgen nur so egoistisch sein? Statt mich um René zu kümmern, war ich sauer auf ihn, weil er sich nachts herumgetrieben hat und weil unser Picknick ins Wasser fiel. Ich bin echt eine dumme Kuh. Kein Wunder, dass René mir nichts von seinen Problemen erzählt.

»Jetzt übertreib mal nicht«, sagt Laura, als hätte sie meine Gedanken gelesen. »Ein blaues Auge bringt einen nicht gleich um. Wenn wir nach Hause kommen, sitzt er bestimmt quietschfidel in seinem Zimmer und wartet schon sehnsüchtig auf dich. Bloß mit dem Küssen könnte es in nächster Zeit etwas schwierig werden. Haben seine Lippen auch was abgekriegt?« Laura grinst, aber mir ist gerade nicht nach Witzen zumute.

»Ich glaub nicht, aber das ist doch jetzt völlig egal. Sag mal, wie lange müssen wir eigentlich noch hier herumlatschen?«

Inzwischen sind wir ein paarmal im Kreis gelaufen. Ich sehe mich nach Familie Mourier um und entdecke sie ein Stück weiter vorne. Claudine macht ein gelangweiltes Gesicht. Sie vermisst bestimmt ihre beiden Busenfreundinnen. Wenigstens hat sie Laura und mich in Ruhe gelassen, wahrscheinlich sind wir unter ihrer Tussi-Würde. Monsieur Mourier winkt uns zu. Sieht so aus, als könnten wir uns auf den Heimweg machen. Ein ziemlicher Reinfall, dieser Ausflug. Na ja, zumindest kann ich jetzt sagen, dass ich Versailles mal von außen gesehen habe. Nicht zu vergessen die beeindruckenden Gartenanlagen.

Als wir im Auto sitzen, überlege ich mir, wie ich das Gespräch mit René am besten anfangen soll. Ich werde sehr verständnisvoll sein und ihn ganz behutsam dazu bringen, mir von seinen Problemen zu erzählen. Ich muss ihm klarmachen, dass ich ihm helfen will und er Vertrauen zu mir haben kann. Leider kann ich die Strategie nicht mehr mit Laura besprechen, weil Claudine direkt neben uns auf der Rückbank sitzt und gelangweilt aus dem Fenster starrt.

Das fehlte gerade noch, dass die was von Renés und meinen Problemen mitbekommt. Sie würde es natürlich gleich brühwarm ihren beiden Busenfreundinnen erzählen und dann wüssten auch die Tussi-Bussis Bescheid. Und blöde Sprüche von Nadja sind so ziemlich das Letzte, was ich im Moment gebrauchen kann.

»Viel Glück«, flüstert mir Laura zu, als ich aussteige.

Claudine lässt sich natürlich zu keinem noch so kleinen »Salut« oder »Au revoir« herab.

»Danke«, flüstere ich zurück, bevor ich mich von Claudines Eltern verabschiede und die Autotür zuschlage.

In Gedanken bin ich schon bei René. Hoffentlich ist im Krankenhaus alles gut gegangen. Mach dir keine Sorgen, René, Hilfe naht! Du bist nicht allein, denn ich werde mich um dich kümmern. Gemeinsam sind wir stark. Zu zweit können wir dein Problem lösen, was auch immer es sein mag.

Als ich durch den Hausflur laufe, schießt sofort Mme. Leroque aus ihrer Portiersloge und will mich in ein Gespräch verwickeln. Aber ich bin schneller und flitze an ihr vorbei. Dabei rufe ich ihr ein »Bonsoir« zu, weil ich schließlich nicht unhöflich wirken will. Aber für ihr Gelaber, das ich sowieso nicht verstehe, habe ich wirklich keine Zeit. Ich muss zu René. Er braucht mich jetzt.

Weil es mir zu lange dauert, bis der Fahrstuhl kommt, nehme ich die Treppe. Als ich in die Wohnung komme, stürze ich sofort in sein Zimmer. René liegt im Bett und pennt. Sein Gesicht schillert im Schein der Nachttischlampe in allen möglichen Farben. Aber abgesehen davon macht er einen sehr friedlichen Eindruck. Auf Zehenspitzen schleiche ich wieder hinaus. Ich bin ein bisschen enttäuscht, dass ich ihm nicht sofort zu Hilfe eilen kann. Aber es ist natürlich gut, wenn er sich erst mal gesund schläft. Dann spreche ich eben morgen mit ihm. Ich werde zu Hause bleiben und ihn pflegen. Das bin ich ihm schuldig. Statt ihm zu helfen, habe ich nur an mich gedacht und ihn auch noch verdächtigt, etwas mit dieser Élise zu haben. Aber das ist jetzt vorbei. Ab sofort werde ich ganz für ihn da sein. Julia, die perfekte Krankenpflegerin.

Gute Vorsätze

Montagmorgen, sieben Uhr. Ich springe aus dem Bett und ziehe mich voller Elan an. Dabei plane ich meine ersten Aktivitäten im Pflegedienst. Am besten mache ich René erst mal Frühstück und bringe es ihm ans Bett. Wenn er eine Gehirnerschütterung hat, darf er bestimmt nicht aufstehen. Ob Kaffee gut für ihn ist? Wahrscheinlich nicht. Vielleicht besser ein frisch gepresster Orangensaft. Vitamine können nie schaden. Vormittags könnte ich ihm ein bisschen vorlesen, damit er sich nicht langweilt. Marianne hat bestimmt auch viele deutsche Bücher. Und wenn er sich etwas erholt hat, werden wir uns endlich aussprechen. In aller Ruhe, denn wir haben ja jede Menge Zeit.

Als ich schwungvoll die Küche betrete, um Renés Frühstück vorzubereiten, pralle ich zurück. René sitzt am Küchentisch und schlürft Kaffee.

Mit dem Auge, das nicht zugeschwollen ist, sieht er mich überrascht an. »Nanu, schon wach? Sag bloß, du gehst jetzt unter die Frühaufsteher.«

Der hat echt Nerven. Statt im Bett zu liegen und sich zu erholen, sitzt er hier herum und trinkt Kaffee. Und tut auch noch so, als wäre das völlig normal. Ich werde fast schon wieder ein bisschen ärgerlich. Aber nur fast. Dann erinnere ich mich daran, dass ich ja ab sofort verständnisvoller sein wollte, und sage: »Schön, dass es dir wieder etwas besser geht. Ich wollte dir gerade Frühstück machen. Am besten legst du dich wieder hin, dann bringe ich es dir ans Bett. Was hältst du von Orangensaft?«

René sieht mich misstrauisch an. »Was ist denn mit dir los? Du klingst schon fast wie meine Mutter. Mir fehlt doch überhaupt nichts. Haben die im Krankenhaus auch gesagt.«

»Ehrlich? Das ist ja prima! Keine Gehirnerschütterung? Und es ist auch nichts gebrochen?«

René schüttelt den Kopf. »Nö, alles in Ordnung. Die Nase ist nur ein bisschen angeknackst, aber das verheilt von allein wieder. In ein paar Wochen sieht man nichts mehr davon.«

Ich bin erleichtert. Das ist ja gerade noch mal gut gegangen. Trotzdem kann ich mich nicht so schnell von meiner Rolle als Krankenpflegerin verabschieden. »Aber du musst dich doch bestimmt ein paar Tage ausruhen, oder? Ich bleib am besten auch zu Hause und kümmere mich ein bisschen um dich. Ich könnte dir zum Beispiel was vorlesen ...«

René wirft mir einen belustigten Blick zu. »Danke, das ist wirklich nett von dir. Aber ich fühle mich topfit. Ich war gestern Abend bloß ein bisschen müde von den Schmerzmitteln, die sie mir im Krankenhaus gegeben haben. Kann es sein, dass du dich nur vor dem Louvre drücken willst? Aber daraus wird nichts, meine liebe Julia. Wir beide werden uns heute zusammen die ›Mona Lisa‹ anschauen, da führt kein Weg dran vorbei.«

Macht der sich etwa lustig über mich? Da will man ihm helfen und wird gar nicht ernst genommen. Ich bin ein bisschen beleidigt. Aber ich habe natürlich auch Verständnis. Klar, dass René den Unbekümmerten spielt. Männer können eben nicht so gut damit umgehen, wenn sie Probleme haben. Und um Hilfe bitten kommt für sie sowieso nicht infrage. Das kann man schließlich in jeder Frauenzeitschrift nachlesen. Nicht, dass ich so was lesen würde. Aber Laura steht auf den Quatsch. »Wie Männer wirklich sind« und so weiter. Wer weiß, vielleicht ist ja doch was dran. So leicht lasse ich mich jedenfalls nicht entmutigen. Ich bin fest entschlossen, René zu helfen, auch wenn ich dafür ein paar kleinere Opfer bringen muss.

Als wir auf dem Weg zur ›Mona Lisa‹ durch die Gänge des Louvre laufen, wird mir klar, dass ich gerade ein ziemlich großes Opfer bringe.

»Hier im Denon-Flügel befinden sich französische, spanische und italienische Gemälde«, erklärt Frau Hinrich. »Neben der berühmten ›Mona Lisa‹ werden wir Kunstwerke wie ›Die Krönung Napoleons‹ von David, ›Franz von Assisi‹ von Giotto und die Bildserie ›Das Leben der Maria von Medici‹ von Rubens sehen. Danach gehen wir zu den Skulpturen im Erdgeschoss und im Untergeschoss, dort solltet ihr besonders auf die ›Venus von Milo‹ und die ›Nike von Samothrake‹ achten. Aber natürlich sind auch die zahlreichen anderen Werke aus der griechischen Antike einen Blick wert.«

Ich bin schon allein von der Vorstellung, dass ich mir

das alles angucken muss, völlig erschöpft. Und wir müssen noch den ganzen Vormittag hier herumlaufen. Das wird echt anstrengend. Laura ist mal wieder damit beschäftigt, Frédérics Aufmerksamkeit zu erregen. Sie weicht nicht von seiner Seite und bombardiert ihn mit Fragen zu den verschiedenen Gemälden. Während er antwortet, macht sie jedes Mal ein Gesicht, als hätte sie noch nie etwas Spannenderes gehört. Dabei interessiert sie sich eigentlich gar nicht für Kunst. Ich wusste wirklich nicht, dass Laura so eine gute Schauspielerin ist.

Ich geselle mich zu René, der etwas hinter den anderen zurückgeblieben ist, weil er ständig vor irgendwelchen Bildern stehen bleibt. Die anderen Museumsbesucher werfen ihm neugierige, mitleidige oder etwas ängstliche Blicke zu. Er sieht mit dem fetten Veilchen und der geschwollenen Nase aber auch ziemlich abenteuerlich aus. Heute Morgen stand er natürlich erst mal im Mittelpunkt des allgemeinen Interesses. Alle wollten wissen, wie er zu den Verletzungen gekommen ist. Aber er hat die ganze Sache mal wieder runtergespielt und die völlig unglaubwürdige Geschichte vom Laternenpfahl erzählt. Keine Ahnung, ob die anderen ihm das abgenommen haben. Ich glaub das jedenfalls keine Sekunde lang und ich will endlich wissen, was wirklich passiert ist.

»Hör mal, René«, sage ich und versuche, einen möglichst verständnisvollen Ton anzuschlagen. »Ich verstehe ja, dass du es nicht an die große Glocke hängen willst, wer dich so zugerichtet hat. Aber mir kannst du es doch erzählen. Die Sache mit dem Laternenpfahl ist totaler Quatsch, oder?«

René betrachtet weiterhin ziemlich intensiv das düstere Bild, vor dem wir stehen. Ich überlege mir schon, ob er mich nicht gehört hat, aber da antwortet er doch noch.

»Na ja, es ist zumindest nicht die ganze Wahrheit. Neben dem Laternenpfahl waren auch noch ein paar Typen beteiligt. Und weil ich mich das letzte Mal in der Grundschule geprügelt habe, war ich leider ein bisschen aus der Übung …« Er grinst mich schief an.

Na also, da kommen wir der Sache doch schon näher. Ich bin auf dem richtigen Weg. »Was für Typen waren das denn?«, frage ich. »Und warum haben sie dich verprügelt?«

Aber jetzt blockt René ab. »Ich kann und will dich da nicht mit hineinziehen, Julia. Das habe ich dir doch schon erklärt. Sobald die Sache geregelt ist, erzähle ich dir alles. Versprochen!«

So langsam kriege ich bei dem Wort »Versprochen« das Kotzen. Ständig versucht René, mich mit irgendwelchen Versprechungen abzuspeisen. Aber ich raste natürlich nicht aus, sondern bleibe immer noch sehr verständnisvoll.

»Ich will dir doch nur helfen. Du kannst mir ruhig alles erzählen, dann suchen wir gemeinsam nach einer Lösung.«

Irgendwie höre ich mich an wie eine dieser Psycho-Tussis, die immer in diesen schlechten Nachmittags-Talkshows auftreten und schlaue Kommentare zur psychischen Verfassung der Gäste abgeben. Natürlich gucke ich so was nicht, aber Laura erzählt manchmal davon.

René nimmt meine Hand. »Das ist total nett von dir, aber du brauchst dir wirklich keine Sorgen zu machen. Ich hab alles im Griff.«

Das sieht man. Grün und blau geschlagen, aber alles im Griff. Plötzlich zuckt mir Lauras Drogentheorie durch den Kopf und ich platze heraus: »Nimmst du Drogen?«

René sieht mich einen Moment lang völlig entgeistert an, dann fängt er an zu lachen. »Jetzt spinnst du aber echt. Ich wusste gar nicht, dass du so viel Fantasie hast. Komm, ich zeig dir die ›Mona Lisa‹.«

Als ob mich jetzt so ein blödes Bild interessieren würde! Aber René zieht mich zu den anderen, sodass ich ihm keine weiteren Fragen stellen kann. Mist, jetzt bin ich genauso schlau wie vorher. Oder zumindest fast. Ich merke, wie mein Verständnis langsam, aber sicher dahinschmilzt. Wie soll man auf Dauer für jemanden Verständnis aufbringen, der so stur ist? Und der ständig Geheimnisse hat?

Ich lasse Renés Hand los und verschränke die Arme vor der Brust, als wir bei der ›Mona Lisa‹ ankommen. Ehrlich gesagt, hatte ich mir das Bild größer vorgestellt. Dafür, dass es so berühmt ist, ist es ziemlich klein. Und es hängt in einem Glaskasten, sodass man es gar nicht richtig anschauen kann. Aber darauf lege ich sowieso keinen gesteigerten Wert.

Es stehen schon eine Menge Leute vor dem Bild, und als unsere Gruppe dazukommt, wird es richtig voll. Ein paar drängeln sich nach vorne, aber ich bleibe einfach am Rand stehen. René winkt mir zu. Ich soll zu ihm kommen und mir das Bild anschauen. Aber jetzt schalte ich zur Abwechslung mal auf stur. Der spinnt wohl. Wie kann er sich für irgendwelche Gemälde begeistern, wenn wir gerade ganz andere Probleme haben?

Da taucht Nadja neben mir auf. »Na, Beziehungskrise?«, säuselt sie.

»Quatsch. Wie kommst du denn darauf?«, frage ich möglichst locker.

»Claudine hat so was erzählt.« Nadja rückt näher heran und raunt mir ins Ohr: »Mal ganz unter uns: Wer hat René eigentlich so zugerichtet? Du weißt doch sicher Bescheid, oder?«

Aha, Nadja hat die Geschichte mit dem Laternenpfahl also auch nicht geglaubt. Völlig verblödet ist sie scheinbar doch nicht.

»Klar weiß ich Bescheid«, sage ich. »Aber das geht dich überhaupt nichts an. René hat es mir ganz im Vertrauen erzählt. Wir haben schließlich keine Geheimnisse voreinander.«

»Verstehe.« Nadja nickt. »Das ist wirklich toll. Dann weißt du sicher auch, dass da was mit Élise läuft, oder? Ihr müsst wirklich eine außergewöhnliche Beziehung haben, wenn es dir nichts ausmacht, dass René auch noch was mit einer anderen hat.«

Ich schlucke. Ich weiß genau, dass Nadja spinnt. Trotzdem wird mir bei ihren Worten eiskalt. Mit Élise hat die blöde Kuh einen wunden Punkt getroffen.

»Gib dir keine Mühe«, sage ich heiser. »Ich glaub dir sowieso kein Wort.«

Nadja grinst. Sie weiß genau, dass sie gerade Oberwasser hat, und sie genießt es in vollen Zügen. »Das solltest du aber. Ich habe meine Informationen nämlich aus allererster Quelle. Élise hat Jacqueline und mir selbst erzählt, dass sie und René so gut wie zusammen sind. Hast du etwa gedacht, er gibt ihr wirklich Nachhilfe?« Sie lacht spöttisch. »Na ja, vielleicht macht er das ja auch. Aber bestimmt nicht in französischer Literatur …«

»Ach, lass mich doch in Ruhe«, murmele ich und lasse Nadja einfach stehen.

Irgendwie war ich auch schon mal schlagfertiger. Aber ich bin gerade nicht in der Verfassung für Wortgefechte mit Nadja. Die Sache mit René setzt mir doch ganz schön zu. Und wenn Nadja nun recht hat? Eigentlich will ich gar nicht länger darüber nachdenken. Schließlich ist allgemein bekannt, dass die blöde Kuh lügt wie gedruckt. Trotzdem geht mir der Gedanke nicht mehr aus dem Kopf: René und Élise. Élise und René. Es ist zum Verrücktwerden.

Der große Knall

Als wir um halb eins endlich zum Mittagessen in die Schule zurückkehren, ist meine Laune so düster wie die Gemälde im Louvre. Ich bin mir inzwischen ziemlich sicher, dass an Nadjas Geschichte irgendetwas dran ist. Sonst hätte sie das nicht mit dieser Selbstverständlichkeit erzählt.

Vor der Kantine holt mich René ein. »Da bist du ja. Ich wollte dir nur sagen, dass ich nicht mit zum Essen komme. Muss noch Nachhilfe geben. Wir sehen uns dann später, okay?«

Er gibt mir einen flüchtigen Kuss und verschwindet den Gang hinunter. Komisch, dass ihm sein Nachhilfetermin erst jetzt einfällt. Oder hat sich das vielleicht ganz spontan ergeben? Spontane Sehnsucht nach Élise? Ganz hinten sehe ich Renés Kopf um die Ecke verschwinden und fasse einen Entschluss. Ich muss der Sache auf den Grund gehen. Jetzt sofort. Ich will endlich wissen, was los ist. Also nehme ich die Verfolgung auf und boxe mich durch den mir entgegenkommenden Strom von Schülern, die alle auf dem Weg zur Kantine sind. Ich biege um die Ecke. Wo ist René? Da hinten! Ich sehe gerade noch, wie er das Schulgebäude durch einen Seiteneingang verlässt, und laufe hinterher.

Hier ist nicht mehr so viel los und ich muss aufpassen, dass er mich nicht sieht. Mann, wäre das peinlich, wenn er mich dabei erwischen würde, wie ich ihm nachspioniere. Vorsichtig öffne ich die Tür und sehe, wie René auf dem Schulhof hin und her spaziert. Er scheint auf jemanden zu warten. Ich verstecke mich hinter einem Pfeiler und beobachte ihn. Irgendwie komme ich mir gerade ziemlich bescheuert vor. Wenn mich jetzt jemand sieht, denkt der wahrscheinlich, ich bin total plemplem. Was mache ich hier eigentlich? Bei Licht betrachtet, ist es echt das Letzte, dass ich René nachspioniere. Bloß weil Nadja irgendwelchen Mist dahergeredet hat. Ich lasse mich einfach viel zu leicht verunsichern. Vielleicht sollte ich wirklich etwas mehr Vertrauen zu René haben.

Ich will gerade möglichst unauffällig mein Versteck verlassen und zurück in die Kantine gehen, da fliegt plötzlich eine Tür auf und jemand kommt auf den Hof gerannt. Élise! Die hat es ganz schön eilig. Aber das muss ja noch nichts heißen. Vielleicht ist sie einfach spät dran. Gleich gehen sie und René bestimmt zusammen in irgendeinen leeren Klassenraum, um französische Literatur zu pauken. Ich sollte jetzt wirklich schleunigst hier verschwinden, ehe mich jemand sieht und ich mich komplett lächerlich mache. Aber bevor ich mich verdrücke, werfe ich noch einen letzten Blick in Renés Richtung – und erstarre. Wie früher bei diesem Spiel auf den Kindergeburtstagen: Wenn die Musik ausgeht, darfst du dich nicht mehr bewegen. Bloß dass hier überhaupt keine Musik läuft. Und es leider auch kein Spiel ist. Ich will die Augen schließen, aber meine Lider gehorchen mir nicht. Was ich sehe, bestätigt meine schlimmsten Befürchtungen: Élise rennt auf René zu. Er winkt. Als sie sein ramponiertes Gesicht sieht, bleibt sie stehen und schlägt entsetzt die Hände vor den Mund. Ich glaube, sie hat sogar Tränen in den schwarz geschminkten Augen. Dann läuft sie mit wehenden Haaren zu ihm und schmeißt sich ihm an den Hals!!! Sieht richtig dramatisch aus. Wie in einer schlechten Liebesschnulze. Wenn es nicht so traurig wäre, wäre es fast schon wieder lustig. Aber mir bleibt beim Anblick von Élise, die ihre Arme um Renés Hals schlingt und ihren Kopf an seine Schulter presst, das Lachen im Hals stecken. Das darf doch alles nicht wahr sein! Mit letzter Kraft verkrieche ich mich wieder hinter den Pfeiler. Ich hocke mich auf den Boden und lege die Arme um meine Knie. Am liebsten würde ich einfach verschwinden. Aber ich weiß aus leidvoller Erfahrung, dass das nie klappt, wenn man es sich wünscht. Hoffentlich verschwinden die zwei Turteltauben wenigstens bald, damit ich hier nicht ewig hocken muss. Mir ist plötzlich ganz kalt und ich fange an zu zittern. Ich glaube, ich stehe unter Schock. Mist, Mist, Mist. Warum muss ausgerechnet mir so was passieren? Ich will hier weg, ich will nach Hause, ich will René nie wieder sehen.

Keine Ahnung, wie lange ich hinter diesem bescheuerten Pfeiler hocke. Nach einer Ewigkeit rappele ich mich auf und spähe vorsichtig um die Ecke. Der Schulhof ist leer, ein Glück. Wo die beiden hin verschwunden sind und was sie jetzt gerade treiben, stelle ich mir lieber nicht vor. Wahrscheinlich haben sie sich in irgendeiner Abstellkammer ein kleines, kuscheliges Liebesnest eingerichtet. Bei dem Gedanken wird mir richtig schlecht. Ich wanke auf die nächste Toilette, schließe mich in einer der Kabinen ein und lasse mich erschöpft auf den Klodeckel fallen. Mann, bin ich fertig. Total ausgelaugt. Ich kann überhaupt nicht mehr klar denken. Klar sehen übrigens auch nicht. Ich nehme meine Brille ab, die total verschmiert ist – habe ich etwa geheult? –, und putze sie erst mal gründlich. Das beruhigt mich ein bisschen. Dann schaue ich auf die Uhr. Erst Viertel nach eins! Ich hätte gedacht, dass es schon viel später ist. Gleich kommen die anderen aus der Kantine und treffen sich zum Nachmittagsprogramm: Spaziergang durch Montmartre und Besichtigung von Sacré Cœur. Ohne Franzosen, die haben Unterricht. Ich habe überhaupt keine Lust. Vielleicht sollte ich mich krankmelden. Wäre noch nicht mal gelogen, mir ist ja wirklich kotzübel. Aber was mache ich dann den ganzen Nachmittag? Nach Hause gehen und mich ins Bett legen? Ist auch irgendwie blöd. Außerdem macht sich Marianne bestimmt Sorgen, wenn ich einen auf krank mache.

Auf jeden Fall kann ich nicht ewig hier auf dem Klo hocken bleiben. Also mache ich mich auf den Weg zum Haupteingang, wo die anderen bereits in den Bus klettern, der uns nach Montmartre bringen soll. Laura winkt mir zu und ich lasse mich auf den Sitz neben ihr fallen.

»Wo warst du denn?«, fragt sie vorwurfsvoll. »Ich habe die ganze Kantine nach dir abgesucht und musste mich schließlich zu Claudine und den Tussi-Bussis setzen.«

»Mir war schlecht«, brumme ich.

Laura sieht mich besorgt an. »Du bist auch ganz blass. Warum hast du denn nichts gesagt? Willst du nicht lieber nach Hause gehen?«

Ich schüttele den Kopf. »Jetzt geht's schon wieder.«

Als der Bus losfährt, lehne ich mich in meinen Sitz zurück und schließe die Augen. Sofort sehe ich René und Élise vor mir. Autsch, das tut weh! Ich kann es immer noch nicht glauben. René belügt mich nicht nur, er betrügt mich auch noch. Wie soll ich das bloß aushalten? Ich wünschte, dieser blöde Tag wäre schon vorbei. Am liebsten hätte ich diese ganze bescheuerte Reise schon hinter mir.

Aber so schnell geht das leider nicht. Erst mal zieht sich dieser Nachmittag ewig in die Länge. Wir latschen stundenlang durch Montmartre, doch ich kriege kaum etwas davon mit. Alles rauscht irgendwie an mir vorbei. Laura macht tausend Fotos und findet wahrscheinlich sogar die Hundehaufen »total malerisch«, aber ich bin heute nicht in der Stimmung, um mich für irgendwas zu begeistern. Ich trotte wie ein Zombie neben Laura her, während sie abwechselnd von Montmartre und ihrem Traumprinzen Frédéric schwärmt. Irgendwann fällt ihr auf, dass ich überhaupt nicht zuhöre, und sie sieht mich durchdringend an.

»Sag mal, was ist eigentlich los mit dir? Du bist doch nicht so komisch, weil dir immer noch schlecht ist, oder? Gab's wieder Ärger mit René?«

Stockend erzähle ich ihr von meinem Schockerlebnis während der Mittagspause.

Laura ist total empört. »Der spinnt wohl! Hinter deinem

Rücken mit so einer dummen Tussi herumzumachen! Das ist doch echt das Allerletzte. Hast du ihm wenigstens ordentlich die Meinung gesagt?«

»Nicht direkt«, sage ich. »Eigentlich überhaupt nicht. Ich war zu geschockt.«

»Das ist eine ganz normale Reaktion«, beruhigt mich Laura. »Habe ich erst letztens in der Young Girl gelesen. ›Hilfe, mein Freund geht fremd!‹ Ein total interessanter Artikel. Du musst jetzt versuchen, den ersten Schock zu überwinden und deine Trauer in Wut umzuwandeln. Das gibt dir neue Energie. Du darfst dir auf gar keinen Fall die Schuld an Renés Verhalten geben, das wäre total kontraproduktiv.«

»Wieso sollte ich denn Schuld daran haben, dass René ein oberflächlicher Idiot ist, der mit zweien gleichzeitig was anfängt?«, frage ich verwirrt.

»Eben«, sagt Laura. »Das ist genau die richtige Einstellung. Und heute Abend nimmst du ihn dir mal so richtig zur Brust und sagst ihm, was du von ihm hältst. Dann hast du deine ganze Wut herausgelassen, kannst einen Strich unter die Sache ziehen und bist offen für eine neue Beziehung.«

Eigentlich will ich gar keine neue Beziehung und Lauras Psycho-Quatsch ist normalerweise auch nicht mein Ding. Aber die Sache mit der Wut hört sich ganz gut an. Wütend zu sein ist viel besser, als traurig zu sein. Und eigentlich ist es ja wirklich eine Unverschämtheit, was René sich da geleistet hat. Je länger ich darüber nachdenke, desto wütender werde ich. So ein Fiesling! Verräter! Schwein! Und ich habe noch versucht, ihm zu helfen und Verständnis für ihn zu haben. Na warte, René Richard, das wird dir noch leidtun. Jetzt wirst du mich richtig kennenlernen. Und wenn ich mit dir fertig bin, wirst du dir wünschen, du wärst mir nie begegnet.

Als ich abends nach Hause komme, habe ich eine solche Wut, dass ich kurz vorm Platzen bin. Ich ziehe nicht mal meine Jacke aus, sondern stürme sofort in Renés Zimmer. Er sitzt auf dem Fußboden und klimpert auf seiner Gitarre herum.

Als ich hereinkomme, blickt er auf und lächelt mich an. »Hallo, Julia. Wie hat dir Montmartre gefallen?«

So ein hundsgemeiner Heuchler! Ich stemme die Hände in die Hüften und werfe ihm einen eiskalten Blick zu. »Danke der Nachfrage. Es war einfach bezaubernd. Und wie ist deine Nachhilfestunde gelaufen? Konntest du Élise helfen?«

René nickt. »Ich denke schon. Wir sind ein ganzes Stück weitergekommen.«

Er macht einen richtig zufriedenen Eindruck und ich würde ihm am liebsten eine reinhauen. Aber ich halte mich zurück, Gewalt ist unter meinem Niveau. Außerdem haben das schließlich schon andere erledigt.

»Fragt sich nur, mit was ihr weitergekommen seid«, sage ich höhnisch. »Knutschen für Fortgeschrittene oder Petting für Anfänger?«

René runzelt die Stirn. »Was soll das denn heißen?«

»Das weißt du ganz genau. Hör endlich auf, die Unschuld

vom Lande zu spielen. Du hast was mit Élise, gib es doch wenigstens zu.«

»Jetzt geht das schon wieder los«, sagt René und stöhnt. »Deine ewige Eifersucht nervt langsam. Ein für alle Mal: Zwischen mir und Élise läuft nichts, klar?«

So ein Feigling. Lügt wie gedruckt. Er muss eine Menge Übung haben, denn er schafft es, dabei richtig empört auszusehen. Wer weiß, wie viele Lügen er mir schon aufgetischt hat, ohne dass ich es gemerkt habe. Aber das ist jetzt vorbei. Ich habe ihn entlarvt.

»So, zwischen euch läuft also nichts?«, zische ich. »Kannst du mir dann bitte mal erklären, warum ihr beide eng umschlungen auf dem Schulhof herumsteht? Gehört das etwa zum Nachhilfe-Service? Sonderbehandlung für zurückgebliebene Blondinen?«

René sieht mich verwirrt an. »Élise und ich? Eng umschlungen? Wer hat dir denn den Mist erzählt?«

Wahnsinn, er bringt das total glaubwürdig rüber. Als hätte er wirklich keine Ahnung, wovon ich rede. Aber damit kann er mich nicht mehr beeindrucken. Ich weiß es schließlich besser.

»Hör endlich mit dem Theater auf. Ich hab euch mit eigenen Augen gesehen. Heute Mittag auf dem Schulhof. Na, fällt's dir jetzt langsam wieder ein?«

»Ich glaube schon«, sagt René gedehnt. Offenbar ist ihm gerade ein Licht aufgegangen. Wurde auch Zeit. »Hör mal, Julia, du hast da was in den falschen Hals gekriegt. Élise war nur etwas durcheinander, als sie gesehen hat, dass ich verletzt bin …«

»Ach, und deshalb musstet ihr euch gleich abknutschen? Klar, Fräulein Sensibel musste natürlich getröstet werden und das hast du bestimmt gerne übernommen. Schließlich warst du ja schon immer sehr hilfsbereit.«

»So ein Quatsch! Wir haben uns weder abgeknutscht noch sonst irgendwas. Es ist überhaupt nichts passiert.« Langsam wird René richtig sauer. Er legt seine Gitarre zur Seite und steht auf. »Außerdem finde ich es echt das Letzte, dass du mir nachspionierst.«

Das ist doch die Höhe – jetzt fängt *er* an, *mir* Vorwürfe zu machen! Dazu fällt mir echt nichts mehr ein. Vielleicht liegt das aber auch daran, dass irgendwo weit hinten in meinem Kopf die Erkenntnis lauert, dass René nicht ganz unrecht hat. Aber soll *ich* jetzt etwa ein schlechtes Gewissen haben? Okay, die Aktion war vielleicht nicht ganz in Ordnung, aber wenn René mich nicht angelogen hätte, hätte ich ihm auch nicht nachspionieren müssen. Ich fühle mich in die Ecke gedrängt und das macht mich noch wütender. Ohne auch nur einen Augenblick darüber nachzudenken, gehe ich wieder zum Angriff über.

»Du bist genauso verlogen wie dein Vater«, schreie ich ihm ins Gesicht. »Nach außen den perfekten Ehemann spielen und in Wirklichkeit mit einer anderen ins Bett steigen. Das hast du wohl von ihm gelernt, was?«

Ich beiße mir auf die Zunge, bis ich Blut schmecke. Mist! Ich blöde Kuh! Warum habe ich das bloß gesagt? Das wollte ich doch gar nicht. Am liebsten würde ich die Worte sofort wieder zurücknehmen, aber das ist natürlich unmöglich. Vielleicht hat René ja gar nicht so genau zugehört. Ich schiele zu ihm hinüber. Er sieht mich ungläubig an. Plötzlich ist er ganz blass geworden und ich kann mir nicht länger etwas vormachen: Er hat jedes Wort genau gehört.

»Lass meinen Vater aus dem Spiel. Was soll das überhaupt heißen? Du hast doch gar keine Ahnung«, sagt er heiser. »Das mit seiner Affäre ist schon Ewigkeiten her. Und ich frage mich gerade, warum ich dir das überhaupt jemals erzählt habe.«

Ich beiße auf meiner Unterlippe herum, bis sie ebenfalls blutet. Was soll ich denn jetzt sagen? Am besten gar nichts, ich habe sowieso schon viel zu viel gesagt. Ich schaue zur Seite und betrachte eingehend die Tapete über Renés Bett.

René kommt auf mich zu und stellt sich direkt vor mich hin, sodass ich seinem Blick nicht mehr ausweichen kann. Ich habe mal wieder das Gefühl, dass er in meinen Kopf schauen und jeden meiner Gedanken lesen kann. Ich werde knallrot. Mist, ich war noch nie besonders gut darin, ein Pokerface zu machen.

»Was ist los, Julia?« René ist plötzlich ganz ruhig. Er weiß genau, dass ich irgendetwas weiß. »Du hast das gerade doch nicht einfach so dahingesagt, oder? Was sollte das also heißen?«

Ich fühle mich überhaupt nicht wohl in meiner Haut. Wie soll ich aus dieser Sache bloß wieder herauskommen?

»Na ja, eigentlich ist mir das gerade nur so rausgerutscht«, druckse ich herum. »Am besten vergessen wir das Ganze, okay?«

Natürlich lässt sich René damit nicht abspeisen, hätte ich mir eigentlich denken können. Aber einen Versuch war's wert. Als ich mich umdrehe und aus seinem Zimmer verschwinden will, hält er mich am Arm fest.

»Ich will jetzt wissen, was los ist. Und ich werde dir keine Ruhe lassen, bis du es mir erzählt hast. Also, spuck's aus, Julia. Was ist mit meinem Vater?«

Ich atme tief durch. Jetzt gibt es kein Zurück mehr. »Also ... ich hab ihn gesehen ... letzten Samstag ...«, fange ich an.

»Wo?«, unterbricht mich René.

»Im Marais ... Du warst gerade in der Bäckerei. Na ja, er saß da in so einem Café. Mit einer Frau. Einer blonden Frau. Und ... sie haben sich geküsst.«

René schüttelt ungläubig den Kopf. »Bist du sicher, dass es mein Vater war? Vielleicht hast du ihn verwechselt.«

Die letzte Chance für einen Rückzug. Aber soll ich René wirklich etwas vormachen?

»Ich bin mir ganz sicher«, sage ich leise. »Und die Situation war ziemlich eindeutig.«

René lässt sich aufs Bett fallen und starrt mit leerem Blick auf den Boden. Klar, dass ihn das mitnimmt. Schließlich hatte er gerade angefangen, seinem Vater wieder zu vertrauen.

Ich könnte mich ohrfeigen, dass ich meine große Klappe nicht halten konnte. René sieht total verloren aus. Ich würde ihm gerne etwas Tröstendes sagen, aber mir fällt nichts ein. Eine Weile stehe ich stumm da und komme mir ziemlich überflüssig vor.

»Es tut mir leid«, sage ich schließlich und lege meine Hand auf seine Schulter.

»Lass mich jetzt bitte allein«, murmelt er, ohne aufzuschauen.

Ich zögere noch einen Moment, dann gehe ich leise hinaus.

Trübes Wetter – trübe Stimmung

Am Dienstag regnet es in Strömen und das passt genau zu meiner Stimmung. Während wir im Bus sitzen und nach La Défense fahren, grüble ich deprimiert vor mich hin. René sitzt weiter vorne, alleine. Er sieht ziemlich fertig aus und macht ein abweisendes Gesicht. Offensichtlich will er in Ruhe gelassen werden. Heute früh hat er nur das Allernötigste mit mir geredet. Und natürlich kein einziges Wort über gestern Abend. Er sieht so aus, als hätte er die ganze Nacht kein Auge zugemacht. Na ja, ich hab auch schon mal besser geschlafen. Immer wieder ist mir unser Streit im Kopf herumgegangen. Was hat das Ganze jetzt eigentlich gebracht? Nichts. Nur jede Menge Ärger. Ich weiß immer noch nicht, ob ich René die Sache mit Élise abnehmen soll. Was ich gesehen habe, habe ich nun mal gesehen. Im Moment bin ich so durcheinander, dass ich nicht mal weiß, ob ich noch sauer auf René bin oder nicht. Auf jeden Fall tut es mir weh, ihn so fertig zu sehen. Und ich bin schuld daran. Weil ich meine Klappe nicht halten konnte.

Ich bin so in Gedanken versunken, dass mir erst nach einer ganzen Weile Lauras Dauergrinsen auffällt. Was ist denn mit der los? Sie strahlt wie ein Honigkuchenpferd und summt fröhlich vor sich hin. Kaum sind wir in La Défense aus dem Bus gestiegen, zerrt sie mich ein Stück zur Seite, damit die anderen uns nicht hören können.

»Ich muss dir unbedingt was erzählen«, raunt sie mir zu und drückt meinen Arm so doll, dass es wehtut. »Etwas ganz Tolles. Es ist so waaahnsinnig toll, da kommst du nie drauf!«

Auf Ratespielchen habe ich heute wirklich keine Lust. Ich spanne den Schirm auf, den Marianne mir heute früh mitgegeben hat. Dann ziehe ich meinen Arm weg, bevor ich lauter blaue Flecken bekomme, und sage ohne großen Enthusiasmus: »Was gibt's denn? Hat Frédéric dir einen Heiratsantrag gemacht?«

Laura lächelt geheimnisvoll. »Fast. Also, erst mal habe ich ihn heute Morgen wieder auf dem Flur getroffen und stell dir vor, was er zu mir gesagt hat: ›Da bist du ja, Laura, ich habe gehofft, dass ich dich vor dem Ausflug noch erwische.‹ Wahnsinn, oder? Ich dachte erst, ich habe mich verhört. Aber nein, er hat tatsächlich auf mich gewartet. Auf *mich*!«

Laura sieht mich Beifall heischend an. Offenbar erwartet sie, dass ich jetzt in Jubelrufe ausbreche oder so was.

»Aha. Na, das ist doch prima. Herzlichen Glückwunsch«, sage ich und versuche zumindest etwas Begeisterung in meine Stimme zu legen.

»Warte, es kommt noch besser.« Laura hat vor Aufregung ganz rote Wangen. »Also, wir haben uns dann etwas unterhalten und er hat gefragt, wie es denn mit meiner Gastfamilie so läuft. Ich hab gesagt, dass ich es schon überleben werde. Und jetzt kommt der Hammer: Er meinte, dass er mir gerne etwas Gutes tun würde und ob ich nicht Lust hätte, ihn mal zu besuchen. Er würde mir dann auch was Französisches kochen. Bei ihm zu Hause! Was sagst du jetzt? Das ist doch Wahnsinn, oder?«

Allerdings. Ich hätte nicht gedacht, dass Frédéric so blöd ist. Seinen Job für eine kleine Affäre mit einer Schülerin zu gefährden, ist wirklich reiner Wahnsinn.

Aber Laura wartet meine Antwort gar nicht ab, sondern plappert gleich weiter: »Er hat mich für Mittwoch eingeladen, acht Uhr abends. Oh Gott, das ist ja schon morgen! Was soll ich bloß anziehen? Und was sage ich, wenn er mir wirklich einen Heiratsantrag macht? Kann doch sein, oder?«

»So ein Quatsch«, unterbreche ich Lauras Redeschwall. »Der macht dir bestimmt keinen Antrag. Du steigerst dich da in was rein. Im besten Fall will er einfach nur nett sein. Und im schlimmsten Fall … Na ja, das kannst du dir ja denken. An deiner Stelle würde ich gar nicht hingehen.«

»Waaas? Spinnst du? Das ist doch meine Chance!« Laura sieht mich entsetzt an. »Was ist überhaupt los mit dir? Du bist heute so negativ.«

»Ich bin nicht negativ, ich bin nur realistisch«, sage ich. »Außerdem gehst du mir mit deinen kindischen Schwärmereien langsam echt auf die Nerven.«

Jetzt ist Laura beleidigt. »Entschuldigung. Tut mir wirklich leid, wenn Gespräche über meine Gefühle unter deinem Niveau sind. Ich dachte, wir wären Freundinnen.«

Sie dreht sich um und geht durch den strömenden Regen zu den anderen, die sich ein Stück weiter unter ihren Schirmen zusammendrängen. Super, jetzt ist Laura auch noch sauer. Dabei kann sie nun wirklich nichts für meine schlechte Laune. Ich laufe hinter ihr her.

»He, tut mir leid«, sage ich, als ich sie eingeholt habe. »Ich hab das nicht so gemeint. Bin wohl ein bisschen gereizt heute.«

Frau Hinrich schwenkt ihren knallroten Regenschirm und wir folgen ihr langsam. Die Wolken hängen so tief, dass man die Wolkenkratzer, die rechts und links von uns in den Himmel ragen, kaum erkennen kann. Ganz schön deprimierend hier. Nichts als grauer Beton. Laura schmollt noch ein bisschen, aber als ich mit meinem Schirm neben ihr herlaufe, haut sie zumindest nicht gleich wieder ab. Ich entdecke René ein Stück weiter vorne. Er geht mit vor der Brust verschränkten Armen und gesenktem Kopf etwas abseits von der restlichen Gruppe. Ohne Schirm. Seine Haare sind tropfnass und auf seiner Lederjacke haben sich dunkle Flecken gebildet.

»Bloß weil du Stress mit René hast, brauchst du mich ja nicht so anzufauchen«, sagt Laura und fügt mit einem Blick auf René hinzu: »Was ist überhaupt los? René sieht aus, als würde er sich gleich vor die nächste Metro schmeißen. Hast du etwa Schluss gemacht?«

»Nein. Aber ich habe so richtig Mist gebaut. Wir haben uns gestern total wegen dieser Élise gezofft. René hat alles abgestritten. Und dann war ich so sauer, dass mir die Sache mit seinem Vater rausgerutscht ist.«

Laura bleibt stehen. »Auweia. Und wie hat er reagiert?«

»Er war total fertig. Und ich hab nicht gewusst, was ich sagen soll. Aber er wollte sowieso nicht darüber reden, sondern hat mich weggeschickt.«

»Kann ich verstehen. Wahrscheinlich muss er das erst mal für sich verdauen.«

»Mann, warum ist mir das bloß rausgerutscht? Ich könnte mich ohrfeigen.«

Laura grinst. »Damit ist auch keinem geholfen, also lass es lieber. Es ist nun mal passiert und lässt sich auch nicht wieder rückgängig machen. Wenigstens weiß René jetzt Bescheid und vielleicht ist das ja gar nicht so schlecht. Diese ewige Geheimniskrämerei ist doch auch bescheuert.«

»Aber wie soll es denn jetzt weitergehen? Ich meine, mit René und mir. Ich komme ja gar nicht mehr an ihn ran. Ob er es seiner Mutter erzählt? Oh Gott, nachher bin ich noch schuld, wenn seine Eltern sich scheiden lassen.«

»Quatsch. Du bist an gar nichts schuld. Wenn René sich ein bisschen beruhigt hat, kannst du mit ihm bestimmt noch mal über alles reden. Auch über die Sache mit Élise, denn das habt ihr ja wohl noch nicht so richtig geklärt, oder?«

»Na ja. René behauptet, dass alles ganz harmlos war. Sie ist ihm angeblich nur aus Schreck um den Hals gefallen. Weil sein Gesicht so übel zugerichtet war. Aber mal ehrlich – findest du, dass das glaubwürdig klingt?«

Laura zuckt mit den Schultern. »Ich kenn diese Élise ja nicht. Vielleicht ist sie wirklich so dramatisch drauf. Oder sie ist in René verknallt, aber er will nichts von ihr. Könnte doch sein, oder?«

Klingt eigentlich ganz plausibel. Allerdings sind Renés

geheimnisvolle Notfälle damit noch nicht geklärt. Aber danach brauche ich ihn im Moment wahrscheinlich nicht zu fragen, schließlich ist er gerade mit einem ganz anderen Notfall beschäftigt. Und daran bin ich leider nicht ganz unschuldig. Vielleicht sollte ich das Thema ›unbekannter Anrufer‹ erst mal zurückstellen.

Frau Hinrich wedelt vorne wieder mit ihrem Schirm. »Alle hier rüber! Ein bisschen Beeilung, bitte!«

Wir versammeln uns direkt unter der Grande Arche. Bei dem trüben Wetter wirkt der riesige Betonwürfel eher bedrohlich als beeindruckend, aber wenigstens ist es hier trocken. Ich klappe meinen Schirm zusammen und schaue nach oben. Ganz schön hoch, das Ding. Aber wie ein Bogen sieht es eigentlich nicht aus, dafür ist es eindeutig zu eckig. Über unseren Köpfen schweben an Stahlseilen merkwürdige Konstruktionen, die wie Zeltplanen aussehen. Hoffentlich fallen uns die Teile nicht auf den Kopf.

»Die Grande Arche ist 110 Meter hoch. Das heißt, dass sogar Notre-Dame hier hineinpassen würde«, erklärt Frau Hinrich so stolz, als hätte sie das Ding selbst gebaut. »Die Arche ist sozusagen das Aushängeschild von La Défense. Sie verlängert die königliche Achse zwischen Louvre und Triumphbogen …«

Ich schalte irgendwann ab und schaue in den Regen hinaus, der inzwischen eine richtige Wand bildet. Nachdem Frau Hinrich endlich mit ihren Ausführungen fertig ist, bin ich total durchgefroren.

Auf dem Rückweg zum Bus hakt sich Laura bei mir ein und versucht mich aufzumuntern. »Weißt du was? Morgen ist doch Mittwoch und da haben wir schulfrei. Das ist übrigens das Einzige, worum ich die französischen Schüler beneide. Mitten in der Woche einen Tag freizuhaben, ist einfach klasse. Was hältst du davon, wenn wir eine kleine Shoppingtour machen? Nur wir beide. Dann kann René in Ruhe seine Familienprobleme regeln, du wirst ein bisschen abgelenkt und ich habe jemanden, der mich bei der Zusammenstellung des optimalen Outfits für mein Rendezvous mit Frédéric berät. Was hältst du davon?«

»Klingt nicht schlecht. Aber willst du da wirklich hingehen? Ich halte das, ehrlich gesagt, wirklich für keine gute Idee. Du kennst Frédéric doch kaum. Wer weiß, vielleicht ist er ja ein verkappter Triebtäter oder so was.«

Laura macht eine wegwerfende Handbewegung. »Unsinn. Du übertreibst mal wieder total. Außerdem habe ich das Gefühl, dass ich Frédéric schon ewig kenne. Ich muss einfach herausfinden, was er wirklich für mich empfindet. Wenn ich die Einladung absage, werde ich das nie erfahren und mich noch in zehn Jahren darüber ärgern.«

Laura scheint fest entschlossen zu sein, da ist wohl nichts mehr dran zu machen. Aber die Idee mit dem Einkaufsbummel ist nicht schlecht. Vielleicht bringt mich das wirklich auf andere Gedanken. Und mal ein Tag ohne René und das ganze Gefühlschaos kann auch nicht schaden. Als ich hinter Laura in den Bus steige, sieht die Welt schon nicht mehr ganz so düster aus.

Nach dem Abendbrot gehe ich sofort in mein Zimmer. René hat beim Essen kaum ein Wort gesagt und ich halte mich an Lauras Rat und lasse ihn erst mal in Ruhe. Aber dann klopft es und plötzlich steht er in meinem Zimmer. Er hat seine Lederjacke an, die von heute Nachmittag immer noch ganz nass ist.

»Entschuldige die Störung«, sagt er. Sonst ist er nie so förmlich. »Ich wollte dir nur sagen, dass ich noch mal weggehe. Ich muss mit meinem Vater sprechen.«

Oje, das hört sich gar nicht gut an. Aber wenigstens redet René wieder mit mir.

»Es tut mir leid wegen gestern«, sage ich. »Ich hätte einfach meinen Mund halten sollen.«

René sieht mich nachdenklich an. »Keine Ahnung, ob das wirklich besser gewesen wäre. Jetzt weiß ich wenigstens Bescheid, auch wenn das im Moment nicht gerade angenehm ist.«

»Hast du schon mit deiner Mutter gesprochen?«, frage ich vorsichtig.

René schüttelt den Kopf. »Ich will meinem Vater erst die Gelegenheit geben, es ihr selbst zu sagen. Vielleicht schafft er ja wenigstens das.«

»Du bist ganz schön sauer auf ihn, was?«

»Sauer?« René überlegt einen Augenblick. »Nein, eigentlich nicht. Sauer war ich beim letzten Mal. Jetzt ist er einfach nur für mich gestorben.«

Renés Stimme klingt so kalt, dass ich eine Gänsehaut bekomme. Ist das wirklich derselbe René, der mir vor noch gar nicht so langer Zeit erzählt hat, dass ich Barbara ihren Fehltritt mit Schleim-Jacques verzeihen soll? Weil es auf Dauer nichts bringt, jemanden zu hassen, schon gar nicht die eigenen Eltern? Immerhin empfinde ich noch etwas für meine Mutter – und wenn es manchmal nur Hass ist. Aber das ist doch besser als nichts, oder?

»Ich geh dann mal«, sagt René und knöpft seine Jacke zu. »Schlaf gut.«

Eine Weile starre ich auf die Tür, die er hinter sich geschlossen hat. Dann krame ich in meinem Rucksack herum. Ich habe doch vor ein paar Tagen eine Postkarte gekauft. So eine kitschige mit dem beleuchteten Eiffelturm drauf. Eigentlich wollte ich sie Paps und Nina schicken. Na ja, da muss ich für die beiden eben noch eine andere kaufen. Ich schnappe mir meinen Kuli und fange an zu schreiben, bevor ich es mir anders überlegen kann:

Liebe Barbara …

Shopping – und noch ein Schock

»Und – was sagst du?«

Laura kommt aus der Umkleidekabine und dreht sich wie ein Mannequin hin und her. Sie trägt ein langes Abendkleid, das sie sich wahrscheinlich selbst in zehn Jahren noch nicht leisten kann.

Ich nicke anerkennend. »Nicht schlecht. Aber findest du das nicht ein bisschen übertrieben? Ich meine, Frédéric hat dich schließlich zum Abendessen eingeladen und nicht zum Staatsempfang.«

Laura sieht an sich hinunter und streicht den silberglänzenden Stoff glatt. »Vielleicht ist das wirklich etwas overdressed. Außerdem ist das Kleid sowieso viel zu teuer. Also doch lieber den langen, schwarzen Rock mit den aufgestickten Pailletten? Oder den Minirock mit dem Blümchenmuster?«

»Der Minirock ist zu aufreizend. Da kommt der gute Frédéric nur auf falsche Gedanken. Ich finde den langen, schwarzen Rock am besten.«

»Meinst du wirklich? Ach, ich kann mich einfach nicht entscheiden«, jammert Laura. »Ich zieh ihn noch mal an.«

Ich seufze. Mit Laura Klamotten einzukaufen, ist wirklich Schwerstarbeit. Seit drei Stunden laufen wir nun schon kreuz und quer durch dieses riesige Kaufhaus. Hier gibt es einfach *alles*! Laura hat in der letzten Stunde so viele Klamotten in ihre Umkleidekabine geschleppt und anprobiert, dass ich mich ernsthaft frage, wie sie selbst überhaupt noch in die Kabine passt.

Wenigstens habe ich einen bequemen Sitzplatz gefunden, sodass ich meine platt gelaufenen Füße etwas schonen kann. Ich sitze direkt neben der Brüstung im zweiten Stock und habe einen super Blick auf die Parfümerieabteilung im Erdgeschoss. Und auf die riesige Kuppel aus buntem Glas, die hoch oben das Dach des Kaufhauses bildet. Das sieht wirklich ziemlich hübsch aus. Ich muss zugeben, dass die meisten deutschen Kaufhäuser wesentlich hässlicher sind.

Jetzt kommt Laura wieder aus der Umkleidekabine, diesmal trägt sie den schwarzen Rock.

»Sieht doch super aus«, versichere ich ihr. »Sehr elegant. Und trotzdem nicht spießig. Macht auch schön schlank. Den solltest du nehmen.«

Ich komme mir vor wie eine Klamottenverkäuferin mit dreißig Jahren Berufserfahrung. Dabei habe ich eigentlich überhaupt keine Ahnung von den neuesten Modetrends. Das ist eher Ninas Fachgebiet. Aber Hauptsache, Laura entscheidet sich endlich mal, damit wir nicht morgen früh noch hier herumhängen.

Laura dreht sich vor dem Spiegel hin und her. »Okay, gekauft! Jetzt brauchen wir nur noch was für dich.«

»Ach nee, lass mal.« Ich winke ab. »Sollen wir nicht lieber einen Kaffee trinken gehen?«

Ich hasse es, in Geschäften Klamotten anzuprobieren. Die Umkleidekabinen sind immer viel zu klein und meistens kriegt man die Vorhänge nicht richtig zu, sodass einen der ganze Laden beim Umziehen beobachten kann. Aber Laura lässt sich nicht so leicht abwimmeln.

»Kaffee gibt's später«, sagt sie bestimmt. »Wenn du was Hübsches gefunden hast.«

Sie verschwindet in der Umkleidekabine und kommt kurze Zeit später in ihren normalen Klamotten und mit dem schwarzen Rock über dem Arm wieder heraus.

»Auf geht's, Julia! Ein bisschen mehr Elan, wenn ich bitten darf.«

Ich lasse mich von Laura im Zickzack zwischen den Kleiderständern hindurchziehen. Ab und zu hält sie mir irgendwelche Klamotten vor die Nase.

»Wie wär's mit dem Rock? Die Farbe ist doch super, oder?«

Der Rock ist neongrün! Manchmal leidet Laura wirklich an Geschmacksverirrung. Ich schüttele den Kopf. »Du weißt doch, dass ich keine Miniröcke trage.«

Laura seufzt. »Solltest du aber. Würde dir bestimmt super stehen. Und was ist mit dem Top? Himmelblau passt gut zu deinen dunkelblonden Haaren.«

»Straßenköterblond meinst du wohl«, stelle ich richtig. »Dazu passt doch so ziemlich jede Farbe. Das Himmelblau finde ich übrigens furchtbar. Sieht aus wie der Strampelanzug für den lang ersehnten Stammhalter.«

Laura rollt mit den Augen. »Du hast aber auch immer was zu meckern.«

»Wie findest du denn das hier?«, frage ich und halte ein bunt gestreiftes T-Shirt hoch.

»Ganz nett«, sagt Laura. »Könnte aber etwas figurbetonter sein. Probier's doch mal an.«

Ich halte mir das T-Shirt vor den Oberkörper. »Das passt bestimmt. Ich nehm's einfach so mit.« In eine Umkleidekabine kriegt mich hier keiner rein – nicht mal Laura.

Auf dem Weg zur Kasse kommen wir an der Abteilung für Damenhüte vorbei. Laura stößt einen verzückten Schrei aus und stürzt sich sofort auf den nächsten Hutständer.

»Guck dir das mal an! So viele Hüte auf einem Haufen habe ich noch nie gesehen. Und was für welche, die abgefahrensten Teile!«

Laura setzt sich einen riesigen Hut mit breiter Krempe und Schleier vor dem Gesicht auf. »Was meinst du, soll ich den nehmen? Sieht doch scharf aus, oder?«

Ich grinse. »Allerdings. Mit dem Ding auf dem Kopf kannst du ohne Probleme zum Pferderennen gehen. Da laufen die Frauen doch alle mit solchen Wagenrädern herum. Passt bloß irgendwie nicht so zu deiner Jeans.«

Laura kichert und nimmt den Hut wieder ab. »Stimmt. Hier, probier den mal auf.«

Sie setzt mir einen runden Hut aus Leopardenfell auf den Kopf und macht sich dabei vor Lachen fast in die Hose.

Ich werfe einen Blick in den Spiegel und pruste ebenfalls los. Ich sehe so richtig bescheuert aus. »Der perfekte Hut für Claudines Mutter. Ich finde allerdings, dass er mir auch sehr gut steht. Mit dem Ding auf dem Kopf könnte ich den Tussi-Bussis noch Konkurrenz machen.«

»Allerdings.« Laura versucht krampfhaft, nicht wieder laut loszulachen, weil uns eine der Verkäuferinnen schon böse Blicke zuwirft. »Komm, wir gehen lieber.«

Es dauert etwas, bis wir eine Kasse gefunden haben. Wir bezahlen und schieben uns durch das Gewühl in Richtung Ausgang. Draußen weht uns kühle, klare Luft entgegen und ich atme erst mal tief durch. Endlich wieder ein bisschen Sauerstoff nach dem stickigen Kaufhaus-Mief.

»So, und jetzt gehen wir einen Kaffee trinken«, sagt Laura und schwenkt ihre Einkaufstüte. »In einem echten Pariser Café wie zwei echte Pariserinnen. Ist das nicht super? Also ich finde Paris einfach toll!«

Laura ist wirklich schnell zu begeistern. Okay, es gibt hier ein paar ganz hübsche Ecken, aber meiner Meinung nach wird Paris als Stadt total überbewertet. Lauras Begeisterung lässt schließlich auch etwas nach, nachdem sie die Preise auf den Anschlagtafeln der Cafés gelesen hat.

»Fünf Euro für einen Espresso? Die spinnen wohl!«, ruft sie entrüstet. »Dafür kriege ich in Papenberg eine ganze Pizza!«

Tja, ich hab's ja von Anfang an gewusst. Die Touristen werden hier ausgenommen wie Weihnachtsgänse. Aber schließlich finden wir doch noch ein Café mit halbwegs humanen Preisen – zumindest für Pariser Verhältnisse – und lassen uns an einem der Tische draußen auf dem Bürgersteig nieder. Laura schlägt lässig die Beine übereinander und betrachtet die vorbeieilenden Passanten.

»So lässt sich's leben, was?«, sagt sie zufrieden und holt ihren neuen Rock aus der Tüte. »Ganz schön teuer, das

Teil. Aber wenn's Frédéric gefällt, hat sich die Investition auf jeden Fall gelohnt. Was ziehe ich denn für ein Oberteil dazu an? Oh Mann, ich bin ja schon so nervös wegen heute Abend.«

»Bist du sicher, dass du da wirklich hingehen willst?«, frage ich noch mal. Dabei weiß ich eigentlich schon, dass Laura sich nicht davon abhalten lassen wird. »Ich halte das für keine so gute Idee.«

»Ja, ja, das hast du schon gesagt. Aber mein Entschluss steht fest. Ich werde mir auf keinen Fall die Chance auf meine große Liebe vermasseln, bloß weil ich zu feige bin.«

Okay, ich denke, damit habe ich meine Pflicht als Freundin getan. Mehr, als Laura zu warnen, kann ich schließlich nicht machen. Und vielleicht hat sie ja auch recht. Wer weiß, vielleicht sehe ich schon wieder viel zu schwarz und sie und Frédéric werden tatsächlich ein glückliches Paar.

Als ich mich am späten Nachmittag auf den Heimweg mache, bin ich in einer Stimmung, die man fast als gute Laune bezeichnen könnte. Der Tag mit Laura war richtig nett und ich habe kaum an René und das ganze Chaos gedacht. Ich beschließe, dass ich heute Abend versuchen werde, mit René noch mal in Ruhe über alles zu reden. Über die Sache mit seinem Vater, über Élise und über uns. Jetzt haben wir ja beide ein bisschen Abstand. Vielleicht war das mit Élise ja doch ein Missverständnis und ich habe mich ganz umsonst aufgeregt.

Ich biege in die Straße ein, in der René wohnt, und überlege, wie ich unser Versöhnungsgespräch am besten anfange. Aus der Entfernung sehe ich, dass vor Renés Haus ein Liebespärchen steht. Ja, ja, Paris, die Stadt der Liebe. Vielleicht ist ja doch was dran. Das Mädchen schlingt gerade die Arme um den Hals ihres Freundes und fängt an, ihn leidenschaftlich zu küssen. Er dreht mir den Rücken zu. Seine Lederjacke sieht fast so aus wie die von René. Ich bleibe stehen und starre das Pärchen an. Moment mal. Ganz ruhig. Das muss eine Verwechslung sein. Aber im selben Moment weiß ich, dass eine Verwechslung ausgeschlossen ist. Ich habe Renés Rückenansicht während der letzten Tage in den vielen langweiligen Schulstunden so ausführlich studiert, dass ich sie überall wiedererkennen würde. Da vorne steht René. Und die Schnepfe, die gerade genießerisch die Klimperaugen schließt und ihre Lippen auf seine drückt, ist natürlich Élise. Wer auch sonst. René hat mich angelogen. Und ich bin ihm voll auf den Leim gegangen. Diese Erkenntnis trifft mich mit gnadenloser Wucht in den Magen und mir bleibt die Luft weg. Gleichzeitig schießen mir Tränen in die Augen, sodass ich René und Élise nur noch verschwommen sehen kann. Was vielleicht auch ganz gut so ist.

Ich drehe mich um und gehe in die entgegengesetzte Richtung davon. Erst langsam, denn meine Beine fühlen sich irgendwie taub an. Dann immer schneller. Schließlich renne ich wie eine Verrückte, bis ich völlig aus der Puste bin. Was bei meiner Kondition nicht besonders lange dauert. Ich will eigentlich immer weiter rennen, bis ich keine Luft mehr kriege und einfach tot umfalle. Dann hätte das Elend wenigstens ein Ende. Dann müsste ich nicht immer das Bild von René und Élise vor mir sehen, die eng umschlungen auf dem Bürgersteig stehen und sich küssen. Und ich müsste mich nicht länger um die Worte ›ES IST AUS, AUS, AUS … kümmern, die in meinem Kopf Karussell fahren.

Aber das klappt nicht, weil mir mein blöder, unsportlicher Körper einen Strich durch die Rechnung macht. Meine Lungen sind kurz vorm Platzen und meine Beine schwer wie Blei. Sie weigern sich einfach weiterzulaufen. Ich bleibe stehen, lasse mich auf eine Bank fallen und schnappe nach Luft. Mir laufen immer noch Tränen über das Gesicht und meine Brille ist komplett verschmiert. Ein Wunder, dass ich nicht irgendwen umgerannt habe. Ich suche nach einem Taschentuch, finde aber nur eins, das völlig verdreckt ist, und wische damit über meine Brille. Viel sauberer wird sie davon auch nicht, aber wenigstens bin ich nicht mehr völlig blind.

Ich schaue mich um und stelle fest, dass ich im Jardin du Luxembourg gelandet bin. Es sind eine Menge Spaziergänger unterwegs und einige werfen mir besorgte Blicke zu. Wahrscheinlich sehe ich so aus, als würde ich kurz vorm Kollaps stehen. Und das stimmt ja auch irgendwie. Aber bevor noch jemand einen Krankenwagen ruft, wische ich mir lieber mit dem Handrücken einmal über das Gesicht und versuche, meine Atmung wieder unter Kontrolle zu bekommen. Dabei rede ich mir selbst gut zu – natürlich nicht laut, sondern nur in meinem Kopf. Ich will schließlich nicht in einer französischen Irrenanstalt landen. Ruhig, ganz ruhig. Atme ein und atme aus. Ein und aus. Keine Panik. Es ist alles in Ordnung.

Das hilft ein bisschen, obwohl ich natürlich genau weiß, dass gar nichts in Ordnung ist. Aber ich muss jetzt versuchen, wissenschaftlich zu denken. Analytisch. Wie bei meinem Physikprojekt. Genaue Planung ist alles. Was soll ich jetzt machen? Ich muss Schritt für Schritt vorgehen. Immer nur an den nächsten Schritt denken. Mir nicht zu viel vornehmen. Ich muss nachdenken.

Aber das ist nicht so einfach, denn in meinem Kopf dreht sich alles. Wie kann René mir nur so etwas antun? Mich so zu hintergehen! Ausgerechnet mit dieser Tussi! Und mir dann auch noch direkt ins Gesicht zu lügen. Von wegen, mit Élise läuft nichts, alles ist ganz harmlos. Nichts als dreckige, dicke, fette Lügen. Genauso wie sein Gequatsche, dass ich ihm gefehlt habe und dass er mich ja so furchtbar vermisst hat. Dabei hat er bestimmt schon die ganze Zeit was mit Élise gehabt. Und ich hab ihm tatsächlich abgenommen, dass er sich vor Sehnsucht nach mir verzehrt. Und was ist mit unserem Kuss? Auch alles Lüge? Als ich daran denke, wie wir unter dem Eiffelturm gestanden und uns geküsst haben, fange ich fast wieder an zu heulen. Ich war so glücklich in dem Moment und René hat sich wahrscheinlich vorgestellt, er würde gerade Élise küssen. Er hat mich bloß ausgenutzt. Ach, die kleine Deutsche kommt. Mit der mach ich mir ein paar nette Tage. Ein bisschen Rumknutschen und Spaß haben. Die ist ja sowieso bald wieder weg. Und die ist so naiv, der kann man super was vormachen. Die merkt gar nichts.

Wahrscheinlich hat er sich die ganze Zeit heimlich über mich kaputtgelacht. Ich muss schlucken. Das ist echt bitter.

Ich bin zu unruhig, um noch länger hier herumzusitzen, also stehe ich auf und laufe ziellos durch den Park. Ich muss daran denken, was Laura auf der Hinfahrt gesagt hat. Dass ich hier im Jardin du Luxembourg mit René eng umschlungen unter den Platanen entlangwandern werde. Und was noch? Ach ja, richtig. Da war noch die Septembersonne, die zwischen den Blättern hindurchglitzert, oder so ähnlich. Ich stoße ein höhnisches »Ha!« aus. Zwei alte Damen, an denen ich gerade vorbeilaufe, werfen mir misstrauische Blicke zu und ich gehe schnell weiter. Von wegen, Laura! An deiner Vision stimmt nichts, aber auch gar nichts. Erst mal kann von glitzernder Septembersonne keine Rede sein. Es ist bewölkt und ein kalter Wind pfeift durch meine Jacke, sodass ich fröstele. Außerdem hat sich René inzwischen jemand anderen zum Entlangwandern gesucht. Statt mich zu wärmen, knutscht er mit dieser blonden Tussi herum – genauso wie sein blöder Vater. Wie der Vater, so der Sohn. Ich hätte nicht gedacht, dass in diesen alten Sprüchen so viel Wahrheit steckt.

Trotzdem kann ich nicht ewig hier herumrennen und mich selbst fertigmachen. Ich befürchte, wenn ich nicht im Park schlafen will, muss ich irgendwann in die Wohnung zurückgehen. Aber was mache ich, wenn ich René über den Weg laufe? Soll ich ihn zur Rede stellen? Nein, dafür bin ich im Moment zu durcheinander. Das packe ich nicht. Aber so tun, als wenn nichts wäre, geht auch nicht. Am liebsten würde ich ihn nie wieder sehen. Einfach in den nächsten Zug steigen und nach Hause fahren. Zu Paps und Nina. Aber ich weiß selbst, dass das nicht geht. Die zwei Tage bis zur Abfahrt nach Deutschland muss ich noch irgendwie durchhalten. Am besten gehe ich René erst mal aus dem Weg. Darin habe ich ja schon Übung.

Ich stehe auf und mache mich auf den Heimweg. René und Élise stehen zum Glück nicht mehr vor dem Haus. Wäre ja auch noch schöner, wenn sie die ganze Zeit hier herumgeknutscht hätten. Ob René jetzt zu Hause ist? Wahrscheinlich. Ob Élise etwa auch da ist??? Vielleicht setzen sie ihre Knutscherei ja gerade in seinem Zimmer fort. Bei der Vorstellung wird mir fast schlecht. Aber nein, so dreist ist René nun auch wieder nicht. Oder? Der Fahrstuhl ist außer Betrieb. Auch das noch. Aber ich hab's ja nicht eilig. Im Gegenteil. Am liebsten würde ich nie in der Wohnung ankommen. Ganz langsam steige ich die Treppe hinauf. Zwischen dem dritten und dem vierten Stock kommt mir jemand entgegen. Es ist Claude! Er schleppt sich mit einem riesigen Koffer ab und sieht ziemlich sauer aus. Du meine Güte, hat Marianne ihn etwa rausgeschmissen? Ich kriege einen Mordsschreck. Vielleicht weiß Claude ja, dass ich ihn verpfiffen habe, und geht mir gleich an die Gurgel! Aber er ist so in Gedanken versunken, dass er mich erst bemerkt, als er schon fast an mir vorbeigegangen ist. Er sieht mich verwirrt an, so als würde er gerade krampfhaft überlegen, wer ich bin.

»Salut«, murmele ich und mache, dass ich weiterkomme.

Claude nickt mir kurz zu und setzt dann seinen Weg nach unten fort. Mannomann, der scheint ganz schön fertig zu sein. Ich habe irgendwie ein schlechtes Gewissen. Schließlich bin ich nicht ganz unschuldig daran, dass er jetzt ausziehen muss. Andererseits: Bin ich fremdgegangen oder er? Na also. Ob er und Marianne sich endgültig getrennt haben? Wie es Marianne jetzt wohl geht …

Ich öffne die Wohnungstür so leise wie möglich und stecke vorsichtig den Kopf in den Flur. Stille. Die Türen zu Mariannes und Renés Zimmern sind geschlossen. Ich schleiche auf Zehenspitzen in die Wohnung und hoffe, dass ich niemandem begegne. Es ist nicht nur still, sondern totenstill. Kein einziger Laut dringt aus den Zimmern. Kein Gitarrengeklimper, kein Geschirrgeklapper, keine Stimmen, nichts. Eiszeitstimmung. Mir wird richtig kalt und ich fröstele. Vielleicht liegt das aber auch daran, dass ich zu lange im Park herumgesessen habe. In meinem Zimmer angekommen, ziehe ich mir schnell meinen Schlafanzug an, verkrieche mich unter die Decke und mache das Licht aus. Nach einer Weile wird meine Zimmertür leise geöffnet und René schaut herein, aber ich tue so, als würde ich schon schlafen. Als René wieder verschwunden ist, öffne ich die Augen und starre stundenlang in die Dunkelheit, bis ich endlich einschlafe.

Geteiltes Leid ist halbes Leid

»Sag mal, was ist eigentlich los mit dir?«, fragt René am nächsten Morgen auf dem Weg zur Schule. »Du hast beim Frühstück kein einziges Wort gesagt. Bist du sauer, oder was?«

Jetzt spielt er mal wieder den Ahnungslosen, der Heuchler. Knutscht mit einer anderen herum und fragt mich, ob ich sauer bin. Er will den Arm um mich legen, aber ich schüttele ihn ab.

»Wir müssen uns beeilen«, sage ich und lege einen Zahn zu.

René soll mich bloß in Ruhe lassen. Ich will sein falsches Gelaber nicht mehr hören. Ich könnte ihm ja ganz schnell das Maul stopfen und ihm sagen, dass ich Bescheid weiß und dass er aufhören kann, Theater zu spielen. Aber ich bin im Moment einfach zu fertig für einen Zoff mit René. Ich habe superschlecht geschlafen und die Ringe unter meinen Augen sind so dunkel, dass es fast so aussieht, als wäre ich auch gegen einen Laternenpfahl gerannt.

»Lass uns nachher doch mal in Ruhe miteinander reden«, schlägt René vor. »Es gibt da ein paar Dinge, über die wir sprechen sollten …«

Was soll das denn jetzt werden? Will er mir etwa den Gnadenstoß versetzen? So nach dem Motto: Es tut mir sehr leid, aber ich liebe Élise. Sei nicht sauer, dass ich dir die ganze Zeit etwas vorgemacht habe … Der spinnt wohl. Ich will den Quatsch nicht hören. Und wenn wir doch noch mal über die Sache reden, bestimme ich den Zeitpunkt und nicht er.

»Ich weiß nicht, ob du es mitbekommen hast, aber mein Vater ist gestern ausgezogen«, fährt René fort.

Will er *darüber* mit mir sprechen? Obwohl ich bei dem Thema immer noch ein schlechtes Gewissen bekomme, fühle ich mich nach allem, was passiert ist, eigentlich nicht mehr für Renés Familienprobleme verantwortlich. Soll er doch selber sehen, wie er klarkommt. Schließlich haben eine Menge Leute Stress mit ihren Eltern. Meine Mutter ist auch abgehauen und ich jammere nicht ständig deswegen herum. Okay, hin und wieder jammere ich schon ein bisschen. Aber das ist ja auch was ganz anderes.

»Ja, ich weiß Bescheid. Ich hab Claude gestern auf der Treppe getroffen«, sage ich. »Aber das ist deine Angelegenheit und nicht meine. Ich wüsste nicht, warum wir darüber sprechen sollten.«

Ich habe die Hände in den Hosentaschen vergraben und blicke stur geradeaus. Trotzdem sehe ich aus den Augenwinkeln den überraschten und etwas verletzten Blick, den René mir zuwirft. Tja, Monsieur, da staunen Sie, was? Die gutgläubige Julia lässt nicht alles mit sich machen, auch wenn Sie das vielleicht geglaubt haben. Ich kann auch anders!

»Klar ist das meine Angelegenheit«, murmelt René. »Ich dachte nur … Ach, egal. Aber da ist noch was, worüber wir reden sollten. Die Sache, wegen der ich abends ein paarmal so schnell weg musste. Du weißt schon, die Notfälle. Also, das habe ich inzwischen halbwegs geregelt. Und ich hab dir doch versprochen, dass ich dir dann alles erzähle.«

Also doch. Ich wusste ja, dass es darauf hinausläuft. Élise als Notfall zu bezeichnen, ist allerdings ganz schön dreist. Und was soll das heißen, dass er die Sache geregelt hat? Wahrscheinlich meint er damit, dass sie gestern mit dem Kuss ihre innige Beziehung endgültig besiegelt haben.

»Geregelt nennst du das?«, fauche ich. »Du hast sie doch nicht mehr alle. Für mich ist die Sache längst noch nicht geregelt. Nur zu deiner Information: Ich weiß Bescheid. Und versuch gar nicht erst, wieder alles abzustreiten. Ich glaub dir kein Wort mehr. Und ich habe im Moment auch überhaupt keine Lust, darüber zu reden, okay? Am besten gehst du mir einfach aus dem Weg.«

Jetzt habe ich doch gesagt, was Sache ist. Na ja, ist vielleicht auch besser so. Jetzt weiß René wenigstens Bescheid. Er sieht mich total verwirrt an. Zum Glück sind wir gerade an der Schule angekommen. Die anderen haben sich schon alle vor dem Bus versammelt und warten darauf, dass es losgeht. Heute stehen die Champs-Élysées auf dem Programm. Ehe René etwas erwidern kann, gehe ich zum Bus hinüber, um einzusteigen. Hoffentlich lässt er mich in Ruhe und verzieht sich einfach. Ich bin echt froh, dass die Franzosen heute mal wieder Unterricht haben, während wir uns die Stadt ansehen.

Aber natürlich tut René mir nicht den Gefallen, einfach zu verschwinden. Wäre ja auch zu schön gewesen.

Er läuft hinter mir her und hält mich am Arm fest. »Was soll das heißen: Du weißt Bescheid? Ich habe keine Ahnung, wovon du redest. Könntest du mir das bitte mal erklären?«

»Nein«, sage ich und schüttele seine Hand ab. »Lass mich in Ruhe.«

Aber René lässt nicht locker. »Ich will wissen, was los ist. Jetzt sofort.«

Inzwischen starren uns alle an. Klar, wir liefern ja auch eine tolle Show. Beziehungsdrama live. Besser als jede Reality Soap. Scheiße. Das hat mir gerade noch gefehlt.

»Hör jetzt auf!«, zische ich. »Ich will nicht mit dir reden, kapier das endlich.«

Ich steige in den Bus, bevor mich René wieder festhalten kann, und lasse ihn einfach stehen. Dann setze ich mich ziemlich weit hinten auf einen Fensterplatz, während die anderen auch nach und nach einsteigen. Einige werfen mir neugierige Blicke zu und tuscheln. Sollen sie sich doch die Mäuler zerreißen, das ist jetzt auch schon egal. Ich sehe, wie René sich kopfschüttelnd umdreht und langsam zum Haupteingang geht. Als er in der Schule verschwunden ist, fangen meine Augen schon wieder verdächtig an zu jucken. Aber wegen dem Mistkerl werde ich keine einzige Träne mehr vergießen. Das ist er überhaupt nicht wert. Ich werde ihn einfach vergessen. Am besten jetzt gleich.

»Das hat sich aber eben gar nicht gut angehört«, flötet mir in dem Moment Nadja ins Ohr, die zusammen mit Tanja auf dem Weg zur hintersten Sitzbank ist. Da, wo immer die ganz Coolen sitzen. »Ich hab wohl doch recht gehabt, was? Mit René und Élise, meine ich. Aber du wolltest mir ja nicht glauben. Dabei hab ich es nur gut mit dir gemeint. Ist schließlich echt blöd, wenn man so ins offene Messer läuft.«

»Seid ihr jetzt nicht mehr zusammen?«, fragt Tanja.

Neugierige Ziege. Ich werfe ihr einen bösen Blick zu. »Das geht dich gar nichts an.«

»Mach dir nichts draus, Tanja«, tröstet Nadja ihre dämliche Freundin. »Julia ist etwas gereizt heute. Aber das ist ja auch verständlich, oder? Schließlich ist es hart, wenn einen der eigene Freund wegen einer anderen fallen lässt. Wobei ich René schon irgendwie verstehen kann. Élise sieht ja wirklich ziemlich gut aus …«

Jetzt reicht's mir. »Danke für deine Anteilnahme«, sage ich so ruhig wie möglich. »Du musst es ja wissen, schließlich hast du die Erfahrung selbst schon gemacht. Aber Mark und du, ihr seid ja inzwischen wieder glücklich vereint. Wobei es mich, ehrlich gesagt, ganz schön wurmen würde, wenn ich wüsste, dass mein Freund eigentlich immer noch einer anderen hinterhertrauert. Aber mach dir keine Sorgen. Ich hab wirklich kein Interesse mehr an Mark.«

Ich weiß genau, dass das Nadjas wunder Punkt ist. Sie hat es mir nie verziehen, dass Mark sich meinetwegen mal kurz von ihr getrennt hat. Schade, dass Mark so ein langweiliger Typ ist. Sonst wäre ich jetzt mit ihm zusammen und René könnte mir nicht das Herz brechen.

Leider machen sich Nadja und Tanja immer noch nicht vom Acker. Nadja ist vor Wut knallrot angelaufen und scheint gerade verzweifelt nach einer passenden Antwort zu suchen. Dabei will ich doch eigentlich nur meine Ruhe haben.

»Seid ihr hier angewachsen, oder was?«, ruft in dem Moment jemand hinter den beiden. Laura! »Könntet ihr vielleicht mal weitergehen, damit sich andere Leute auch hinsetzen können?«

»Spiel dich hier nicht so auf!«, schnauzt Nadja sie an.

Mehr fällt ihr offensichtlich nicht ein, denn dann verzieht sie sich, ohne weitere Sticheleien loszulassen. Laura lässt sich neben mir auf den Sitz fallen.

Sie stöhnt. »So viel Blödheit am frühen Morgen, das macht einen echt fertig. Dabei bin ich eigentlich auch ohne die beiden schon fertig genug.«

»War das Rendezvous mit deinem Traumprinzen gestern etwa so anstrengend?«, frage ich.

Eine nette Plauderei mit Laura ist jetzt genau das Richtige, um mich ein bisschen abzulenken. Aber Laura geht gar nicht darauf ein. Sie starrt nur mit leerem Blick vor sich hin und seufzt herzergreifend. Ich bemerke erst jetzt, dass sie tatsächlich ziemlich fertig aussieht. So, als hätte sie die ganze Nacht kein Auge zugetan. Sieht fast so aus, als wäre ihr romantischer Abend gestern ein Reinfall gewesen. Okay, das ist offensichtlich ein Notfall. Und zwar ein echter. Das erfordert natürlich besondere Maßnahmen. Ich muss die ganze René-Geschichte für eine Weile zurückstellen und mich erst mal um Laura kümmern.

»Ist es gestern nicht so gut gelaufen?«, frage ich vorsichtig.

Laura schüttelt stumm den Kopf.

Während der Bus losfährt, lege ich die Hand auf ihre Schulter. »Was war denn los? Hat er das Essen versalzen?«

Erst starrt Laura nur vor sich hin, ohne zu antworten. Ihre Unterlippe zittert und sie sieht aus, als würde sie gleich losheulen. Dann sagt sie mit unsicherer Stimme: »Nein. Das Essen war prima. Hat ja auch seine Frau gekocht.«

Seine Frau??? Oh Mann, das hört sich gar nicht gut an.

»Frédéric ist verheiratet?«, frage ich völlig verwirrt. »Und er hat dich zum Abendessen mit seiner Frau eingeladen? Jetzt kapier ich gar nichts mehr. Warum stellt er dich erst seiner Frau vor, wenn er was mit dir anfangen will? Ist das hier in Frankreich so Sitte?«

»Er wollte ja gar nichts mit mir anfangen«, schluchzt Laura. »Er wollte nur nett sein. Aber ich dumme Kuh hab das total falsch verstanden. Er meinte wohl, dass er sich etwas um mich kümmern muss, weil ich mich mit meiner Gastfamilie nicht so gut verstehe. Und deshalb hat er mich zum Abendessen eingeladen.«

Jetzt wird mir einiges klar. Und der gute Frédéric wird mir richtig sympathisch. Er ist also doch nicht der Typ, der sich an seinen Schülerinnen vergreift, sondern ein braver Ehemann. Und ein sehr engagierter Lehrer, der sich auch in seiner Freizeit um seine Schützlinge kümmert. Bloß dass das in Lauras Fall voll nach hinten losgegangen ist. Wenigstens sitzt sie jetzt nicht mehr nur stumm da, was bei Laura immer ein ausgesprochen schlechtes Zeichen ist, sondern erzählt die ganze Geschichte von A bis Z.

»Ich kam mir so bescheuert vor! Als ich geklingelt hab,

hat erst mal nur Frédéric aufgemacht. Er hat mich angelächelt und mir sogar noch ein Kompliment zu meinem Outfit gemacht. Ich war natürlich total happy. Schließlich hatte ich mich ja auch richtig aufgebrezelt mit dem schwarzen Rock und meinem Glitzer-Top. Das sah echt edel aus. Ich hatte mir sogar Locken gedreht. Dann sind wir ins Esszimmer gegangen und da war der Tisch total schön gedeckt. Mit weißem Porzellan, Stoffservietten und Kerzen. Richtig romantisch. Ich dachte, Wahnsinn, da hat sich Frédéric ja mächtig ins Zeug gelegt.« Laura macht eine Pause und starrt in Gedanken versunken vor sich hin. So, als würde die ganze Szene in ihrem Kopf noch einmal ablaufen.

»Und dann?«, frage ich.

»Dann kam *sie* herein«, sagt Laura mit Grabesstimme, »Und Frédéric hat gesagt: ›Darf ich dir meine Frau Françoise vorstellen?‹ Ich sag dir, ich bin fast in Ohnmacht gefallen. Erst hab ich gar nicht so richtig kapiert, was los ist. Dann wäre ich am liebsten einfach aus der Wohnung gerannt. Aber das ging natürlich nicht. Also musste ich diese Françoise begrüßen.«

»Und, wie war sie so?«, will ich wissen.

Laura sieht mich traurig an. »Das ist es ja gerade: Sie war total nett. Ich wollte sie so gerne bescheuert finden, aber das ging nicht. Sie und Frédéric sind das perfekte Paar. Und das musste ich mir dann den ganzen Abend anschauen. Hunger hatte ich natürlich keinen mehr. Dabei hatte Françoise echt lecker gekocht.«

Ich sehe Laura mitfühlend an. »Du Ärmste. Meinst du, Frédéric und Françoise haben mitbekommen, was los ist?«

Laura zuckt mit den Schultern. »Keine Ahnung. Ich hoffe nicht, das wäre echt superpeinlich. Ich hab mich dann nach dem Essen auch gleich verdrückt. Dabei war es noch nicht mal zehn. Hab gesagt, ich hätte Kopfschmerzen. Oh Mann, am liebsten würde ich den ganzen Abend komplett aus meinem Gedächtnis streichen. Wie konnte ich nur so blöd sein und denken, dass ich bei Frédéric Chancen habe? Für ihn bin ich doch nur die kleine deutsche Austauschschülerin, die Probleme mit ihrer Gastfamilie hat. Wahrscheinlich findet er mich in Wirklichkeit total bescheuert.«

»Nein, das glaube ich nicht«, versuche ich Laura zu trösten. »Sonst hätte er dich bestimmt nicht zum Essen eingeladen. Ich bin mir sicher, dass er dich mag. Aber mehr eben auch nicht. Das Ganze war einfach ein riesiges Missverständnis.«

Das habe ich ja von Anfang an gesagt, aber darauf weise ich Laura jetzt lieber nicht hin.

Der Bus hält an der Place de la Concorde und Frau Hinrich verbreitet gleich wieder Hektik: »Schnell, alles aussteigen! Wir können hier nicht so lange stehen bleiben.«

Ich klettere hinter Laura aus dem Bus.

»Ihr habt jetzt eine Stunde Freizeit, die ihr nutzen könnt, um die Champs-Élysées auf eigene Faust zu erkunden«, erklärt Frau Hinrich. »Um Punkt elf treffen wir uns hier wieder und fahren zurück zur Schule. Und bitte seid pünktlich!«

Dann spaziert sie Arm in Arm mit Mme. Dupont los. Wahrscheinlich setzen sich die beiden gleich ins nächste Café und quatschen die ganze Zeit.

»Oh Mann, ich hab überhaupt keine Lust, hier jetzt eine Stunde lang herumzulatschen«, beschwert sich Laura.

Ihre Paris-Begeisterung scheint sich etwas gelegt zu haben.

»Ich auch nicht«, sage ich. »Komm, wir setzen uns da vorne irgendwo in den Park.«

Wir laufen ein Stück die Champs-Élysées hoch bis zu der großen Grünanlage. Ich muss daran denken, wie ich hier eng umschlungen mit René entlangspaziert bin, und habe plötzlich einen Kloß im Hals. Ist das wirklich erst ein paar Tage her?

Bei Tageslicht sieht es hier allerdings ganz anders aus und ich frage mich, wie ich die Champs-Élysées jemals auch nur ansatzweise schön finden konnte. Der Verkehr donnert an uns vorbei, es ist laut und stinkt nach Abgasen. Eine Prachtstraße stelle ich mir wirklich anders vor. Wir biegen nach rechts in die Grünanlage ein und suchen uns eine freie Bank. Hier hört man die Autos wenigstens nicht mehr ganz so laut.

»Sag mal, was war vorhin eigentlich zwischen dir und René los?«, fragt Laura. »Hattet ihr Zoff? Hast du gestern noch mal mit ihm geredet?«

Ich versuche, den Kloß in meinem Hals hinunterzuschlucken, und murmele: »Das war nicht mehr nötig.«

»Wieso?«, fragt Laura. »Hat er dir endlich alles erklärt?«

»Er brauchte mir gar nichts zu erklären.« Ich stocke. Die bittere Wahrheit will nicht über meine Lippen. »Ich hab ihn gesehen. Vor dem Haus. Mit Élise.«

»Okay, aber das muss ja nun wirklich nichts heißen.

Wahrscheinlich haben sie nur ein bisschen gequatscht. Du solltest dich da nicht so reinsteigern.«

Ich schüttele den Kopf. »Sie haben ein bisschen mehr gemacht als nur gequatscht. Sie haben sich geküsst. Und nicht auf die französische Art, sondern richtig. Es war eine absolut eindeutige Situation. Noch eindeutiger als die Umarmung auf dem Schulhof. René hat mir die ganze Zeit was vorgemacht.«

Laura sieht mich entsetzt an. »Was? Das gibt's doch nicht! Das hätte ich ihm echt nicht zugetraut. Und was hast du gemacht? Hast du ihn zur Rede gestellt?«

»Nein, ich bin abgehauen. Ich war total fertig.«

»Kann ich mir vorstellen«, sagt Laura verständnisvoll. »Was ist bloß mit diesen französischen Typen los? Spinnen die alle? Wird Zeit, dass wir wieder nach Hause kommen.«

»Allerdings.« Ich nicke. Übermorgen fahren wir endlich zurück. Ich kann's kaum noch erwarten. Wenn ich René nicht mehr jeden Tag sehen muss, schaffe ich es ja vielleicht auch, ihn zu vergessen.

»Komm, wir tun uns jetzt was Gutes«, schlägt Laura vor. »Was hältst du von einem großen Eis? Ich finde, das haben wir uns nach all dem Ärger echt verdient.«

»Gute Idee«, sage ich und mache mich mit Laura auf die Suche nach einer Eisdiele.

Ich bin froh, dass Laura da ist. Wie geht noch mal dieser Uralt-Spruch? Geteiltes Leid ist halbes Leid. Da ist echt was dran. Oh Mann, jetzt bete ich schon täglich Oma-Sprüche herunter. Ich glaube, ich werde langsam alt.

Den Nachmittag in der Schule verbringe ich hauptsächlich damit, René aus dem Weg zu gehen. Das klappt auch ganz gut. Den Unterricht mache ich mal wieder in der Parallelklasse mit. Laura auch, weil sie Frédéric nicht sehen will. Einmal taucht René am anderen Ende des Ganges auf, als wir gerade von den Mathe- zu den Sprachenräumen gehen. Aber bevor er mich sieht, hechte ich schnell auf die Toilette.

Nach dem Unterricht bin ich die Erste, die auf den Schulhof flitzt, damit ich auf dem Nachhauseweg bloß nicht René begegne. Als ich in die Wohnung komme, sitzt Marianne mit einem Glas Rotwein am Küchentisch. René scheint noch nicht da zu sein.

»Hallo, Julia«, begrüßt mich Marianne. »Auch einen Schluck Rotwein?«

Warum eigentlich nicht? Ich nicke. »Gerne. Aber mir reicht ein halbes Glas zum Probieren.«

Marianne holt ein Glas und schenkt mir ein. Sie macht einen etwas traurigen, aber trotzdem sehr gefassten Eindruck.

»René ist heute Abend bei seinem Vater«, sagt sie. »Du hast wahrscheinlich schon mitbekommen, dass Claude ausgezogen ist, oder? Es tut mir leid, dass das alles ausgerechnet während deines Besuchs passiert. Ich hoffe, die ganze Sache verdirbt dir deinen Paris-Aufenthalt nicht zu sehr.«

»Mach dir deswegen keine Gedanken«, sage ich.

Schließlich habe ich den Stein ins Rollen gebracht. Hätte ich meine Klappe gehalten, würde Marianne hier jetzt nicht so traurig und alleine herumsitzen. Okay, und Claude würde fröhlich weiter mit seiner Blondine herumknutschen. Das wäre natürlich auch nicht das Wahre. Trotzdem habe ich ein schlechtes Gewissen. Ich muss Marianne die Wahrheit sagen. Und wenn sie dann sauer wird? Schließlich habe ich mich so ziemlich ungefragt in ihre Familienangelegenheiten eingemischt.

Ich gebe mir einen Ruck. »Marianne, ich muss dir was sagen …«, fange ich an. Hoffentlich schmeißt sie mich nicht gleich raus! »Also … es ist so: Ich habe Claude letzte Woche mit seiner Freundin gesehen. Eigentlich wollte ich es für mich behalten, aber dann habe ich es doch René erzählt. So ist die ganze Sache aufgeflogen. Es tut mir leid, ich wollte mich wirklich nicht einmischen. Und ich wollte auch eure Familie nicht durcheinanderbringen.«

Vorsichtig schaue ich Marianne an. Aber sie sieht überhaupt nicht sauer aus, eher nachdenklich.

»Mach dir keine Vorwürfe, Julia. Du kannst wirklich nichts dafür. Wenn jemand unsere Familie durcheinandergebracht hat, dann ist es einzig und allein Claude.«

»Ja, aber wenn ich nichts gesagt hätte …«

»… dann wäre es irgendwie anders herausgekommen. Claude war leider noch nie besonders gut darin, seine Affären geheim zu halten. Unsere Trennung war schon lange fällig, die Sache war nur noch der Tropfen, der das Fass zum Überlaufen gebracht hat. Weißt du, ich war wirklich noch sehr jung, als ich Renés Vater geheiratet habe. Er hat mich einfach umgehauen mit seinem. französischen Charme …«

Marianne schaut gedankenverloren in die Ferne. Ja, ich kann mir gut vorstellen, wie Claude sie damals um den

Finger gewickelt hat. Bestimmt hat er als junger Mann mindestens genauso gut ausgesehen wie René. Und Marianne ist voll auf ihn reingefallen und hat erst viel zu spät gemerkt, wen sie da eigentlich geheiratet hat. Einen Lügner und Betrüger. Genauso wie René.

»Ich glaube, am schwersten ist es für René«, sagt Marianne nachdenklich. »Er ist im Moment ziemlich sauer auf seinen Vater, obwohl er so tut, als würde ihn das alles kaltlassen. Hoffentlich schaffen es die beiden, heute Abend ein paar Dinge zu klären. Vielleicht kannst du René ja in den nächsten Tagen ein bisschen aufmuntern. Es ist wirklich schade, dass du am Samstag schon wieder wegfährst.«

Da bin ich zwar anderer Meinung, aber das behalte ich lieber für mich. Und das mit dem Aufmuntern wird wohl auch nichts. Ich könnte eher jemanden brauchen, der *mich* aufmuntert. Es kommt mir so vor, als würden im Moment alle Leute in meiner näheren Umgebung in einer Krise stecken: Marianne, Claude, René, Laura, ich … Verrückt. Ob das an mir liegt? Vielleicht ziehe ich ja das Unglück an. Aber das ist natürlich Quatsch. Vielleicht liegt es an Paris. In Wirklichkeit ist Paris nämlich gar nicht die Stadt der Liebe, sondern die Stadt der *unglücklichen* Liebe. Ein kleiner, aber feiner Unterschied.

Ob ich Marianne erzählen soll, was ihr lieber Herr Sohn sich geleistet hat? Besser nicht, dann wird sie nur noch trauriger.

»Es wird René schwer treffen, wenn du wieder wegfährst«, sagt sie in dem Moment. »Er hat sich so auf dich gefreut. Die letzten drei Monate hat er ständig von dir geredet. Deshalb hatte ich auch das Gefühl, dich schon seit Ewigkeiten zu kennen, als wir uns das erste Mal gesehen haben.«

Marianne lächelt und ich lächele etwas gequält zurück.

»Na ja, aber Gefühle können sich schließlich auch ändern«, sage ich vorsichtig.

Marianne nickt. »Das stimmt natürlich. Aber ihr beide passt so gut zusammen, da mache ich mir überhaupt keine Sorgen. Und ich habe René noch nie so verliebt gesehen. Klar hat er schon mal für das eine oder andere Mädchen geschwärmt, aber das war nie etwas Ernstes. Richte dich lieber darauf ein, dass du ihn so schnell nicht wieder loswirst. Wenn René sich einmal für eine Sache entschieden hat, bleibt er meistens auch dabei.«

Es sei denn, eine blonde Schnepfe namens Élise funkt dazwischen. Von der scheint er Marianne noch nichts erzählt zu haben. Er wird schon wissen, warum. Ich nippe nachdenklich an meinem Wein, der übrigens ganz lecker schmeckt. Dabei bin ich ja sonst eher nicht so der Weintrinker.

Irgendwie passt das alles nicht zusammen. Wenn René wirklich die ganze Zeit Sehnsucht nach mir gehabt hat, kann eigentlich vor meiner Ankunft noch nichts mit Élise gelaufen sein. Dann müsste er sich ihr sozusagen von einem Tag auf den anderen an den Hals geschmissen haben. Aber das ist eigentlich gar nicht seine Art. Oder? Ich bin so durcheinander, dass ich nicht mal mehr weiß, was Renés Art ist. Ist er so, wie ich ihn in Deutschland kennengelernt habe? Witzig, hilfsbereit, charmant und sehr, sehr nett?

Oder ist er ein Lügner und Betrüger, der sich ständig verstellt? Oder hat er vielleicht eine gespaltene Persönlichkeit? Fragen über Fragen, aber ich bin viel zu müde, um sie alle zu beantworten. Statt mir weiter den Kopf zu zerbrechen, nehme ich lieber noch einen Schluck Wein.

René packt aus

Endlich! Der letzte Tag ist angebrochen! Morgen geht's wieder nach Hause, raus aus dem ganzen Chaos hier. Ich steige fast beschwingt aus dem Bett. Ich habe extra ein bisschen länger geschlafen, damit ich René morgens nicht über den Weg laufe. Frühstück fällt heute aus. Ich ziehe mich an, schnappe mir meine Jacke und schleiche über den Flur zur Wohnungstür.

Ich höre, wie René in der Küche mit dem Geschirr klappert. Soll ich ihm kurz Bescheid sagen, dass ich schon mal losgehe? Nein, lieber nicht, dann will er mir bestimmt wieder ein Gespräch aufzwingen. Ich habe die Klinke der Wohnungstür schon in der Hand, als Renés Kopf in der Küchentür auftaucht.

»He, wo willst du denn hin?«, fragt er.

Mist. Erwischt. Ich werde rot. »Äh – ich geh schon mal los. Bin vor der Schule noch mit Laura verabredet. Der geht's gerade nicht so gut. Also, tschüss dann.«

»Willst du gar nicht frühstücken? Ich habe Croissants geholt. Außerdem würde ich gerne endlich mal in Ruhe mit dir reden und dir alles erklären. Gestern bist du mir ja ständig aus dem Weg gegangen.«

»Und das wundert dich?«, fahre ich ihn an. »Nach allem, was du dir geleistet hast? Außerdem habe ich dir schon gestern gesagt, dass ich keine Erklärungen hören will. Was ich gesehen habe, reicht mir völlig.«

»Was hast du denn gesehen?«, fragt René und hebt verzweifelt die Hände. »Sag mir doch einfach mal, was los ist, und dann können wir drüber reden.«

»Ich will aber nicht reden. Und du weißt genau, was ich gesehen habe. Tu bloß nicht so unschuldig, das kotzt mich echt an.«

Ich rausche aus der Wohnung und knalle die Tür hinter mir zu. Dann rase ich die Treppen hinunter, damit René mich nicht so schnell einholen kann, falls er mir folgt. Aber er folgt mir gar nicht. Na ja, auch gut. Dann ist es ihm wohl doch nicht so wichtig, alles zu klären. Außerdem gibt es ja auch gar nichts zu klären. Ich gehe langsam zur Schule. Als ich ankomme, bin ich trotzdem fast eine Stunde zu früh. Ich gähne und setze mich auf die Treppenstufen vor dem Haupteingang. Hoffentlich kommt Laura bald. Heute Vormittag haben wir zum letzten Mal Unterricht, nachmittags wollte ich mit Laura Geschenke einkaufen gehen. Ich brauche unbedingt etwas für Nina. Und vielleicht auch für Paps. Der würde sich bestimmt über eine gute Flasche Wein freuen.

Dann muss ich nur noch die Abschiedsparty in der Schule heute Abend überstehen und morgen früh geht's zurück ins gute, alte Papenberg. Endlich. Und der blöde René kann mir mal den Buckel runterrutschen.

Leider sieht René das etwas anders. Er fängt mich mittags vor der Kantine ab. Laura und ich sind gerade in ein Gespräch darüber vertieft, was wir nachher noch alles besorgen wollen, da taucht René plötzlich an meiner Seite auf und hält mich fest. Ich kriege fast einen Herzschlag vor Schreck. Er muss sich in irgendeiner Nische versteckt und auf mich gewartet haben, sonst hätte ich ihn bestimmt gesehen.

»Was willst du?«, zische ich möglichst leise, weil um uns herum gerade Heerscharen von Schülern zur Kantine strömen.

»Mit dir reden«, sagt René und sieht mich wild entschlossen an. »Und zwar jetzt sofort. Ich hab genug von dem Theater. Ich will die Sache ein für alle Mal klären.«

»Brauchst du Hilfe?«, fragt Laura und baut sich neben mir auf, als wolle sie verhindern, dass René mich gewaltsam entführt.

Ich schüttele den Kopf. »Danke, ist schon in Ordnung. Du kannst ruhig schon mal was essen gehen, ich komm gleich nach, okay?«

»Wenn du meinst …« Laura macht sich zögernd auf den Weg zur Kantine. Sie scheint wirklich zu glauben, René könnte irgendwie gefährlich werden. Aber das ist natürlich Quatsch. Obwohl er mit seinem Veilchen tatsächlich ein bisschen wie ein Schlägertyp aussieht.

Als ich René gerade schon ordentlich die Meinung sagen will, tauchen plötzlich die Tussi-Bussis am anderen Ende des Ganges auf und wackeln in ihrem üblichen Möchtegern-Model-Look direkt auf uns zu. Die brauchen nun wirklich nicht mitzubekommen, dass wir uns schon wieder streiten. Ich werde Nadja die Giftpfeile, die sie so gerne auf mich abschießt, nicht auch noch auf einem Silbertablett servieren.

»Also gut, dann lass uns reden«, sage ich zu René. »Aber nicht hier.«

René nimmt meine Hand und zieht mich den Gang hinunter zum Seiteneingang. Was bildet der sich eigentlich ein? Ich will meine Hand wegziehen, aber er hält sie fest. Wahrscheinlich hat er Angst, dass ich sonst gleich wieder abhaue.

Wir landen auf dem Schulhof, der jetzt, zur Mittagszeit, wo sich alle in der Kantine tummeln, gähnend leer ist. Es ist übrigens dieselbe Stelle, an der Élise und René vor ein paar Tagen eng umschlungen gestanden haben. Sehr passend. Hier hat es mit den beiden angefangen und hier wird er mir jetzt gleich erzählen, dass er kein Interesse mehr an mir hat. Hoffentlich ist er wenigstens ehrlich und spinnt nicht wieder rum. Im Vorbeigehen werfe ich einen Blick auf den Pfeiler, hinter dem ich wie ein verschrecktes Kaninchen gehockt habe. Aber heute ist der Beobachtungsposten nicht besetzt. Wir sind allein. Ich mache endlich meine Hand aus Renés Griff los und bleibe stehen.

»Also, schieß los«, sage ich. »Und zwar ein bisschen dalli, ich hab heute nämlich auch noch was anderes vor.«

René sieht mich grimmig an. »Was ist eigentlich los mit dir? Du wolltest doch die ganze Zeit wissen, was hinter den Notfällen steckt. Und jetzt will ich es dir erklären und du blockst total ab.«

»Weil ich inzwischen schon auf dem Laufenden bin, vielen Dank.«

»Wie – auf dem Laufenden?« René sieht mich verwirrt an. »Du weißt also von der Sache mit Élise?«

Na also, jetzt rückt er endlich raus mit der Sprache.

»Allerdings«, sage ich eisig.

»Dann verstehe ich nicht, warum du so einen Aufstand machst, bloß weil ich mich ein bisschen um sie gekümmert habe. Dabei hatte sie es echt nicht leicht in letzter Zeit.«

Ein bisschen um sie gekümmert??? So nennt man das heute also. Was soll man dazu noch sagen? Mein Mitleid für die arme Élise hält sich allerdings in erträglichen Grenzen. Mich bemitleidet schließlich auch keiner und ich hatte es wirklich nicht leicht in letzter Zeit. Wahrscheinlich leidet die bedauernswerte Élise unter akuten Einsamkeitsanfällen und muss mit regelmäßiger Kusstherapie behandelt werden.

»Ich kenne sie ja auch erst seit einem Monat«, erzählt René. »Und zuerst wäre ich gar nicht darauf gekommen, dass sie irgendwelche Probleme hat. Sie hat auf mich immer total selbstbewusst gewirkt. Mme. Dupont hat sie zu mir geschickt, damit ich ihr bei Französisch helfe.«

Was soll das denn? Will er mir jetzt ihre komplette Lovestory erzählen? Das will ich doch alles überhaupt nicht wissen.

Ich mache ein angeekeltes Gesicht. »Tu mir einen Gefallen und erspar mir die Details. Die interessieren mich wirklich nicht.«

»Jetzt lass mich doch mal ausreden«, sagt René genervt.

»Ich will, dass du weißt, wie alles gekommen ist. Und ich möchte, dass du verstehst, warum ich gar nicht anders handeln konnte.«

Aha. Da bin ich aber mal gespannt. Wahrscheinlich hat Élise ihn dazu gezwungen, sie zu küssen. Und als er nicht wollte, hat sie ihm das blaue Auge verpasst. Genau, so muss es gewesen sein!

»Also«, fährt René fort. »Angefangen hat alles vor zwei Wochen. Da habe ich Élise kurz vor der Nachhilfestunde erwischt, als sie mir gerade Geld aus dem Portemonnaie klauen wollte.«

Tolle Anmache. Sehr originell. Sollte ich vielleicht auch mal versuchen, scheint ja zu wirken. Zumindest bei René. Ich wusste gar nicht, dass er auf die kriminelle Tour steht.

»Ich hab sie natürlich sofort zur Rede gestellt und gefragt, was das soll, und da ist sie erst mal in Tränen ausgebrochen.«

Natürlich. Die Ärmste, sie hat es wirklich nicht leicht. Klaut und wird auch noch erwischt. So ein Pech aber auch. Und René musste sie trösten. Klar.

»Dann hat sie mir alles erzählt. Sie ist seit einem Jahr mit so einem komischen Typen zusammen. Erst war er total nett und hat sie ständig auf Händen getragen. Aber nach einer Weile wurde er immer launischer. Sie hat mitbekommen, dass er Geldprobleme hat. Offensichtlich hat er irgendwelche krummen Dinger gedreht, die aber schiefgelaufen sind. Ich hab nicht weiter nachgefragt, weil ich das alles lieber nicht so genau wissen wollte. Auf jeden Fall wollte Élise ihm helfen und hat ihm ein bisschen Geld geliehen. Das hat den Typen wohl auf die Idee gebracht, dass Élise eine gute Geldquelle ist, und er hat sie von da an ständig angepumpt. Als Élise ihm kein Geld mehr geben konnte, ist er ungemütlich geworden und hat sie bedroht. Sie wollte sich von ihm trennen, aber da hat er plötzlich wieder auf nett gemacht und sie ist doch bei ihm geblieben. Na ja, und weil sie ihn nicht im Stich lassen wollte, hat sie angefangen, Geld zu klauen. Erst bei ihren Eltern, dann in der Schule.«

Okay, das ist wirklich eine ziemlich heftige Sache, aber warum erzählt René mir das alles? Ich bin eigentlich nicht unbedingt an Élises Lebensgeschichte interessiert. Aber vielleicht will er mir damit sagen, dass er zuerst nur aus Mitleid mit ihr herumgeknutscht hat. Am liebsten würde ich René einfach stehen lassen. Sein ewiges Élise-Gelaber nervt mich. Aber ich befürchte, er lässt mir keine Ruhe, bevor er seine Story nicht zu Ende erzählt hat.

»Wir haben uns dann ein paarmal lange über die Sache unterhalten und ich hab mich auch sonst ein bisschen um sie gekümmert. Um sie abzulenken, war ich sogar einmal mit ihr im Kino. Auf jeden Fall habe ich ihr geraten, sich endgültig von ihrem Freund zu trennen. Das hat sie auch versucht, aber da ist der Typ total ausgerastet. Er hat ihr gedroht, allen zu erzählen, dass sie eine Diebin ist, wenn sie ihn verlässt. Élise war fix und fertig und hat bei mir angerufen, weil ich der Einzige bin, dem sie die ganze Geschichte erzählt hat. Das war an unserem ersten Abend. Verstehst du jetzt, warum ich so schnell wegmusste? Ich konnte sie doch nicht einfach alleine sitzen lassen. Außerdem habe ich mich auch verantwortlich für ihre Probleme gefühlt. Schließlich hatte ich ihr ja zu der Trennung geraten.«

René sieht mich fragend an und will jetzt offensichtlich irgendetwas von mir hören.

Ich nicke widerwillig. »Okay, das kann ich schon irgendwie verstehen. Hör mal, du musst mir das aber echt nicht alles so ausführlich erzählen.«

Ich werfe einen Blick auf meine Armbanduhr. Gleich ist die Mittagspause vorbei. Laura wundert sich sicher schon, wo ich so lange bleibe. Jetzt kommt René bestimmt gleich dazu, wie er sich in Élise verliebt hat. Fehlt nur noch, dass er mir ihren ersten Kuss in allen Einzelheiten schildert. Mir bleibt auch nichts erspart. Dabei macht mich die ganze Sache auch so schon fertig genug.

»Ich hab an dem Abend dann versucht, Élise ein bisschen aufzubauen, und es hat auch halbwegs geklappt. Allerdings hat sie das wohl irgendwie falsch verstanden, denn am Samstag hat sie ihrem Freund erzählt, dass sie Schluss machen will, weil sie einen neuen Freund hat. Und zwar mich. Dabei war überhaupt nichts zwischen uns! Da ist der Typ vor lauter Eifersucht mal wieder ausgerastet und hat ihr eine Ohrfeige verpasst, woraufhin Élise wieder heulend bei mir angerufen hat. Das war an dem Theaterabend. Ich bin also zu ihr gefahren. Eigentlich wollte ich ihr klarmachen, dass zwischen uns nichts läuft, aber dazu kam es gar nicht erst. Ihr Typ hat mit ein paar Kumpels vor ihrem Haus auf mich gewartet. Na ja, und das Ergebnis dieses Zusammentreffens kannst du heute noch in meinem Gesicht bewundern.«

René grinst schief und versucht, mir mit seinem blauen Auge zuzuzwinkern. Aha, so war das also. Eine ganz schön üble Geschichte, in die René da hineingeraten ist. Klingt fast wie ein richtiger Krimi. Da hat Frau Hinrich ausnahmsweise mal recht gehabt: Paris ist tatsächlich nicht ganz ungefährlich. Normalerweise würde ich spätestens jetzt anfangen, René ein bisschen zu bemitleiden. Vielleicht wäre ich sogar ein wenig stolz auf ihn, weil er so ein hilfsbereiter Typ ist. Aber ich kenne leider das traurige Ende der Geschichte. Und ich halte es keine Sekunde länger aus, mir im Detail anzuhören, wie diese Élise mir meinen Freund ausgespannt hat. Wie kann René so unsensibel sein? Offenbar denkt er, ich wäre ein Holzklotz oder so was. Aber ich bin ein menschliches Wesen mit Gefühlen!

Um die ganze Sache abzukürzen, sage ich: »Und Élise war dir so dankbar für deine Hilfe, dass sie dir sofort um den Hals gefallen ist, richtig? Du hast sie geküsst und seitdem seid ihr ein glückliches Paar. Und wenn sie nicht gestorben sind, dann leben sie noch heute.«

René sieht mich mit zusammengezogenen Augenbrauen an. »Was? Quatsch! Wie kommst du denn auf den Unsinn? Ich hab dir das doch schon erklärt. Als Élise am Montag gesehen hat, wie ihr Freund mich zugerichtet hat, war sie total fertig. Sie hat natürlich sich die Schuld daran gegeben. Und sie hat Angst gekriegt, weil ihr bisher nicht klar gewesen war, wie gewalttätig der Typ wirklich ist. Darum ist sie mir um den Hals gefallen und hat geheult. Okay, und sie war wahrscheinlich auch immer noch ein bisschen in mich verknallt. Aber das ist nun wirklich nicht meine Schuld. Ich hatte ihr Sonntag am Telefon schon erklärt, dass ich ihr nur helfen möchte und sonst nichts von ihr will.«

Ich werde nachdenklich. Das hört sich wirklich ganz plausibel an. Es *könnte* zumindest so gewesen sein. Aber eine Frage ist noch offen. Eine sehr wichtige Frage.

»Und warum hast du dann vorgestern mit ihr vor eurem Haus herumgeknutscht, wenn du nichts von ihr willst?«

»Ich? Herumgeknutscht? Vor unserem Haus?«, fragt René verdattert. »Wie kommst du denn darauf?«

Hoffentlich erzählt er mir jetzt nicht, dass er einen Doppelgänger hat oder irgendetwas anderes völlig Abwegiges.

Dann scheint er sich wieder zu erinnern. »Das hört sich jetzt vielleicht blöd an, aber das war wirklich völlig harmlos. Zumindest von meiner Seite aus. Ich war am Mittwoch mit Élise bei der Polizei. Ich habe ihren Freund angezeigt, wegen Körperverletzung. Und Élise hat von seinen Drohungen und seinen diversen krummen Touren erzählt. Die haben uns dann eine Adresse von einer Beratungsstelle für Jugendliche gegeben. Da kann Élise hingehen, wenn sie wieder Ärger hat. Die können ihr bestimmt professionellere Hilfe bieten als ich. Aber mit etwas Glück ziehen sie den Typen jetzt sowieso erst mal eine Weile aus dem Verkehr. Na ja, und als wir dann vor unserem Haus standen und uns verabschiedet haben, ist mir Élise plötzlich um den Hals gefallen und wollte mich küssen. Ich nehme mal an, du bist in dem Moment gerade um die Ecke gebogen und hast uns gesehen, oder?«

Ich nicke. Endlich sind wir beim Kern des Problems angelangt.

»Dann musst du aber gleich wieder weggegangen sein. Denn wenn du noch etwas länger da gestanden hättest, hättest du gesehen, dass ich keineswegs mit Élise herumgeknutscht habe. Ich hab sie sofort weggeschoben und ihr noch mal erklärt, dass zwischen uns nichts läuft und auch nie etwas laufen wird. Ich hab ihr auch gesagt, warum: weil ich nämlich schon eine Freundin habe. Eine gewisse Julia. Und weil ich diese Freundin über alles liebe – auch wenn sie manchmal Anfälle von krankhafter und völlig unbegründeter Eifersucht hat.«

René sieht mich mit seinen braunen Schokoladenaugen an. Sehr lieb und etwas verschmitzt. Als würde er sich ein bisschen über mich lustig machen. Seine Augen lachen, aber sein Mund bleibt ernst.

»Ich und eifersüchtig? Wie kommst du denn darauf?«, frage ich. »Das ist nun wirklich nicht meine Art.«

René schüttelt den Kopf. »Nein, natürlich nicht. Ich weiß auch nicht, wie ich auf so einen Unsinn komme.«

Er grinst und wir prusten beide los. Das Lachen schwemmt all meine Bedenken, Ängste und trüben Gedanken fort. Der schwere Stein, der in meinem Magen gelegen hat, seit ich René und Élise zusammen gesehen habe, schmilzt in null Komma nichts dahin wie Zitroneneis in der prallen Sonne. Ich habe das Gefühl, als würde ich mich von einem ferngesteuerten Zombie in mich selbst zurückverwandeln. Ich bin wieder ich. Julia. Plötzlich kann ich auch wieder klar denken. Und auf einmal ist alles so einfach. Ich liebe René. Und René liebt mich. Mich. Julia. Nicht Élise. Wie habe ich so einen Quatsch überhaupt jemals ernsthaft glauben können?

René legt beide Arme um meine Schultern und zieht mich näher zu sich heran. »Und? Hätten wir die Sache damit endgültig geklärt und alle Bedenken ausgeräumt?«

Ich nicke und werde ein bisschen rot. »Tut mir leid, dass ich gedacht habe, du hättest was mit Élise. Aber es schien alles so eindeutig zu sein. Und dann immer diese komischen Anrufe und deine ›Notfälle‹ … Ich wusste einfach nicht mehr, was ich davon halten soll.«

»Schon okay. An deiner Stelle hätte ich wahrscheinlich genauso reagiert. Mir tut es auch leid, dass ich dich so oft allein gelassen habe und die ganze Zeit so geheimnisvoll tun musste. Aber ich hatte Élise versprochen, erst mal niemandem von der Sache zu erzählen. Dabei hätte ich viel lieber die ganze Zeit nur mit dir verbracht.«

»Und ich mit dir«, murmele ich und versinke mal wieder in Renés braunen Augen. Zumindest in dem einen braunen Auge, das andere ist ja im Moment eher blau als braun. Aber Renés ramponiertes Gesicht stört mich kein bisschen. Im Gegenteil – irgendwie gibt ihm das so einen verwegenen Touch. Renés Arme halten mich ganz fest und das ist auch gut so, denn als seine Lippen meine berühren, zieht es mir wieder fast den Boden unter den Füßen weg. Ich schließe die Augen und nehme nichts mehr wahr außer Renés Armen, seinen Lippen und seiner Zunge, die sanft über meine Lippen gleitet und mir bei jeder Berührung eine Gänsehaut über den Rücken jagt. Der reine Wahnsinn! Am liebsten würde ich nie mehr aufhören, René zu küssen.

Paris – doch die Stadt der Liebe

Leider holt uns die Außenwelt viel zu schnell wieder ein.

Plötzlich fällt eine Tür laut knallend zu und eine Stimme hinter uns sagt: »Oh, Entschuldigung …«

Ich reiße mich von Renés Lippen los und drehe mich um. Laura! Mist, die hatte ich total vergessen. Ich schaue auf die Uhr: schon Viertel vor zwei! Die Mittagspause ist längst vorbei. Wahrscheinlich läuft die arme Laura schon eine ganze Weile in der Schule herum und sucht nach mir.

»Ich wollte euch wirklich nicht stören«, sagt Laura und grinst. »Macht einfach weiter, bin schon wieder weg.«

»Halt, warte!«, rufe ich ihr hinterher. »Wir wollten doch zusammen shoppen gehen. Tut mir leid, dass ich nicht eher wieder aufgetaucht bin. Aber ich habe überhaupt nicht auf die Zeit geachtet.«

»Kann ich verstehen«, sagt Laura anzüglich. »Aber mach dir wegen mir keinen Stress. Ich kann meine Geschenke auch alleine besorgen. Das macht mir wirklich nichts aus.«

Ich schwanke. Natürlich würde ich den Nachmittag gerne mit René verbringen. Am liebsten würde ich jede Minute meines restlichen Lebens mit ihm verbringen. Aber Laura ist meine Freundin und ich will sie nicht hängen lassen. Ich weiß schließlich genau, dass sie nicht gern allein shoppen geht. Ob René sauer ist, wenn ich ihn jetzt allein lasse?

»Macht ruhig eure Einkäufe«, sagt René in dem Moment. »Ich muss sowieso gleich rüber in die Aula und bei den Vorbereitungen für die Abschiedsparty helfen. Hab ich Mme. Dupont versprochen.«

Ich habe wirklich einen hilfsbereiten Freund. Und verständnisvoll ist er auch noch. Ich bin ein echter Glückspilz!

»Okay, mein Schatz, dann sehen wir uns später«, sage ich und gebe René einen Abschiedskuss.

Als ich kurz darauf neben Laura den Boulevard Saint-Germain entlangschlendere, kommt es mir so vor, als würde ich auf einer rosaroten Wolke dahinschweben. Ich fühle mich so leicht, dass ich wahrscheinlich einfach davonfliegen könnte, wenn ich bei der nächsten Brise meine Arme weit öffne. Meine Lippen prickeln, als würde René mich immer noch küssen, und ich spüre die Wärme seiner Umarmung noch immer in meinem Bauch.

Laura grinst mich von der Seite an. »Diesen verträumten Blick kenne ich doch. Das ist der Ich-liebe-René-Blick. Alles wieder in Butter zwischen euch?«

»Hmmm«, mache ich. »Und wie. Es war alles nur ein blödes Missverständnis, er hatte gar nichts mit dieser Tussi.«

»Na also. Dann hat sich die Sache ja doch noch aufgeklärt«, sagt Laura und lächelt tapfer. »So hat wenigstens eine von uns ihre große Liebe in Paris gefunden.«

Ich lege meinen Arm um sie. »Du triffst deine große Liebe bestimmt auch noch. Und wenn sie dir in Papenberg begegnet, ist das sowieso viel praktischer. Dann hast du wenigstens keine Fernbeziehung, so wie ich. Wenn ich dran denke, dass wir morgen wieder abfahren, könnte ich jetzt schon heulen …«

Am liebsten würde ich einfach hierbleiben. Ich kann mir überhaupt nicht vorstellen, dass ich René ab morgen nicht mehr jeden Tag sehen werde. Und das gerade jetzt, wo wir endlich wieder richtig zusammen sind. Ich schlucke und schiebe den Gedanken schnell beiseite. Noch ist es ja nicht so weit. Noch haben wir einen wunderbaren, langen Abend vor uns.

»Lass uns hier mal reingehen«, sagt Laura und zieht mich in eine Parfümerie. »Die haben tolle Schminksachen. Vielleicht findest du ja auch was für Nina.«

Laura probiert reihenweise Lippenstifte aus und ich stehe etwas gelangweilt daneben. Für diesen ganzen Schminkkram habe ich mich noch nie besonders interessiert. Ganz im Gegensatz zu Nina. Ich könnte ihr eigentlich neue Wimperntusche kaufen, schließlich hat sie mir ja ihre geschenkt. Leider habe ich keinen blassen Schimmer, welche ich nehmen soll, deshalb lasse ich mich von Laura beraten.

»Diese hier ist klasse«, sagt sie nach kurzer Überlegung und hält mir eine grasgrüne, längliche Schachtel hin. »Das ist eine französische Marke, die hier gerade total in ist. Ich glaube, in Deutschland kriegt man die noch gar nicht. Claudine benutzt die auch immer. So blöd, wie sie sonst auch ist, aber vom Schminken versteht sie was.«

»Prima. Das ist genau das Richtige für Nina. Etwas Cooles und etwas Französisches. Da kann sie bei ihren Freundinnen schön mit angeben.«

Ich bezahle die Wimperntusche, obwohl mich der Preis fast umhaut. Aber für mein Schwesterherz ist mir natürlich nichts zu teuer.

Für Paps besorge ich in einer niedlichen, kleinen Weinhandlung eine Flasche Rotwein. Ich hab mir extra gemerkt, wie der Wein hieß, den Marianne gestern Abend getrunken hat, damit ich nicht aus Versehen irgend so ein fades Zeug kaufe. Danach bin ich leider absolut pleite. Laura kauft für ihren Vater einen kleinen Wandkalender mit Fotos von Paris und für ihre Mutter einen Miniatur-Eiffelturm.

Nachdem wir unsere Einkäufe erledigt haben, schlendern wir noch eine Weile durch die Straßen, die mir inzwischen sogar schon ein bisschen vertraut sind. Wenn man da vorne links abbiegt, kommt man zu Renés Haus. Geradeaus geht's zur Seine. Und rechts zum Jardin du Luxembourg. Die Sonne scheint und die Luft ist klar und kühl. Es sind natürlich wie immer jede Menge Leute unterwegs, aber das kommt mir jetzt schon ganz normal vor. Auch die Hektik stört mich nicht mehr, ich lasse mich einfach neben Laura im Menschenstrom treiben und fühle mich dabei fast ein bisschen wie eine echte Pariserin.

Als René und ich abends in die Aula kommen, ist die Abschiedsparty schon in vollem Gange. Französische Hip-Hop-Musik dröhnt aus den Lautsprechern und die ersten Leute haben bereits die Tanzfläche gestürmt.

»Wow, die Aula sieht ja toll aus«, sage ich nach einem Blick auf die vielen Girlanden, die an der Decke hängen. »Da habt ihr heute Nachmittag ordentlich geschuftet, was?«

René legt den Arm um meine Schultern und gibt mir einen Kuss auf die Wange. »Allerdings. Natürlich habe ich das nur für dich alles so schön geschmückt, chérie.«

Ich grinse. »Ja, klar. Wollen wir uns was zu trinken holen?«

Wir drängeln uns zur Theke durch, die aus zwei zusammengeschobenen Schulpulten besteht. Dahinter stehen zwei Franzosen und verkaufen Cola, Fruchtbowle und Saft. Frau Hinrich und Mme. Dupont haben sich in unmittelbarer Nähe der Theke postiert und überwachen das Ganze. Wahrscheinlich wollen sie sichergehen, dass niemand heimlich Alkohol in die Bowle gießt. Das ist ja schließlich eine Schulveranstaltung. René und ich holen uns jeder eine Cola und lassen uns auf einer der an der Wand aufgestellten Bänke nieder. An René gelehnt, schlürfe ich meine Cola, spüre seine Hand, die sanft über meinen Arm streichelt, und fühle mich rundum wohl.

»Am liebsten würde ich dich gar nicht mehr weglassen«, flüstert René mir ins Ohr.

Ich kuschele mich noch näher an ihn ran. »Ich würde auch am liebsten einfach hierbleiben.«

René gibt mir einen Kuss auf den Kopf. »Sobald ich kann, besuche ich dich in Papenberg. Spätestens in den Herbstferien. Weihnachten kommst du dann wieder nach Paris. Und Ostern könnten wir zusammen in Urlaub fahren. He – was hältst du davon, wenn wir deine Mutter an der Côte d'Azur besuchen? Es ist traumhaft schön da unten, gerade im Frühling.«

Ich verziehe das Gesicht. »Ich glaube nicht, dass ich in

Urlaubsstimmung komme, wenn ich jeden Tag den schleimigen Jacques sehen muss.«

»Ach, jetzt stell dich nicht so an«, sagt René und kitzelt mich mit einer meiner Haarsträhnen. »So schlimm kann der Typ doch gar nicht sein. Außerdem bin ich schließlich auch noch da. Stell dir das doch mal vor: wir beide am Strand. Das Mittelmeer glitzert verführerisch und wir laufen Hand in Hand in die kühle Brandung …«

Das kann ich mir allerdings sehr gut vorstellen. Ich schließe die Augen und höre fast schon das Meer rauschen. Aber will ich wirklich Barbara besuchen? Eigentlich bin ich ja immer noch sauer auf meine Mutter. Obwohl meine Wut, ehrlich gesagt, in letzter Zeit irgendwie ein bisschen nachgelassen hat. Es ist ziemlich schwer, jahrelang auf jemanden sauer zu sein. Besonders, wenn es die eigene Mutter ist. Ich muss an die Postkarte denken, die ich ihr geschrieben habe. Ob sie mir schon geantwortet hat? Vielleicht liegt ja in Papenberg ein Brief von ihr, wenn ich nach Hause komme. Ich kann nicht verhindern, dass ich mich bei dem Gedanken ein klitzekleines bisschen freue.

»Mal sehen«, sage ich zu René. »Bis Ostern dauert es ja sowieso noch eine halbe Ewigkeit. Außerdem weißt du doch selbst, wie das ist, wenn man von einem Elternteil einfach fallen gelassen wird. So was lässt sich nun mal nicht rückgängig machen.«

»Ja, leider«, sagt René. Seine Stimme klingt belegt. »Keine Ahnung, wann ich mit meinem Vater wieder halbwegs normal reden kann. Im Moment bin ich so sauer auf ihn, dass ich ihn am liebsten nur anschreien würde.«

»Dann ist euer Treffen gestern Abend wohl nicht so gut gelaufen, was?«, frage ich. »Marianne hat mir erzählt, dass ihr euch aussprechen wolltet.«

René seufzt. »Dazu war es eindeutig noch zu früh. Mein Vater wollte mir alles erklären, aber bei seinen halbseidenen Ausflüchten ist mir nur die Galle hochgekommen. Er liebt diese Tussi noch nicht mal. Ich verstehe einfach nicht, wie er wegen so einer billigen Affäre die Ehe mit meiner Mutter aufs Spiel setzen kann. Und ich will das auch gar nicht verstehen.«

Ich schlinge meine Arme um Renés Hals. Er sieht so traurig aus und ich weiß nicht, wie ich ihn trösten soll. In dem Moment wechselt der DJ die CD und ein langsames Chanson erklingt.

»Komm, lass uns tanzen«, sagt René und zieht mich von der Bank.

Eigentlich kann ich gar nicht tanzen, aber für René mache ich mich natürlich jederzeit gerne auf der Tanzfläche zum Affen. Zum Glück merke ich schnell, dass es gar nicht so schwer ist. Ich entspanne mich in Renés Armen. Wir tanzen eng umschlungen und ich habe meinen Kopf auf Renés Schulter gelegt. Wir bewegen uns fast gar nicht, schaukeln nur ein bisschen zur Musik hin und her. Es ist aber auch ein sehr langsames Chanson. Über Renés Schulter hinweg sehe ich Laura, die mit einem Franzosen tanzt. Auch ziemlich eng. Offensichtlich hat sie die Enttäuschung wegen Frédéric inzwischen halbwegs verkraftet. Ein Glück!

Die beiden Tussi-Bussis sitzen zusammen mit ihren Französinnen am Rand der Tanzfläche und stecken die

Köpfe zusammen. Alle vier sind mal wieder so aufgetakelt, dass sie komplett lächerlich aussehen. Als wären sie auf dem Wiener Opernball und nicht auf einer ganz normalen Schulfete. Trotzdem will offensichtlich niemand mit ihnen tanzen. Vielleicht haben die Jungs Angst, dass dabei die Schminke abbröckeln könnte. Was sicherlich kein ganz unberechtigter Gedanke ist. Tja, Pech gehabt, Tussi-Bussis!

Ich schließe die Augen und drücke René noch fester an mich. Er gibt mir einen Kuss auf das linke Ohr und flüstert mir zu: »Schön, dass es dich gibt.«

Wenn jetzt eine gute Fee vorbeikäme, würde ich mir wünschen, dass dieser Abend nie zu Ende geht.

Natürlich lässt sich keine einzige gute Fee blicken und die Zeit vergeht wie im Flug. Als ich am nächsten Morgen mit gepacktem Koffer vor dem abfahrbereiten Bus stehe, kommt es mir so vor, als hätte ich gerade eben noch mit René in der Aula getanzt. Was ist mit den Stunden dazwischen passiert? Es kann doch nicht sein, dass heute schon Samstag ist, oder? Aber es hilft nichts, ich muss der bitteren Wahrheit ins Auge sehen. Es ist Samstag, und wir fahren gleich zurück nach Papenberg. Frau Hinrich macht mal wieder mit ihrer Liste die Runde, während um mich herum Deutsche und Franzosen tränenreich Abschied nehmen. Die Ersten steigen schon in den Bus und ich muss ein paarmal heftig schlucken, um nicht loszuheulen.

Marianne umarmt mich und drückt mir eine Tüte in die Hand. »Tschüss, Julia. Hier ist noch ein bisschen Proviant für die Fahrt. Schön, dass du bei uns warst! Du weißt ja, dass du gerne jederzeit wiederkommen kannst. Ich würde mich wirklich freuen – und wie ich René kenne, hätte er auch nichts dagegen.«

Sie zwinkert mir zu und ich versuche ein Lächeln, das mir aber nicht so richtig gelingt. Sagen will ich lieber nichts, weil der Kloß in meinem Hals immer dicker wird.

Jetzt nimmt mich René in die Arme und drückt mich so fest, dass ich fast keine Luft mehr bekomme.

»Wir sehen uns in den Herbstferien – spätestens!«, murmelt er in mein Ohr. »Und bis dahin rufe ich dich jeden Tag an. Oder soll ich mich noch schnell im Gepäckfach verstecken und einfach mitkommen?«

Ich drücke mein Gesicht gegen Renés Hals und nicke.

»Alles einsteigen, wir müssen los!«, ruft Frau Hinrich und der Busfahrer schlägt die Klappe vom Gepäckfach zu.

Zu spät! René muss hierbleiben. Und ich muss wegfahren. Aber ich will nicht! Ich kralle mich an seiner Lederjacke fest und würde ihn am liebsten nie mehr loslassen.

»À bientôt, ma chérie«, sagt René und gibt mir einen Kuss.

Wir küssen uns so lange, bis Frau Hinrich neben uns auftaucht und sich diskret räuspert.

»Julia, kommst du bitte, wir müssen jetzt wirklich los«, sagt sie und zeigt auf ihre Armbanduhr. »Wir wollen doch pünktlich in Papenberg ankommen.«

Ich will nicht pünktlich in Papenberg ankommen. Ich will eigentlich überhaupt nicht in Papenberg ankommen. ICH WILL HIERBLEIBEN!!! Aber Frau Hinrich nimmt meinen Arm und schiebt mich sanft zum Bus. Jetzt sehe ich erst, dass die anderen alle schon eingestiegen sind. Natürlich drücken sie sich ihre Nasen an den Fensterscheiben platt, die blöden Spanner. Bis auf Laura. Sie winkt und zeigt auf den Platz neben sich.

Bevor ich in den Bus steige, gebe ich René einen letzten Kuss und ein paar Jungs brüllen von den hinteren Plätzen: »Ausziehen! Ausziehen!«

Unreife Idioten. Auf so was reagiere ich natürlich überhaupt nicht. Stattdessen blinzele ich die Tränen weg und sage mit wackeliger Stimme zu René: »Tschüss, mein Schatz. Und denk immer an mich.«

»Jede Sekunde«, sagt er und drückt mir ein kleines Päckchen in die Hand. »Hier, damit du auch immer an mich denkst.«

Dann schließen sich die Bustüren. Ich schlängele mich zwischen meinen johlenden Mitschülern hindurch und lasse mich auf den Platz neben Laura fallen, die tröstend meinen Arm drückt. Als der Bus anfährt, winken alle wie verrückt. Ich winke Marianne zu und schicke René einen letzten Kuss per Luftpost, dann fährt der Bus vom Schulhof.

Während wir quer durch die Stadt zur Autobahn fahren, werfe ich einen letzten Blick auf Paris. Erst sind mir die Straßen noch vertraut, dann fahren wir durch unbekannte Viertel und ganz zum Schluss sehe ich noch einmal die Silhouette des Eiffelturms zwischen zwei Hochhäusern aufblitzen wie einen allerletzten Abschiedsgruß. Warum mochte ich Paris am Anfang eigentlich nicht? Komisch, es fällt mir partout nicht mehr ein. Paris, die Stadt der Liebe. Und ab sofort meine Lieblingsstadt.

Fast hätte ich vor lauter Abschiednehmen das Päckchen von René vergessen. Ich ziehe es aus meiner Jackentasche und wickele es aus. Es ist eine Schneekugel. Ich schüttele sie, aber statt Schnee wirbelt goldener Sand auf. Als sich der Sandsturm langsam legt, kann man zwei kleine Figuren in der Kugel erkennen. Einen Jungen und ein Mädchen. Sie sitzen nebeneinander am Strand und halten sich an den Händen. Neben ihnen steht eine Palme und vor ihnen glitzert das blaue Meer. Ich schüttele die Kugel noch mal und lasse den Sand aufwirbeln. Sandsturm an der Côte d'Azur. Und René und ich mittendrin. Ich lächle den kleinen Plastikfiguren zu. Ja, doch, das kann ich mir sehr gut vorstellen. Während der Bus auf der Autobahn Richtung Deutschland rollt, schüttele ich die Kugel immer wieder und träume mich zum Mittelmeer. So lange, bis ich den Sand auf meiner Haut und den Wind in meinem Haar spüren kann. Und Renés Lippen auf meinen, als er mich am Strand küsst und dabei wunderbar salzig schmeckt.

Maja von Vogel wurde 1973 geboren und wuchs im Emsland auf. Sie studierte Deutsch und Französisch in Münster und Göttingen, lebte ein Jahr in Paris und arbeitete als Lektorin in einem Kinderbuchverlag, bevor sie sich 2002 als Autorin und Übersetzerin selbstständig machte. Heute lebt Maja von Vogel mit ihrer Familie in Nordwestdeutschland.

Mehr über unsere Bücher, Autoren und Illustratoren auf:
planet-girl-verlag.de

von Vogel, Maja:
Happy (ohne) End
978 3 522 50479 9

Einbandgestaltung: bürosüd° GmbH
Innentypografie: Eva Mokhlis
Reproduktion: Medienfabrik GmbH, Stuttgart
Druck und Bindung: CPI Books GmbH, Leck

MIX
Papier aus verantwortungsvollen Quellen
FSC www.fsc.org FSC® C083411

Die deutschen Erstausgaben erschienen im Erika Klopp Verlag, Hamburg:
Herzensbrecher zum Verlieben, 2003
Herzensbrecher in Paris, 2004

Eine geheimnisvolle Liebe

Marliese Arold
Piratenherz

320 Seiten · Gebunden
ISBN 978-3-522-50461-4

Nach dem Tod der Mutter ist für Rebekka nichts mehr, wie es war. Auch an der neuen Schule fühlt sie sich fehl am Platz, bis sie den geheimnisvollen Juri kennenlernt. Rebekka ist fasziniert von seiner ruhigen, selbstsicheren Art. Doch nach ihrem ersten Kuss ist er wie vom Erdboden verschluckt. Als sie bei einem Ausflug ins Wasser fällt und zu ertrinken droht, ist Juri überraschenderweise zur Stelle. Dass er danach wieder verschwindet, kann Rebekka nicht verstehen. Sie beschließt, seinem merkwürdigen Verhalten auf den Grund zu gehen und, kommt einem uralten Geheimnis auf die Spur …

PLANET GIRL
Meine Welt voller Bücher!

www.planet-girl-verlag.de